LA PEUR DU PARADIS

Né en 1963 en Belgique, Vincent Engel est professeur de littérature à l'université de Louvain et d'histoire contemporaine à l'IHECS (Bruxelles). Critique littéraire et dramaturge, il a reçu de nombreuses récompenses, notamment le prix Victor Rossel des jeunes et le prix des Libraires du Livre de Poche pour *Retour à Montechiarro*. Il collabore régulièrement avec Franco Dragone et a écrit la dramaturgie du show *The House of the Dancing Water*, récemment créé à Macao. Romancier, il a publié, entre autres, *Retour à Montechiarro, Les Absentes* et *Le Mariage de Dominique Hardenne*.

Paru dans Le Livre de Poche :

LES ABSENTES

OUBLIEZ ADAM WEINBERGER

REQUIEM VÉNITIEN

RETOUR À MONTECHIARRO

VINCENT ENGEL

La Peur du paradis

ROMAN

JC LATTÈS

Première édition : avril 2009.
ISBN : 978-2-253-13451-0 – 1re publication LGF

Et nous voilà ce soir.

Jacques BREL, « Mon enfance ».

La vie aura passé comme un grand château triste.

Louis ARAGON.

À Ingrid,
per sempre, *une histoire d'amour or et bleu.*

LA MER

Il était descendu sur la plage. Besoin de sentir sous les pieds les éclats brûlants du sable, puis, à la lisière de l'eau, la fraîcheur salée. Besoin de tourner le dos à la falaise abrupte, de pierre grise et de verdure. Besoin de noyer les images du village, de ses habitants, dans l'immensité sereine de la mer, le blanc des maisons dans le bleu confondu du ciel et des vagues. Besoin de n'être pas là où on le croyait, où on l'attendait. Où reposait celui qui n'était plus, celui qui ne viendrait plus sur cette plage. Celui qui n'aurait plus jamais besoin de rien ni de personne.

Il n'y avait pas de vent. Basilio soupira ; le vent l'aurait aidé à balayer les pensées qui l'accablaient. Qui l'empêchaient d'être corps et âme dans sa contemplation et son oubli, de n'être qu'un regard tourné vers l'horizon. Grandir lui apporterait la maîtrise suprême : celle qui pouvait réduire l'esprit au silence, éteindre ce bavardage incessant de femme inquiète. Du moins l'espérait-il. Le vent, quand il soufflait, n'y parvenait qu'en partie. Des fragments de pensées s'accrochaient toujours, comme des brindilles et des feuilles mortes dans la bourrasque.

Le soleil, sur la plage, était contraint de mêler son ardeur à la douceur de la brise, même imperceptible. La langue de sable qui courait, à droite et à gauche, jusqu'à l'infini, semblait une sirène fatiguée venue se reposer ici, contre l'épaule de pierre d'un géant assoupi. Basilio aimait son coin de monde, cette coupure blanche dans la chair marine, cette frontière où, dans son dos, se pressait l'écrasante immobilité de ce qui était, de ce qu'il devait être au regard des autres, et où, face à lui, s'ouvrait l'immensité du rêve.

Il eut envie de s'avancer dans les vagues, de se laisser submerger de longues secondes durant, jusqu'à ce que le feu dans ses poumons le contraignît à exploser l'écume. Un jeu qui rendait folle sa mère. Basilio riait sous l'eau à cette simple idée. Mais aujourd'hui, Annunziata avait assez de raisons pour se plaindre. Basilio soupira à nouveau et haussa les épaules.

– Tu peux pleurer, tu sais…

Valentina avait laissé glisser sa main sur la joue de l'adolescent. Parce qu'elle ne s'offusquait jamais de son silence, elle pouvait tout lui dire, même qu'il avait un visage qui ressemblait, en cet instant, aux pierres de la falaise. Basilio était le seul à deviner le sourire dissimulé derrière la fatigue et la tristesse de la jeune femme dont le corps s'était déjà drapé de noir. Comme presque toutes les femmes du village, du pays. À San Nidro, dans toutes les Pouilles, les femmes étaient des ombres, des doigts de deuil pointés vers le ciel, qui se traînaient sur la terre dans l'attente d'y sombrer. Mais Valentina ne voulait pas sombrer. Et pour se souvenir du bonheur, pour en conserver sinon la saveur, du moins la promesse, elle avait, dans le secret de son cœur, fait de Basilio un phare dans la tempête.

Il posa la main sur celle de Valentina, qui refoula un frisson. Ils se fixèrent un moment en silence, sur le seuil de la maison.

– Ne les écoute pas : ne sois pas trop courageux.

Basilio s'écarta et ferma les yeux au passage de ce corps au parfum d'orange et d'abandon. Valentina se laissa happer par la fournaise blanche du jour.

– Où étais-tu ?

Sa mère s'empara de lui dès qu'il eut mis un pied dans la cuisine. Trois vieilles villageoises étaient venues joindre leurs pleurs aux siens. Il était bon de se lamenter ensemble, il était juste que les affligés partageassent leurs peines avec ceux que le sort, pour l'heure, épargnait. Passer d'un drame à l'autre, en tisser la toile du quotidien, offrait à la douleur le baume de l'habitude. Tout le monde pleurait pour tout le monde ; personne ne se retrouvait écrasé par l'exception d'un drame trop singulier.

Les visiteurs se pressaient. Le bourdonnant silence qui les escortait était rempli de compassion et de considérations diverses sur la vie et ses souffrances. Poussé par sa mère, Basilio se faufila entre les voisins et retourna au chevet de celui qu'il avait quitté moins d'une heure auparavant, appelé par la mer, la plage et sa solitude.

Les cris en moins, il avait l'impression d'être un jour de marché, devant l'étal de Giorgio. Aujourd'hui, on offrait de la mort et du chagrin. Basilio cligna des yeux dans la pénombre ; son père n'avait pas bougé. Il faudrait s'habituer à cette indifférence, à ce silence pesant, à cette masse qui semblait si peu de chair, glacée, dure et douce. Il avait envie de poser la paume sur ce bras roide, de caresser ce front impassible, mais il y avait désormais trop de monde. Des hommes défilaient, prenaient la pose devant le lit, se taisaient cérémonieusement ou lançaient au mort le pétale d'une phrase inachevée. Aldo était jeune encore ; les visiteurs l'avaient ânonné sans relâche, cette injustice, cette absurdité, ce malheur que représentait la mort brutale d'un homme dans la force de l'âge. Père et mari. L'injustice, l'absurdité et le malheur pour Aldo. L'injustice, l'absurdité et le malheur pour sa femme et son fils. Injustice, absurdité, malheur : des mots creux pour masquer pendant quelques heures la résignation et l'indifférence. Basilio avait perçu les regards apitoyés, mais il y avait lu le lâche soulagement de ceux qui voient la foudre s'abattre sur l'olivier du voisin. Il voulait être seul, seul avec son père, mais ce n'était pas possible ; le village entier allait passer et Basilio ne serait jamais plus avec son père. Cette épaisse momie était pire que le vide, qui conservait l'apparence mais se moquait du reste, des gestes, des paroles.

Il y eut un peu d'agitation près de la porte. On s'écartait pour laisser passer quelqu'un. Basilio, d'instinct, se redressa, sur la défensive.

C'était le curé qui revenait. Il avait pourtant accompli tout ce qui incombait à sa charge : un peu de vent pour faire jaillir les femmes et grimacer le moribond. Grimace que l'on disait de consolation. Aldo ne fréquentait l'église que pour les fêtes obligées. À l'annonce de sa fin prochaine, le curé s'était précipité pour administrer des sacrements qu'Aldo n'avait plus été en mesure de lui refuser. Impossible de savoir s'il était encore vivant lorsque le prêtre avait soupiré, à bout de souffle, l'amen final. Rosario, habité par la ferveur de sa petite vengeance, en était convaincu ; c'était sa victoire sur le mécréant. Basilio était sûr de l'inverse : Rosario s'était agité en vain, son père était parti libre et faisait désormais la nique à Dieu et à ses saints hypocrites.

Pourquoi ce retour ? Redoutait-il un miracle ? Basilio devina que Gabriele Rosario, pasteur des brebis locales, confesseur de sa mère et de toutes celles de San Nidro, était là pour lui, l'orphelin. Mandé par sa mère, justement, qui dans les soupirs de ses appréhensions et les pieux mensonges de ses fautes devait chaque semaine s'ouvrir au religieux des craintes qu'elle nourrissait pour son fils unique.

Rosario se glissa entre les visiteurs et vint poser la paume sur l'épaule de l'adolescent qui se raidit et adressa à son père un regard de reproche ; il l'abandonnait.

– Sois courageux, Basilio, prononça Rosario dans un murmure onctueux assez puissant pour être entendu par tous ceux qui se trouvaient dans la pièce, et qui approuvèrent d'un hochement de tête.

– Pourquoi ? demanda l'adolescent, et personne ne comprit que son sourire s'adressait à Valentina.

– Pourquoi ? Mais... parce qu'il faut être courageux ! Ton père l'était, ta mère...

Basilio se dégagea et recula contre le mur. Son père était mort, sa mère pleurait. Le curé pouvait prier si ça lui chantait.

– Laissez-moi.

Les rares femmes de l'assemblée eurent une moue mauvaise ; les hommes, un rictus moqueur noyé dans leurs rides et leur moustache. Rosario plissa son visage et laissa tomber les paupières sur des yeux qui oscillaient entre l'indignation, le désespoir et une sombre jubilation. Il fut sur le point de poursuivre, mais se contenta d'une envolée de mains trop grasses pour un village de pêcheurs.

– C'est vous qui me demandez d'être courageux, non ?

– Nous en reparlerons quand tu seras...

Il ne précisa pas et traça dans le vide, devant l'adolescent, le hoquet d'un signe de croix.

La chaleur s'étendit sur les visiteurs et le mort. Basilio n'avait pas bougé. Il était un peu étourdi. Il en voulait à Rosario d'avoir profané le silence. Le courage... Qu'en savait-il ? Le seul dont il faisait preuve consistait à exhorter ses ouailles à la résignation. Basilio était courageux. Valentina redoutait qu'il le fût trop.

Devant lui, les villageois continuaient de défiler. On ne l'approchait pas. Certains lui lançaient un geste, un regard. Basilio leur répondait d'un clignement de paupière, d'un frémissement d'iris. Dans la rue, on entendait braire un âne. Un homme cria. Basilio aurait voulu sortir à nouveau, se laver sur le sable du souvenir poisseux du prêtre ; mais sa mère ne l'aurait plus laissé filer. Sans doute avertie par Rosario, elle aurait exigé des excuses. Pleuré. Ici, Basilio était à l'abri. Malgré tout, son père le protégeait encore un peu.

Une goutte de sueur coula sur sa tempe, glissa sur sa joue puis dans son cou. Aldo Broca était coutumier de ces fontaines qui ne rafraîchissaient pas, il avait toujours sous la main un mouchoir avec lequel il s'épongeait d'abondance puis qu'il triturait comme les vieux leur chapelet. En riant, il proclamait qu'il n'avait jamais cru en autre chose qu'en la sueur humaine. Elle seule pouvait exaucer les prières. Et quand elle n'y suffisait pas, elle se muait en larmes pour manifester sa compassion et ses regrets.

– Et voilà…

La voix qui venait de s'élever était grave et rêche comme un champ d'août fauché. Toutes les têtes se tournèrent vers l'entrée et un remous traversa les corps, ordonnant l'ébauche d'un mouvement de repli ou de tassement. Basilio releva les yeux et un bref sourire apparut : le vieux Filippo était sorti de son antre pour affronter la rue, le soleil, la vie des autres. Et il était venu rendre un dernier hommage au père de Basilio, dont il aurait pu être le grand-père.

– Voilà, répéta-t-il sans bouger du seuil tandis que s'était ouvert devant lui un couloir respectueux. Quand je pense que je l'ai connu enfant…

Basilio restait immobile lui aussi. Il devinait que Filippo n'était venu que pour lui. Et ces mots simples, cette évidence que Filippo aurait pu prononcer devant la plupart des morts de San Nidro, cette banalité tragique qui fit opiner lourdement les chefs endeuillés, déclencha soudain chez Basilio un sanglot épais et douloureux. Le vieil homme le regarda et l'adolescent traversa l'espace pour venir près de lui. Presque contre lui s'il l'avait osé. Mais il n'allait pas se jeter dans les bras d'un homme devant la dépouille paternelle. Filippo posa la main sur son épaule.

– Viens…

Basilio n'hésita pas une seconde ; avec un tel guide pour lui ouvrir le chemin, nul n'oserait l'intercepter, pas même sa mère. Il essuya ses joues, surpris de cette effusion brusque, renifla et emboîta le pas au vieil homme. Lorsqu'ils passèrent devant la cuisine et les femmes en pleurs, il y eut un court silence ; Basilio surprit l'expression de sa mère, devina les mots que la présence de Filippo lui avait fait précipitamment ravaler.

Ils remontèrent les pavés jusqu'au sommet du village puis redescendirent vers la plage par le sentier raide. Malgré son âge, Filippo progressait d'un pas leste. L'habitude compensait la vieillesse. Il s'arrêta à mi-course, non parce qu'il était fatigué, mais pour goûter à la vue marine. Basilio le rejoignit. Il devinait que Filippo allait parler, sans le regarder, comme il le faisait souvent. Des discours bizarres, comme n'en tenait personne dans le village, et que Basilio ne comprenait pas toujours. Sur des idées, sur des gens. Des idées et des gens qui devaient vivre ailleurs, très loin, car Basilio ne les avait jamais croisés.

Cette fois, il parla des adultes et de la mort. Des adultes qui voulaient que les enfants restassent immobiles à côté d'un cadavre qui n'avait rien à leur dire. Mais Filippo était un adulte aussi, et il ne voulait pas que Basilio demeurât au chevet de son père.

– Moi, je suis un vieux fou.

Il lui ébouriffa les cheveux et reprit la descente.

Plus tard, sur le sable, il parla de sa mort. Ce n'était pas rare, dans sa bouche. Mais ce n'était jamais triste. L'évocation d'un jour probable, comme une fête de village. Il avait déjà exprimé le souhait d'être incinéré, et il avait expliqué à Basilio : brûlé. Et puis les cendres à la mer et vogue le deuil. Tant qu'à disparaître, autant aller au bout de l'effacement. Même si Rosario disait à la messe qu'il était interdit de brûler les corps. Qu'il fallait les garder intacts pour le grand jour. Fadaises, bougonnait Filippo. Depuis plusieurs temps, Basilio y songeait sourdement ; la mort de son père avait activé sa décision. Il s'occuperait du bûcher de Filippo. Il faillit le lui dire, là, sur le sable, face à la mer, mais les mots ne vinrent pas. C'était difficile de parler dans l'ombre de la mort, celle survenue, celle qui viendrait. Mais il ferait ce qu'il n'aurait pas dit.

Basilio avança son pied nu dans les premières vagues pour se rafraîchir l'esprit.

– Et Lucia ?

Le vieillard soupira avant de répondre.

– À ses jeux. Je ne sais pas où.

Puis, après un court silence, le regard perdu dans l'écume grasse :

– La mort de ton père l'effraie, je pense.

Qu'est-ce qui n'effrayait pas Lucia ? La fillette voyait des signes partout. Les larmes que l'arrivée de Filippo avait provoquées avaient aussi réveillé chez Basilio l'envie de revoir Lucia. Lucia… son cœur battait quand il pensait à elle. Si Filippo n'était pas un sorcier, nombreux à San Nidro estimaient que cette gamine, qu'il élevait depuis sa naissance sans que nul ne sût d'où ni de qui elle venait, en était une, malgré ses douze ans. Il l'avait ramenée, avec son savoir inutile et ses secrets. Elle ne parlait à personne, sauf à Filippo et Basilio. Ne fréquentait personne, sinon eux. Qui se moquaient des autres : a-t-on peur d'une enfant ? D'une fillette si frêle qu'un coup de vent la menaçait ?

Mais Filippo savait que Lucia avait peur pour Basilio. Peur de ce que la vie allait lui réserver, à présent qu'il était orphelin. Des responsabilités qui le pousseraient trop vite dans le monde des adultes. L'univers le plus hostile aux yeux de Lucia. Y voir sombrer Basilio serait pour elle un désastre. Mais il se tut à son tour. De toute manière, on n'y pouvait rien. Les rêves de Lucia étaient des coquillages, et tôt ou tard ils seraient réduits en grains de sable. Le sable avait son charme, et de nouveaux coquillages venaient s'y étendre.

Depuis que Filippo avait prononcé son nom de fée, Basilio ne pensait plus qu'à partir à la recherche de

Lucia. Sans doute était-elle partie cacher sa peur dans la forêt voisine, indifférente à ce qui aurait dû vraiment l'effrayer – bêtes sauvages et brigands ; mais s'en seraient-ils pris à cet elfe translucide, qui les aurait fixés de ses yeux clairs et les aurait apprivoisés d'un éclat de son rire ?

– Basilio, tu dois m'écouter, c'est important.

Elle était dans la clairière. Celle où Basilio était sûr de la retrouver, au bout d'un sentier caché dans les branches, sur lequel en tout cas ils n'avaient jamais surpris d'intrus. Loin de l'orée, au cœur des chênes-lièges, dans la fraîcheur des siècles. Les gens de San Nidro se hasardaient rarement dans la forêt ; la pêche, les oliviers, les champs leur suffisaient.

– Tu te souviens, la première fois que tu m'as vue ?

Question rituelle qui n'avait d'autre fonction que de la rassurer : Basilio était toujours Basilio, sa mémoire était la leur. De quoi se souvenait Basilio ? À l'époque, il avait sept ans, peut-être huit. Il s'était échappé. Une promenade solitaire sur la plage, à l'endroit où la falaise se couche comme un chameau pour laisser une langue forestière venir s'abreuver. Chaque fois, avec son père ou sa mère, il tirait pour y aller. Son père riait, sa mère résistait, elle disait que c'était dangereux. Tout était dangereux pour sa mère.

Arrivé sur le sable, il avait couru. Mais quand il avait aperçu les deux silhouettes, la grande et la minuscule, il s'était arrêté. Il n'y avait jamais personne là. Était-ce le danger dont sa mère voulait le protéger ? Il gonfla la poitrine et se remit en route.

Une petite fille et un vieil homme. Filippo. Basilio l'avait déjà croisé dans le village. Il savait qu'il occupait la maison isolée, au bas du bourg, là où la rue arrêtait de se tordre et filait droit vers un monde que Basilio n'avait jamais vu. Filippo était un enfant du pays mais il l'avait quitté longtemps, avant de revenir. Il était allé dans cette Italie dont le nom planait comme une menace sur le ciel de San Nidro, où l'on parlait une autre langue, presque impossible à comprendre. Basilio avait senti la crainte que Filippo éveillait chez les villageois. La crainte ou le respect, pour autant que ce fût différent. Sauf son père, qui le saluait cordialement, sans pour autant l'inviter à entrer chez eux. L'accès du logis était régi par sa femme. Sans médire de Filippo, comme d'autres commères, elle le rangeait dans la sphère du danger. Et tacitement, elle avait décrété leurs univers incompatibles.

Cette silhouette menue l'avait-elle vraiment ému ? Cette enfant aux cheveux blonds insolites et aux yeux bleus ? Ou le sourire mêlé d'appréhension de l'homme qui l'accompagnait ? Au gré des rêveries qu'il avait ensuite nourries à la source de cette première rencontre, Basilio s'était bâti une mémoire qui, à jamais, s'était substituée à l'événement réel. Et cette mémoire n'était-elle pas précédée par les rumeurs qui glissaient dans les ombres du bourg, sur cette fillette surgie de nulle part et que le vieux Filippo avait ramenée quelques semaines plus tôt, sans un mot d'explication, et avait prise en charge, sûrement pour des raisons équivoques ? Basilio avait-il commencé à tendre les oreilles après ? Après le charme, l'envoûtement de ces yeux de ciel et de ce sourire étrange qui l'avait survolé comme une colombe, ce rire qui l'avait caressé d'un frisson délicieux et ce babil insignifiant qui semblait déjà, cependant, ouvrir aux plus grands mystères.

Il acquiesça ; oui, il se souvenait.

– Rappelle-moi. Que t'ai-je dit ? Qu'as-tu pensé ?

Confirmer l'immuabilité du passé, sans laquelle le présent de Lucia aurait été une arête tranchante au bord du vide.

Au début, Lucia, au début étaient ton sourire et ton rire et l'éclat de tes yeux, ton rire, ton sourire, tes yeux d'enfant qui noyaient le temps dans l'éternité.

Pendant qu'il lui parlait, Basilio s'était rapproché d'elle, qui fermait les yeux, et lui avait pris la main. La sienne tremblait un peu. Lucia n'était plus une enfant, ses douze ans jouaient à tendre des ombres nouvelles sur son corps. Sa minceur s'incurvait, s'assouplissait en des ébauches de courbes. Et lui, Basilio : presque un homme. Qui guettait à la dérobée, avec une appréhension trouble, les métamorphoses de son amie – la seule, avec Valentina. Les autres filles du village ne l'intéressaient pas. Ni les garçons, qu'il fréquentait peu. Indifférence réciproque, fruit d'un long travail qui désespérait sa mère. Son père ne s'en inquiétait pas. Il était de ceux qui voyaient dans la solitude le chemin de la force. Basilio, lui, n'y voyait que le sentier de la tranquillité.

– Où est ton père à présent ?

Elle l'avait interrompu brusquement, comme si elle ne l'écoutait pas vraiment – et c'était le cas, sans doute, elle n'avait besoin que de la musique de sa voix. En rouvrant les yeux, elle avait serré la main de Basilio très fort.

– Dans son lit…

Lucia eut un pincement des lèvres et des paupières qui pouvait ressembler à un sourire indulgent. Réponse stupide, Basilio le savait. Lucia était de celles pour qui les cadavres sont des enveloppes vides. Un jour, devant un écureuil mort, il l'avait vue qui scrutait les arbres avoisinants : bien sûr, elle y cherchait son ombre, qui ne devait pas s'être arrêtée de jouer pour si peu.

– Tu crois au paradis ?

Elle se balançait d'une jambe à l'autre et ne quittait pas Basilio des yeux, grave et joyeuse, un regard qui n'appartenait qu'à elle, dessiné par les feuillages, teinté par le soleil et les ombres. Elle ne se moquait pas. Elle, un paradis ailleurs, elle n'y croyait pas. Elle l'avait déjà dit à Basilio. À l'enfer non plus. Basilio n'en savait rien. Il savait que son père n'était plus là, qu'il ne restait qu'un corps froid et dur sur un lit, et que ce corps bientôt disparaîtrait dans la terre. Il hocha la tête lourdement. Lucia eut un petit rire soulagé.

– Ton père est là…

Elle posa doucement la main sur la poitrine de Basilio, à la place de son cœur. Puis, elle la descendit sur son ventre.

– Et là.

Avant de la remonter sur son front.

– Et là.

Et le père de Lucia, où était-il ? Les mauvaises langues nommaient Filippo, mais jamais la fillette ne l'avait appelé autrement que par son prénom. De même pour lui : toujours « Lucia ». Et sa mère ? « Ma mère, c'est la forêt », avait-elle répondu l'unique fois où Basilio l'avait questionnée à ce sujet. Et devant son air perplexe, elle l'avait pris par la main et l'avait entraîné vers une chapelle déserte où ternissait une vierge au sourire figé.

– Tout le monde est prêt à croire qu'elle a eu un enfant comme ça…

Lucia avait balayé l'air de la main et lancé un léger sifflement ; son histoire était-elle plus invraisemblable que celle-là ? Elle avait raison. Savoir d'où l'on venait, quelle importance ? On sortait d'un ventre, on finissait dans la terre. Lucia savait où elle vivait.

Avec Lucia, les conversations se poursuivaient pardessus les silences. À combien de mois remontait cette remarque sur la Vierge ? Alors que Basilio l'avait rejointe et que, chez lui, la dépouille de son père attendait qu'on l'ensevelît, la jeune fille reprenait le fil, comme si les pensées de Basilio s'étaient propagées jusqu'à son esprit. Était-ce sa mère, la forêt, qui lui avait offert ce pouvoir ? Ou son père, le vent.

Ils étaient face à la mer.

– Tu vas partir ?

Elle avait attendu quelques instants avant de préciser :

– Un jour ?

Pourquoi bouger ? Le pays se vidait. Les jeunes partaient dans le Nord, en Amérique. Basilio ne rêvait ni d'Amérique ni du Nord. Son horizon était anonyme, imprécis. Peut-être ne nichait-il nulle part ailleurs que dans le regard qu'il portait sur les vagues. La main de Lucia glissa dans la sienne.

– Promets-moi…

C'était aussi leur rituel. Promettre à Lucia de ne pas partir, de ne jamais abandonner ce pays simple où le bonheur tenait dans les pupilles d'une petite fée. Ne pas la laisser, elle. Jamais. Une des premières questions qu'elle lui avait posées, enfant. Et la crainte qui lui faisait répéter l'engagement. Basilio serra fort les doigts fins et sourit. Promis.

Lucia voulait savoir ce qui allait se passer à présent. Elle ne fréquentait pas les gens du village, mais elle était curieuse de leurs habitudes, qu'elle considérait comme d'étranges manies si différentes de celles des animaux. Lesquels étaient plus simples. Basilio énuméra : la mise en bière, la messe durant laquelle Rosario consommerait sa petite vengeance, l'enterrement. Lucia ne viendrait pas et il en était soulagé. Il n'aurait pas supporté les regards posés sur elle, les bouches mauvaises plissées sur l'ordure perfide d'un commentaire chrétien. Il devrait supporter seul le mensonge du rituel, les sanglots bruyants d'une mère inconsolable, car il fallait épuiser l'ivresse du chagrin. Les paroles creuses des voisins, de ceux qui se prétendaient amis. Et tout cela sans Lucia, sans Filippo. Les pleurs d'une mère, sur elle, sur le mort, sur son fils, sur le silence de son fils qu'elle prendrait pour de la froideur et de l'indifférence au malheur qui les accablait. Son sourire mouillé quand une bonne âme la féliciterait d'avoir un fils aussi fort, aussi courageux. Pour supporter cela, Basilio ne pourrait compter que sur le regard de Valentina, noyée dans la foule.

Et puis, Lucia, la vie reprendrait. Calme ta peur. Ici, à San Nidro, dans ce coin perdu des Pouilles, coupé du monde, cerclé par la mer et les forêts, ce coin de chute au bord d'une falaise, où l'on se demandait comment et où les premiers habitants avaient trouvé les pauvres pierres pour dresser leurs masures. D'autres orphelins avaient profité de leur sort pour s'évanouir à jamais, libres enfin, plus tôt que prévu. Abandonnant une mère incapable désormais de subvenir à leurs besoins, avec la promesse d'un retour fortune faite. Une histoire servait de caution à toutes ces fuites : celle de ce fils parti pour braver le sort et revenu cinq ans plus tard, habillé comme un roi, les bras chargés de vêtements tels qu'on n'en avait jamais vu dans toutes les Pouilles, pour sa mère et ses sœurs qu'il avait embarquées dans un paquebot luxueux. Et toute la famille avait disparu, on n'en avait plus jamais entendu parler, ni de cette incroyable fortune qui était passée au-dessus de San Nidro comme un vol d'oies sauvages. Lucia détestait ce récit ; selon elle, le revenant était un démon qui avait pris l'apparence du fils, lequel s'était depuis longtemps noyé dans l'océan. Et la famille, bernée, l'avait rejoint.

Quant aux autres, soit la fortune ne venait jamais, soit elle les rendait amnésiques.

Mais Basilio ne partirait pas. Il savait qu'il devrait le répéter encore et encore. Lucia ne le croirait jamais tout à fait. Au mieux pourrait-il la rasséréner pour quelques jours, quelques semaines. Les gens disaient : « Je reste » et puis il fuyaient, ou ils mouraient. C'était pareil pour qui demeurait. Son père lui avait-il promis de ne pas partir ? Basilio ne lui avait pas demandé. Contrairement à Lucia, il ne nourrissait pas cette inquiétude ; tout lui semblait figé pour l'éternité. Il avait tort, sans doute.

Lucia se taisait. Autour d'eux, la forêt bourdonnait. De sa main libre – l'autre était toujours lovée dans celle de son ami –, elle caressait l'écorce rugueuse d'un jeune chêne. Basilio songea qu'elle y cherchait un signe, comme elle avait coutume de le faire dans le monde qui l'entourait. Tout faisait sens, pour elle, et rien n'avait la signification banale que les gens accordaient aux signes habituels. Lucia était peut-être la seule enfant du village à savoir lire, Filippo lui avait appris ; mais même les histoires des livres prenaient, sous sa bouche, des dimensions que l'on n'aurait jamais soupçonnées et qui enchantaient Basilio quand elle les lui confiait. Il préférait néanmoins les augures et les mémoires qu'elle décryptait dans le labyrinthe d'un buisson, sur la cicatrice d'un tronc, dans l'ombre d'un pli de sable.

Le silence coulait sur elle et la parait d'une lumière très douce. Sa peur semblait apaisée, elle retournait dans les sentiers d'enfance.

Dans la maison, rien n'avait bougé. Il avait réussi à se faufiler jusqu'à la chambre du mort sans passer par les lamentations maternelles. Le corps, évidemment, n'avait pas bougé. Devant lui, toujours des visiteurs. Basilio les connaissait tous et ne voulait en reconnaître aucun. Il reprit sa place dans le coin. Pourquoi Lucia avait-elle si peur ? C'était une enfant encore. Elle avait été abandonnée, et puis, il y avait toutes ces histoires dans sa tête, sur ses lèvres, et les signes que le monde lui envoyait et qu'elle cherchait à déchiffrer sans toujours y parvenir. Filippo était vieux ; Basilio, son seul ami.

– Basilio…

Il redressa la tête. Dans l'embrasure de la porte, Valentina lui faisait signe.

Lorsqu'ils furent dehors, elle le prit par l'épaule et l'entraîna chez elle.

– Je suis sûre que tu n'as rien mangé depuis hier.

Peu importait que ce fût vrai ou faux ; Valentina faisait preuve d'autorité et Basilio se laissait mener, souriant. Sa mère n'était pas apparue, la journée serait longue encore, remplie de larmes, de cris, de chuchotements et de silence. Lui reprocherait-on de n'être pas resté sans relâche au chevet de son père ? De toute manière, quoi qu'il fît, on lui aurait adressé des reproches.

La maison de Valentina était plus petite et plus misérable que celle de Basilio, mais de l'extérieur, rien ne la distinguait des autres masures de San Nidro ; des murs trapus, percés de fenêtres rares et minuscules, basses, blanches. Il fallait se baisser pour franchir le seuil. Un poêle épais où chauffait une casserole pleine de pommes de terre, une table branlante, quelques objets disparates, deux chaises.

Derrière une porte trouée et fissurée, la chambre où Valentina dormait solitaire depuis la mort de son mari. Combien de temps avait-elle partagé son lit ? Pas assez pour faire un enfant. Durant les premières semaines de son veuvage, la jeune femme s'était accrochée à cet espoir. Elle avait caressé son ventre, l'avait baigné de ses larmes, y avait guetté le signe que son homme ne l'avait pas complètement abandonnée, qu'une part de lui était restée en elle, dans l'amour de leur dernière nuit commune. La marée avait rendu le corps, mais le corps de Valentina était demeuré sec. Un second deuil qu'elle avait gardé en elle, les gens étaient depuis longtemps retournés à leurs tâches et à quoi aurait servi d'ajouter une couche de noir aux habits foncés qu'elle avait adoptés ?

Elle poussa devant Basilio une assiette remplie.

– Et toi ?

Elle sourit et se servit une portion discrète.

– Voilà. Mange, maintenant.

Par la porte restée ouverte, on devinait les langues d'une chaleur lourde qui venaient lécher l'ombre pour l'assécher, comme un chat son poil après la pluie. La rue bruissait de craquements solaires et humains, le bourg se repliait sur ses pierres pour résister un jour de plus aux assauts de l'été, saison morte, tout dépérissait sous l'excès de soleil, les champs étaient depuis longtemps fauchés, tapis brun de paille drue, sur sol dur de terre grise. Seuls les oliviers et les agrumes couvaient précautionneusement leurs promesses de fruits, maquillant leurs feuilles effilées en taches d'ombre et de clarté.

– Où étais-tu passé ?

Ce n'était pas vraiment une question ; une main tendue pour ramener l'esprit de Basilio à elle. Il secoua la tête et acheva le bol avant de répondre. Il nomma Lucia. Valentina pinça les lèvres mais ne dit rien. Basilio n'aimait pas parler de Lucia aux autres. Valentina, sa mère. L'enfant gênait tout le monde, sauf lui. Valentina, c'était différent, elle n'avait jamais eu une parole hostile contre Lucia ou Filippo. Mais c'était le jardin secret de Basilio. Son paradis, peut-être, mais le mot n'était pas utile pour être bien avec Lucia.

L'après-midi s'était gonflé de toute la chaleur solaire. Les pierres et le sable ne brûlaient pas moins que l'astre. Basilio ne rentra pas directement chez lui ; il gravit à pas lents le colimaçon de la rue principale et gagna la place nue qui ouvrait le parvis de l'église baroque au vent de la falaise abrupte. La façade était sillonnée de fissures ; les volutes qui surmontaient le linteau étaient ébréchées et la Vierge qui flottait pesamment au-dessus laissait filer, impuissante, le pastel délavé de sa robe et de sa peau. Basilio tourna le dos à l'édifice et s'avança jusqu'à la rambarde de pierre blanche, la même qui avait servi à l'église comme à la plupart des maisons de San Nidro, posée ici au plus près du vide et de la mer qui venait pleurer cent mètres plus bas, pleurer tous ceux qui avaient enjambé le parapet pour la rejoindre, et tous ceux qui avaient résisté à son appel. Sous les pieds de Basilio, la chute était effrayante, mais elle ne l'effrayait pas. Aucune plage en contrebas ; seuls quelques lambeaux coupants de rocher couverts d'algues, auxquels on n'aurait pu accéder qu'en barque, pour autant que l'on eût nourri de sombres projets d'échouage.

Le soir allait couler, rapide et apaisant. Un semblant de vie agiterait médiocrement les méandres du village jusqu'au sommeil. Dans la cuisine, sa mère chuchotait avec une cousine. Quand elle vit Basilio, elle lui tendit un morceau de pain et un peu de vin, mais ne lui fit aucun reproche. Son visage était lessivé par un chagrin déjà trop long, chahuté par les lamentations, les doléances vaines, les clameurs désespérées qui n'avaient d'autres raisons que de rendre supportable ce que l'on prétendait insupportable. Son regard terni poursuivrait sans doute longtemps la sourde mélopée du deuil ; mais on devinait, au renflement têtu des épaules, à une certaine ride sur le front, au mouvement de la main pour ramener une mèche dolente, que le corps s'était remis en branle, rivé à la vie comme une vieille bourrique à sa charrette, convaincue que son salut, ou tout au moins sa survie, cette unique religion de la chair, dépendait plus de sa peine que du repos mouillé offert par le chagrin de l'âme.

La cousine était la seule personne étrangère qui demeurait dans les murs. Basilio savait qu'il allait falloir se préparer à la nuit de veille, et il faisait traîner le pain dans sa bouche, trempé de vin, pour retarder l'instant où, d'un mouvement des épaules ou d'une grimace des lèvres, sa mère donnerait le signal.

Les deux femmes laissaient lentement s'éteindre le feu de leurs paroles et ne semblaient pas disposées à bouger. Basilio se tassa dans son coin et reprit un peu de vin. Il ne chercha pas à rentrer dans la conversation, ni même à en saisir le propos. Puis le silence se fit, empesé de soupirs. Enfin, la visiteuse se leva et embrassa la veuve et son fils. La porte s'ouvrit sur l'obscurité. Le jour était fini ; on entendait des voix qui s'interpellaient, la mort d'Aldo n'empêcherait pas les vieux de boire la relative fraîcheur du soir ni les amoureux de traquer les recoins déserts. Peut-être pour protéger leur deuil, peut-être pour ne pas endeuiller les plaisirs des autres, la cousine referma vivement la porte, comme s'il était acquis que l'on n'y changerait rien, que la vie et la mort se jouaient sur des scènes distinctes.

Les regards de la mère et du fils se croisèrent. Un long moment, ils demeurèrent ainsi, immobiles.

– Tu devrais aller dormir, maman.

Se serait-il hasardé à faire cette suggestion s'il n'avait cru surprendre un éclair de fatigue dans les yeux de sa mère, comme un spasme inquiétant ? Sans cela, ou s'il s'était trompé, il aurait été rembarré sans égard, accusé de… Mais il avait vu juste. Une larme furtive, aussitôt ravalée, comme l'ébauche et déjà le regret d'un remerciement.

– Et toi ?

– Je vais le veiller.

Des brisures de mots se répandirent dans le silence. Elle se releva péniblement sous le regard d'un fils qui s'étonnait de la découvrir subitement vieillie et sèche, alors qu'il l'avait toujours crue, sinon grasse, du moins pleine, charnelle. Cette maigreur, qui frappait peut-être davantage le cœur que le corps, se marquait surtout dans les yeux de cette femme surprise par la réalisation des plus sombres présages ressassés des années durant, dans l'espoir de les tenir ainsi écartés.

– Viens me chercher à l'aube.

Elle n'eut pas besoin de préciser, mais le geste qu'elle fit pour verrouiller la porte de rue fut éloquent : ce qui se passerait cette nuit, chez Aldo Broca, ne concernait personne sinon elle, Annunziata Broca née Ponte, et son fils Basilio. Demain, lorsqu'on viendrait coucher Aldo dans le cercueil de bois pauvre où il irait se dissoudre dans l'attente du Jugement, elle serait debout.

En passant à côté de Basilio, elle eut un mouvement de la main au-dessus de ses cheveux qui pouvait ressembler à une caresse. Il eut envie de saisir cette main, mais pour quoi faire, et que dire ? Déjà, elle s'était échappée vers le trou noir dc sa première nuit de veuve.

Qui avait allumé deux bougies au pied du lit ? Dans la chambre calfeutrée pour défendre au mieux la dépouille contre la chaleur – mais pouvait-on décemment se débarrasser d'elle sans l'avoir veillée au moins un jour et une nuit ? –, les lueurs elles-mêmes paraissaient figées, papillons morts dont les ailes bientôt s'effriteraient et tomberaient en poussière sur le linceul.

Basilio tira une chaise et vint s'asseoir à la droite de son père, à hauteur des épaules. S'il tendait le bras, il pouvait sans peine le toucher. Il le toucha. Le caresser. Il le caressa, fasciné à nouveau par la douceur glacée de cette peau. Où était son père ? lui avait demandé Lucia. Là, sous ses doigts ? Aldo Broca n'aurait jamais accepté d'être confondu avec cette momie. Il aurait ri, ou crié. Tandis que là, un imposteur qui lui ressemblait vaguement laissait courir la main de son fils sur son bras, son front, sans sursauter, sans réagir.

Où sa mère était-elle allée s'étendre ? Son lit était ici. Sans doute s'était-elle allongée sur la paillasse de Basilio. Dans l'ivresse d'un mauvais sommeil où se combattaient le corps épuisé et l'esprit affolé, elle laissait infuser dans l'eau épaisse de l'insomnie les souvenirs effacés d'une vie si vite passée.

De toute manière, Annunziata n'aurait pu partager ces dernières heures avec son homme : on l'avait couché au milieu du matelas et s'il avait su, de son vivant, partager l'espace avec les siens, il s'étalait désormais dans le vide de la mort, mains jointes sur la poitrine, les épaules larges comme s'il avait voulu interdire l'accès d'une porte secrète cachée dans son dos. Basilio eut un moment l'envie, malgré le peu de place, de se coucher là, contre son père, de le serrer dans ses bras dans l'espoir puéril de lui offrir de sa chaleur, sinon de sa vie ; de lui confier à l'oreille des mots qu'il n'aurait jamais osés à son tympan vibrant ; de mesurer sa faiblesse d'enfant à cette muraille de chair dure. Comme lorsque Filippo était arrivé, Basilio sentit sa gorge se nouer, ses yeux piquer. Il serra le poing sur le drap amidonné. Il ne voulait pas être courageux. Il ne voulait pas fuir. Il aurait voulu d'autres adieux. Où était son père ? avait demandé Lucia. Basilio n'en savait rien. Il gardait les paupières closes, avec une sorte de rage impuissante dont la nuit se moquait. Son père n'était pas là, il ne creusait pas le lit de son poids de pierre. Il avait pris son envol du sommet de la falaise et s'était éloigné à jamais. Ses doigts crispés ne sentaient pas les ondes chaudes d'un être vivant, ils s'égratignaient au silence glacé de l'absence, catafalque déjà perdu dans la nuit du temps enfui. Derrière ces paupières closes, il le savait, seule vivait la lueur fragile des bougies. Et encore ne tiendraient-elles pas jusqu'à l'aube.

Il s'était endormi sans doute, pendant sa veille, et le cri de sa mère l'avait éveillé en sursaut, avec un mal au dos dont il ne lui fallut pas longtemps pour comprendre l'origine ; dans son sommeil – mais à quel moment ? –, il s'était effondré sur le lit, les cheveux contre l'épaule de son père, la main nouée au drap, à deux doigts du corps. Pourquoi Annunziata avait-elle crié ? Avait-elle craint que son fils eût rejoint son père ? Redoutait-elle ce que cette position pouvait avoir d'incongru, voire de scandaleux, aux yeux d'un étranger ?

Elle ne dit rien. Basilio s'était relevé d'un bond et n'avait pas davantage parlé. Ensuite, tout s'était enchaîné : le cercueil ouvert, le corps déposé ; le cercueil fermé, après un dernier adieu. Dans le fond, les plaintes des femmes, lancinantes, la mélopée du drame, les déchirures des cris. Où est mon père ? Rosario et l'enfant de chœur, Rosario qui exultait, qui mâchait son latin comme le plat froid et savoureux de sa revanche, Rosario qui se démenait pour faire de ces funérailles un triomphe et un désastre, gloire à l'Église toute-puissante à qui nul n'échappait, l'Église qui veillait à la consolation de ses pasteurs désespérés par l'incrédulité et la mécréance, l'Église qui pourvoyait à leur consolation et à leur vengeance, car c'était à elle qu'appartenaient la clé du cimetière et celle de la rumeur, et quel vivant aurait osé vivre avec, dans son ombre, celle d'un parent mal enterré, en butte éternelle à la colère sinon divine, du moins cléricale ? Des paroles de Rosario, Basilio jamais ne retiendrait rien, sinon cette méchante musique, cette crécelle annonciatrice de peste, de lèpre, cette cloche fêlée où résonnaient les échos approbateurs des ouailles fidèles et soulagées. Rien des mots ni des gestes. Où était Valentina ? Elle était restée avec la veuve et les autres femmes, dans la maison où l'on attendait dans les larmes et les lamentations que tout fût consommé, que Rosario s'en revînt, gros d'un festin médiocre, onctueux à l'extrême. Basilio ne vit personne et plus tard laissa se mêler jusqu'au brouillard les images échouées sur le sable gris de ce jour funeste, la madone décolorée, le soleil sur la mer sereine, la balustrade de la place qui paraissait l'appeler encore, l'enjoindre à l'enjamber. Où étaient Lucia et Filippo ? Absents, comme prévu, comme préféré, et à leur place des visages par dizaines, qui le scrutaient pour vérifier qu'il jouait correctement son rôle. Et cette envie de les retrouver, eux, d'abandonner tous les autres, de laisser Rosario à sa victoire sordide, lui infliger l'affront d'un combat nouveau, de l'héritage fièrement repris, avec la quasi-certitude que, cette fois, il ne vivrait pas assez vieux pour pouvoir se venger sur les os du fils après l'avoir fait sur ceux du père.

Une journée interminable, une humiliation sans fin derrière les apparences de la compassion, qui lui interdisait de regimber comme son père l'aurait fait. Mais Basilio était si jeune, il se sentait fragile, différent. Seul.

Une journée noyée dans les échos troubles d'une nuit de veille dont il aurait préféré ne pas se souvenir, dont il gardait aux lèvres l'amertume d'une gêne, presque une honte, à cause du cri de sa mère et de son regard – mais au cœur le serrement que causait la nostalgie d'une tendresse à jamais enfouie avec le mort.

Basilio ressassa ces images, ces fragments mêlés de colère et de tristesse, pendant tout ce temps qui suivit où la vie recouvrit son extraordinaire indifférence. Tous les jours, il descendait sur la plage, seul, marchait jusqu'au lieu où, pour la première fois, il avait aperçu Lucia. Pour cette raison, mais aussi pour ce doigt de forêt que la falaise déposait à deux pas du sable et de l'eau.

Ce fut Lucia qui l'interrogea sur la messe de funérailles et l'obligea à fixer dans sa mémoire, à l'aide de mots et de phrases, les images et les sons qu'il aurait voulu oublier. Mais cette étrange enfant savait peut-être que les souvenirs que l'on ne domestiquait pas devenaient rapidement des chiens fous, parfois sauvages, qui ravageaient l'esprit où ils erraient, vagabonds et tout-puissants. À moins que, plus simplement, elle voulût l'entendre parler et, sur la mélodie de sa voix, tisser d'autres histoires dont elle conserverait le secret.

Elle n'allait jamais à l'église, pas plus que Filippo. Si elle y était venue, tout le monde aurait murmuré, des ronchonnements noirs imprégnés de peur et d'accusations. Elle n'aurait rien récolté d'autre que si elle était restée chez elle, dans le temple de sa forêt, et elle se préservait des regards mauvais qui auraient sali sa beauté. Elle imaginait les rites sur la base des récits de Basilio ou de Filippo. Dans la chapelle abandonnée, elle avait des tendresses pour la Vierge en plâtre à qui elle prêtait des histoires, des pensées et des paroles qui, en d'autres temps, comme s'amusait à le dire Filippo, l'auraient conduite au bûcher.

Basilio fit de son mieux pour lui rapporter le déroulement de la cérémonie, la gesticulation de Rosario, ses paroles incompréhensibles en latin, insupportables en dialecte.

– Pourquoi parle-t-il en latin ? Son dieu parle latin ?

Basilio n'avait pas la réponse à ces questions, ce qui ne l'empêchait pas d'improviser : oui, sûrement, le dieu de Rosario était sourd à la langue des pauvres gens.

– Il parle radin, conclut-il.

Elle voulait des précisions : les gestes, le rituel de l'hostie qui lui semblait la chose la plus invraisemblable, stupéfaite qu'on pût prendre un peu de pain pour de la chair humaine. À chaque fois, sa mine dégoûtée se lavait dans un grand rire purificateur ; pouvait-on vraiment y trouver de la force ? Elle connaissait la réponse : Rosario obéissait à une religion qui faisait se courber les têtes, qui prêchait la faiblesse et louait dans la culpabilité universelle la chance de régner sans effort. C'était une manière de confirmer à Basilio qu'elle était là pour corriger Rosario, et qu'elle lui offrait une force qui n'était d'aucun autre rite que celui qu'elle tissait et détissait au gré de sa fantaisie, d'aucune autre liturgie que celle qui s'inventait au fil de ses histoires, d'aucune autre prophétie que celle qui se lisait dans les signes que son regard élisait au hasard de ses pérégrinations.

Elle voulut qu'il la conduisît au cimetière, malgré ses réticences ; ne lui avait-elle pas expliqué que son père serait partout sauf là, dans ce corps condamné à la pourriture ?

– C'est vrai. Mais les cimetières sont des lieux paisibles. Filippo n'aime pas m'y emmener. Pourtant, la vue sur la mer est magnifique.

Le petit cimetière de San Nidro était perché au sommet de la falaise, en dehors du village, à une centaine de pas de l'église. Un muret de gros cailloux au-dessus duquel les chèvres les plus insolentes n'auraient pas hésité à sauter, s'il y avait eu entre les tombes – ou même sur le ventre des morts – autre chose à manger que du gravillon et de la terre sèche. Ne reposaient là que des pêcheurs et des paysans à peine plus pauvres dans l'éternité que dans leur vie, ou riches seulement de cette tranquillité absolue. Quelques croix de pierre, beaucoup de bois. Presque pas de dalles, rien que le damier des rectangles.

Instinctivement, en arrivant, Basilio avait scruté les environs ; personne en vue à cette heure torride de l'après-midi dévolue à la sieste. Lucia, comme à son habitude, avait glissé sa petite main dans celle de Basilio qui en ressentait un mélange de plaisir et de gêne. Il n'y avait pas eu de mort au village depuis Aldo, aucune tombe n'avait été creusée dans l'attente d'un nouvel occupant. Il faisait une chaleur écrasante et Lucia protégea ses yeux clairs, coutumiers des ombres sylvestres, en baissant à moitié les paupières.

Sans un mot, il la mena sur la tombe de son père où trois fleurs achevaient de sécher. Il n'était plus venu ici depuis l'enterrement. Sa mère ne l'avait pas interrogé à ce propos et Basilio ignorait si elle s'y était rendue. Parce que la terre venait d'être retournée, cette tombe semblait plus fraîche que les autres, plus accueillante.

Du coin de l'œil, il observait Lucia. Elle avait d'abord caressé la sépulture de son regard, non pas comme une magicienne désireuse de ressusciter le mort sous ses pieds – ou comme une démente qui se serait crue magicienne –, mais comme une enfant candide venue saluer le père de son meilleur ami.

Après un dernier survol, les yeux de Lucia se levèrent et se tournèrent vers l'horizon. Elle souriait. Pensait-elle aux navires qui, sur cette mer étale, auraient pu emporter Basilio ? Elle n'aurait pas souri. À moins qu'elle se fût souvenue de sa promesse.

Le cimetière ressemblait au village ; sourd au monde. Sourd et indifférent. Comme si ce bout de terre était le seul coin habité de l'univers. Une certitude qui ne valait pas la peine d'être vérifiée. Filippo connaissait le monde au-delà de San Nidro. Il avait voyagé, et d'où avait-il ramené la fillette ? D'un lointain jamais nommé et que Lucia ne voulait pas connaître.

Ce que Filippo disait du monde : qu'il était fou. C'était pour ça, sans doute, qu'il était revenu à San Nidro.

– Lucia n'est qu'une enfant.

Valentina était penchée sur le baquet d'où elle tirait le linge. Elle se redressa, souffla une mèche de cheveux qui menaçait de lui brouiller la vue.

– Elle est bizarre... Méfie-toi.

Basilio haussa les épaules. Se méfier de quoi ? Valentina sortit un drap et Basilio vint l'aider à l'étendre sur l'herbe. La main de la femme frôla son bras, mais il ne remarqua pas le léger frisson qui parcourut Valentina.

– Et ta mère ? demanda-t-elle.

Sa mère était une mule acharnée. Elle s'était remise en marche, traînant sa vie comme la charge d'un maître invisible et tyrannique. Peu de choses avaient changé dans leur vie, sinon le vide du père. Un peu moins d'argent aussi, mais pas tellement ; Annunziata travaillait davantage. Et se taisait d'abondance, façon d'économiser. La tendresse, les fêlures. Avec son fils, les dix mots du quotidien ; avec les voisines, ceux du temps qu'il fait, du temps qui passe. Avec Rosario, un silence attentif, du moins en apparence. Le curé aimait rendre visite aux veuves ; il avait le motif de la consolation et l'assurance de n'être pas dérangé par un mari. Les hommes plus que les femmes se détachaient de l'Église, voire de Dieu. Rosario venait, s'asseyait ; Annunziata poursuivait son labeur après avoir servi au visiteur un petit verre d'alcool qu'il ne refusait jamais.

Il bavassait. Sur Dieu, le village. Annunziata travaillait. Était-elle intéressée ? C'était une distraction. Gabriele Rosario venait plus souvent chez elle que chez les autres. On aurait pu jaser. Elle avait un grognement et un plissement des paupières pour signifier ce qu'elle pensait de ces ignominies. Lui prétendait s'inquiéter pour le salut de Basilio. Annunziata partageait ces craintes mais ne parlait pas de ça avec Basilio. Leur silence, depuis l'enterrement, s'était débarrassé de toute hostilité. Solidarité contrainte des épreuves communes, tacite. L'admettre aurait fait rougir l'un et l'autre. Sans doute, comme Lucia mais pour d'autres motifs, redoutait-elle qu'il s'en allât. Il avait essayé de la rassurer, sans savoir s'il avait pu la convaincre. Alors, sans se l'avouer, la mère et le fils s'inventaient une nouvelle vie, sans Aldo, sans tension ni tendresse, une vie qui prenait des allures d'éternité, ce qui, pour Annunziata, signifiait : jusqu'à sa mort. Elle n'était pas impatiente.

À l'insu de tous, patiemment, Basilio se mit à récolter du bois mort, qu'il entreposait dans une anfractuosité de la falaise, plus loin, là où la pierre redressait les épaules et s'élevait pour toiser la plage, cette roche misérable et vaine, abâtardie, mélangée aux cadavres des mers, le sable patient qui se riait de cette morgue plus inquiète que victorieuse car le triomphe lui appartenait, la falaise le savait, tout n'était que poussière et rien, sur terre, n'échappait à la loi du grain de sable. Le bois, c'était le plus souvent la mer ou le vent qui le lui apportait. Larmes ligneuses de la forêt qui surplombait la falaise, échardes que les vagues s'arrachaient avec dédain. Basilio allait aussi piller, timide et craintif, les reliques d'un trabucco abandonné, une de ces structures fragiles, toile d'araignée tendue par les marins au flanc des rochers pour pêcher sans sortir en mer. Basilio n'avait jamais vu le trabucco fonctionner ; trois bateaux le remplaçaient depuis longtemps, et il aurait été impossible de le manœuvrer à présent. Le village avait accueilli cette transformation comme un progrès, la modernité touchait aussi San Nidro, et nul n'avait regretté l'archaïque construction, même ici le vingtième siècle avait vingt ans passés. Personne n'y venait plus désormais, on n'avait pas le temps pour la nostalgie. Personne n'aurait pu remarquer le lent dépeçage auquel se livrait Basilio – ou bien, on l'aurait mis sur le compte du vent, des marées, des pluies, du soleil.

– Qu'est-ce que tu fais là ?

Il était venu en plein après-midi, à l'heure où la plupart des villageois se calfeutraient chez eux dans l'attente d'un peu de fraîcheur. Basilio n'avait jamais rencontré personne sur les ruines du trabucco et, en arrivant, il n'avait pas remarqué la silhouette du jeune garçon qui, les pieds dans le vide, regardait l'horizon. Il reconnut Francesco, le fils de Luigi, un des trois patrons pêcheurs. Francesco avait à peu près le même âge que lui. Peut-être avaient-ils joué ensemble, quand ils étaient petits ; Basilio ne s'en souvenait pas. Ni d'éventuelles disputes. Comme avec les autres gars du village, ils s'ignoraient. Basilio savait que Francesco était connu, depuis quelque temps, comme un joli cœur, un garçon qui passait le plus clair de ses journées à tourner autour des filles. Un grand mot pour un petit triomphe : à peine s'il y avait trois ou quatre gamines de leur âge susceptibles de répondre à ses avances. Mais c'était sans doute une manière de tromper l'ennui, de se consoler des années qui venaient.

– Et toi ? demanda Basilio d'un ton indifférent.

Ce n'était pas la question qui le dérangeait, mais plutôt la présence de Francesco.

– Rien. Tout le monde dort, je m'ennuie. La pêche, tu sais…

Depuis quelques années, Francesco accompagnait son père tous les matins. Départ à l'aube, retour dans la matinée. Le métier ne lui plaisait pas, mais les mauvaises langues disaient qu'aucun ne pouvait lui plaire. Luigi faisait taire les médisants. Depuis la mort de sa femme, emportée par un mal que l'on n'avait pas eu le temps de nommer, Francesco était sa seule famille. Son seul espoir aussi, semblable à celui de tous les villageois : un fils pour veiller sur ses vieux jours, si la chance lui était donnée de vivre vieux. La chance, ou la malchance. On ne choisissait pas, et l'on croisait les doigts, quand ils n'étaient pas requis à la tâche, ce serait déjà du bonheur que de ne pas trop souffrir.

– Tu t'ennuies pas, toi ? relança Francesco tandis qu'il arrachait une écorce de bois au piquet contre lequel il s'appuyait.

Basilio répondit d'un hochement de tête. Il savait que Francesco, comme les autres, le trouvait bizarre. Le même mot que Valentina avait employé pour Lucia. Bizarre à cause de Lucia, de leur amitié. Une fille, mais pas de celles qui intéressaient Francesco. Basilio ne répondit pas. Il n'avait pas envie de parler, il voulait que Francesco s'en allât pour reprendre son travail.

– Tu m'as pas répondu.

– Rien. Je regarde la mer.

– Pas sûr qu'on y voie la même chose…

Le ton de Francesco intrigua Basilio qui s'arrêta pour l'observer, à la dérobée. Ils avaient à peu près la même taille, mais alors que Basilio était sec et musclé, Francesco était fort, le ventre déjà rebondi. Ça ne déplaisait pas, sans doute. Un signe de confort, d'aisance. Bruns, ils l'étaient tous les deux. Mais le regard de Francesco était fuyant, tandis que celui de Basilio se plantait dans celui de son vis-à-vis, qui baissait souvent la tête. À cet instant, Francesco ne regardait personne ; ses yeux sombres étaient tournés vers la mer, comme s'ils cherchaient à percer le mystère de l'horizon. Il était de ceux qui rêvaient de partir, sans doute. Qui n'attendaient rien d'une vie ici. La pêche, quelques poissons, quelques légumes. Travailler, se marier, engendrer des enfants qui feraient la même chose… Ne jamais rien voir d'autre que ces vagues et ces falaises. Mais un soupir souleva la possibilité d'autres sentiments, que le jeune homme ignorait sans doute lui-même.

– Tiens, t'aurais pas envie de venir pêcher avec nous ?

Pêcheur ? Avec les olives, les quelques champs, les chèvres, c'était une des seules activités possibles ici. Bien sûr, Basilio y avait pensé. Mais comme pour le reste : sans s'y attarder. Pourquoi Luigi l'engagerait-il, alors qu'il avait déjà son fils ? Francesco eut un mouvement du corps pour rejeter l'argument. Même Basilio savait qu'il n'aimait pas travailler. Et Luigi avait cité son nom à l'une ou l'autre reprise. Un gars costaud, silencieux. Il devina ce que Francesco ne lui disait pas, ce qui restait dans le flou de son regard reparti voguer sur l'horizon ; si Basilio rejoignait l'équipage de Luigi, Francesco ne serait plus indispensable. Il pouvait couper l'amarre, partir un jour, quitter ce trou, comme il l'appelait. Et si Basilio refusait ? Francesco resterait-il toute sa vie, chevillé à celle de son père, à son bateau ?

Sans doute pas. Ou alors, il y trouverait son compte. De toute manière, ce n'était pas le problème de Basilio. La seule chose qui comptait, c'était de savoir que Luigi était susceptible de l'engager. Des patrons pêcheurs, c'était celui que Basilio préférait. Pourtant, son bateau était le plus petit, à peine si on pourrait y tenir à trois. Luigi était taciturne. Une qualité pour piéger le poisson. Et pour plaire à Basilio. Pêcheur… ça rassurerait sa mère. Qu'en dirait Lucia ? Et lui, en avait-il envie ? Sans doute. Au contraire de Francesco, ce serait une manière pour lui de s'ancrer plus encore dans ce pays.

– Alors ?

– Je ne sais pas. Peut-être.

Ils n'avaient plus parlé. Basilio ne se souvenait pas d'avoir eu une conversation aussi longue avec un autre villageois, hormis Valentina, Filippo ou Lucia. Un sentiment curieux l'avait envahi, qui n'était pas spécialement agréable, mais qui l'empêchait de partir, de laisser là Francesco. Pourraient-ils devenir amis ? La vie déciderait, mais c'était peu probable. Francesco n'était déjà plus tout à fait à San Nidro.

Alors, ils restèrent tous les deux assis sur le bord du trabucco délabré, les pieds dans le vide, à regarder un horizon où chacun lisait l'esquisse d'une vie différente.

Quelques jours plus tard, Basilio descendit sur le ponton où les pêcheurs accostaient – quelques planches fixées à des pieux profondément enfoncés dans le sable et coincés par des pierres. Francesco bâillait à bord, le jour se levait à peine. Il avait feint de ne pas voir Basilio et se pencha à la proue pour ne pas entendre. Luigi parut surpris de voir arriver Basilio et le salua d'un mouvement du menton interrogateur. Si Francesco avait dit vrai, l'homme devait nourrir l'espoir, en cet instant, que Basilio vînt lui proposer de travailler avec lui ; mais il resta parfaitement impassible lorsque le jeune homme évoqua cette possibilité et il se contenta de lui faire signe de monter. Basilio, pourtant, était sûr d'avoir aperçu l'ombre d'un sourire sur la peau tannée du marin.

La matinée parut longue à Basilio. Il s'appliqua et chercha à suivre au mieux les consignes que Luigi lui indiquait par monosyllabes. Francesco l'avait accueilli avec la plus complète indifférence et ne lui dit pas un mot de toute la sortie, à tel point que Basilio songea un moment qu'il avait mal compris ce que le garçon lui avait dit au trabucco. Jusqu'à ce qu'il surprît l'un ou l'autre regard en coin ; Francesco l'observait à la dérobée avec l'ombre d'un sourire. Moquerie ? Basilio ne pensait pas. Une sorte de soulagement.

Pêcher ne parut pas compliqué à Basilio ; il ne fut pas long à percevoir la mécanique des gestes, leur rituel aveugle. Francesco opérait en regardant ailleurs ; ses mouvements étaient comme au ralenti, maladroits, résignés. Son père grognait mais ne paraissait pas vouloir le réprimander ouvertement, peut-être à cause de la présence de Basilio. Ou par lassitude. Ou par peur des réactions du garçon. Il y avait chez Francesco quelque chose de rude qui pouvait expliquer cette distance que le père gardait. Il ne fallut pas attendre le retour de pêche pour que Basilio comprît tout ce qui, dans les gestes de Francesco, était faux. Quand on faisait un métier, peu importait lequel, on ne pouvait pas se permettre cela. Tout le corps devait être ajusté à la tâche, concentré sur elle. Une erreur pouvait avoir des conséquences funestes, désastreuses ; Basilio le savait d'instinct, ou simplement pour avoir observé son père. Ou écouté Filippo. À moins que ce ne fût le spectacle de Lucia, même si elle ne travaillait pas au sens où les gens de San Nidro l'entendaient. Elle ne produisait rien, ses gestes n'avaient pas de but précis, sinon de peindre la beauté du monde, de souligner la finesse d'une lumière.

À quelques plis des lèvres et des joues, Basilio devina que Luigi était satisfait ; son nouveau marin lui convenait. Il apprendrait vite, serait efficace. Et silencieux, comme lui. Comprenait-il que son fils, lui aussi, se réjouissait de cette recrue et qu'il en profiterait pour partir avant qu'un piège nouveau se refermât sur lui ? Possible. Pour les gens de San Nidro, les illusions étaient un luxe risqué.

Luigi, comme les deux autres pêcheurs, revendait l'essentiel de sa prise à Gustavio, un négociant de Bari, qui tous les midis venait attendre sur le quai avec son petit camion, le seul véhicule à moteur à faire vibrer les rues de San Nidro et à perturber son silence de pierre. C'était par le marchand que le village restait encore vaguement lié au monde. Il leur avait dressé le journal de la guerre – quel étonnement, que cette guerre mondiale dont on n'avait rien perçu d'autre que les propos confus du marchand… –, la victoire, la déception, la montée de Mussolini, sa prochaine accession au pouvoir dont Gustavio ne doutait pas. On l'avait écouté en maugréant, sans chercher à comprendre ce qui, de toute manière, ne concernait pas San Nidro.

Les marins jetaient leur butin à ses pieds. Gustavio affichait d'avance un air de mépris qui l'aidait à baisser les prix. Il s'amusait aussi à jouer la concurrence entre les équipages, et évoquait d'autres villages aux pêcheurs supposément plus compétents. Nardo, Luigi et Pasquale, les trois patrons, haussaient les épaules, crachaient par terre et injuriaient Gustavio avec un rire sec et las ; ce baratin, il le tenait depuis dix ans, et dans tous les villages où il passait. C'était eux qui le faisaient vivre. Eux qui se levaient au milieu de la nuit, s'épuisaient à tendre et à lever les filets, à remonter les poissons brillants, à réparer les nasses. À quoi il répondait avec morgue que, sans lui, ils resteraient avec leurs poissons crevés sur les bras et que San Nidro serait vite inhabitable à cause de la puanteur. C'était faux, ils auraient pu dénicher un autre acheteur ou aller vendre eux-mêmes en ville ; c'était vrai, aucun autre marchand ne s'était jamais présenté et ils n'auraient su comment s'organiser pour ce métier qui n'était pas le leur. Alors, on convenait d'un prix qui avait le mérite de donner à chacun une raison de se plaindre et le moyen pour tous de gagner sa vie. Les patrons payaient l'équipage d'abord, en argent et poisson frais, et puis se rémunéraient de la même manière. On chargeait le camion de Gustavio qui s'empressait de partir, avant que le soleil achevât de gâter, se plaignait-il, une marchandise qu'il aurait crue pêchée la semaine précédente.

Basilio connaissait le rituel de la vente à Gustavio pour l'avoir observée de loin. Ce jour-là, ce fut la première fois qu'il y prit part en acteur. Gustavio nota cette nouvelle présence avec un haussement de sourcil.

– Tiens, tu engages, Luigi ? Tu as trouvé quelqu'un pour secouer ton fainéant de gamin ?

– Ne t'occupe pas de mon fils, Gustavio. Tu en as laissé traîner assez dans les Pouilles. Garde tes conseils.

Tout le monde, sauf Luigi, avait ri, le négociant plus fort que les autres. Francesco, lui, comme à son habitude, feignit de n'avoir rien entendu. Il enroula des cordes, étendit les filets et s'étira en bâillant. Il se mit en retrait et Basilio lui retrouva l'air qu'il avait eu lorsqu'ils s'étaient retrouvés au trabucco, le regard tourné vers le large. Sauf peut-être un pli, une forme de grimace. Mais Basilio n'eut pas le temps de l'interroger ; Francesco était déjà parti.

Luigi lui glissa quelques billets, plus que ce que Basilio avait jamais possédé, et une belle dorade.

– Tiens, tu la mangeras avec ta mère. Tu reviens demain ?

Basilio remonta vers le village. Francesco le rejoignit avant qu'il eût atteint le haut du sentier qui reliait San Nidro à la plage.

– Alors ? Ça te plaît ? demanda-t-il en posant la main sur l'épaule de Basilio.

Basilio se dégagea. Il hocha lentement la tête. Oui, ça lui plaisait. Le vent, le bruit des vagues, les gouttes de lumière qui volaient autour de lui. Les poissons, leur agitation inutile dans la nasse, leur danse d'argent sur le pont. Les muscles tendus pour tirer les filets, les jambes bien placées pour ne pas tomber. Ils ne s'étaient pas arrêtés et cheminaient côte à côte. Basilio vit que Francesco semblait soulagé. Ils arrivaient à hauteur de chez lui. Francesco s'arrêta, ouvrit la bouche et parut sur le point de dire quelque chose. Mais il se ravisa, fit un curieux sourire, le même que sur le pont, et s'éloigna.

Quelques jours plus tard, Basilio retrouva Luigi seul sur le quai. Le marin n'eut pas besoin d'expliquer : Francesco était parti sans explication. C'était un abandon, même s'il avait pris soin de ne pas laisser son père seul à la tâche.

Le jeune homme ne posa pas de question et Luigi ne fit aucun commentaire. À peine un flou dans le regard au moment de larguer l'amarre, un coup d'œil vers la plage, puis le large. Un soupir d'épaules, le dos qui se redressait. La vie ne faisait pas de pause. Plus de fils, mais un équipier. Et du poisson en abondance. On pouvait se plaindre, mais personne n'aurait écouté.

Pour les opérations de la pêche, les deux hommes s'entendaient d'un regard, d'une syllabe. Pour le reste, ils n'avaient ni le temps ni les mots. Francesco avait disparu à jamais, comme tous les autres émigrés. Il ne revint pas déposer aux pieds de son père l'or d'un paradis lointain. Et à chaque retour, Luigi et Basilio déversaient devant Gustavio le fruit de leur travail, ce que la mer leur avait concédé, leur part de vie et de mort, de sel et de sueur. Ils se saluaient d'un geste, d'un clignement de paupière. Basilio empochait son argent et ramenait un poisson chez lui, un autre chez Valentina ou chez Filippo, les deux quand la prise avait été meilleure.

– À défaut de devenir pêcheur d'hommes, commenta un jour Rosario qui traînait sur le ponton, te voilà au moins à même de nourrir ta mère !

– Laisse-le, Rosario, avait lancé Luigi.

Le curé, le front perlé de transpiration, avait eu un rictus disgracieux. Il ressemblait à une rascasse qui, sur le pont, venait de renoncer à chercher de l'air. Pêcheur d'hommes… Drôle de religion, qui prenait les hommes pour des poissons.

Une année passa. À force de manier les filets, Basilio s'était endurci. Son torse et ses bras s'étaient musclés et maîtrisaient désormais en expert les gestes de la pêche. Luigi et lui formaient une bonne équipe, sans avoir échangé plus de cent phrases. Le patron n'avait plus parlé de Francesco et Basilio s'en était gardé. Qu'aurait-il dit ? Pendant quelques jours, il navigua avec un malaise : il avait été manipulé par Francesco et lui avait permis de fuir. Puis, il n'y pensa plus. Les gens qui étaient partis vivaient-ils encore ? Ceux que l'on ne voyait plus, à qui l'on ne pouvait plus parler, que l'on ne pouvait pas toucher ; étaient-ils différents des morts qui dormaient dans le cimetière ? Et ceux-ci n'étaient-ils pas plus présents que ceux-là ? On pouvait aller sur leur tombe, pleurer ou simplement regarder la mer au loin. Ou les injurier, leur reprocher d'avoir abandonné les vivants. Comme les exilés, ils ne répondaient pas, bien sûr. Mais il y avait plus de chance qu'ils entendissent. On pouvait l'imaginer, en tout cas. Basilio croyait Lucia : ce qui n'était pas là n'était pas.

Il avait appris, grâce à Valentina et à sa mère, ce qu'on murmurait dans le village : quand Luigi serait trop vieux pour prendre la mer, il laisserait son bateau à Basilio, comme il l'aurait fait pour son fils. Basilio n'avait pas réagi. C'était naturel, sans doute. Un homme avait besoin de savoir que son labeur ne finirait pas dans la tombe avec lui. Et si les deux marins continuaient à travailler ensemble, il était aussi naturel que Basilio reprît le bateau lorsque Luigi n'en aurait plus la force ou l'envie.

Mais Lucia ne voyait pas les choses de la même manière. La peur de voir Basilio partir s'était enrichie d'une autre : que la vie l'engloutît dans sa routine grise, qu'un démon ordinaire vînt se substituer à lui.

Elle avait grandi. Son torse avait encore plus changé que celui de Basilio. Il était ému en la voyant, chaque fois. Elle s'en amusait. Ses doigts insouciants couraient sur les muscles de son ami, mais elle s'écartait en riant lorsqu'il voulait poser la paume sur sa poitrine ou son ventre.

– Vas-tu devenir pêcheur pour de bon ? Était-ce à cela que tu rêvais, pour ta vie ?

Elle était toujours aussi étrange ; que pouvait-on rêver pour sa vie ? Celle-ci s'imposait. Basilio n'avait pas pensé devenir pêcheur ; il l'était devenu et n'en était pas mécontent.

– C'est un beau métier.

Seule Valentina ne partageait pas cette opinion, mais elle avait encouragé Basilio à persévérer, autant qu'à faire preuve de prudence. Il fallait vivre, mais c'était inutile de l'expliquer à Lucia ; la vie pour elle était une évidence, pas un devoir.

– À quoi rêves-tu, pour ta vie ?

À cette question, la gorge de Basilio se nouait. Il tendait les doigts pour saisir ceux de Lucia. Rêvait-il à autre chose qu'à pouvoir la serrer dans ses bras sans devoir se cacher ? La ramener à San Nidro, sans plus subir les regards et les médisances. L'installer chez lui. Chez eux. Elle était trop jeune encore. Elle serait toujours si différente… Elle lisait en lui et riait. Pas de ces rêves médiocres ! Basilio rougissait, honte et colère mêlées. Jamais il n'offrirait cette satisfaction à Rosario. Mais ce rêve, pourquoi serait-il minable ? Les doigts innocents de Lucia sur son torse nu l'affolaient. Il lui fallait courir jusqu'aux vagues, s'y plonger pour éteindre le feu qu'elle allumait, insouciante. Elle demeurait sur le rivage et riait de ce jeu dont elle semblait ignorer la cause et l'objet.

Filippo les observait de loin, sans intervenir. Oui, Lucia était différente. Mais qu'est-ce que cela signifiait ? Question de point de vue. Pour Basilio, cela voulait dire parfaitement conforme à ce que son cœur murmurait dans sa solitude. Murmure impérieux que Basilio déchiffrait mal et qui amusait Filippo. Mais il était inquiet, parfois. Lucia devenait une femme. Non : le corps de Lucia devenait celui d'une femme. Les hommes du village allaient commencer à la regarder autrement. À la peur et au rejet, se mêlerait un désir sournois. Et la différence de Lucia jouerait contre elle. Aux êtres que l'on proclamait différents, certains se réservaient le droit d'appliquer des traitements particuliers. Les rois et les puissants étaient différents : on les craignait, on les respectait. On ne les aimait pas, mais la peur et leur force leur assuraient la victoire. Les fées comme Lucia étaient impuissantes, et cette faiblesse donnait à l'effroi qu'elles inspiraient un parfum aigre, mauvais. Dangereux. Basilio pourrait-il la protéger ? Filippo savait qu'il essaierait, en tout cas. Ce serait peut-être suffisant. Il n'était pas nécessaire d'inquiéter le gamin. Juste le mettre en garde, parfois, à mi-mot. Basilio ne laisserait personne toucher Lucia. Personne sauf lui. Un jour. Quand elle le lui permettrait.

Sa mère avait d'autres projets et d'autres angoisses. Elle avait l'inquiétude des femmes qui n'ont pas connu d'autre vie que celle qui avait borné ses horizons. Elle balayait l'hypothèse de Lucia d'un raclement de gorge méprisant. Elle savait que son fils la fréquentait. Qu'il n'en fréquentait aucune autre. Cela finissait par l'inquiéter. Sujet malaisé à aborder avec Basilio, qui prenait ombrage dès qu'elle prononçait la première syllabe de son nom lumineux. Elle avait besoin de son fils, et peut-être pas seulement pour le poisson et l'argent qu'il retirait de ses filets. Basilio lui avait promis de ne pas partir, mais elle ne prenait pas ces mots pour une assurance. Les promesses des hommes ne valaient que ce que l'existence en faisait. Ils promettaient de rester aussi longtemps qu'ils n'avaient pas trouvé une raison de partir. Annunziata ne voulait pas prendre le risque de fournir elle-même cette raison. Si Basilio la fuyait, qu'elle pût au moins se lamenter en toute légitimité, la conscience pure et noyée de larmes.

Mais elle aurait voulu que son fils épousât une fille normale. Normale ; tout le monde savait ce que cela signifiait. Comme chacune. Pas différente. Belle ou non, peu importait, mais qui ne passait pas ses journées dans la forêt, pieds nus, les cheveux encombrés de brindilles, à parler aux arbres et aux oiseaux. C'était ce que rapportaient ceux qui l'avaient surprise au détour d'un sentier. Il ne fallait pas le mentionner devant Basilio, il pouvait rentrer dans des colères terribles alors et étaler sur la table de la cuisine les manies misérables de l'un ou l'autre et parfois même de sa mère – et pas la peine de lui opposer que ces manies-là étaient normales, elles aussi, jusque dans leur bizarrerie consignée dans la liste des soulagements médiocres autorisés à condition qu'ils fussent discrets, cachés. Secrets. Sans doute, la médiocrité prenait parfois des tours ignobles mais comment les victimes se seraient-elles plaintes, et pourquoi, lorsqu'il leur fallait vivre le restant de leurs jours avec leurs tristes bourreaux ? Tout cela, d'ailleurs, c'était des mots trop grands pour les ruelles de San Nidro, des termes qui vous faisaient monter trop haut ou chuter trop bas. Ici, dans les Pouilles, seules les falaises manquaient parfois de mesure. Et le soleil, et la mer. Mais les hommes étaient infimes face à ces éléments. Infimes et insignifiants dans leurs fautes et leurs souffrances. Ce qui n'excusait pas, aux yeux d'Annunziata, le comportement de Lucia ni même celui de Filippo, il n'était pas juste de chercher ainsi à se singulariser – et pouvait-il y avoir d'autres intentions derrière de telles attitudes ? Rosario était d'accord avec elle et, insidieusement, renforçait Annunziata dans ses convictions. Annunziata et d'autres. Il prêchait l'humilité et s'en disait nimbé. « Bienheureux les transparents ! » ânonnait-il la voix pâteuse, avec un soupir de regret face à l'insupportable opacité des êtres et des âmes. Mais ce n'était pas don Gabriele qui pourrait convaincre Basilio d'épouser une des rares vierges de San Nidro et, bien qu'il revînt à la charge à chacune de ses visites ou à la sortie de la messe, Annunziata tenait bon, il devait la laisser mener seule ce projet à terme. Elle finirait par trouver, sinon un argument, du moins une fille qui ferait sortir Basilio des bois solitaires où l'entraînait cette créature.

Alors, entre deux bouchées silencieuses, elle nommait l'une ou l'autre gamines. Basilio grognait. Il ne voyait pas de qui il s'agissait, ou il écartait l'insinuation d'une fourchette dégoûtée. Il n'avait pas seize ans, il avait le temps.

– Tu ne veux pas faire semblant de m'épouser, Valentina ?

Une idée saugrenue, faire patienter sa mère. La jeune veuve refréna les battements de son cœur. Était-il possible que la cruauté prît ce visage innocent ? Elle s'efforça de sourire.

– Semblant ?

Basilio rougit. C'était ridicule, absurde. Inutile de préciser, de poursuivre. Valentina le dévisagea longuement, les yeux troubles. Basilio, pour une fois, détourna la tête.

– Pourquoi tu ne te remaries pas ?

Elle ne répondit pas. Il y avait eu l'un ou l'autre homme pour l'approcher après son deuil. Pas seulement des veufs canoniques. Elle était belle, jeune, courageuse ; des qualités rares et précieuses, dont la troisième était gage de durée. Veuve et orpheline ; plus personne pour lui dicter ses choix. Mais savait-elle pourquoi elle refusait ? Elle s'arrêtait à des explications simples : un chagrin irréparable, ou la peur d'être à nouveau confrontée à la douleur de la perte, car avoir vécu un deuil ne vous mettait pas à l'abri d'un autre drame. C'était plus facile que de regarder son cœur en face. Son cœur et son désir. Basilio était jeune, un enfant presque – mais son corps était déjà celui d'un homme, d'un pêcheur –, elle le connaissait depuis toujours – mais tout le monde, à San Nidro, se connaissait depuis toujours –, il était amoureux de Lucia – mais il n'utilisait pas ce mot, n'avouait pas ce sentiment et redoutait que la fillette, devenue femme, n'accepterait jamais de se laisser enfermer.

Valentina ne répondit pas à Basilio. Elle laissa traîner son regard et Basilio détourna les yeux.

Basilio était avide des paroles de Filippo, même s'il ne les comprenait pas toutes. Pas bien. Mais il les engrangeait et il savourait leur musique, le vent qu'elles faisaient souffler sur les murs coutumiers, dans les ruelles d'une existence où les gens cheminaient en aveugle. Il ne cherchait plus à le questionner sur son passé ; si Filippo ne parlait que du vent et du sable, cela lui convenait. Et aussi s'il demeurait silencieux, ce qui arrivait souvent, sur la plage, au sommet de la falaise, presque toujours face à la mer. Quand Lucia était là, il leur racontait parfois des histoires. Des contes de chevaliers lointains qui faisaient rire aux éclats Lucia ; rien n'était plus drôle et ridicule pour elle que ces monstres d'orgueil à cheval sur leur suffisance. Il aimait aussi leur parler de ceux que l'Église avait combattus. Des noms défilaient, qui pour les enfants n'étaient que des héros d'aventures terribles et de combats contre des Rosario infinis : Galilée, Copernic, Giordano Bruno et d'autres aux noms plus étranges encore. Les deux auditeurs avaient pour le dernier une tendresse particulière ; Lucia parce qu'elle avait un jour rêvé de lui et que ce rêve l'avait émerveillée, même si elle ne se souvenait pas de ce que l'apparition lui avait dit ; Basilio, lui, était ému par le bûcher qui lui rappelait sa promesse secrète.

Filippo pénétrait rarement dans la forêt, c'était le domaine réservé de Lucia. Lui en avait-elle interdit l'accès ou ne s'agissait-il que d'une prévenance ? Ou une appréhension, peut-être, qu'il exorcisait en passant de si longues heures à contempler les flots. Plus il vieillissait, plus il ressemblait aux vagues, et les vagues à son rire. Ses pupilles avaient des reflets de houle et de ciels d'orage, et l'écume cherchait en vain à imiter les boucles de ses cheveux.

– Finalement, je n'aurais pas pu vivre ailleurs, Basilio. Ici, il y a… comme un ensorcellement. Coincé entre une forêt et la mer. Impossible de partir, sauf à triompher de ses peurs.

Basilio fut étonné : Filippo pouvait-il avoir peur ? Les vagues eurent un petit hoquet. Il avait de moins en moins peur, et plus du tout envie de partir. Basilio, lui, avait peur : Filippo allait partir, un jour. Bientôt. Et il ne pourrait pas promettre à Basilio ce que celui-ci avait juré à Lucia.

Directement ou non, Filippo évoquait parfois sa mort. Basilio savait qu'il survivrait. Les chagrins insurmontables, c'était des phrases. Le corps n'avait pas d'états d'âme. Sa mère vivait, Valentina de même. Et tous ceux et celles de San Nidro, dont le sort s'était joué de l'une ou l'autre manière. Mais ce qui troublait le plus Basilio, dans la perspective de cette disparition, c'était Lucia. Elle était trop jeune. Filippo devait vivre encore quelques années. Le temps de…

– Que ferais-tu si Filippo… ?

Lucia le dévisageait avec de grands yeux. Il était rare qu'il osât aborder ce sujet avec elle. Son cœur battait très fort, il tenait la main de la jeune fille dans la sienne mais ses doigts tremblaient. Il avait craint de l'inquiéter, de la chagriner ; pensait-on à la mort, si jeune ? Elle resta un instant songeuse puis son sourire balaya la question. Elle emporterait Filippo, dans son cœur, sa tête, son ventre. La mer et la forêt seraient toujours aussi belles. Elle vivrait comme toujours dans la maison, Basilio lui apporterait du poisson.

Basilio n'était pas sûr que les choses seraient aussi simples. Mais peut-être le seraient-elles. Filippo pouvait avoir pris des dispositions. Lucia pouvait s'installer chez Valentina. En attendant, Basilio passait son temps libre avec eux – Valentina, Filippo, Lucia –, il observait les gestes de la jeune fille qui, dans le murmure d'une musique très pure ou d'une langue inventée, composait un rituel pour nimber de lumière les actes les plus anodins. Un jour qu'il avait arraché la feuille d'un arbre, l'avait distraitement chiffonnée puis rejetée sans y penser davantage, elle l'avait ramassée comme s'il s'était agi d'une victime suppliciée par sadisme et elle avait eu un geste vers l'arbre, pour implorer son pardon.

– Si tu cueilles quelque chose, utilise-le.

Sa voix était restée douce, mais voilée. Elle n'était pas fâchée ; triste. Basilio aurait pu faire valoir que, dans quelques semaines, ce serait l'automne, ou que la feuille remplirait un peu plus tôt sa fonction d'humus ; il se contenta d'acquiescer car, à l'évidence du regard de Lucia, cette réponse aurait été d'une complète inconvenance.

Un matin de l'hiver 1922, Luigi mit terme prématurément à la pêche. La mer devenait mauvaise, il ne voulait pas prendre de risque. Riche de ce congé imprévu, Basilio remonta la rue de San Nidro jusqu'au sommet du bourg. L'église n'avait pas changé depuis la mort d'Aldo, sinon peut-être l'une ou l'autre fissures nouvelles, une pâleur confirmée au front de la Vierge. Rosario, dans la cure, devait tenir ses comptes de péchés et de pêcheurs. Le vent charriait des feuilles mortes, des brindilles qui tournoyaient. Luigi avait eu raison de rentrer plus tôt ; les bateaux qui se trouvaient encore en mer risquaient de ne jamais revenir. La petite flottille de San Nidro était amarrée ; il n'y aurait pas, chez eux, de nouvelles veuves. La rumeur, colportée par Gustavio, dirait dans les prochains jours s'il en était de même dans les villages de la région.

La maison de Filippo se situait à l'écart du bourg, à la lisière du bois. Basilio savait que Lucia, en dépit du danger, serait très certainement au cœur de son temple ; il lui semblait plus majestueux lorsque la tempête le malmenait, luttait contre lui et reconnaissait toujours sa faiblesse. Elle se promenait alors, caressant les arbres pour les encourager à résister, tendait son fin visage pour recueillir les gouttes que filtraient les branches et qui, retardées par la ramure, tombaient, plus lentes et plus lourdes, sur sa peau.

De la fumée s'échappait de la cheminée, aussitôt dispersée par le vent. Filippo devait, lui, être assis devant l'âtre. L'hiver l'avait trouvé vieilli, plus taiseux. Les dernières fois que Basilio l'avait rejoint, ils n'avaient pas échangé plus de dix mots.

Filippo ne lisait pas et Lucia n'était pas dans la forêt. Le vieil homme était étendu par terre, devant le feu, et Lucia se balançait dans le fauteuil, d'avant en arrière, au rythme d'une mélopée sans parole, un chant grave qui interdisait qu'on le crût triste. Quand elle aperçut Basilio, elle s'interrompit et se releva. Un instant, il craignit qu'elle se souvînt n'être qu'une fillette, qu'elle éclatât en cris, en sanglots ; ses yeux étaient écarquillés, les traits de son visage d'ange tirés et Basilio comprit que Filippo était mort depuis déjà plusieurs heures, durant lesquelles Lucia l'avait veillé et l'avait attendu, lui, le vivant.

– Il est tombé, dit-elle simplement en prenant la main de Basilio.

Puis, avec un sourire très doux :

– Ne pleure pas…

De son doigt de fée, elle essuya une larme. Basilio sursauta ; il n'avait pas réalisé qu'il pleurait. Mais il ne put s'arrêter, comme le jour où Filippo avait surgi devant le cadavre de son père, et ce fut lui qui se mit à sangloter. Lucia se rapprocha, l'enserra dans ses bras et posa la tête sur sa poitrine.

– Ou pleure, si tu veux.

Ils s'assirent côte à côte, devant Filippo. Son visage était serein. Lucia ne l'avait pas même touché ; c'était comme si, averti de son dernier souffle, le vieil homme s'était étendu, résigné.

– Il n'a rien dit, murmura-t-elle lorsque Basilio fut calmé.

Elle le tenait toujours blotti contre elle, un bras autour de son épaule. Fraternelle. Amoureuse ? Tendre. Elle l'attendait encore ; non plus qu'il arrivât chez eux mais qu'il parvînt à la même sérénité qu'elle.

Dans l'esprit de Basilio, se bousculaient des images – la mort de son père, mais surtout la promenade sur la plage, ce jour-là, avec Filippo, et toutes celles qui avaient suivi –, des mots – qui évoquaient le feu, Lucia qui nommait l'endroit où se trouvaient les morts –, des gestes – le doigt de Lucia sur sa poitrine, les branches collectées dans la falaise – et des sensations, plus sourdes, confuses.

Quand elle eut la certitude que Basilio l'avait rejointe à ce point de calme, elle se releva et prit sur la table une bouteille de vin ouverte.

– Il l'avait débouchée pour le dîner.

Elle remplit un verre qu'elle lui porta. En fixant le visage de Filippo dont les paupières étaient toujours ouvertes, il leva son verre. Pouvait-on boire à la santé d'un mort ? À sa mémoire, sans doute. Un bref instant, Basilio crut que Filippo allait se redresser pour trinquer avec lui ; mais il se souvint des paroles de

Lucia et se retourna vers elle, qui l'observait avec tendresse. C'était là, dans ces yeux d'azur, ce sourire paisible, que Filippo logeait désormais.

– À la vie, Basilio.

À présent, il savait ce qu'il devait faire. Depuis presque deux ans, il s'y préparait.

– Attends-moi ici, dit-il en reposant son verre vide.

Lucia ne posa aucune question, elle ne parut même pas étonnée.

Le vent bousculait trop les nuages pour les laisser pleuvoir. Les nuages et les gens ; Basilio fut soulagé en songeant qu'il ne rencontrerait personne sur son chemin. Sur la plage. Tant qu'à disparaître, autant aller au bout de l'effacement ; à cette heure, seule comptait cette parole de Filippo, une dernière volonté qui n'en était pas une, ni volonté, ni dernière.

La plage, froide et querelleuse, jetait au visage du jeune homme des paquets de sable et d'embruns. Basilio y vit un encouragement. Il gagna sa retraite. En découvrant l'énorme réserve de bois qu'il y avait entreposée sans jamais chercher à l'évaluer, il pensa que Filippo avait attendu qu'elle fût suffisante, même s'il en ignorait l'existence. De ces communions d'esprits et de bois auxquelles croyait Lucia.

Sortir les branches et les troncs pour les disposer en tas, sur le rivage, lui prit de longues heures. Il ignorait à quoi devait ressembler un bûcher, à quelles règles profanes et sacrées il fallait obéir pour que l'opération se déroulât au mieux ; il ne connaissait que la taille du corps qui, ici, achèverait de s'effacer. Il posa en premier, sur le sable, les troncs les plus épais et les plus longs, pour assurer la stabilité de l'ensemble. Puis, il offrit au corps un lit confortable, assez haut, le plus plat possible. Les plus petites branches trouvèrent à se loger dans l'écheveau de troncs et de branches plus fortes.

Le vent ne faiblissait pas et des gémissements s'élevaient à son passage dans le bûcher. Basilio paracheva l'édifice en bourrant la base de brindilles, à même le sable. Puis, il retourna dans la grotte prendre l'élément indispensable qu'il avait confectionné : une civière faite de deux grosses branches entre lesquelles était tressé un lit sommaire fait d'un filet de pêche au rebut, patiemment ravaudé.

Le soleil allait bientôt se coucher. Basilio hâta le pas. Il avait roulé la civière et la serrait contre lui, mais il ne croisa personne.

Dans la maison, Lucia n'avait pas bougé.

– C'est bien, dit-elle d'une voix claire.

Sans un mot, Basilio prit le mort par les épaules et le posa de travers sur le filet. Puis, il répéta l'opération avec les pieds. Filippo n'était pas très lourd. Moins qu'une nasse gorgée d'eau et de poissons. Il dut encore le saisir sous le dos pour ajuster la position. En touchant ce corps froid, il s'était efforcé de ne penser à rien, de chasser le souvenir du cadavre pierreux et glacé de son père. C'était un geste d'une totale impudeur, cette caresse de vivant sur la chair éteinte. Impudique et dégoûtant. Mais tendre également, et difficile, douloureux.

Filippo était prêt. Basilio, un peu essoufflé, se tourna vers Lucia qui ne l'avait pas quitté des yeux durant l'opération. Il eut peur soudain de devoir lui demander de l'aide, lui expliquer ce qu'il avait manigancé. Mais elle le devança.

– On y va ?

Ils partirent en lente procession, dans la lumière grise striée de rose las et sale. Il marchait devant, le brancard dans son dos, devinant le roulement de la tête au gré du sentier. Lucia suivait, le souffle court, qu'il percevait parfois entre deux sautes de vent, lequel s'était un peu calmé, comme des villageois exaltés baissent le chef et inclinent le chapeau au passage du convoi funèbre. Lucia était vaillante, elle ne demanda aucune pause. Confiante aussi, qui n'interrogea pas Basilio sur leur destination.

La descente du sentier escarpé, le long de la falaise, jusqu'à la plage, fut laborieuse. Cent fois, Basilio crut que Filippo allait verser. Mais Lucia ne faiblissait pas, redressait la barque et poussait même Basilio.

Quand ils parvinrent sur le sable, la falaise engloutit la dernière gorgée de lumière, mais la blancheur spectrale de la mer suffit à dévoiler leur dernière étape. Ils s'étaient arrêtés, le cœur battant. Sans un mot, Lucia baissa la civière et Basilio suivit le mouvement. Filippo se retrouva un moment sur le sable. Basilio vint près de Lucia qui fixait l'ombre trapue du bûcher, fascinée. Basilio posa la main sur son épaule. Elle sursauta et se tourna vers lui.

– C'est magnifique, Basilio…

Elle souriait. Puis elle frissonna. Le sable devait être froid sous ses pieds nus.

Ils marchèrent plus cérémonieusement jusqu'au bûcher et ce fut Lucia qui imposa le rythme. Basilio, qui lui tournait le dos, essayait d'imaginer son visage. Lui-même était ému par cette procession, par cet autel énorme vers lequel ils avançaient comme pour un sacrifice, un autel sans Dieu précis, sous le toit invisible de l'église du monde et des étoiles. C'était lui qui avait ramassé chacune des branches qui composaient ce sanctuaire et qui, désormais, disparaissaient en lui, dans les liens inextricables, sinon par le feu, de ce qu'il avait bâti à la mémoire de son ami. Son œuvre. Pour la première fois, il la contemplait dans son ensemble, libéré du regard rivé au détail, embrassant d'un coup d'œil le bûcher, la plage grise et le miroir sombre de la mer, spectacle solennel où le grondement des vagues répondait aux sifflements du vent dans les entrelacs de bois, orchestre et soliste, pour un requiem à l'image du défunt. Il sentit des larmes couler sur son visage et voulut croire que c'était à cause d'un vent salé. Ce n'était que du bois, du sable, la mer ; le matériau du monde qu'il connaissait depuis toujours. Deux vivants, un mort, de l'eau et, bientôt, du feu.

Au pied du bûcher, Basilio réalisa combien il était haut. Hisser Filippo sur son dernier lit serait difficile. Ils posèrent à nouveau le brancard sur le sable et Basilio prit le temps de scruter le visage de Lucia ; malgré la nuit, il rayonnait, comme s'il avait absorbé toute la lumière disponible. Ses yeux étaient écarquillés et sa bouche – encore une bouche d'enfant aux lèvres si fines – demeurait entrouverte, ébahie.

– Comment as-tu fait ?

Ce n'était pas une question ; elle savait comment Basilio avait procédé pour engranger le bois. Le reste était simple à imaginer, pensait Basilio. Mais peut-être pas ; avait-il vraiment réussi, tout seul, en quelques heures, à construire ça ? Lui-même était étourdi, impressionné par cette majesté érigée pour disparaître. Lucia se mit à tourner autour du rectangle. Elle laissait sa main traîner sur les branches qui dépassaient, bras désespérés tendus vers un sauveur impuissant. Basilio ne bougea pas, gardien fidèle. Avant qu'elle tournât, il aperçut son profil et ses lèvres qui articulaient des mots que le vent dévorait. Elle disparut derrière le bûcher.

Il attendit qu'elle finît sa ronde sacrée. Et si elle ne revenait pas ? Si elle marchait jusqu'à la mer pour s'y engloutir ? Son goût des mystères pouvait exiger ce genre de sacrifice, mais son âme aimait trop la vie et son corps menu vibrait à l'idée de l'avenir.

Puis elle fut là, souriante, et lui prit les mains.

– Et maintenant ?

– Attends.

Il repartit vers la caverne chercher les derniers éléments : deux flambeaux de résine, une corde longue et épaisse, et une autre, plus fine. Avec celle-ci, il entreprit d'attacher Filippo au brancard. Ensuite, il noua le plus gros lien au pied de la civière et se tourna vers Lucia.

– Tu m'aides ?

Ils portèrent la civière au bord du bûcher, le redressèrent et appuyèrent une extrémité au sommet. Le corps s'affaissa, les cordes grincèrent. Il y eut un craquement mais Filippo resta étendu. Seule sa tête retomba en avant, le menton posé sur la poitrine. Ses yeux toujours ouverts paraissaient observer ses amis avec amusement, mais Lucia ne le regardait pas. Le vent, de ce côté-ci, les épargnait, mais son chant entre les branchages sonnait plus fort, plus triste.

Basilio roula la corde autour de son bras, noua un bois court et épais à une extrémité, puis, d'un geste sûr, comme pour jeter un filet à la mer, lança le lasso. La stratégie imaginée allait-elle fonctionner ? Avec prudence, il se mit à escalader les bois. Lucia ne le quittait pas des yeux, curieuse, sereine. Arrivé au sommet, il se redressa avec plus de précautions encore, cherchant à jauger, sous ses pieds, la résistance de l'assemblage. Il y eut d'autres craquements, une branche roula et Basilio faillit perdre l'équilibre ; mais ensuite, tout se stabilisa, malgré le vent qui recommençait à souffler avec violence. Le jeune garçon s'approcha du bord où était posé le brancard et roula la corde autour de sa taille. Lentement, en tirant sur la corde et en bloquant les traverses avec ses pieds, il redressa le corps dans le vide. Lucia comprit la manœuvre et vint l'aider en soulevant la civière aussi haut qu'elle le put. Basilio soufflait. C'était beaucoup plus lourd qu'il ne l'avait imaginé. Devant lui, dans le vide, Filippo flottait. Basilio fit un nœud, vérifia que le lien tenait, puis entreprit de reculer à pas minuscules. Comme il l'avait espéré, le mort suivit, par saccades qui faisaient protester les branches.

Quand une moitié de l'équipage fut posée à plat sur le lit de bois, Basilio s'arrêta, défit le nœud et se baissa pour tirer complètement le corps. Filippo finit par gagner sa dernière position, au milieu du bûcher. Basilio allait devoir le quitter. Il hésita ; devait-il lui fermer les paupières ? Mais c'était le genre de spectacle que le vieil homme aurait apprécié. L'adolescent lui adressa un dernier salut puis sauta dans le sable, à côté de Lucia.

– Il est bien là. C'est parfait.

Basilio chercha l'endroit le plus abrité du vent pour allumer les deux flambeaux. Il était heureux que Lucia fût là, qu'elle eût accepté ce rituel. La résine crépita et lança des étincelles brillantes sur les joues de la jeune fille. Basilio vit que ses prunelles pétillaient d'une joie grave. Il lui tendit une torche, garda l'autre et prit la main restée libre de Lucia. Il sentit son pouls, aussi fébrile que le sien.

Côte à côte, ils firent le tour du monument et embrasèrent les tas de brindilles. Pendant quelques instants, le vent parut vouloir éteindre le foyer naissant, comme pris d'un remords ou d'une crainte. Mais bientôt, les flammes se propagèrent aux branches qui séchaient depuis des mois. Et le vent alors les fit danser, courir, gonfler et rire bruyamment. Lucia et Basilio reculèrent de plusieurs pas, mains serrées, souffle court. Les flammes bâtirent un mur deux fois plus haut que le bûcher et masquèrent le corps, englouti à jamais dans ce fleuve jaune. Devant eux, le brasier et, dans leur dos, la mer qui tendait ses vagues pour venir au plus près du spectacle, l'écume dorée par les reflets de l'incendie sacrilège et sacré. Des craquements terrifiants retentissaient mais Basilio espérait que l'édifice s'effondrerait de l'intérieur, dans le cadre qu'il avait érigé. Une implosion où tout demeurerait fidèle pour nourrir le foyer jusqu'au bout, jusqu'à l'ultime cendre. Basilio sentait les ongles de Lucia qui se plantaient dans sa paume, il percevait le tremblement de son corps, il avait envie de la serrer contre lui, de l'embrasser peut-être, peut-être pas, de passer les doigts dans ses cheveux tressés de lueurs ; mais ils ne bougeaient pas, pétrifiés, stupéfaits de leur audace splendide, de leur blasphème à l'encontre d'un monde où les morts devaient observer les règles du savoir vivre et mourir, jusqu'à leur complète dissolution.

Il y eut un craquement plus terrible. Basilio devina que le centre du bûcher, avec le corps, venait de s'effondrer. Le feu, un moment, suspendit sa rage, puis reprit, plus sourd, moins grandiose mais plus acharné, gourmand, replié sur son repas de bois et de chair. Lucia avait sursauté. Basilio l'observa à la dérobée ; au-dessus de son sourire plus éclatant que jamais, des larmes ruisselaient, que la chaleur du brasier séchait. La prendre dans ses bras…

Des cris retentirent dans leur dos. Du village, on avait aperçu l'incendie insolite et lancé l'alerte. La plage brûlait… De quoi pouvait-il s'agir ? Des naufrageurs qui réduisaient en cendres le navire vidé de ses richesses ? En découvrant ces ombres importunes qui couraient vers eux, Basilio réalisa brusquement que sa mère avait dû s'inquiéter de son absence, que peut-être elle l'avait cherché. Ou Valentina. Et qu'il allait à présent devoir affronter la rage, l'incompréhension du village tout entier. Et que Lucia serait mêlée à ce scandale et à ses répercussions. Mais Lucia ne bougeait pas, elle semblait ne pas percevoir l'intrusion impie.

Une première vague d'hommes échoua à leurs pieds. Basilio reconnut Luigi et d'autres, les plus forts, les plus prompts à voler au-devant du danger pour protéger le village – de qui, de quoi, ils n'en savaient rien, ils s'étaient rués, ils auraient pu tomber sur un monstre marin ou une troupe ennemie qu'ils n'auraient pas été plus surpris, plus désorientés qu'ils ne l'étaient à cet instant.

– Qu'est-ce que c'est, Basilio ? demanda Luigi, éberlué, incapable de détourner les yeux. Cette odeur…

– Filippo est mort, répondit simplement le jeune homme.

Le patron pêcheur le dévisagea, bouche ouverte, sidéré et incrédule.

– C'était sa volonté, ajouta Basilio devant son air stupéfait.

Luigi se retourna vers le feu et passa les doigts dans sa tignasse.

– Ça alors… bredouilla-t-il.

Autour de lui, ceux qui avaient entendu l'échange entreprenaient fébrilement de le colporter et la rumeur se propagea, contre le vent, remontant le flot humain qui descendait du village, se cognant à la stupeur, à la colère, à l'indignation qui gonflait avec la foule amassée autour du brasier. Celui-ci, indifférent, achevait sa besogne. La chaleur qu'il dégageait était effroyable, et les nouveaux venus la jugeaient infernale. Il y avait des cris, des éclats de voix ; seuls Basilio et Lucia se tenaient muets, immobiles, main dans la main, impassibles, tristes seulement de cette profanation grossière qui gâchait leurs adieux à Filippo.

Il y eut un cri plus trident et une femme se jeta sur Basilio. Annunziata se mit à le battre, à le traiter de fou, d'hérétique, d'assassin. Elle hurlait et pleurait plus fort qu'à la mort de son mari, frappait son fils qui ne résistait pas, griffait Lucia qui tentait de récupérer la main perdue et qui serrait les lèvres pour ne plus pleurer.

– *Dio !* se lamentait Annunziata. Je suis maudite, maudite ! As-tu pensé à moi, monstre ?

Basilio la regardait, triste, surpris, sans chercher à se protéger ; les coups tombaient sur lui et l'ombre déchirée de sa mère dansait sur son corps ferme, résolu, soumis. Il aurait voulu qu'elle se tût, qu'elle acceptât à défaut de comprendre. Il aurait voulu que Lucia revînt près de lui, contre lui. Mais la fureur de sa mère ne faiblissait pas et Lucia reculait, terrorisée, plus que jamais justifiée dans son refus de fréquenter ces gens.

Soudain, comme une lame se heurte à la falaise, Annunziata s'effondra aux pieds de son fils, secouée de longs et douloureux sanglots. Une femme sortit du demi-cercle qui s'était formé autour d'eux et vint la prendre par les épaules. Valentina suivait, deux pas en arrière, un châle noir sur sa poitrine. Malgré la chaleur, elle semblait gelée. Basilio ne bougeait pas. Plusieurs autres femmes étaient venues s'agglutiner autour de sa mère, il n'aurait servi à rien de vouloir s'interposer, de se baisser pour la relever. Il n'aurait récolté que de nouveaux cris, d'autres coups. Lucia, par contre, avait besoin de lui. Il s'écarta du chœur sanglotant et revint près de la jeune fille terrorisée. Valentina les rejoignit. Elle semblait désespérée.

– Tu es fou, Basilio. Que va-t-il vous arriver à présent ?

Elle avait eu un geste du bras pour unir dans son propos les deux enfants. Basilio parcourut des yeux les visages des villageois qui les entouraient ; à part Luigi, qui paraissait désolé, et Valentina, tous les scrutaient avec cette forme de haine sauvage qui pousserait une sainte à mettre à mort le frère qui a trahi.

Il n'en manquait qu'un, qui déboucha enfin dans un rugissement scandalisé.

– Impie ! Criminel ! hurla Gabriele Rosario, brandissant un crucifix sur la poitrine de Basilio.

Puis, se tournant vers le brasier :

– À cause de toi, l'âme de ce malheureux est condamnée à l'enfer !

Comme si les paroles du prêtre l'injuriaient directement, le bûcher fit éclater un fragment de tronc et des éclats volèrent dans la nuit vers la foule qui, dans une clameur, recula. Mais Rosario y vit une confirmation et, les yeux étincelants d'une fureur jubilatoire, il fit face à Basilio.

– Et vous serez damnés aussi, toi et cette enfant du péché ! À genoux, misérable ! Vois le mal que tu as commis, le désespoir de ta mère ! À genoux, repens-toi !

Il avançait vers Basilio, le crucifix brandi comme une arme. Le jeune homme ne broncha pas. Jamais il ne s'agenouillerait, et certainement pas devant cet homme tremblant que la détermination de Basilio commençait à ébranler. La main du prêtre se mit à trembler. L'occasion était belle, sans doute, de rabattre l'orgueil de ce gamin ; mais la lâcheté du religieux, un instant étouffée dans le tumulte des événements et du scandale, reprenait le dessus.

– À genoux ! couina-t-il encore, tâchant de dissimuler son tremblement.

Les villageois se massaient autour d'eux mais ne semblaient pas prêts à intervenir. Que pensaient-ils ? se demanda Basilio. La majorité sans doute donnait raison à Rosario ; mais certains, à commencer par Valentina et Luigi, s'ils ne comprenaient pas pourquoi Basilio avait agi de la sorte, semblaient au moins refuser de le juger.

– À genoux !

Ce n'était que le cri strident et hystérique de celui qui, après avoir cru à une victoire inespérée, se retrouvait nu et désarmé devant son adversaire.

– Jamais.

Le prêtre resta figé, la bouche frémissante, le crucifix branlant dans le vide. Autour, les visages étaient contrastés ; quelques-uns souriaient ; d'autres partageaient l'effroi du religieux ; la majorité attendait, intriguée. Chez ceux-là, le plaisir malsain des ragots futurs prenait déjà le dessus sur l'épouvante suscitée par cet incendie. Une écume malsaine était montée aux lèvres de Rosario, son regard brûlait de fièvre.

– Mécréant ! glapit-il, sans plus oser bouger. Que… que l'on se saisisse de lui, qu'on le jette en prison !

Il y eut un bruissement dans la foule, quelques cris et même un rire vite étouffé. Deux hommes s'avancèrent timidement, mais Luigi rompit le cercle et vint s'interposer.

– Ça suffit, Rosario. Filippo est mort et Basilio a cru bien faire. C'est un enfant. On en parlera demain.

Il tourna la tête vers la mère de Basilio, que les femmes avaient amenée à l'écart et qui continuait à se lamenter ; puis vers Lucia qui s'était rapprochée de Basilio et lui avait repris la main ; enfin vers Basilio qui semblait s'en remettre à lui.

– Je prends les enfants chez moi cette nuit, dit-il de sa voix forte.

Rosario, mouché par l'affront, parut soudain se ressaisir.

– Bien sûr ! Pour leur permettre de forniquer après avoir commis ce crime abominable ! Tu…

Il leva un doigt menaçant vers le pêcheur, qui ne se laissa pas intimider.

– À force de voir le mal partout, Rosario, tu finiras par suspecter la Vierge.

Il cracha par terre.

– Je prendrai la petite chez moi, interrompit Valentina en s'avançant.

– Non ! cria Lucia en se cramponnant au bras de Basilio.

Celui-ci se pencha vers elle et chuchota à son oreille, en lui caressant les cheveux :

– Va. Demain, tout se calmera.

Sa voix tremblait et il s'en voulut. De ne pas pouvoir rassurer Lucia ou de la tromper, de n'avoir plus la force, après cette journée et cette nuit, de la prendre dans ses bras pour l'emporter au loin, au fond de la mer s'il le fallait, allumer leur amour comme il avait embrasé le bûcher funéraire.

– Non… murmura-t-elle encore d'une voix brisée que Basilio ne lui connaissait pas.

Mais elle se laissa emmener par Valentina. Le cercle s'écarta pour les laisser passer.

Luigi fit un geste pour entraîner Basilio.

– Je vais rester…

Luigi lui prit le bras.

– Il n'y a plus rien à faire ici.

Son regard était bienveillant mais sa poigne était ferme. Basilio se résolut à le suivre. Il passa devant sa mère qui détourna le visage. Il commençait à mesurer tout ce que ce brasier avait consumé.

Rosario passa le reste de la nuit à boire son humiliation et à nourrir ses projets de vengeance. Il n'avait pas eu le courage de s'opposer à Luigi et avait dû laisser filer Basilio ; mais qu'aurait-il pu faire ? Le jeter dans les flammes ? Et puis, un trouble étrange s'était emparé de lui, sans doute au moment où il arrivait sur la plage, mais qui était comme un coup qui le frappait à retardement. Une image. Celle d'un visage, d'un corps deviné dans les lueurs et les ombres du brasier. Celui d'une gamine, d'une fillette, d'une fille perdue, qu'il avait feint ne pas voir. Ne pas remarquer. Il la connaissait, Lucia, de loin. Depuis combien d'années ne l'avait-il plus croisée ? Quelques-unes. Elle avait diablement changé. Diablement… Rosario se secoua. Il ne devait pas se laisser submerger par de telles pensées.

Alors, il lança les bras en l'air et commanda à la foule de se disperser.

– *Padre*, ne pensez-vous pas qu'il faudrait… ?

La femme qui l'avait interpellé s'était approchée tout près de lui, pour que sa voix fluette et tremblante ne fût pas couverte par la colère du vent et du feu qui, comme pour prendre le parti de Basilio, venait de redoubler ; mais elle ne savait pas comment achever sa phrase. Elle désigna le foyer qui ne faiblissait pas. Rosario comprit.

– Nous viendrons demain récolter les cendres de ce malheureux et nous lui offrirons des funérailles chrétiennes, bien que toute sa vie, il ait été un mécréant et qu'il soit mort dans le péché, sans confession !

Dans l'obscurité, il lui fut facile de croire que cette proposition, au demeurant peu orthodoxe, recueillait l'adhésion de la majorité. Les villageois se mirent en route ; le spectacle était terminé, du moins le premier acte, et l'aube ne leur ferait pas de répit, la tâche les attendait. Rosario raccompagna Annunziata et les femmes qui la soutenaient jusque chez elle, où il resta quelque temps, prodiguant des paroles creuses de réconfort et vidant deux verres d'eau-de-vie. Mais il était insensible à la douleur de la mère, il ne songeait qu'au moyen de se venger de ce gamin effronté et de cette gamine sans Dieu. L'enterrement était déjà une bonne idée. Une manière d'annuler le geste abominable de Basilio et de ruiner les dernières volontés de ce fou. Mais cela ne pouvait suffire.

Il prit congé quand il fut question de coucher la veuve ; il n'était pas correct de demeurer davantage dans ce gynécée. Il pensa redescendre sur la plage pour surveiller le feu, mais la puissance redoublée de la tempête eut raison de ses velléités. De retour chez lui, il se coucha mais ne trouva pas le sommeil. L'alcool blanc, l'excitation de ses pensées mauvaises se liguaient contre son repos. L'image de Lucia revenait sans cesse, troublante, incongrue. Il était fou. Cette gamine était une véritable sorcière… Les prières qu'il essaya périrent en leur mitan, submergées par les projets terribles que Rosario ourdissait contre Basilio. Et contre Lucia, ou contre lui-même, il ne savait plus.

– Je ne veux pas laisser Lucia seule.

Luigi venait de refermer la porte.

– Elle est avec Valentina. Et si tu quittes cette maison pour la rejoindre, c'est moi qui t'écrase la tête contre les rochers, compris ? Tu as assez fait de bêtises aujourd'hui.

D'accord, ce n'était pas tout à fait des bêtises. Les volontés de Filippo. Donc, pour la majorité des gens, les volontés d'un fou. Auxquelles avait obéi un autre fou. Luigi n'était pas choqué par le geste de Basilio, mais il était convaincu que cela lui causerait des ennuis. À Basilio, et donc à lui, Luigi.

– Tu n'as pensé qu'à toi, dans cette histoire.

– Non, j'ai pensé à Filippo.

Luigi prit une bouteille de vin et remplit d'autorité deux verres.

– Filippo est mort.

Ça voulait dire : plus rien ne peut l'embêter ou lui faire plaisir. Un mort n'aidait pas les vivants mais il pouvait leur causer des ennuis. Basilio n'avait même pas pensé à Lucia. L'adolescent se laissa tomber sur une chaise, soudain épuisé, et vida son verre d'un trait.

Qu'allait-il lui arriver ? Luigi but une longue gorgée et s'assit en face de Basilio. Il n'en savait rien. Ça ne changerait peut-être pas grand-chose.

Le ton du marin se voulait rassurant. Qui commandait les tempêtes et les vents ? Filippo n'avait pas d'instruction, Basilio non plus. Tout ce qu'ils avaient, c'était leurs mains, leurs bras, leur cœur. Un peu de tête aussi. Si Filippo tempêtait contre la tempête, il coulait. S'il s'en prenait à Dieu, il perdait son temps. Face aux difficultés, se raidir ou se tromper d'adversaire menait à l'échec. C'était comme sortir sa barque quand la mer menaçait. Échec et folie. Il fallait peser les choses. Ce qui comptait. Qui. Ça, Luigi le savait désormais. Les choix étaient réduits. Et le geste de Basilio le menaçait.

Basilio avait écouté son patron sans l'interrompre. Jamais Luigi ne lui avait parlé si longuement. Basilio se sentit rougir ; à mi-mot, Luigi lui avouait avoir eu peur. Et compter sur lui.

– Tu n'es pas seul, conclut l'homme d'une voix rauque, après avoir vidé un second verre.

Basilio acquiesça. Luigi donna l'ordre du coucher : rien ne changeait au programme et si, comme il le pensait, la tempête se calmait, ils sortiraient en mer dès la première heure.

Basilio eut du mal à s'endormir. Les images fantastiques du bûcher dansaient devant ses yeux clos. Le visage de Lucia, la chanson du vent, des flammes et du bois, le monument avant son embrasement, le corps de Filippo, son ascension. Son indifférence. Luigi avait raison ; cette folie aurait des conséquences que Basilio n'avait pas voulu envisager. Aurait-il pour autant renoncé ? Il n'en était pas certain. Ce qu'il avait fait, nul ne pourrait l'annuler ou le lui voler. Quant au reste, il aviserait.

Dès qu'il fut éveillé, il s'empressa de descendre sur la plage. Le vent s'était apaisé. Des nuages en débâcle achevaient de débarrasser le ciel et, à l'horizon, on devinait les roses d'un soleil hivernal et paresseux. Basilio courait. Il avait peu de temps, il voulait revenir avant le réveil de Luigi, mais il voulait s'assurer que Filippo était définitivement libre. Il devinait ce que Rosario aurait pu faire avec ses restes.

Découvrant la plage du haut du chemin, il s'arrêta net, le cœur battant : sur le sable, plus la moindre trace du brasier. Nul, sinon le vent, ne pouvait être responsable de ce prodige. Comme il l'avait souhaité, Filippo avait entièrement disparu, corps et âme. De corps surtout ; son âme volait désormais dans le vent, dans les vagues. Un grand sanglot secoua Basilio. Ce n'était même pas la peine de descendre.

Ce matin-là, ils pêchèrent longtemps et Basilio redoubla d'efforts. Luigi ne dit rien ; quand Basilio lui avait rapporté l'action du vent, que Rosario prendrait certainement pour un odieux méfait, il avait esquissé un sourire qui avait réconforté l'adolescent. Basilio s'efforça de ne penser à rien, et surtout pas à Lucia et au sort qui l'attendait. Mais dès que le bateau reprit la direction de la côte, il sentit monter l'impatience de se ruer chez Valentina.

Des silhouettes noires sur le quai l'avertirent, bien avant l'accostage, que ce ne serait pas possible.

Rosario était en tête d'un petit groupe composé de trois carabiniers et commandé par un homme épais, sanglé dans un uniforme gris et coiffé d'un béret étrange, qui, à l'évidence, regrettait d'être là. Luigi serra les dents.

– *Porca miseria !* marmonna-t-il. Ç'aurait été trop beau…

Basilio vit que la main du pêcheur se crispait sur la barre, comme s'il hésitait à rebrousser chemin. Mais il poussa un terrible soupir et maintint le cap.

– Tu en dis le moins possible, d'accord ?

– Je n'ai rien de plus à dire que la vérité.

– La vérité… grommela Luigi.

Mais il n'acheva pas sa phrase.

– Basilio Broca ? dit le chef dès que le bateau fut amarré, alors que les deux pêcheurs étaient encore à bord.

Basilio, avant de répondre, jeta un œil sur la petite foule qui se formait autour des représentants de l'ordre. L'expression dominante était de l'hostilité.

– Basilio Broca ? répéta l'homme plus sèchement tandis que, derrière son épaule, il jaugeait l'accroissement du public.

Les carabiniers n'étaient pas à l'aise ; c'étaient à l'évidence trois jeunes paysans qui, chez eux, n'auraient pas davantage apprécié l'intrusion à laquelle ils étaient obligés de collaborer.

Juste au moment où, poussé du coude par Luigi, Basilio répondait, il aperçut Valentina et Lucia qui descendaient du village. La jeune fille était blottie contre son aînée, qui avait posé le bras sur son épaule. Les carabiniers, de mauvaise grâce, obtempérèrent au geste de leur chef et s'avancèrent vers Basilio qui venait de sauter sur le quai.

Pendant tout ce temps, Rosario était demeuré en retrait, le visage tordu par une grimace de crainte et de joie. Le mouvement des gendarmes le démasqua brusquement et il eut un sursaut apeuré qui fit sourire Basilio. Mais celui-ci se souvint de l'avertissement de Luigi et garda pour lui la flèche destinée au curé.

D'autorité, Luigi se plaça aux côtés de Basilio et la petite troupe remonta vers le village, suivie à quelques mètres par Rosario, puis par la foule de plus en plus hostile.

Il n'y avait aucun bâtiment officiel à San Nidro. C'était un bourg perdu, oublié du monde et de l'État italien et fasciste qui ne semblait pas encore réaliser que la réunification, vieille pourtant d'un demi-siècle, s'étendait jusqu'à ces confins méridionaux.

Arrivé dans la rue principale, l'homme, qui s'était brièvement présenté sous le nom de Forza, s'arrêta et épongea son front qui, malgré la fraîcheur, ruisselait.

– Rosario ! cria-t-il d'une voix cassante.

Après un nouveau sursaut et moment d'hésitation, don Gabriele gagna la tête de la procession, non sans contourner au maximum les deux hommes et leurs trois gardiens.

– Où pouvons-nous être tranquilles ?

– La cure…

– Rien d'autre ?

– Je ne vois pas de lieu où nous serons mieux, reprit-il en tâchant vainement de dissimuler sous un sourire contraint le mépris soudain qu'il éprouvait pour l'étranger.

Celui-ci parcourut du regard les masures comme s'il était en son pouvoir de les sonder. Il abdiqua dans un soupir.

– Bon, conduis-nous.

Rosario fut obligé de prendre la tête. Sur les seuils, les femmes qui n'étaient pas descendues jusqu'au rivage les regardaient passer avec une moue désapprobatrice, même celles qui étaient connues pour leur piété. Répercutés par les murs, les pas de la foule battaient un curieux tambour qui rendait nerveux les représentants de l'ordre. Basilio aperçut sa mère devant leur logis et son cœur se serra ; elle avait porté la main à la bouche et les mangeait des yeux, horrifiée. Quand Rosario fut à sa hauteur, elle se rua vers lui et se mit à le frapper en l'injuriant.

– Que vas-tu faire à mon fils ? Pourquoi as-tu appelé les Milanais ?

Le commissaire et un carabinier s'interposèrent et la foule se resserra autour du petit groupe. Les deux autres gendarmes serraient leur gros fusil et donnaient surtout l'impression de vouloir l'abandonner au plus vite.

– Madame ! cria Forza. Nous ne sommes pas milanais !

Il y eut des rires sarcastiques. L'homme parlait leur dialecte, mais on sentait une contamination par l'italien officiel, une répugnance à parler cette langue du peuple dont il se disait pourtant originaire.

– Je suis du pays, reprit-il en forçant la voix, et je représente l'État ! Je dois enquêter sur des événements graves dans lesquels il semble que votre fils soit impliqué. Vous n'avez pas le droit d'entraver l'ordre fasciste ! Laissez-nous passer.

Noires et silencieuses, d'autres femmes s'approchèrent et prirent Annunziata par le bras. Sans un mot, dignes et coléreuses, elles reculèrent. Fasciste : le mot ne leur disait rien, ou presque. À peine si, à San Nidro, on avait entendu parler du nouvel ordre qui s'était installé à Rome et prétendait changer l'Italie et les Italiens. Mais il y avait, dans ses trois syllabes et dans la morgue de celui qui les avait prononcées, quelque chose d'inquiétant qui fit refluer la foule et se clore les bouches.

Lorsqu'il passa devant sa mère, Basilio ébaucha un sourire maladroit ; mais elle détourna la tête d'un mouvement sec et Basilio baissa la sienne. L'intervention de la femme ne voulait rien signifier d'autre que son humiliation.

Rosario avait épousseté sa robe. Ses joues étaient écarlates et il hâtait le pas, dans la crainte d'une nouvelle altercation. On l'entendait marmonner et il n'était pas nécessaire de distinguer les mots pour deviner le sens général de ses récriminations. Enfin, il poussa la porte. Sans se soucier d'un quelconque protocole – n'avait-on pas voulu qu'il prît la tête des opérations ? –, il s'engouffra aussitôt, suivi par les six hommes. Le gendarme qui fermait la marche s'empressa de claquer la porte sur la foule qui, dans un piétinement sourd, vint échouer contre le panneau de bois. Il n'était pas difficile de supposer que ces gens attendraient là, sans bouger.

L'obscurité était presque complète. Rosario s'affaira pour trouver une allumette et des bougies. Pendant que les flammes bousculaient la pénombre, l'homme s'énerva.

– Vous n'avez pas l'électricité ?

– Pas encore, répondit Rosario qui tremblait tellement qu'il dut s'y reprendre à cinq reprises pour embraser une allumette.

– Et le téléphone ?

Basilio observait, presque amusé : ces gens étaient venus pour l'interroger, peut-être même pour l'arrêter, et c'était Rosario qui était soumis à leurs questions.

– Il y en a un chez…

Forza eut un geste de la main ; cela ne l'intéressait pas, finalement. Il se tourna vers Basilio et le scruta dans la lumière tremblante. Sentir Luigi dans son dos rassurait le jeune homme. Il ne baissa pas les yeux jusqu'à ce que l'autre se détournât vers Luigi.

– Qui es-tu ?

– Luigi Pellazzi. Le patron pêcheur chez qui travaille ce garçon.

– À quel titre es-tu là ?

– Basilio est jeune, il n'a plus de père. J'étais là aussi.

Rosario, qui avait achevé ses éclairages, réagit d'une voix aiguë.

– Moi aussi, j'étais là ! On n'a pas besoin de ton témoignage, Luigi !

– Tu es arrivé après tout le monde, Rosario.

Forza les interrompit d'une voix autoritaire.

– Suffit. *Testis unus, testis nullus.* Tu comprends le latin, l'abbé ? Un seul témoin, pas de témoin. Je devrai de toute manière vérifier ce qui se dira ici, mener une enquête…

Il soupira derechef. Dans sa grande sagesse, le Duce avait raison de considérer que ce territoire est tout juste bon à y déporter des opposants. Ne pas traîner. L'affaire : un homme était mort, un certain Filippo, et le gamin l'avait incinéré, en infraction complète avec la loi. L'abbé avait parlé d'un possible homicide, mais Forza n'y croyait pas. Par contre, que ce curé eût un compte à régler avec le gamin…

– Le problème, c'est que, sur la plage où tu es supposé avoir fait brûler le corps…

Rosario bondit.

– Supposé ? Mais le fait est avéré !

– Tais-toi ! répliqua froidement le commissaire. Je ne te tolère ici que parce que nous sommes chez toi.

Un mot de plus sans que je t'aie interrogé, et tu rejoins tes ouailles dans la rue.

Cette perspective fit bruyamment déglutir Rosario qui s'assit précipitamment, ravalant l'humiliation que cet homme lui imposait depuis son arrivée, en le tutoyant – mais il avait entendu dire que c'était l'usage chez ces fascistes, et qu'il valait mieux ne pas s'opposer à eux, car le pape avait mené et menait encore des négociations laborieuses et cruciales avec Mussolini.

– Les choses se compliquent parce que, sur la plage, il n'y a rien. Pas une cendre, pas un bout de bois, pas un os. Rien sur le rivage non plus. Qu'est-ce que je peux faire, moi ?

Rosario se redressa sur sa chaise mais un regard de Forza le ramena contre son dossier. Le commissaire s'approcha de Basilio et, d'une voix plus douce, reprit.

– Tu connaissais ce Filippo ?

– Oui, répondit Basilio sans ciller. C'était mon ami. Un vieil homme.

– Et ?

– C'est ce qu'il voulait. Le bûcher…

Forza, pour la première fois, eut un léger sourire. Basilio réalisa que l'homme était plus jeune que sa corpulence le laissait croire.

– Sais-tu que c'est interdit ?

– Non.

– L'as-tu fait ?

Luigi s'avança.

– Vous avez dit qu'il n'y a pas de trace.

Rosario ne résista pas.

– Mais c'est absurde ! s'écria-t-il en bondissant. Tout le village est témoin !

Cette sortie acheva d'indisposer Forza.

– Tout le village ? gronda-t-il.

– Tous ! confirma Rosario qui, dans l'indignation, retrouvait un peu d'assurance.

– On va voir, dit Forza d'une voix glaciale en se dirigeant vers la porte, qu'il ouvrit vivement.

Les premiers hommes de la foule massée sur le seuil sursautèrent à peine. Le commissaire s'avança et s'éclaircit la gorge.

– J'enquête sur la mort et la crémation, sur la plage, du dénommé Filippo. Qui, parmi vous, a assisté au bûcher, peut témoigner qu'il a été allumé par Basilio Broca et que le corps de ce Filippo s'y trouvait ?

Il y eut à peine quelques murmures, mais personne ne parla. Basilio vit Rosario qui blêmissait.

– Allons ! cria Forza. Votre curé affirme que cela a eu lieu et que vous y étiez tous !

Le silence, cette fois, fut complet.

– Toi, dit Forza en pointant le doigt sur un homme devant lui. Qu'as-tu vu, hier soir ?

– Rien, répondit calmement l'homme, le regard planté dans celui de Forza.

– Et toi ?

Forza fit encore cinq tentatives, aussi vaines. Il finit par laisser échapper un rire mauvais.

– Eh bien, l'abbé, on dirait que…

Rosario ne lui laissa pas préciser et se précipita dehors, sans se soucier de bousculer le commissaire au passage.

– Maudits soyez-vous ! vociféra-t-il. Le mensonge est un effroyable péché ! Repentez-vous ! Dites la vérité, tout de suite ! Toi, Leona, tu étais là, à côté de moi…

Il désigna la vieille qui s'était inquiétée des cendres ; mais celle-ci lui jeta un œil noir, cracha par terre et tourna les talons. La foule l'imita et tous entreprirent de redescendre la rue et de rentrer dans leur maison, indifférents au curé qui les suppliait et les maudissait dans un même jappement.

Forza posa la main sur l'épaule de Rosario, une poigne de fer qui le réduisit aussitôt au silence.

– Laisse. Si un seul, maintenant, venait confirmer ta version, je serais obligé d'inculper tout le village pour complicité. Ou toi, pour subornation de témoin.

Il rentra dans la cure. Effondré, Rosario suivit et referma la porte.

– Bon, dit Forza, en faisant claquer les mains sur son ventre. Pas de mort, pas de traces, pas de témoin… J'ai comme l'impression que je ne vais pas m'attarder dans ce trou.

Basilio s'efforçait de ne pas sourire.

– Mais c'est impossible ! gémissait Rosario en tendant les mains. Vous ne pouvez pas…

– L'abbé, je n'ai que ta parole. Elle ne tiendra pas face à ce village. Je connais les gens d'ici ; s'il y avait un procès, ils viendraient tous témoigner que non seulement il n'y a jamais eu de bûcher, mais peut-être même que ce Filippo n'a jamais vécu dans ce village.

– Mais vous me croyez, n'est-ce pas ?

Forza, visiblement exaspéré, sortit de sa poche un cigare qu'il alluma à une bougie.

– Je vais te dire ce que je crois : ce gamin dit la vérité. Ce Filippo voulait être incinéré. Et le petit lui a obéi. Ce n'est sans doute pas très malin, mais c'est un beau gage d'amitié et de fidélité. J'espère un jour avoir un fils qui se comportera de la même manière avec moi.

– Vous n'êtes pas sérieux ! larmoya Rosario.

– C'est toi qui n'es pas sérieux, l'abbé. Si j'emmène le gamin pour le mettre en prison, j'aurai l'air ridicule. Toi, par contre, avec ta dénonciation, tu vas devoir te réconcilier avec tes ouailles. Bonne chance…

Forza fit signe à ses hommes qui, soulagés, se dirigèrent vers la sortie. Rosario s'agrippa à sa manche.

– Mais vous n'avez pas le droit !

Le commissaire se dégagea vivement et repoussa le prêtre.

– *Basta !* C'est toi qui n'as pas le droit de monopoliser ainsi les représentants de l'État ! Qu'est-ce que tu imagines ? Que Mussolini serait content de savoir que quatre de ses hommes ont perdu une journée pour une affaire aussi ridicule ? Tu n'es donc pas au courant des défis que notre nation doit relever ? Alors, quelle importance si un gamin a construit un bûcher pour un vieillard mort de sa belle mort ! L'État a davantage besoin de garçons audacieux comme lui que de vieilles bourriques comme toi, qui s'effarouchent parce que leurs rites poussiéreux ont été bafoués !

Puis, se tournant vers Luigi et Basilio.

– Allez-y, vous. Le poisson vous attend.

Luigi tira Basilio vers la porte qu'un carabinier ouvrit avec un sourire. Dans leur dos, Rosario n'abdiquait pas.

– Vous laissez la morale être bafouée, monsieur le Commissaire ! C'est une honte ! Et cette gamine ? Qu'allez-vous en faire ?

À ces mots, Basilio s'immobilisa. Mais Luigi ne lui laissa pas l'opportunité de faire demi-tour et l'entraîna dans la rue.

– Avance ! Espérons que Gustavio soit encore là. Sans quoi, nous pourrons tout jeter.

Ils s'éloignèrent rapidement.

– Mais Lucia…

– Laisse, je te dis. Si tu t'en mêles, ce Forza pourrait revenir sur sa décision. Et ça n'aiderait pas Lucia.

Gustavio était là. Quand il vit Luigi, il lui tendit une liasse de billets.

– J'allais partir. Tu as de la chance d'avoir des amis, Luigi. Ils ont déchargé ta pêche. Bonne prise…

Luigi avait rapidement évalué la somme : c'était plus que ce qu'il avait calculé à vue d'œil – et son œil exercé ne se trompait jamais de beaucoup.

– Merci, dit-il sourdement en tournant la tête vers les deux autres pêcheurs qui s'affairaient dans leurs filets, feignant de ne rien voir de la scène.

– Ce n'est pas moi que tu dois remercier. La chance, sans doute. Tes collègues n'ont pas eu une bonne journée…

Le négociant se détourna et grimpa dans son camion.

– Luigi ? Est-ce que je peux…

– Quoi ? Aller chez Valentina ? Pas question tant que les étrangers sont dans le village. Va t'expliquer avec ta mère.

Basilio baissa la tête. Il n'avait qu'une envie : se ruer chez Valentina et Lucia ; mais il ne pouvait pas décevoir Luigi. Il revit le visage de sa mère lorsqu'elle s'était jetée sur Rosario ; pouvait-il espérer se réconcilier avec elle ? Si Forza l'avait questionnée, aurait-elle aussi nié la réalité du bûcher ?

Il régnait dans la rue de San Nidro une atmosphère pesante. Un silence inaccoutumé, chahuté par un reste de vent que la tempête avait abandonné là. Basilio se rendait compte qu'il avait enfreint plus que des coutumes. Luigi avait raison ; il n'avait pensé qu'à lui. Un égoïste. Ce qui n'avait pas empêché Luigi de le défendre. Et tout le village… Basilio n'en était pas quitte, sans doute ; des menaces demeuraient. Mais il ne pouvait pas regretter son acte. Il avait tenu parole, lui. Son père les avait abandonnés, sa mère et lui ; le Dieu de Rosario ne s'occupait pas des pauvres gens. Respecter ses engagements, c'était le plus important. Même ce Forza semblait trouver quelque valeur à son acte. De l'audace, il avait dit. Voilà qui était censé plaire à ce Mussolini…

À présent, Basilio était engagé vis-à-vis de Lucia, sans savoir ce qu'elle attendait de lui. Ni ce qui allait lui arriver. Les dernières paroles de Rosario résonnaient encore à ses oreilles ; si Forza pouvait laisser tomber, il ne fallait pas espérer que le curé renoncerait aussi facilement.

Basilio frissonna. Il avait promis à Luigi ; un autre engagement. Comment faisait-on lorsqu'on était coincé entre deux promesses qui s'opposaient ? Deux ou davantage. Choisir. Trahir. Une rage impuissante monta aux mâchoires de Basilio.

Sa mère était dans la cuisine, occupée à tourner une cuiller en bois dans une casserole. Elle ne se retourna pas quand Basilio entra, souple et silencieux, mais au soupir qui roula sur ses épaules, Basilio comprit qu'elle l'avait deviné.

– Tu vois, je ne suis pas en prison, lâcha-t-il lorsqu'il comprit qu'elle ne ferait pas le premier geste.

– Tu l'aurais mérité.

Sa voix était sèche, hargneuse. S'il y avait eu de l'amour dans son attaque contre Rosario, elle se garderait de le manifester encore devant celui qui lui avait infligé un tel déshonneur.

– Si ton père avait été là…

Dans la suspension, elle laissa planer tant de scénarios que Basilio devina qu'elle-même doutait. Son père l'aurait-il vraiment empêché d'allumer le bûcher, l'aurait-il puni ? Ne l'aurait-il pas aidé ? Basilio n'en savait rien, et sa mère non plus. De toute manière, son père n'était plus qu'un cadavre en décomposition dans la terre, et Filippo, des cendres dans la mer. Celui qui avait été présent, c'était Luigi.

Sa mère eut un ronchonnement où Basilio crut reconnaître le mot d'enfer. Annunziata devait croire dur comme fer que telle était désormais, et pour l'éternité, la demeure de Filippo. Que c'était justice. Elle n'avait pas accepté que Rosario appelât les Milanais, mais pour l'essentiel elle était d'accord avec le curé, et surtout pour maudire son fils.

Ils demeuraient face à face sans parler. Annunziata s'acharnait sur un légume, Basilio observait les mouches qui vrombissaient autour d'un abricot. Il sursauta : des cris dans la rue, un bruit de portes métalliques qui claquaient, un moteur qui démarrait et une pétarade.

Quand Basilio était parti, Rosario avait repris d'une voix suave : Lucia, la fillette dont Filippo s'occupait, bien que le mot fût inapproprié, c'était une sauvageonne sans religion. Seule, désormais. Sa mère… Jamais vue, sûrement une prostituée. Forza ne semblait pas comprendre où Rosario voulait en venir, et la sueur coulait de plus en plus abondante sur le front du prêtre.

– Laisse-moi tranquille, Rosario. J'ai déjà assez perdu de temps. Il y a bien une famille charitable dans ta paroisse pour recueillir cette enfant, non ?

– J'en doute… siffla Rosario en se frottant les mains, les yeux caressant la terre battue. J'en doute. Filippo l'a élevée à l'écart de tous. Je vous l'ai dit : une sauvage. Presque une sorcière. Une enfant étrange, bizarre… Les gens en ont peur. Et les villageois d'ici sont pauvres. Ils ne se chargeront pas d'une telle…

– Suffit. Conduis-moi chez elle.

Rosario ne se fit pas prier et passa devant le commissaire et les carabiniers. La rue était déserte. Les villageois avaient dû décider de ne plus sortir tant que les étrangers seraient là. Tant mieux, songea le prêtre, cela faciliterait sa tâche. À défaut d'atteindre Basilio, il se vengerait sur cette enfant du diable. Et frapperait Basilio, dont il n'ignorait pas l'attachement pour Lucia. Peut-être aussi s'agissait-il de se protéger d'une tentation infâme…

Lucia se tenait assise devant la table, dans la pièce sombre où Valentina essayait de la rassurer, à l'aide d'un bol de lait et d'une tranche de pain. Lorsqu'il l'aperçut, Forza songea qu'elle avait l'air d'un renard, ou d'un lièvre, pris en cage, mais étrangement soumis. Assommé, peut-être.

– Que venez-vous faire ici ?

Valentina était sur ses gardes, agressive. Une de ces femmes prêtes à défendre leur nichée bec et ongles… Forza eut un soupir dédaigneux. Quand elles n'étaient pas cruelles, les femmes étaient sentimentales. Des animaux qu'on ne parvenait jamais à apprivoiser. Entre le curé et elle, il était gâté. Partir d'ici au plus vite…

– Ne t'oppose pas à la justice des hommes et de Dieu, Valentina ! gronda Rosario, mais au tremblement de sa voix, Forza devina qu'il avait peur.

– De quoi parles-tu, Rosario ? répliqua la femme.

– Dieu ne veut pas qu'une enfant reste sans éducation… reprit le curé.

C'était absurde : aucun enfant du village n'allait à l'école, parce qu'il n'y avait jamais eu d'école à San Nidro. Et Lucia était la seule à savoir lire.

– Suffit, l'abbé, trancha Forza. Et toi aussi, tais-toi. Je suis ici pour faire respecter l'ordre.

– L'ordre est respecté.

– Cette enfant n'a plus de parents. Si j'ai bien compris, personne ne peut la prendre en charge dans ce village.

– Je…

– Tu n'es pas mariée ! interrompit Rosario d'une voix aiguë.

– Je l'ai été. Tu vas me reprocher d'être veuve ?

Elle avait du caractère. Quelque chose de canin qui aurait pu amuser Forza, s'il ne s'était pas trouvé dans ce bourg coupé du monde qui évoquait en lui des souvenirs désagréables. Du coin de l'œil, il observait la gamine ; elle ne bougeait pas, les yeux fixés non sur les adultes mais sur le ciel bleu qui se découpait dans l'ouverture de la porte. Ses jambes nues étaient raides, elles ne balançaient pas comme le font souvent celles des enfants contraints d'attendre que les adultes aient fini de parler. Forza songea qu'elle n'était pas là, que rien ici ne pouvait la toucher, l'impressionner. Et cela suscita en lui une impression étrange, mais somme toute désagréable. Pas désagréable comme la voix de crécelle de ce curé idiot, ou celle, sourde et menaçante, de cette femme absurde. Dérangeante. Forza n'était pas venu ici pour être dérangé par un regard de môme. Il en avait assez.

– *Basta !* cria-t-il.

Combien de temps s'était-il laissé emporter par sa rêverie ? Les autres, à l'évidence, avaient continué de discuter, un de ces dialogues vains où personne n'écoutait personne et où chacun désespérait de n'être pas entendu. Le mot du commissaire les interrompit brutalement et même l'enfant tourna vers lui des yeux étonnés. Étonnés, mais pas effrayés. Ils semblaient lui demander ce qu'il faisait là.

Cette gamine ne pouvait pas rester ici. Pourquoi ? Il n'en savait rien. Et même, il était convaincu du contraire. Qu'elle restât ici ou qu'elle se noyât n'avait pour lui aucune importance. Maudits soient ces villages et leur population fruste et sentimentale ! Était-ce pour ces pouilleux que l'on faisait la révolution, qu'une Italie jeune et vindicative s'était levée pour laver les humiliations et créer un monde nouveau ? Au moins, s'il la conduisait vers la civilisation, pourrait-elle fournir des enfants à la patrie que l'on pourrait prendre en charge dès leur naissance, sans les laisser gâter par cette vie recluse. Elle était mignonne, elle trouverait certainement un bon gars pas trop regardant sur la conversation. Était-ce vraiment ce qu'il pensait ? Il ne voulait pas penser. Pas imaginer la vie de cette gamine. Aucun intérêt. Il voulait rentrer au plus vite chez lui, quitter ce village où il allait finir par se sentir mal.

– Qu'allez-vous faire ? demanda Valentina, les dents serrées.

Pour qui se prenait-elle, celle-là, avec ses crocs menaçants ? Croyait-elle qu'elle pouvait dicter sa conduite à Forza ? Rosario avait raison sur un point, mais pas pour les bonnes raisons : pour sauver cette fillette, il fallait à tout prix l'extraire de ce trou misérable. Et c'était la même chose pour le gamin, le brûleur de cadavre… Mais Forza l'avait laissé filer, celui-là. Tant pis. Il ressentit un serrement dans sa poitrine. Dommage, sans doute. Une bonne recrue, sûrement.

Assez culotté pour se mettre un village à dos en réduisant en cendres un vieux fou. Assez fidèle pour obéir aveuglément, quels que soient les risques. Alors, cette Lucia… Il en était vraisemblablement amoureux, le Basilio. Et si… ? Forza se secoua violemment. S'il restait plus longtemps, il allait perdre la tête.

– Pour la dernière fois, tais-toi ! lança-t-il à Valentina qui sursauta et se tut. Je suis la loi ! Je décide ! Je tranche, ce qui est bien, ce qui est mal ! Et je dis que ce qui est bien pour cette gamine, c'est d'être conduite dans un orphelinat ! Et je dis que ce qui est mal pour elle, c'est de rester ici !

Il s'interrompit, essoufflé. Était-ce bien lui qui venait de faire cette tirade ridicule ? Même Rosario le dévisageait, stupéfait. Pas longtemps ; un rictus horrible apparut, une forme de sourire probablement, en route vers le rire triomphal qu'une longue pratique de la fausse humilité sut contenir de justesse. Avec componction, Rosario se frotta les mains et baissa la tête.

– Si vous pensez que c'est la meilleure chose à faire…

Forza sentit battre ses tempes violemment. La meilleure chose à faire, ce serait de réduire ce village de dégénérés en cendres, de déporter sa population, d'anéantir… Il respira profondément et se retourna. Par la porte ouverte, on voyait les murs blancs des maisons d'en face et l'ombre qui tombait sur la pierre et la terre de la rue. Forza avait la nausée. Il ferma les yeux. Au loin, il entendit le bruit de la mer. Expirer. Il refit face sur le trio de villageois ; Lucia s'était mise debout et le regardait sans ciller, froide, déterminée, indifférente presque ; Valentina, derrière l'enfant, avait croisé les mains sur sa poitrine pour maîtriser leur tremblement, tandis que Rosario, en retrait, près de la porte, prêt à fuir, frottait les siennes avec délectation. Forza ne voulait plus les voir. Il fit signe à ses carabiniers et désigna la gamine.

– Viens, petite, murmura le gendarme, visiblement ému, tandis qu'un collègue s'avançait vers Valentina pour prévenir toute opposition.

– Tu as des affaires ? demanda un autre.

L'enfant porta ses yeux sur lui, mais sans paraître le voir, et ne répondit rien.

– En route ! fit claquer Forza qui tourna les talons.

Valentina ne bougeait pas. Devant elle, elle voyait cet étranger arrogant, sanglé dans son uniforme, et ces pauvres carabiniers qui n'en menaient pas large. Elle voyait Rosario qui jubilait silencieusement. Elle voyait la nuque de Lucia, impassible – résignée ? Non, sans doute, cette enfant était curieuse, pas comme les autres, il devait se passer dans sa tête des choses que Valentina ne pouvait imaginer, des idées fantasques, dangereuses peut-être, ou qui l'aidaient à supporter les épreuves. Valentina n'en savait rien. Depuis la veille, depuis qu'elle l'avait accueillie chez elle, elle n'avait pu lui arracher trois mots en réponse à ses questions. Mais la gamine avait parlé, seule, sans paraître noter la présence de Valentina. Elle avait parlé de Basilio comme d'un frère, d'un héros. D'un amant. Quel âge avait-elle ? Une petite fille. Une femme. Et Valentina s'était sentie ridicule, humiliée, sans savoir pourquoi, par quoi ni par qui. Par la vie probablement. La vie qui coulait sur elle comme une vague lasse sur un rocher couvert d'algues. Et l'enfant-fée – c'est ainsi que Valentina s'était surprise à l'appeler – s'était couchée sur la paillasse, à côté de son aînée, et elle s'était endormie aussitôt, au milieu d'une phrase qui parlait de forêt et de mer, endormie sur le doux nom de Basilio murmuré, caressé.

Valentina n'avait pas dormi. Toute la nuit, tandis que montait vers elle la respiration calme de Lucia, elle s'était demandé ce qu'elle devait faire, ce qui allait advenir. Et surtout, elle avait laissé son cœur rôder dans des marais inhospitaliers, où les ombres de deux enfants couraient main dans la main, s'étreignaient, s'aimaient. L'insomnie avait décanté une multitude de sentiments que Valentina n'aurait pu démêler, qu'elle aurait refusé d'admettre. Mais si jusqu'à cette aube, elle avait su que Lucia et Basilio s'entendaient bien, s'aimaient comme le font les enfants pour jouer, elle venait de comprendre ce que son cœur refoulait avec soin : il s'agissait d'autre chose. De fort, d'étonnant, de différent. C'était absurde. D'un sentimentalisme grotesque, inconnu de la vie austère de ces villages perdus où survivre est déjà une tâche assez lourde. Valentina était folle. À quoi pensait-elle ? Lucia était une enfant en deuil, une orpheline. Elle n'avait pas pleuré. Mais on ne pleurait pas souvent dans ce pays, ou alors avec l'outrance des funérailles, pour épuiser le chagrin et repartir à la tâche. Basilio était un jeune homme vaillant. Jeune. Elle ne l'était plus, quoi qu'on en dît. Quoi que son corps lui chuchotât. C'était fini, tout ça. Elle avait eu sa part. Non, elle ne l'avait pas eue. À peine goûtée, sitôt retirée. Dieu a donné, Dieu a repris, susurrait Rosario avec son sourire infect, le sourire de celui qui n'a rien reçu et se console en voyant les autres perdre ce qu'il a désiré secrètement. Mais Valentina refusait. La vie a donné, la mer a repris. Mais elle, Valentina, était restée. Elle n'était pas morte. Pas donnée, pas reprise. Et ce que la vie pouvait encore lui offrir, Lucia pouvait-elle le lui reprendre ? C'était idiot, insensé. Indigne. Valentina s'était battue toute la nuit contre cette houle sombre qui battait en elle, qui lui donnait la nausée, qui lui serrait le ventre et, plus bas, qui nouait des souvenirs douloureusement délicieux.

À présent, tout allait se dénouer. La vie avait donné, ce Forza allait reprendre. Lucia ne bronchait pas. Réalisait-elle ce qui était en train de se passer ? Sans doute, songeait Valentina. La fillette était intelligente. Trop. Différemment. Si elle partait… Si elle partait, Basilio serait triste. Désespéré peut-être. Mais on se consolait. On se consolait de tout. Valentina voulait-elle que Basilio fût triste, et qu'elle le consolât ensuite ? Non. Oui. Non. Il fallait réagir, bondir sur les carabiniers, crever les yeux de ce Forza, ameuter le village, hurler au vol, on ne prenait pas un enfant de San Nidro, même pas Lucia, l'enfant de Filippo, la fille du vent, la sorcière aux pieds nus que l'on évitait de croiser. Il fallait appeler Basilio et Luigi, eux pourraient s'interposer. Il avait été habile, Rosario, dans sa perversité ! Valentina devait agir. Les carabiniers posaient la main sur Lucia, on lui demandait si la gamine avait des affaires et elle entendait Rosario répondre que non, sûrement, Lucia n'avait rien qui méritât d'être emporté, et que l'Église dans sa bonté pourvoirait à la vêtir, à la nourrir. Valentina ne bougeait pas. Ses doigts se crispèrent, elle sentit la pointe de ses ongles usés rentrer dans sa paume. Lucia ne tourna pas la tête vers elle. Crier au voleur. Personne ne bougerait. Personne n'aimait Lucia à San Nidro, elle faisait peur. Elle était folle. Nul n'en aurait voulu pour son fils. Valentina ferma les yeux un instant. Quand elle les rouvrit, la pièce était vide devant elle. Des ombres, sur le seuil, rapetissaient. Lucia n'avait pas crié, pas protesté.

Alors, Valentina poussa un hurlement terrible.

Basilio s'était rué dehors, suivi par sa mère. Il arriva à temps pour voir passer devant lui une voiture. À l'avant, un carabinier et Forza, retourné vers l'arrière, où se tenaient, compressées, trois silhouettes. Deux casquettes, entre lesquelles on devinait un petit bouquet de cheveux.

– Lucia ! hurla Basilio, pétrifié.

Mais l'automobile disparut dans un méandre de la ruelle.

Valentina avait couru derrière la voiture quelques dizaines de mètres. Elle s'était immobilisée, essoufflée, le visage couvert de larmes. Des maisons, jaillissaient des femmes qui, sans savoir encore quel nouveau malheur s'abattait sur San Nidro, se signaient et geignaient d'avance. Basilio vit tout cela tandis qu'il s'élançait derrière la voiture qui ne pourrait pas prendre beaucoup de vitesse avant d'avoir atteint le bas du village. Il entendit sa mère qui criait son nom, crut apercevoir le visage terrifié de Lucia, sa bouche qui se tordait sur un appel qu'il n'entendait pas et auquel il ne pouvait répondre. Le bruit du moteur couvrait tout, rebondissait sur les murs blancs de San Nidro. Basilio dévalait la rue, glissait sur les dalles lisses, mais ne parvenait pas à rattraper les ravisseurs. Ils s'éloignaient, inaccessibles déjà, pas un villageois ne surgissait devant le véhicule pour le contraindre à s'arrêter. Enfin, la route se libéra du village et des lacets et fila droit devant. À bout de souffle, dans un ultime hurlement de rage, Basilio s'arrêta à son tour, comme Valentina avant lui.

LES OMBRES

Le dimanche suivant, comme à l'accoutumée, l'église se remplit pour la messe. Les remous récents avaient continué à agiter la communauté, mais decrescendo. On n'avait plus revu les étrangers et tous, ou presque, s'accordaient sur la sage décision prise par Forza, d'emmener Lucia pour la confier à un orphelinat lointain. Cette pauvre enfant était seule désormais, n'est-ce pas ? Personne pour s'occuper d'elle... D'autant que, mais nul n'eut à le préciser, d'autant que personne n'en voulait ; cette gamine était une sorcière, folle comme ce Filippo qui, à tout bien considérer, était à la source de tous ces malheurs.

Quand Rosario monta en chaire, il arborait un sourire triomphant, mais son teint était plus blanc que de coutume, car ses nuits avaient été agitées. Il avait eu sa revanche et presque tout le monde était là. Manquaient Valentina, Luigi et Basilio. Pour les deux hommes, rien d'inhabituel. Quant à la jeune veuve, elle finirait par rentrer dans le rang. Son attitude, lors de la visite de Forza, pouvait certes laisser croire qu'elle lui garderait une rancune tenace, mais la religion était rivée à l'âme des femmes aussi fort que la faute l'était à leur corps, elles ne pourraient jamais prier assez pour racheter leur culpabilité originelle. Et Valentina reviendrait, ou mourrait sans confession.

Le curé s'éclaircit la voix. Leur petit village avait vécu des événements tragiques. Puisque la paix était de retour, il fallait prier. Prier pour le salut de Filippo, mort comme il avait vécu, dans le péché. Si infinie que soit la miséricorde divine, sa colère et sa justice n'étaient pas moindres ; qui avait cru pouvoir défier les lois célestes et terrestres en demandant que son corps fût livré aux flammes, verrait son âme brûler pour l'éternité. Leçon à méditer par tous ici assemblés…

Il laissa passer quelques anges pansus avant de reprendre, les yeux braqués sur Annunziata. Prier aussi pour Basilio. Dieu ne voulait pas accabler le pécheur, si celui-ci trouvait la force de s'amender et de se repentir. Le crime de Basilio était terrible, une folie… Rosario s'était résigné à ne plus mentionner l'hypothèse du meurtre, à laquelle personne ne croyait – pas même lui. Dans l'assemblée, quelques regards se dirigèrent vers Annunziata qui, fièrement, fixait Rosario. Sans doute ne lui avait-elle pas, elle non plus, pardonné sa démarche auprès des autorités. Jusqu'à ce jour, elle avait refusé que Rosario franchît le seuil de sa maison, prétextant qu'à l'intérieur, son fils aurait fait un esclandre, ou, si Basilio était en mer, qu'elle avait trop de travail. Mais comme Valentina, Annunziata finirait par courber l'échine. Elle n'avait pas la fierté orgueilleuse de la cadette, elle était à l'office et s'était déjà rendue dans le confessionnal. Bien sûr, elle ne s'était pas accusée des mauvaises pensées qu'elle nourrissait certainement à l'encontre du curé. Son cœur avait dû balancer entre la peur que l'homme lui inspirait et la confiance qu'elle se devait de ressentir pour un confesseur. Et Rosario n'était pas mécontent que ce fût la crainte qui l'eût emporté.

Le crime de Basilio méritait l'enfer. La voix de Rosario gonflait sur les voûtes paisibles. Sans oublier l'orgueil et l'impiété ! Mais Basilio était un enfant du pays ; par la mort de son père, ils étaient tous responsables de lui. C'est à eux tous qu'incombait la responsabilité de le ramener dans le droit chemin.

– Je compte sur vous pour qu'il revienne, humblement, demander pardon à Dieu, ici, dans ce confessionnal qui a déjà recueilli tant d'aveux et permis tant d'absolutions.

Il pointa un doigt terrible vers le frêle édifice de bois où des générations de villageois étaient venues ânonner le chapelet des fautes réelles ou inventées, assurées que l'oreille qui en recevait la confidence garderait ce terrible ou dérisoire secret, et qu'ils pourraient ressortir de là purifiés, prêts à recommencer.

– Prions !

Il joignit les mains et les nuques se courbèrent un instant. Était-ce habile de stigmatiser ainsi Basilio ? Après le scandale du bûcher, certains s'étaient montrés compréhensifs. Et la venue des carabiniers avait accru leur nombre. De toute manière, le pardon divin importait peu devant la satisfaction qu'éprouvait finalement Rosario. On lui avait rapporté que, même si Basilio était retourné travailler avec Luigi, il était très affecté par le départ de cette gamine. Il avait visé et touché juste, décidément… Elle était si jeune ! Si jeune ? Dans les âmes perverties, le vice fleurit vite, la pourriture n'attend guère pour étendre sa gangrène. Surtout quand la beauté du diable s'en mêlait, car elle était jolie, la garce ! Et le mal menaçait alors les meilleurs. Rosario fit un effort pour revenir à ses prières. Très jolie. Il n'y avait jamais prêté attention plus tôt, pour la bonne raison qu'il ne croisait pas son chemin. Mais depuis le bûcher… quelles flammes n'avait-il pas allumées… Et ses nuits, depuis… Il toussa.

Sa bonne conscience pouvait exulter et faire taire l'autre, celle de ses insomnies, noyer dans l'éclat de son orgueil ce que cette joie recouvrait de pensées malsaines et de perversité. En frappant ces enfants, il pouvait proclamer qu'il les sauvait. Sinon sur terre, du moins dans les cieux. Les cendres de Filippo pouvaient se disperser n'importe où ; ce plaisir-là rachetait leur perte.

– Je vous demande encore de prier pour une âme en détresse, reprit-il, doucereux.

La plus innocente, sans doute, même si la vie qu'elle menait l'a déjà conduite au bord du précipice. Sans autre modèle que ce mécréant, Lucia était en grand danger. Mais la disparition de Filippo ne pouvait la sauver qu'à la condition expresse qu'elle ne restât point dans cet état sauvage, sans Dieu, soumise aux pires concupiscences et à la tyrannie d'une chair à laquelle nulle religion n'a appris la retenue et la décence. Grâce à une action ferme et prompte, on pouvait espérer que cette enfant recevrait désormais l'éducation qui ferait d'elle une honnête fille de Dieu.

Rosario écarta les bras. Sur ce point, il était sûr de l'assentiment collectif. Ce bon peuple n'avait pas à savoir le salut de qui était visé par l'éloignement de Lucia.

Gabriele Rosario plongea la tête, feignant la prière pour masquer une grimace joyeuse et perverse.

Ite missa est.

Quand elle s'était retrouvée dans la voiture des carabiniers, coincée entre deux policiers mal à l'aise, Lucia avait cru mourir. Au même moment où cette idée avait surgi – et ce n'était pas une crainte, pas une peur ; un simple constat, une évidence presque rassurante –, elle avait su que ce n'était qu'une phrase. Elle n'allait pas mourir pour la seule raison qu'elle était montée dans une voiture, même si c'était la première fois de sa vie. Filippo était mort, lui. Basilio avait construit un bûcher et, ensemble, ils avaient brûlé sa dépouille. C'était la volonté de Filippo à laquelle Basilio avait obéi, et Lucia l'avait aidé. On ne mourait pas de cela non plus. Encore que. Elle avait lu des histoires, et Filippo lui en avait raconté, où l'on décédait pour moins que cela. Ou pour davantage. Par amour. Par inattention. Par fidélité excessive, comme tous ces hérétiques et tous ces chevaliers, fous d'honnêteté ou d'orgueil.

Pourtant, Lucia avait cru mourir. Parce que, pour la première fois depuis si longtemps qu'elle pouvait croire que c'était toujours, elle s'éloignait de San Nidro. Pour la première fois, elle allait être séparée de

Basilio. Et cela, c'était vraiment sans précédent – quand on ne connaît pas encore quelqu'un, on ne peut pas être séparé de lui. Alors, elle avait pensé qu'elle ne survivrait pas à ça. Ça : ne plus sentir le sable sous ses pieds, ne plus caresser les branches des arbres, ne plus musarder. Ne plus savourer le spectacle du sourire de Basilio, de ses épaules solides, de son torse... Ne plus sentir son odeur de sel et de vent. Ne plus laisser glisser ses doigts sur la peau de Basilio, discrets pour ne pas l'effaroucher. On pouvait mourir d'être privé de ces plaisirs, de ces sensations. Dans les livres, en tout cas. Mais Lucia ne vivait pas dans un livre. Elle était enfermée dans une voiture malodorante, cernée par deux garçons que sa présence embarrassait, et leur vilaine action, et tous ces événements qu'ils les dépassaient.

Peut-être aussi avait-elle cru ne pas survivre à la présence de cet homme qui, durant tout le trajet, lui avait exposé sa nuque épaisse, devant elle. Cet homme surgi du néant pour semer le désordre dans le village, ce suppôt de Rosario qui sûrement estimait avoir maté le curé alors qu'il en avait été l'instrument docile. Cet homme qu'elle avait haï directement, dont elle avait flairé le danger, la sournoiserie, et les mensonges aussi, les secrets épais qui alourdissaient son pas et ternissaient son regard. Cet homme qui s'était retourné vers elle, l'enfant qui n'avait pu réprimer son cri et ses larmes au moment où on l'avait chargée dans le véhicule, et s'était écrié qu'elle devait se taire, désormais, et que la belle vie était finie, qu'elle allait rentrer dans le rang, trouver sa place, qu'elle devrait le remercier plutôt que de pleurer.

Non, elle ne le remercierait pas. Elle avait serré les poings mais avait gardé ses lèvres scellées. Cet homme était de ces créatures infernales qui transformaient les anges en démons. Forza l'avait encore observée pendant quelques secondes puis avait soupiré bruyamment et s'était tourné vers le chauffeur pour lui intimer l'ordre de démarrer. Forza était le genre d'homme qui parlait pour commander, le genre que d'autres suivaient sans discuter. Le genre qu'elle détestait, l'opposé de Filippo et Basilio. Mais c'était lui qui ordonnait au chauffeur d'accélérer, d'emmener Lucia loin de San Nidro, lui qui était responsable de cette pensée terrible qui avait déchiré ses rêves d'enfant et lui avait imposé l'idée qu'elle allait mourir. Sans doute n'était-elle pas belle à voir en cet instant, cet instant où elle s'était détournée pour ne plus voir le faciès dégoûtant de Forza ni sa nuque de taureau, l'instant où elle avait dirigé son regard vers la rue, le village qui se déroulait dans son dos et là, derrière, la silhouette de Basilio surgie de chez lui, sa course inutile et merveilleuse.

Alors, à cet instant, tandis qu'elle croyait ne pas survivre à l'épreuve de la séparation et de l'exil, une autre pensée fulgurante l'avait traversée. Elle aimait Basilio. Follement, douloureusement. Pas comme l'ami d'enfance, le confident discret ; comme une femme aimait un homme dans les histoires que lui lisait Filippo et dont elle se moquait parfois, parce que ce n'était pas elle qui aimait de la sorte. Elle avait vu un oiseau au-dessus de Basilio, une mouette, et elle savait que c'était un signe, mais sa peine était trop vive, elle n'avait pas été capable de l'interpréter, présage de malheur ou de bonheur, l'oiseau était parti et Basilio avait interrompu sa poursuite, épuisé, à bout de souffle. Présage de malheur sûrement, l'oiseau était reparti vers le large, et elle, Lucia dans cette voiture, partie vers la forêt, et au-delà, le pays des hommes qui ignoraient San Nidro. Elle avait aimé Basilio pour la première fois, pour la première fois avait associé à son prénom ce verbe fou, aimer, et elle avait aussitôt pensé que ce serait la dernière, à cause de ce feu qui lui avait révélé son amour elle l'avait perdu, elle avait perdu Basilio comme Basilio l'avait perdue. Perdus tous deux parce que dupés par cet homme, Rosario, et cet autre, Forza, et abandonnés par le village qui n'avait pas réagi, qui avait laissé faire. Et elle lui en avait voulu alors, dans cette voiture cahotante, voulu d'avoir mis la lumière du feu sur ce qui ne serait qu'un cadavre à jamais, un cadavre que rien ne consumerait sinon les mensonges qui l'attendaient dans cette ville où l'emmenait Forza. Et cela, elle le savait, serait pire que la mort.

Ce fut cette douleur qui déforma ses traits lorsqu'elle tourna son visage vers l'arrière, le visage que Basilio dut apercevoir. Et elle s'en voulut de lui avoir offert cette ultime vision, il ne fallait pas qu'il gardât d'elle une image de souffrance parce que la souffrance ne lui ressemblait pas, elle avait toujours lutté contre elle et les privilèges faciles qu'elle accordait à ceux qui s'y délectaient ; c'était ce qu'elle détestait le plus dans la religion de Rosario, cette exaltation de la souffrance, sa justification mensongère qui autorisait de faire souffrir les autres, comme ces gens magnifiques brûlés vifs pour avoir été libres et intelligents à une période de tyrans bornés. Pendant tout le trajet, cette douleur l'accompagna et peut-être l'aurait-elle détruite, elle n'en savait rien, peut-être y avait-il vraiment des gens qui mouraient de cela. Elle avait en vain observé le paysage par la vitre sale, au-dessus des épaules de ses gardiens. Rien. Aucun signe, aucun encouragement. Ce pays ne la connaissait pas, ils étaient étrangers l'un à l'autre, ils ne parlaient pas la même langue. Pouvait-on mourir de cela ? Pas elle. Non parce qu'elle ressentait moins vivement cette souffrance, au contraire ; mais parce que cette douleur devenait lentement sa vie. Qu'elle était le goût particulier, la couleur unique que prenait son amour pour Basilio.

Avant d'arriver dans la ville dont elle refusait d'entendre le nom, elle sut qu'elle allait vivre de cela le temps qu'il faudrait. Et la longueur de ce temps se dévoilerait plus tard, lui apprit l'ombre d'un nuage sur un bâtiment gris, elle devait se soumettre à ce courant qui l'emportait. À un éclat de lumière sur le feuillage, elle crut deviner que Basilio aussi serait entraîné loin, loin d'elle, loin de San Nidro, mais qu'il reviendrait, comme elle reviendrait.

Et c'est ainsi qu'elle arriva dans Bari maudite, sûre de son amour pour Basilio, inquiète seulement, mais à peine, de l'amour que Basilio lui portait. Il ne lui avait pas dit, mais elle non plus, ils s'étaient quittés dans le mystère des sentiments couvés, lovés au fond de leur cœur.

L'automobile s'arrêta devant un édifice sinistre. Tout, autour d'elle, était bouché par de tels immeubles, laids, gros, massifs, des injures au ciel et aux hommes qui s'y engouffraient ou qui en sortaient. Si l'enfer dont parlaient les vieux et des gens comme Rosario existait, il était ici, devant elle. Mais Lucia ne croyait pas à l'enfer. Elle se savait exilée, chassée d'un paradis, mais ce paradis l'attendait, elle y retournerait. Basilio y vivait encore. Ici, dans la ville sans nom, elle allait survivre. Attendre. Et se moquer de ses peurs.

Pourtant, les pires de ses frayeurs n'étaient pas encore venues. Comme si d'être arrachée à San Nidro la livrait à tous les dangers. Oui, peut-être, l'enfer. Mais elle ne s'en doutait pas encore, là sur le trottoir, ébouriffée de chagrin et de pensées confuses, encadrée par deux carabiniers comme si elle eût été une féroce criminelle, conduite par Forza devant une femme au visage noyé dans le tissu, une face aiguë, coupante comme le rocher de la falaise, inabordable comme lui, une femme qui l'avait jaugée du regard, avec une moue dédaigneuse, et qui avait tranché sans traîner, Lucia l'avait lu dans ses pupilles : cette gamine n'avait aucune chance, elle était insignifiante et c'était déjà beaucoup que de lui assurer le gîte et le couvert, un semblant d'éducation. Lucia savait où elle était, qui était cette personne ; elle avait lu des histoires sordides qui se déroulaient dans ces lieux, lesquels, à

San Nidro, lui paraissaient tellement irréels. Impossibles. Comment pouvait-on vivre dans des endroits aussi obscurs, clos, coupés de la forêt, de la mer ? Peut-être l'âme de leurs habitants était-elle le reflet des lieux. Peut-être n'était-ce pas de leur faute. Mais les enfants qui vivaient là – Lucia se souvenait qu'ils s'appelaient des orphelins, et elle s'étonna qu'un mot aussi vilain pût s'appliquer à elle qui n'avait jamais connu ses parents et avait grandi sous la coupe d'un homme qui ne prétendait pas être son père – subissaient le malheur des adultes qui leur retombait dessus, parce que les adultes ne savaient pas faire autrement, dans ces endroits, pour soigner leur chagrin, que de le rejeter sur les autres, sur de plus faibles encore, et tant pis si cela les rendait plus tristes et plus fragiles.

La mère supérieure ne lui adressa pas trois mots et la confia à une autre religieuse, qui lui fit parcourir des couloirs. Tout cela était conforme aux histoires. Lucia vit qu'une chose déjà était bonne : Forza avait disparu. Au premier jour, il l'avait livrée à l'orphelinat et était reparti. Sans doute sa conscience était-elle sereine, satisfaite. Sans doute ne pensait-il déjà plus à elle. Lucia, elle, ne l'oubliait pas. Elle ne voulait rien effacer, tout ce qu'elle vivait, aussi monstrueux que ce fût, lui servirait plus tard. Plus tard : quand elle quitterait cette prison, quand elle retournerait frotter sa peau aux vents et aux vagues de son pays.

Les jours qui suivirent se fondirent dans un seul. Un jour long et gris comme Lucia n'en avait jamais vécu, un mauvais sommeil qui ne reposait de rien. Les filles qui l'entouraient, au dortoir, en classe, à la messe ; elle ne leur parlait pas. Et réciproquement. Comme à San Nidro, les autres ne l'intéressaient pas. Ce n'était pas du mépris ; ces filles étaient sûrement très gentilles. Très gentilles et très malheureuses, car on ne vivait pas ici si l'on était heureux. Mais que leur aurait-elle confié ? Il n'était pas possible de leur parler de Basilio, de San Nidro, de la forêt et de la falaise, de la plage et des vagues, et des signes par dizaines que le vent, le soleil et parfois la pluie déposaient sur le chemin de Lucia pour lui permettre de comprendre mieux le monde. On l'aurait prise pour une folle, Lucia le savait. Pour l'heure, on se contentait de la prendre pour une bizarre, une drôle. Certaines finirent par siffler ; Lucia ferma ses oreilles, elle ne voulait pas devenir comme elles, qui méprisaient les autres. Elle ne fit rien pour se défendre d'une telle absurdité.

Les religieuses chargées des leçons remarquèrent à peine qu'elle savait déjà lire. On se souciait peu de les instruire ; ce n'était qu'une manière de les occuper calmement. La plupart des filles étaient destinées soit à rentrer dans les ordres, pour les meilleures, soit à finir comme servantes. Pour l'avenir de Lucia, les avis furent divergents : certaines refusèrent rapidement d'envisager qu'elle devînt religieuse, car elles lui soupçonnaient quelque chose de diabolique qui aurait à coup sûr perverti le plus rigoureux des couvents ; d'autres s'interdirent de la destiner au service domestique, car il était évident à leurs yeux que Lucia jamais ne s'adapterait à la vie bourgeoise.

Elle passait ses journées en s'efforçant à la plus grande discrétion. Cela ne la changeait guère de San Nidro : la liberté était tributaire de cette transparence, et elle n'en avait jamais souffert. Pendant les leçons, elle ne se faisait pas remarquer et accomplissait sa tâche avec une application qui était son meilleur rempart. Durant les rares temps libres, elle hantait les couloirs où les pensionnaires étaient autorisés et le jardinet où une vieille sœur cultivait des simples, et que les autres filles fuyaient parce qu'il était exigu et que l'on n'y pouvait courir à son aise. Lucia l'aimait pour cette petitesse, mais surtout pour les parfums qu'il recelait et qui lui rappelaient la garrigue de San Nidro, à défaut d'éveiller les senteurs marines. Pour celles-là, il lui semblait que certains jours, en se dressant sur la pointe des pieds, il lui en revenait quelques saveurs miraculeusement transportées jusqu'à elle, sans qu'elle pût dire si ces fragrances venaient de la mer proche ou si elles avaient dû parcourir des milliers de kilomètres pour venir la réconforter. Elle cherchait dans les feuilles des plantes médicinales un signe quelconque qui lui aurait indiqué le temps qui lui restait à patienter avant de retrouver Basilio et San Nidro. Mais cette nature domestiquée lui demeurait étrangère. Si elle parlait, c'était dans un idiome que Lucia ne parvenait pas à percer.

Lucia ne désespérait pas. Elle avait mis son âme entre parenthèses. Les leçons, elle les suivait avec un intérêt proche de celui qu'elle prêtait à celles de Filippo, jadis. Elle aimait apprendre, malgré le fait qu'elle n'utilisait pas les matières enseignées aux fins auxquelles elles étaient destinées. Les prières et les histoires du catéchisme n'élevaient pas son âme et n'avivaient pas son ardeur ; Jésus et Marie demeuraient pour elle des personnages de conte, et qui plus est d'un conte triste, à la chute incompréhensible et lamentable. De cette conclusion, elle ne s'ouvrait pas aux religieuses, évidemment ; elle savait qu'elles adoraient le Christ parce qu'il était mort misérablement sur une croix, et sa mère parce qu'elle avait tellement souffert de cette mort ignoble. Lucia se souvenait de la Vierge, dans la chapelle abandonnée de sa forêt, à laquelle elle était seule à rendre visite ; désormais, la pauvre Vierge était désespérément livrée à elle-même, mais Lucia devinait que les bonnes sœurs n'auraient pas été émues par le sort d'une statue de plâtre. Ce n'était pas le moins curieux, dans cette religion que partageaient avec Rosario les gens de San Nidro : on vénérait des images en répétant qu'il ne fallait pas succomber aux icônes, et l'on n'aurait rien fait pour sauver une statue, alors que l'on invoquait le nom de Marie plusieurs fois par jour. Le nom de Marie n'était qu'un nom, pourtant, une légère vibration de l'air, tandis que la Vierge de la chapelle pesait de tout son petit poids de stuc, fragilisé par l'humidité, la sécheresse, les années, et les ombres de ses couleurs d'antan étaient comme un voile de larmes autrement plus déchirant que toutes les déplorations à la Vierge ânonnées en temps et heures déterminés par les bonnes sœurs.

Lucia attendait. Pas le Messie, ni le Jugement dernier – c'était de ces fables qui la faisaient rire intérieurement, rien ne lui semblait plus absurde – ; Basilio, tout simplement. Ou il viendrait la chercher, ou l'occasion serait donnée à Lucia de fuir cet endroit et de le rejoindre. Elle ignorait encore laquelle de ces deux hypothèses se réaliserait, et c'était pour cela surtout qu'elle s'efforçait de déchiffrer les signes mystérieux de cette nature tronquée, les vols d'oiseaux, les couleurs du ciel. Mais elle n'avait pas encore réussi, les signes étaient confus, ou le temps n'était pas venu.

N'eût-elle été ravissante, sans doute l'aurait-on oubliée, pour la redécouvrir une dizaine d'années plus tard, adulte et abrutie par cette mise en terre prolongée, l'âme morte pour avoir trop longtemps été coupée de ses racines. Mais la beauté était, en ces lieux, un atout dangereux. Elle rappelait aux religieuses qui n'étaient pas laides qu'une autre vocation aurait pu les toucher, qui les aurait rendues plus charnellement heureuses ; et à celles qui l'étaient, elle ravivait l'idée refoulée que l'appel de Dieu pouvait n'être que le masque hypocrite du silence et du rejet des hommes. Cela aurait déjà pu expliquer l'animosité contenue dont Lucia fut rapidement l'objet dans l'orphelinat, renforcée par cette cruauté instinctive et naturelle des enfants lorsqu'ils repèrent un congénère qui refuse de jouer le jeu commun. Lucia, cependant, n'en aurait pas souffert ; c'était de ces idées qui ne pouvaient l'atteindre, et qu'elle n'aurait pas comprises si on s'était efforcé de les lui expliquer. La jalousie et l'envie étaient des mots aussi creux et vains à ses oreilles qu'un coquillage percé, incapable de préserver le doux murmure des mers lointaines enfermé dans sa volute nacrée.

Mais les sœurs n'étaient pas les seules adultes à rencontrer les pensionnaires de l'orphelinat.

Depuis combien de temps était-elle arrivée ici lorsqu'il lui rendit sa première visite ? Lucia l'ignorait. La fuite des heures et des jours ne l'avait jamais intéressée. C'était, pour elle, une notion futile. Il y avait certes des événements qui faisaient date dans son histoire, des repères autour desquels s'articulaient un avant et un après. D'abord la mort de Filippo, et ce qui avait suivi : son enlèvement, mais aussi – et elle préférait l'envisager dans ses termes – la confirmation de son amour pour Basilio. Et désormais : la première visite de Rosario. Un avant où son corps était une île protégée par des flots infranchissables, à laquelle elle ne songeait pas, une évidence fidèle et comme invisible ; un après où ce même corps, qui n'avait pas changé, s'opacifia et se mit à peser.

Pourtant, Rosario ne l'avait pas touchée. Pas même effleurée. Du moins pas avec ses doigts. Pas déshabillée non plus, sinon du regard. Quand la sœur l'avait appelée et lui avait dit d'un ton froid qu'une visite l'attendait, Lucia avait dû lutter pour contenir les battements de son cœur. Comme dans les livres, elle s'en souvenait, et c'était bien ridicule de se comporter de la sorte. Aucun signe ne l'avait avertie d'une visite, ce ne pouvait donc pas être une bonne nouvelle, ni une mauvaise. Un malentendu sans doute, un professeur qui voulait lui donner un devoir supplémentaire, et la sœur avait mal compris, ce n'était pas une visite, mais une convocation. Ou... elle n'avait pas eu le temps de poursuivre ses scénarios : la porte d'une petite pièce sombre s'ouvrit devant elle et elle découvrit l'impensable : Rosario, assis sur une chaise en bois, les doigts pianotant nerveusement sur la table, le front ruisselant, Rosario qui s'était levé trop vite en la découvrant et qui avait remercié d'une voix chevrotante la bonne sœur, laquelle s'en était retournée sans un mot.

Elle resta figée sur le seuil. Rosario ! Que faisait-il là ? Il semblait plus petit, plus médiocre encore qu'à San Nidro. Plus sournois aussi. Plus dangereux. Lucia ne dit rien. Venait-il lui annoncer que quelque chose de grave était arrivé à Basilio ? De sa part, elle ne devait espérer aucune bonne nouvelle. Elle n'en aurait pas voulu. Sa bouche aurait avili l'annonce même du paradis de son Dieu.

Quand il fut certain que la sœur s'était éloignée, il se redressa à moitié et murmura son prénom, Lucia, puis, toujours dans un souffle, la supplia d'approcher. Elle ne bougea pas. Il se leva et s'embrouilla dans des paroles inutiles pour expliquer sa venue, il s'inquiétait pour elle, et la mère supérieure était si dévouée...

Il s'approcha d'elle et tendit la main. Elle se recula d'un pas, mais sentit dans son dos le battant de bois que la religieuse avait refermé derrière elle. Ainsi donc, ces femmes dont Rosario vantait le dévouement venaient de la livrer à ce monstre, sans défense, dans le huis clos d'une pièce sombre et exiguë. En une seconde, son instinct comprit qu'il ne lui aurait servi à rien de crier, personne ne serait venu. Le vide avait dû se faire dans tous les couloirs alentour. Personne n'aurait entendu. Personne ne la croirait. Jamais la forêt n'avait été hostile envers elle, pas même durant les pires orages. Jamais la mer ne l'avait effrayée, pas même au cœur des pires tempêtes. Et lui, Rosario, petit homme laid, gras, ruisselant, aux mains tremblantes faites pour les chrêmes et les onctions extrêmes, lui qui avait détruit l'harmonie de sa vie d'enfant osait venir la retrouver là où il l'avait envoyée, avec la complicité de Forza, comme s'il n'avait eu d'autre idée que de la mettre en un lieu sûr, sûr pour lui, un prédateur qui mettait de côté ses proies, ses réserves pour l'hiver, là où il pourrait les dévorer tranquillement, à l'abri des regards, des jugements, béni, absous par lui-même et les corbeaux complices à qui il avait confié la garde de son antre.

Pourquoi avait-elle peur de lui ? Il ne lui voulait que du bien, alors que lui – s'en souciait-elle ? –, lui souffrait l'enfer depuis son départ. Lui avait pensé à elle, l'envoyer ici c'était la sauver, et lui en était-elle reconnaissante ? Songeait-elle seulement à ce qu'elle serait devenue sans lui ?

Ce qu'elle serait ? Tout. Tout ce qu'elle avait envie d'être, libre et heureuse, insouciante. Rien de ce qu'elle s'efforçait de ne pas devenir, rien de ce que Rosario lui destinait. Mais il n'aurait servi à rien de parler. Gabriele Rosario, ici, se montrait tel qu'il ne se serait jamais avoué à San Nidro, entouré de gens simples qui n'auraient pas accepté de leur curé un tel comportement, pas même un tel regard sur une de leurs filles, Lucia compris. Il eut un petit rire de gorge. Était-elle aussi farouche avec son Basilio ? S'était-elle au moins confessée ici des péchés commis avec lui ? Ne voulait-elle pas se confesser encore, car de telles souillures méritaient pour le moins une double repentance, une pour elle, une pour Basilio qui ne confessait rien, menacé de l'enfer…

Lucia ferma les yeux. Elle revit Basilio, couché à côté d'elle sur la plage. Elle sentit sous ses doigts la peau du garçon, chaude, douce. Et elle rit. D'abord un grondement sourd que Rosario prit pour l'amorce d'une parole. Puis le rire déferla, puissant, ravageur. Le curé blêmit avant de rougir violemment, de s'approcher d'elle, de la saisir par les poignets pour la secouer.

– Tais-toi, mais tais-toi, malheureuse ! Ah ! Tu as le vice chevillé au corps, créature… Je vais… je vais…

Qu'allait-il ? Lucia s'en moquait comme elle se moquait de lui, pour protéger la pureté de ses souvenirs de cette boue elle n'avait trouvé que le rire, et son rire frappait juste, les doigts crispés de Rosario sur son bras n'y pouvaient rien, pas plus que sa main brandie en l'air, ni même la gifle brutale, ni les cris stridents de l'inquisiteur impuissant.

Lucia reprit conscience étendue sur un lit, dans l'infirmerie. Sa joue brûlait et sa lèvre était gonflée et douloureuse, au point qu'il lui sembla qu'elle ne pourrait plus jamais parler. Mais si les seuls interlocuteurs qui lui restaient désormais étaient Rosario ou les religieuses, ce n'était pas grave. Même une chance. Elle se souvenait de la rencontre avec le curé, ses insinuations nauséeuses, la transpiration malsaine sur son front. Ses cris, ses menaces. Ses doigts sur ses poignets. Sa main, le coup. Il n'était plus là, désormais. Reviendrait-il ? Lucia ne le savait pas, et cette incertitude était terrifiante. Avait-elle réussi à lui faire comprendre qu'il n'obtiendrait rien d'elle ? La visite de la mère supérieure lui apprit que non : elle s'entendit traiter de dépravée, de fille perdue. Rosario s'était plaint, elle s'était si mal comportée envers ce saint homme à qui elle devait tout. Un flot de mots aussi durs que des galets coupants arrachés à la falaise se déversait sur elle, des pierres que la mer n'avait pas eu le temps d'adoucir, de polir, des lames aiguisées par quelles rancunes cachées, et Lucia les subit tête baissée, elle avait appris qu'il ne fallait pas regarder ces créatures dans les yeux sous peine qu'elles se sentissent en danger, rien n'était plus dangereux qu'un être faible investi d'un grand pouvoir, elle subit mais écouta à peine, ne retint que quelques bribes, rigueur, salut, miséricorde, punition, péché, et surtout, surtout, le plus terrible, l'unique menace qui frappa son âme et la pétrifia : Rosario reviendrait, car dans sa grande générosité, il voulait veiller personnellement sur elle.

– Il m'a frappée… tenta Lucia, mais un son difforme sortit de ses lèvres tuméfiées.

– Taisez-vous, insolente !

La religieuse n'avait sans doute pas même compris ce que disait l'enfant, et l'aurait-elle fait que sa colère n'en aurait été que plus ardente. Lucia ferma les yeux et attendit que sa visiteuse sortît.

Alors vraiment commença pour Lucia ce qui, dans son imagination joyeuse, ressemblait le plus à un enfer.

– Surveille le filet !

Basilio se secoua et rattrapa de justesse la corde épaisse qui courait dans l'eau. De la tempête qui avait secoué la mer et malmené la forêt, il ne restait rien. Le soleil adoucissait un hiver revenu à son indolence méridionale. Mais la tourmente qui tournait en lui n'était pas près de s'apaiser. La traîtrise de Rosario, en l'atteignant si cruellement, lui avait révélé combien il était attaché à Lucia. Il ne comprenait pas l'attitude de ce Forza, qui avait pourtant paru lui témoigner un peu de sympathie. Mais c'était un homme de l'ordre. Luigi avait eu quelques mots sur ces fascistes, dont il avait entendu parler. Qu'importait à ses yeux la liberté d'une fillette ? Cela, plus qu'une crémation, pouvait menacer l'ordre de la société. Il n'avait pas hésité ; Lucia ne comptait pas, elle n'existait guère plus que ce cadavre disparu, sauf qu'elle était là, confiée, impuissante, aux mains de l'autorité morale qu'il incarnait. Basilio, qui ressassait ces idées sans relâche, l'imaginait même, découvrant ses dents jaunies dans un sourire grivois devant ce corps gracile. Et cette pensée ignoble, et toutes celles tapies dans son ombre, faisait remonter une bile amère à sa gorge et battre son cœur douloureusement, et une envie sauvage de frapper ces hommes, de les tuer peut-être.

Mais rien n'était plus pénible que cette pensée : tout était de sa faute. Sans ce bûcher, il n'aurait pas offert à Rosario un prétexte pour s'attaquer à lui. Lucia aurait continué à vivre dans la maison de Filippo, aux abords de la forêt. Valentina avait récusé cette charge ; elle rejetait la faute sur Filippo qui, le jour où il avait fait cette suggestion, n'avait pas mesuré le sérieux avec lequel Basilio la recevrait, pas plus que les conséquences que cet acte aurait tant pour le jeune homme que pour la fillette. Quant à celle-ci, dont il avait pourtant la responsabilité, il n'avait pas songé à assurer son sort après sa disparition. Son âge aurait dû le conduire à plus de prévoyance.

À tous ces arguments, Basilio trouvait des objections ; lui seul avait décidé de respecter la volonté de Filippo, et c'était lui qui aurait dû mesurer les risques pour Lucia. Valentina rétorquait que personne n'aurait accepté de laisser vivre Lucia seule dans cette maison. Le vieil homme et la fillette effrayaient les gens du village ; Filippo inspirait de la crainte, assez pour qu'on leur laissât une sorte de paix. Mais une fois Filippo disparu… Tôt ou tard, Lucia aurait été arrachée à cette vie a… Valentina n'avait pas achevé le mot. Aberrante, absurde, anormale. Assoiffée, attirante. Amoureuse.

« Tôt ou tard » : ces trois mots étaient une faille dans le raisonnement de Valentina. Basilio, depuis, passait et repassait en revue tous les scénarios que développait son imagination fébrile et impuissante. Qu'aurait-il entrepris pour sauver Lucia ? Partir avec elle, loin ? Non, il avait promis de rester. La cacher, l'épouser ? Il passait de l'exaltation à l'abattement. C'était des rêves qui le privaient de sommeil, le rendaient étranger aux quelques vivants qui lui témoignaient de l'affection. Luigi avait usé de toute son autorité pour ramener Basilio à bord et il ne se passait pas une pêche qu'il ne dût le reprendre pour des erreurs – auraient-elles été commises par un autre, il l'aurait renvoyé.

Le bateau accosta. Luigi savait qu'une fois le poisson déchargé et le matériel mis en ordre, Basilio disparaîtrait. Il irait s'enfermer chez lui, où il était retourné dès le lendemain du bûcher, ou se rendrait chez Valentina. Ou, plus probablement, il s'en irait dans la forêt d'où il ne ressortirait qu'à la nuit tombée, les yeux rougis de fatigue et de chagrin, épuisé, muet sur ce qu'il avait pu faire ou penser durant ces heures de retraite.

Luigi souffrait en le voyant ainsi, mais ne savait que lui dire, sinon quelques paroles bourrues, des conseils voilés. Il songeait à son fils disparu. À l'âge qui venait, aux douleurs dans le dos, dans les bras. À la solitude. Il y pensait vaguement, car il lui aurait fallu, pour approfondir ses idées, des mots auxquels il n'était pas accoutumé. Il s'était attaché à Basilio ; cela, il le savait. Peut-être trouvait-il en lui le fils qu'il n'avait jamais eu. Le vrai, celui qui s'était enfui, était un intrus, un étranger. Depuis la mort de sa femme, il s'en était occupé seul, mais l'affection n'y avait jamais été. Pourtant, Luigi avait essayé. Il y a des êtres comme ça, qui ne savent pas aimer. Qui restent sourds aux appels maladroits de leurs proches. Basilio aussi était distant, mais il était capable d'aimer, et d'en souffrir. Il se protégeait. Même s'il ne pensait d'abord qu'à lui. Luigi faisait-il autre chose, cependant, quand il appréhendait les décisions que Basilio pourrait prendre et qui pourraient l'éloigner de lui ?

Ce jour-là, Basilio partit pour la forêt. Il ne voulait voir personne. Sa mère était retombée dans son mutisme obtus. L'épisode de Lucia avait ravivé le malaise entre eux. Sans doute, la décision prise était bonne, Annunziata n'aimait pas Lucia, sauvageonne et fantasque ; mais elle pensait qu'on aurait pu trouver au village une famille pour la reprendre en main. Qu'on l'eût toujours considérée comme une étrangère n'en faisait pas moins une enfant du pays. De la forêt plus que du village, sans doute, de la plage plus que de la rue principale ; mais c'était leur forêt, et c'était leur plage.

Annunziata n'avait pas poussé plus loin la réflexion et n'en avait rien dévoilé à son fils. Elle ouvrait à des débats stériles, qu'elle n'aurait pu mener, à de nouveaux conflits avec lui, avec Rosario. N'avait-elle pas eu son lot de malheurs, n'en portait-elle pas toujours sa part ? Le ciel était assez lourd pour ne pas s'encombrer d'hypothèses. Un jour, elle saurait : où était le bien, où était le mal, et surtout la vérité. Ou ne saurait rien, engloutie dans le plus paisible des sommeils, qu'aucune aube n'aurait bordé de ses tâches et de ses souffrances. Comme pour la plupart des gens d'ici, sa vie n'avait pas été heureuse. Elle avait espéré qu'il en irait différemment pour son fils. Lequel, à présent, était un homme, ou peu s'en fallait, capable de gestes scandaleux, coupable qui refusait de reconnaître sa faute et que le curé citait en mauvais exemple du haut de sa chaire en bois rongé de venin, devant tout le village. Et Annunziata, seule, devait supporter cet opprobre public qui ne disait pas son nom et se voilait de fausse miséricorde.

Basilio ne devait rien attendre de sa mère. Rien de plus que ce silence coupable et accusateur, empli de colère et d'affection. Elle était impuissante, dans les gestes autant que dans les mots, mais elle était là. Là où il était aussi chez lui, si misérable que fût ce toit. Là où, selon elle, il vivrait désormais la même vie que ses parents. Annunziata espérait toujours qu'il se marierait. Et qu'à son tour il nourrirait quelques espoirs pour ses enfants, avant que la vie ne lui apprît que ces illusions étaient, de toutes les erreurs qui guettaient les hommes, celles que l'on regrettait le plus amèrement.

Le visage fermé de sa mère, les soupirs de Valentina… Bien sûr, il préférait se rendre chez la jeune femme. Mais l'impuissance de celle-ci était aussi absolue que celle d'Annunziata. Et Basilio avait déjà trop de mal à supporter la sienne.

Il avait besoin de ces heures de marche dans la forêt pour apaiser sa rage. Ces lieux étaient le temple de Lucia, privés de leur prêtresse insouciante, de leur déesse légère dont les doigts nouaient des sacrifices joyeux et des liens sacrés qui libéraient les êtres. Il courait, marchait, s'asseyait au pied d'un tronc. Le caressait, le frappait. Criait, hurlait, murmurait. Cherchait entre les branches nues de l'hiver le visage de Lucia, les échos de ses chants. L'appelait. Essayait d'imaginer son regard, dans la voiture qui l'emmenait. Ses pensées. L'avait-elle maudit ? Elle aurait eu raison. L'avait-elle appelé ? Il l'aurait tant voulu. Mais il ne savait pas, et ne saurait probablement jamais. Personne ne pouvait lui dire où Forza avait emmené sa proie. Luigi avait demandé à Gustavio de se renseigner, et le négociant s'était brièvement amusé de cette enquête. Mais devant son insuccès, il s'était lassé. Impossible de trouver d'où venaient ce Forza et ses carabiniers. Cela signifiait que Gustavio n'avait pas obtenu la réponse escomptée à la première personne interrogée. Rosario, d'après ce que Luigi avait rapporté à Basilio, prétendait tout ignorer également. Des femmes prétendaient avoir entendu Forza répondre au curé, qui demandait ce qu'il allait faire de la gamine : « Ça ne vous regarde pas. » S'il parvenait à mettre la main sur le policier, Basilio ne devait pas s'attendre à mieux.

Où était Lucia ? Encore dans la région, ou quelque part dans cette Italie dont Basilio ignorait tout, à commencer par sa taille et sa langue. Il n'en connaissait que quelques noms de villes effrayants : Rome, Milan. La ville des riches qui méprisaient les paysans et les pêcheurs du Sud. La Cité du pape qui faisait ronronner la voix de Rosario quand il prononçait son saint nom.

Les cris, les larmes, les suppliques, les menaces de Basilio se noyaient dans les feuilles mortes. Il ne pouvait rien faire. Lucia pensait-elle à lui ? Avait-elle seulement survécu à cet arrachement ? Les seuls moments heureux, c'était lorsqu'un rayon de soleil ravivait le souvenir d'un instant avec elle. Il revoyait son visage lumineux, son sourire, ses bras comme des ailes d'oiseau, les soupirs d'ange de ses seins minuscules. Et ce bonheur fugace était peut-être aussi le plus douloureux. Ne fallait-il pas plutôt espérer qu'elle l'oubliât ? Et lui de même ; devenir pêcheur et rien de plus. Consoler Luigi du départ de son fils, le rassurer. Oui, il reprendrait la barque le jour où Luigi ne pourrait plus. Oui, il assurerait ses vieux jours en échange du bateau et de l'apprentissage – les gestes, les meilleurs endroits qui se reconnaissaient à un certain éclat des vagues, Basilio commençait à le percevoir, même si, d'après le maître, il lui faudrait encore des années pour arriver à sa science.

La vie était-elle déjà finie ? Tout s'était-il consumé dans le bûcher de Filippo ?

Basilio ne pouvait s'y résoudre. Il ne deviendrait pas pêcheur. Pas sans Lucia, en tout cas. En observant les arbres avec les paupières mi-closes, il était évident que la forêt tout entière réclamait sa fille. Et que Basilio devait la ramener. Lui seul le voulait, lui seul le pouvait.

Mais lorsque ses pas le rejetaient à la lisière, sans qu'il eût pris la décision de rebrousser chemin, quand il s'immobilisait au-dessus de la falaise avec, à ses pieds, la peau grise et blanche des rochers maculée de broussailles, le tapis jaune triste de la plage et l'immensité bleu-vert des vagues, il soupirait, découragé ; où fallait-il se rendre pour la retrouver ?

Un jour que Gustavio achevait ses négociations et se préparait à reprendre son spectacle dans le prochain village, il aperçut Basilio qui chargeait la marchandise dans le camion, parut se souvenir subitement de quelque chose et l'attrapa par le bras.

– J'ai retrouvé ton Forza.

Il avait parlé à voix basse. Seuls Basilio et Luigi l'avaient entendu. Il savoura son succès en découvrant la pâleur que suscitaient ses paroles chez les deux pêcheurs. Forza était commissaire à Bari. À Bari ! Là où Gustavio avait ses entrepôts ! On ne voyait pas ce qu'on avait sous le nez.

– Qui plus est, il a un rôle important dans la section locale du parti…

Et, devant les regards vides de ses interlocuteurs, il s'était énervé :

– Du parti fasciste, bande d'ahuris ! Vous n'êtes donc au courant de rien ?

– Calme-toi, Gustavio, avait interrompu Luigi. On sait ce qu'est le parti fasciste. Et Forza ?

– Un homme important. C'est ce qu'on dit, en tout cas. Qui monte, qui a des ambitions. Il ne restera pas longtemps dans cette ville, il vise un poste à Rome. Comme tous…

Bari ! Luigi s'y était déjà rendu, des années auparavant, mais pour Basilio, ce n'était qu'un nom, à peine moins menaçant que celui de Rome. C'était surtout le surgissement de ce commissaire après des mois de désert et de désespoir, durant lesquels, à chaque instant, Basilio avait pensé à Lucia et fait croire autour de lui qu'il n'y pensait plus, tournant en rond, enragé, s'épuisant au travail ou dans ses courses forestières. Seule Valentina se doutait de quelque chose mais ne le questionnait pas, pour ne pas aggraver son mal. Celui de Basilio, le sien. Forza… Depuis ce jour, la vie de Basilio avait la couleur et le goût de la cendre ; que fallait-il espérer désormais de cette information ? Sans elle, n'aurait-il pas fini par se résigner ? Basilio refusait de le croire. Il avait conservé de Lucia des appréhensions féeriques ; c'était sa fidélité au souvenir de la jeune fille qui avait suscité cette annonce. C'était un signe, comme ceux que Lucia chérissait et débusquait sur le velours des feuilles : il devait se rendre à Bari, retrouver le commissaire et apprendre de sa bouche où se trouvait Lucia.

Pendant une semaine, il demanda avec insistance à Luigi de le conduire à Bari, menaçant d'y aller seul.

– Mais comment penses-tu te débrouiller, abruti ! répondait l'homme, plus inquiet que fâché. Tu ne sais pas lire, tu n'as jamais quitté San Nidro.

– Je m'en sortirai, rétorquait fièrement Basilio, du haut de ses seize ans.

Il n'avait parlé de cette nouvelle à personne d'autre, pas même à Valentina. Seuls les arbres en avaient reçu la confidence. Basilio songeait qu'elle avait quatorze ans et qu'il était temps, grand temps, c'était l'âge où les jeunes filles suscitaient des intérêts ignobles ou ménagers. Il risquait de la perdre à jamais. Il caressait les arbres et leur promettait de la ramener.

Valentina, qui ne savait pas, l'observait avec une inquiétude qui n'était pas seulement celle d'une aînée, d'une mère. Elle guettait les évolutions du mal de Basilio, ce qu'elle prenait pour un chagrin d'enfant, une première passion. Lucia était mieux là-bas, Basilio oublierait ; cette mauvaise explication avait l'avantage de masquer les autres.

Au retour d'une pêche, Luigi, qui avait été d'une humeur exécrable, s'approcha de lui.

– Va chercher quelques affaires chez toi, dit-il d'un ton bourru. J'ai prévenu ta mère que je t'emmenais pour deux jours à Bari. J'ai parlé d'achats, de filets. Elle est d'accord. Gustavio nous conduit après la vente. Dépêche-toi avant que je change d'avis.

Basilio était resté muet, incapable de remercier celui que toute effusion aurait mis en colère. Dès qu'ils furent à quai, il courut chez lui. Sa mère lui avait préparé un paquetage avec ses plus beaux vêtements. Elle semblait impressionnée et l'accabla de recommandations.

– Fais bonne figure… C'est une grande ville. Luigi te fait confiance…

Basilio devina qu'elle aurait voulu ajouter : « malgré tout » et qu'elle l'avait ravalé, parce que c'était inespéré, à ses yeux, cet homme sans héritier désormais qui choisissait ce vaurien comme successeur. Basilio avait subi sans broncher les conseils et les sous-entendus.

Une heure plus tard, ils se retrouvèrent dans le camion brinquebalant de Gustavio, serrés sur la banquette, le cœur soulevé par les effluves d'essence et de poissons. Luigi était au milieu, d'humeur encore plus mauvaise, regrettant visiblement ce geste de faiblesse qui lui valait de devoir passer des heures compressé dans cette boîte à sardines puante, à subir les bavardages prétentieux de Gustavio et condamné de surcroît à sacrifier le fruit de deux pêches. Mais avait-il le choix ? Il n'y avait pas au village un gars plus fort et plus habile que Basilio ; et Basilio était à l'évidence déterminé à retrouver ce commissaire. Alors, autant l'accompagner, pour veiller au grain.

De son côté, coincé contre la portière, Basilio s'efforçait de ne penser à rien, de ne pas bâtir de scénarios trop triomphants, heureux que le tintamarre du moteur couvrît la voix de Gustavio. Il découvrait, surpris, les horizons d'un pays pourtant proche du sien, des silhouettes de bois et de falaises inconnus bien que familiers. Le soleil chauffait la cabine et renforçait la puanteur, mais Basilio était heureux.

Pourtant, le paysage changea. L'étonnement de Basilio fit place à la stupéfaction. Les bois disparurent, des champs s'étendirent à perte de vue, céréales et oliviers se partageant le terrain que leur disputaient timidement quelques habitations de pierre branlantes et honteuses. La route de terre avait fait place à une surface dure, sombre, inconfortable et bruyante, et d'autres voitures, de toutes tailles, entravaient leur avancée ou venaient les doubler dans un fracas de moteur et de klaxon. Pendant tout le trajet, Gustavio essaya de faire partager à ses passagers son enthousiasme pour les progrès que Mussolini offrait à l'Italie, et en particulier aux Pouilles. Les routes allaient être élargies, chantait-il, on pourrait circuler à deux de front, rouler plus vite ; des industries modernes apporteraient la richesse et l'emploi, et plusieurs avaient déjà été installées à Taranto, Bari et ailleurs ; des écoles s'étaient multipliées et l'État, enfin, manifestait sa présence dans le Sud et son souci de le voir se développer à l'égal du reste de l'Italie. Luigi gardait les dents serrées et ne répondait que par des grognements ou des « Bien, bien… » que Gustavio s'acharnait à lui arracher quand, décidément, il trouvait que le mutisme du pêcheur injuriait le dévouement du Duce pour les Pouilles. Par chance, Gustavio ne s'intéressait pas à Basilio, peut-être parce qu'il était trop éloigné et qu'il y avait trop de bruit pour pouvoir entendre ses réponses, peut-être aussi parce qu'il estimait que ce gamin ne pouvait pas avoir d'opinion sur de tels sujets.

Basilio ne comprenait pas que l'on pût considérer comme des bienfaits ce qu'il voyait : des routes, des voitures et des camions en tous sens, et surtout, ces constructions de plus en plus imposantes, monstrueuses, qui tachaient le paysage comme des bubons de pierre et de fer, ces cheminées immenses d'où sortait une fumée épaisse. Lucia lui avait fait promettre de ne jamais partir : était-ce parce qu'elle savait combien le monde en dehors de San Nidro était laid ? Savoir ou prescience, elle avait raison. Ce que voyait Basilio était ignoble, il ressentait une peur sourde, incontrôlable, l'envie de rentrer au plus vite, et plus encore celle d'arracher Lucia à cet enfer. Car à cause de lui, elle était là, quelque part dans cet encombrement de bruits, de pierre et de ferraille, privée de leur paradis. Il devait l'en arracher, mais comment pouvait-il espérer trouver sa voie dans ce monde inconnu et violent ? Plus ils approchaient de Bari, plus le piège semblait inextricable, et plus Basilio se sentait submergé par son impuissance. Mais il ne disait rien, par crainte que Luigi profitât de cette faiblesse pour rebrousser chemin sans même rentrer dans Bari.

La banlieue de la grande ville fut le comble de l'horreur pour le jeune voyageur. Jamais il n'aurait imaginé un tel enchevêtrement de bâtiments industriels, et l'idée que des gens vivaient là, coincés dans cette puanteur, l'effarait. La fierté de plus en plus manifeste de Gustavio n'était pas pour rien dans ce sentiment ; comment cet homme, qui connaissait la beauté de San Nidro, pouvait-il s'enthousiasmer pour ça ? La gorge serrée, Basilio regardait défiler ce monde improbable, et ses pensées, pourtant si claires lorsqu'il se trouvait au bord de la mer, dans les ruelles paisibles de San Nidro, n'étaient plus qu'un grouillement indistinct, qui avait migré de sa tête à son ventre.

Par chance, le négoce de Gustavio était installé aux portes de la ville ancienne. Quelques murs, un calme relatif permirent à Basilio de retrouver un peu de calme, des repères certes imprécis mais auxquels il se raccrocha. Il fallut toutefois aider Gustavio à décharger son camion et la nuit était tombée lorsqu'ils eurent achevé. Devant l'impatience du jeune homme, le négociant avait expliqué qu'ils ne trouveraient plus Forza à cette heure et qu'il leur faudrait attendre le lendemain. Dépité, Basilio suivit les deux hommes jusqu'à l'hôtel que leur recommandait Gustavio, un immeuble crasseux dans une ruelle étroite qui rappelait un peu les venelles de San Nidro, sinon qu'elle était ici noyée dans la rumeur de la ville.

Gustavio les abandonna et la mauvaise humeur de Luigi atteignit son paroxysme lorsque l'hôtelier leur indiqua le prix de la chambre et exigea d'être payé d'avance ; Luigi s'emporta, discuta, mais l'autre resta imperturbable ; si ça ne leur convenait pas, ils n'avaient qu'à aller voir ailleurs, bonne chance.

– Je te rembourserai, murmura Basilio, embarrassé, redoutant que, pour ce motif, Luigi décidât de repartir sur-le-champ.

C'était les premiers mots qu'il prononçait depuis le matin. Luigi refusa d'un haussement d'épaules.

– J'ai faim, grogna-t-il. Cherchons un endroit pour manger.

Sans monter dans leur chambre, ils ressortirent et partirent à la recherche d'une auberge où ils pourraient trouver quelque chose à manger, bien décidés à ne pas suivre les conseils de l'hôtelier qui leur avait indiqué un restaurant tenu par un cousin.

D'instinct, ils franchirent les remparts de la vieille ville. Le tumulte de la partie moderne de Bari s'estompa. Les rues étaient étroites. Des portes, restées ouvertes à cause de la chaleur, découvraient des intérieurs misérables où s'entassaient des familles, vieillards et enfants confondus. À San Nidro aussi, les logements étaient minuscules et pauvres ; mais il semblait à Basilio qu'ils ne donnaient pas cette impression de dénuement, d'étouffement. Peut-être était-ce simplement parce qu'il y était habitué. Pour les gens qu'ils croisaient ce soir et qui les regardaient passer avec un regard méfiant, leur village serait sans doute aussi horrible que ne l'étaient pour lui les ruelles de Bari. L'ombre ici était glorieuse ; c'était celle des palais imposants qui encadraient ce lacis urbain, et de la cathédrale qui accueillit les visiteurs de toute sa hauteur. Dans la lueur des réverbères, les animaux fantastiques qui montaient la garde sur le parvis et en différents lieux des murs achevèrent de convaincre Basilio qu'il avait pénétré dans un autre univers, hostile, étranger, indéchiffrable. Seule la rumeur de la mer, toute proche, le rassurait. C'était la même, rien ne pouvait la changer, et elle était le fil qui le reliait à San Nidro et ravivait ses forces menacées.

Après une déambulation silencieuse, Luigi finit par choisir une trattoria nichée dans une impasse, où quelques ouvriers mangeaient en s'apostrophant bruyamment. Personne ne fit attention à eux et ils s'assirent au fond de la salle. C'était la première fois de sa vie que Basilio se rendait dans un restaurant et il laissa Luigi commander. Le patron pêcheur était pourtant à peine plus coutumier de ce genre d'endroit que le jeune garçon, et il se maudissait sans relâche d'avoir accepté ce voyage. Mais il n'en montrerait rien à Basilio, dont il percevait la panique, et il s'empressa de trinquer.

– Allez, gamin, buvons...

Il aurait fallu dire à quoi ils buvaient : mais ils n'auraient pu choisir qu'un élément qui leur aurait rappelé leur village et qui aurait ravivé le malaise d'être ici. Ils vidèrent donc leur premier verre en silence, puis le second. L'alcool fit son effet salvateur et les deux égarés se détendirent. L'aubergiste déposa sur leur table une série de plats simples et savoureux qui achevèrent de les rassurer : c'était ce qu'ils mangeaient chez eux, des légumes, du riz, des pommes de terre, du poisson.

Ils commencèrent à manger sans un mot. Basilio sentait la confiance revenir, et ce fut lui qui parla le premier.

– Merci, Luigi...

– C'est bon, interrompit-il, bourru. Attends de voir ce que tu découvres pour me remercier. Et n'espère pas trop... Les gens qui sont partis, c'est rare qu'on les retrouve.

Basilio comprit de qui Luigi voulait parler.

– Tu n'as jamais eu de nouvelles de Francesco ?

Il avait posé la question d'une voix faible et rapide, convaincu que Luigi le rembarrerait sèchement. De fait, le marin eut un mouvement du menton agressif, un regard étincelant ; mais il se contenta de boire une nouvelle gorgée de vin. Francesco ? Disparu, englouti. Luigi n'attendait plus. Le poisson, oui, on pouvait l'attendre ; inévitablement, il venait. Pareil pour la pluie et le soleil. Les gens, rien n'était sûr. Même ceux qu'on croyait les plus sûrs. Même Basilio... Un jour, il pouvait disparaître, lui aussi, comme Francesco. Pour la même raison, ou pour une autre. De toute manière, quelle importance, pour ceux qui restaient ?

– Je ne partirai jamais.

Luigi haussa les épaules.

– C'est pour ça que je suis venu avec toi. Pour que tu comprennes qu'il n'y a rien à attendre de ce monde.

Ce monde : Luigi n'avait pas besoin de préciser. Cet univers hostile qui emballait Gustavio, qui avait aspiré Francesco et tant d'autres. San Nidro se vidait lentement. Les jeunes partaient, ceux qui restaient n'avaient pas assez d'enfants. Ce monde était un gouffre, un monstre vorace. Effrayant. Attirant. Qui séduisait ses proies et dévorait ceux qui s'opposaient à lui.

Pourquoi les gens partaient-ils ? Luigi songeait confusément qu'il était peut-être responsable de la fuite de Francesco. Basilio, du départ de Lucia. Le père n'espérait plus retrouver son fils ; le jeune homme n'avait pas d'autre rêve que de récupérer Lucia. Et Luigi redoutait les rêves et les douleurs qu'ils engendraient.

Luigi se tut. Son visage était rouge comme s'il avait produit un effort épuisant. Il ne savait pas si ce qu'il avait dit correspondait à ce qu'il avait voulu. C'était si difficile… Basilio ne répondait pas, et c'était normal, que pouvait-il opposer à ces propos décousus sur l'impuissance d'un homme qui regardait sa vie lui échapper comme un filet troué à la dérive ?

La nuit fut infecte. La chambre était minuscule, sale, étouffante. Le lit, infesté de vermine, à peine suffisant pour un dormeur. Par la fenêtre ouverte, au lieu du chant rassurant de la mer et du vent, des bruits sourds, trompeurs, secs et gras, qui jaillissaient, s'éteignaient, secouaient la nuit de leur tumulte malsain. Luigi ronfla et Basilio, qui finit par se réfugier à même le plancher vermoulu, ne s'endormit brièvement qu'au moment où le soleil perçait la nuit, après avoir ressassé les paroles du discours de Luigi.

– Écoute, lui dit l'homme lorsqu'ils eurent quitté ce bouge pour se diriger vers le commissariat, je crois que c'est une erreur d'aller voir ce Forza. Je t'accompagne pour veiller à ce que tu ne fasses pas de bêtises. Alors… alors tu me promets que tu n'en feras pas, d'accord ? Sinon, je te laisse en plan et je rentre seul !

Le marin s'efforçait d'adopter une voix ferme et menaçante, mais sans grand succès ; sur ce trottoir, bousculé par des gens indifférents et pressés, il n'en menait pas large. Il ne fit plus aucune allusion à ses confidences de la veille et chercha à faire croire qu'il contrôlait la situation et se repérait dans le dédale des rues. Basilio promit, pour le rassurer, et répéta qu'il lui rembourserait tous ses frais. Luigi grogna qu'il n'avait pas besoin de son argent, ce qui était une façon de dire qu'il avait besoin de sa présence.

Le commissariat était un vilain bâtiment de briques blanchies à la chaux, dans une avenue trois fois plus large que la rue principale de San Nidro. Un trafic incessant de gens et de voitures se déroulait devant les yeux des deux voyageurs perdus sur le bord du trottoir comme deux montagnards l'auraient été sur une plage menacée par la tempête. Luigi et Basilio demeurèrent ainsi longtemps, figés, attendant peut-être que l'agitation urbaine s'interrompît pour les laisser passer. Luigi espérait-il que ce tumulte conduirait Basilio à renoncer ? Mais le trafic ne faiblit pas davantage que la résolution du garçon. Dans le lointain, s'éleva la sirène grave d'un bateau.

– On y va ? demanda Basilio.

Et, maladroits, ils s'engagèrent.

Luigi aborda un gendarme en faction et lui demanda où se trouvait le commissaire Forza. L'autre le regarda de bas en haut, évalua avec mépris les vêtements et, sans un mot, indiqua du menton les marches qui conduisaient à l'intérieur. Sans remercier, ils grimpèrent et débouchèrent dans une salle sombre et enfumée où se trouvait une foule étrange et triste ; des carabiniers traversaient l'espace en feignant d'être affairés pour ne pas répondre aux interrogations des citoyens qui tournaient en rond, dans l'espoir d'un salut, d'une réponse ou d'un simple éclaircissement. Sur des bancs, d'autres personnes attendaient, prostrées. Un homme était assis entre deux gendarmes, menottes aux poignets ; il tenait la tête baissée vers ses mains, où grillait une cigarette. Plus loin, une femme pleurait sans paraître consciente des larmes qui ruisselaient de ses joues à sa robe. Basilio avait mal au ventre. Il sentait la nervosité de Luigi, son malaise, presque une humiliation pour celui qui, sur son bateau, était maître de ses gestes et de la mer. Au mur, différents portraits de celui qui devait être Mussolini, gueule carrée et agressive, jaugeaient la foule insignifiante qui s'activait en dessous, et des affiches vantaient les mérites du nouveau régime.

Luigi se dirigea vers un guichet où s'ennuyait un factionnaire obèse, et dit qu'ils voulaient voir le commissaire Forza.

– Pourquoi ?

– C'est personnel, répondit Luigi le plus fermement possible, les poings serrés contre son flanc.

L'homme eut un sourire moqueur.

– Il est très occupé. Je ne crois pas qu'il pourra vous recevoir. Laissez un message et repassez demain.

Demain. Jamais. Le cœur de Basilio s'emballa. Luigi allait renoncer et ils échoueraient alors qu'ils y étaient, à deux pas, à deux doigts ! Sans réfléchir, il s'avança et vint se planter devant le gendarme.

– Non. Nous devons le voir et nous le verrons. Dites-lui que Basilio Broca est là, de San Nidro.

Le carabinier le dévisagea, estomaqué, et demeura un instant la bouche entrouverte. Basilio pensa qu'ils allaient être jetés à la rue et qu'il venait de tout gâcher ;

à sa droite, il devinait Luigi, plus nerveux que jamais, et il avait l'impression que tout le monde, dans cette salle, s'était arrêté pour le regarder. Mais il ne céda pas et continua de fixer son vis-à-vis dans les yeux.

– Bon, finit par articuler celui-ci. Je vais voir…

Et, pesamment, il se leva pour se diriger vers une porte gardée par un collègue. Basilio soupira. Son cœur battait à tout rompre. Tout le monde, ici, semblait redouter sourdement ces hommes en uniforme. Luigi lui donna un coup de coude.

– Tu es fou ! chuchota-t-il.

Le regard de Luigi démentait en partie ses propos et Basilio y lut une sorte d'admiration. Mais il avait été fou, oui.

La porte se rouvrit et le visage épais et las du planton apparut. Sans bouger, il leur fit signe de le rejoindre. Luigi marmonna quelque chose comme un remerciement, auquel l'homme ne répondit pas. Sans autre explication, il les entraîna dans un dédale de couloirs et d'escaliers qui, à la différence de la salle, étaient déserts et silencieux.

Forza était assis à son bureau et ne se leva pas à leur entrée.

– Alors, dit-il en braquant son regard sur Basilio, on est venu avouer le meurtre du vieux ?

Basilio serra les dents et ne se laissa pas déstabiliser.

– Vous vous souvenez de nous…

– Je n'oublie jamais rien. C'est ma force. Même des événements en apparence insignifiants. Note que ce n'est pas habituel : un bûcher dont il ne reste aucune trace… Mais tu n'es pas venu vérifier l'état de ma mémoire ; que veux-tu ?

Le commissaire était ici dans son élément, son décor. Il ne transpirait pas et paraissait presque détendu. Confiant. Arrogant, avec peut-être juste une lueur amicale dans la pupille. Il sembla aussi à Basilio qu'il avait perdu du poids.

– Lucia, prononça Basilio en s'efforçant de réprimer le tremblement de sa voix.

À ses côtés, figé et muet, Luigi n'était pas moins nerveux. À ce nom, Forza haussa les sourcils. Il ouvrit un tiroir, en sortit un cigare qu'il prit le temps d'allumer.

– C'est incroyable… souffla-t-il dans un nuage de fumée. L'Italie vit des heures historiques, et un gamin quitte son trou pouilleux, sans doute pour la première fois de sa vie, dans l'espoir de retrouver une gamine !

Les mâchoires de Basilio crissèrent. Surtout ne pas répondre. Attendre. Encaisser. Forza se leva et marcha pesamment vers eux. Son expression ; hostile ? Ironique ? Admirative ? Basilio n'était pas habitué à analyser les sentiments.

– C'est bien la première fois que tu quittes ton village, non ?

– Oui, répondit-il en supportant le regard du policier.

– Qu'en penses-tu ?

– De quoi ?

– De ce que tu as découvert ici. Des merveilles que le Duce apporte à ton pays.

Forza le scrutait, visiblement amusé et intrigué.

– Rien.

– Rien ?

Le commissaire parut un instant choqué mais retrouva aussitôt son sourire ironique. Ce gamin était vraiment un drôle de numéro ; il posait des actes révolutionnaires comme s'il s'agissait de cueillir une pomme, mais restait insensible à ce qu'il découvrait…

Forza reprit son cigare en bouche. Il paraissait ignorer la présence de Luigi, lequel, d'ailleurs, se tassait sur lui-même et rêvait de disparaître, de retrouver son village et son bateau. Forza s'approcha de Basilio et souffla un peu de fumée, ce qui fit tousser le jeune homme. Comment pouvait-il ne pas trouver les œuvres du fascisme grandioses ? Ne voyait-il pas que le pays menait une guerre, une guerre permanente dont l'objectif n'était rien moins que nettoyer le monde ? Faire le tri, purger l'humanité, la débarrasser de ses éléments dégénérés… Des gars comme Basilio n'étaient pas intelligents, mais ils étaient sains. Vigoureux. On pouvait les former, les façonner, en faire les instruments d'un grand projet…

Basilio s'efforçait de ne pas ciller et de supporter la charge, le regard, l'haleine pesante, l'odeur écœurante du cigare. Il n'avait pas parlé de guerre, il ne se souciait pas de ce que ce Mussolini voulait faire, mais visiblement, Forza entendait lui imposer son discours, sa vision du monde, et ce serait le prix à payer pour obtenir la seule information qui comptait à ses yeux.

– Tu comprends ? répéta Forza, plus sèchement.

Basilio hocha la tête. Cela suffit à l'autre, qui reprit sa diatribe. L'humiliation imposée à l'Italie par ses alliés, après la victoire de 1918, et sa volonté de récupérer, par la force s'il le fallait, cc qu'on ne lui avait pas donné. Ressusciter l'Empire romain. Tout le monde était nécessaire pour cette tâche historique…

Instinctivement, Basilio recula d'un pas. Forza s'avança pour réduire l'espace qui venait de s'installer entre eux.

– Évidemment, à San Nidro, tu ne dois pas entendre ce genre de discours. Tu es enfermé parmi des analphabètes, prêts à vivre la même vie de merde que leurs parents ! C'est ça, ce que tu attends de la vie ? Je ne peux pas le croire…

Basilio ne répondit pas mais Forza devina et sourit. Non, Basilio ne voulait pas de ce destin ; sinon, pourquoi serait-il venu jusqu'ici ? On ne quittait pas un village perdu uniquement pour retrouver une gamine. Pas un gars qui avait allumé un bûcher pour brûler une vieille baderne.

Ne pas se laisser entraîner dans ce tourbillon fangeux.

– Lucia… lâcha Basilio entre ses dents serrées.

Forza éclata.

– Lucia ! Lucia ! C'est beau, l'amour ! Chevaleresque ! D'accord, c'est elle qui t'a fait venir ici. Peu importe ce qui te motive, du moment que tu te décides à t'engager ! Si tu es prêt à te battre pour elle, tu te battras aussi pour ton pays, non ?

Lucia. Elle seule. Ne pas faiblir. Basilio hocha la tête et Forza fit claquer sa main sur l'épaule du garçon.

– Parfait ! Mais franchement, je ne sais pas quel combat sera le plus ardu ! Il y a des gens qui ne veulent pas que tu fasses ta vie avec cette gamine… Jolie fille, d'ailleurs. Des gens qui seraient furieux de savoir que tu tentes de la retrouver. À commencer par votre curé… Comment s'appelle-t-il encore, ce scorpion ?

– Rosario…

– C'est ça ! Sancto Rosario ! Sûr qu'il se soucie du salut de la petite comme de sa première confession ; c'était toi qu'il visait, non ?

Brusquement, il se retourna et alla s'asseoir à son bureau. Il prit un stylo et griffonna une adresse.

– Tout ce que je peux te donner, gamin, c'est l'adresse de l'orphelinat où je l'ai déposée. J'imagine qu'elle s'y trouve toujours mais tu m'excuseras, je ne me suis plus occupé d'elle.

Il tendit le papier. Comme Basilio demeurait tétanisé, Luigi se décida, traversa la pièce et prit le feuillet. Forza ne lui jeta même pas un regard.

– Récupère-la, ta belle… ! Quand tu l'auras dans tes bras, et sur le dos toute la journée, tu comprendras que la vie n'est pas là. Certainement pas dans ton trou ! Fais-lui des mouflets, beaucoup, c'est à ça qu'elles servent, mais reviens me voir. Tu me devras ça, non ? Sans parler de ton pays ! Ton Rosario, sans le savoir, aura quand même servi l'État ! Allez, à présent, disparais. J'ai du travail.

Il balaya l'air de sa main droite pour les congédier.

Ils se retrouvèrent dans la rue, éberlués. D'autorité, Luigi, qui tenait toujours le papier coincé entre les doigts, entraîna Basilio vers un petit café où des ouvriers prenaient un verre au comptoir. Il commanda deux vins blancs qu'ils vidèrent d'un trait, sans échanger un mot ni un regard. Quand il reposa son verre sur le marbre, Luigi tendit le papier à Basilio.

– Eh bien ! Vas-y ! lança-t-il, de mauvaise humeur. C'est pour ça que tu es venu, non ?

Basilio mit le papier devant ses yeux mais ne bougea pas.

– Qu'est-ce qui te prend ?

– Je… je ne sais pas.

Luigi ouvrit la bouche.

– Misère… Donne-moi ça.

Difficilement, il déchiffra le nom d'une institution religieuse et une adresse.

– On est bien avancés… ronchonna-t-il.

Il se tourna vers le patron et lui demanda le chemin.

Pendant qu'ils marchaient, Luigi, qui avait repris un verre de vin, s'épancha. Le discours de Forza l'avait révulsé. Pourquoi avaient-ils quitté San Nidro, où ils avaient tout pour être heureux ? Forza pouvait traiter leur village de « trou », qu'est-ce qu'il en savait, l'animal ? Son monde était absurde, et ses idées sur la guerre répugnantes. Luigi cherchait ses mots et ne les trouvaient pas, il ne savait pas comment lutter contre cette harangue facile, violente, qui devait séduire des gamins, tous les jeunes gens avaient des rêves un peu fous qui attendaient un oiseau de mauvais augure de cette sorte pour les entraîner vers la mort. Les plus chanceux évitaient cette rencontre, et le temps éteignait les rêves. Est-ce que Basilio avait été touché par le discours de Forza ? À première vue, non, ce n'était pas son genre, heureusement ; mais si la visite à l'orphelinat se passait mal ? S'il ne retrouvait pas Lucia ? Jamais Luigi n'aurait dû accepter de venir à Bari.

Basilio se taisait. Ses idées se bousculaient, il avait mal à la tête. Il ne savait pas lire. Il ne s'en était jamais soucié, ni personne autour de lui. La plupart des habitants de San Nidro étaient dans cette situation. Mais là, dans cette ville, pour la première fois, il en avait ressenti une certaine honte. Une faiblesse. L'univers qu'avait fait miroiter Forza et qui dégoûtait tellement Luigi était régi par la force, la volonté. L'ordre. Il n'avait pas su lire les affiches, mais cela transparaissait dans leurs images, et plus encore dans la gueule de ce Mussolini qui semblait omniprésent dans la ville. Basilio se sentait nu, misérable. Lucia savait lire, Filippo lui avait appris. Aurait-elle honte de lui ? Et si Lucia… Il n'avait pas la force d'aller au bout de ce raisonnement, qui supposait trop de défaites.

Après une heure de marche au cours de laquelle ils durent à plusieurs reprises redemander leur chemin, ils arrivèrent à l'entrée de l'institution.

C'était une bâtisse en briques sombres qui ressemblait à une prison. Un lourd portail verrouillé invitait les passants à ne pas s'attarder, encore moins à sonner.

– Tu es sûr ? demanda Luigi.

Basilio hocha la tête. Luigi actionna la chaîne et ils entendirent une clochette aigre qui tintait derrière l'enceinte.

Après qu'ils eurent expliqué leur requête à la religieuse préposée à l'accueil, les deux hommes attendirent longtemps dans un petit local frais, sous la garde d'un crucifix de bois. Il régnait ici un calme bienfaisant et Basilio reprenait courage. Ses idées s'étaient apaisées, son pouls et sa respiration avaient retrouvé un rythme normal. Il s'efforçait de ne rien attendre, de ne pas songer que Lucia était là, à quelques pas, et qu'elle… Pour l'heure, il balayait les paroles de Forza ; ne comptaient que son projet, son attente.

Luigi demeurait tendu, sur le qui-vive. Mais il n'osa pas s'opposer à la religieuse quand celle-ci revint et annonça que la mère supérieure voulait rencontrer Basilio seul.

Basilio fut tout de suite ému par la douceur qui émanait de cette femme. Quel âge avait-elle ? Ses cheveux, masqués par la coiffe, abandonnaient au regard un visage lisse et tendre où deux yeux clairs donnaient au mot « consolation » une portée presque sensuelle.

– Mon enfant ! s'était-elle exclamée dès son entrée, marchant à sa rencontre, les mains tendues.

Puis elle l'avait fait asseoir et raconter son histoire, expliquer les motifs de sa venue. Basilio, sans méfiance, comme hypnotisé, s'était confié comme jamais auparavant, pas même à Valentina. Il avait seulement omis le bûcher qui aurait choqué la religieuse. À présent, sa parole s'épuisait comme une vague privée de vent et ses mots n'étaient plus qu'une écume décousue. Enfin, il se tut, la gorge serrée, guettant le miracle.

La religieuse ferma les yeux un long moment avant de répondre. Quand elle les rouvrit, elle souriait et son regard était caressant. Elle avait été bouleversée par le récit de Basilio ; la fidélité était une vertu majeure, et le plus beau des dons. Elle avait deviné en Basilio une âme forte, capable de surmonter toutes les épreuves, de triompher de tous les combats…

Basilio sursauta ; que voulait-elle signifier ? Pourtant, son ton ne variait pas, doux comme un chant ou le vent d'été. Cette force que lui donnait Dieu, il allait en avoir besoin.

Tout d'abord, il devait savoir combien Lucia avait souffert. Tous, n'avaient-ils pas comme seul souci son bonheur ? Elle avait accepté de recevoir Basilio, bien qu'en temps normal toute visite était prohibée, parce que son prénom lui était connu. Et elle avait poussé un profond soupir avant de poursuivre. Ce prénom, Lucia l'avait prononcé si souvent, et en de si terribles circonstances…

Des semaines durant, après son arrivée, Lucia avait hurlé le nom de Basilio dans son sommeil. Ses cauchemars. Elle en ressortait hagarde, livide, tremblante. Il avait fallu aux religieuses des trésors de patience et d'attention pour qu'enfin la jeune fille se confiât et recouvrît la paix.

– À tort ou à raison, il ne m'appartient pas de juger, Lucia vous tient responsable de ses malheurs. Elle vous a maudit…

Le ton de la religieuse était toujours aussi aimable. Dieu était témoin qu'elle avait prié pour que cette pauvre enfant retrouvât la sérénité et pardonnât à Basilio ! Une année entière de prières… Et puis, Dieu, dans son infinie mansuétude, avait entendu ses suppliques. Lucia avait trouvé le réconfort et la consolation dans la foi.

– Elle vous a pardonné. Mais elle a exigé de tirer un trait sur son passé. De commencer une nouvelle vie, ailleurs.

– C'est impossible !

Basilio se redressa. De quoi Lucia pouvait-elle le pardonner ? Toujours aussi imperturbable, la religieuse se releva également et, avec une force et une fermeté surprenantes, contraignit Basilio à se rasseoir.

– Mon enfant, j'imagine que cela vous est pénible, mais vous devez admettre la vérité et vous soumettre à ce choix. Lucia est désormais heureuse et je lui ai fait une promesse que je tiendrai. Vous aussi, promettez de ne plus jamais chercher à la revoir. De toute manière, elle n'est plus ici, et nul ne vous dira plus où la trouver.

– Mais c'est absurde !

Des sanglots se mêlèrent à son cri.

– Si Lucia ne veut plus me voir, qu'elle me le dise en face !

– Mon fils… Votre obstination vous rendra malheureux ! Vous revoir risque de la replonger dans l'état lamentable où elle sombrait après son arrivée ici. Et vous seriez humilié…

Elle prit les mains de Basilio dans les siennes et le força à la regarder.

– Vous êtes jeune. Ne gâchez pas votre vie pour des chimères. Me promettez-vous ?

Que signifiait le hurlement qu'il poussa en se dégageant vivement ? Il ne le savait pas. Sans attendre, il prit la fuite et courut jusqu'à la sortie.

Luigi regrettait amèrement d'avoir cédé et accepté l'idée de cette expédition. Dans le camion de Gustavio régnait le pesant silence du moteur et même le négociant, impressionné, se tenait coi. Recroquevillé contre la vitre, Basilio feignait de dormir, incapable d'exprimer le désespoir qui s'était emparé de lui.

Ce qu'il n'avait pu comprendre seul en interceptant Basilio dans sa course éperdue, Luigi l'avait appris de la bouche de la mère supérieure. Elle s'était montrée envers lui aimable mais plus sèche, plus concise dans ses explications. Aucun doute que la conclusion fût sans appel. Elle enjoignait Luigi, qu'elle prenait pour le père de Basilio, de le ramener sans tarder dans leur village où la jeunesse, le temps et les prières effaceraient cette folie juvénile. Luigi avait écouté sans dire un mot, tenant Basilio qui sanglotait contre lui. Il n'avait pas davantage fait de commentaires sur les précisions de la religieuse. Il ne savait même plus s'il l'avait saluée en partant, Basilio toujours blotti contre lui, confus de cette émotion, de ce spectacle, de cette intimité filiale qui choquait sa pudeur et bouleversait son cœur de père abandonné.

Il n'avait pas réussi à arracher un mot à Basilio. Il s'était dirigé du mieux qu'il pouvait dans cette ville définitivement hostile et ils avaient rejoint Gustavio au moment où ce dernier se mettait en route.

Ce que Basilio avait appris était dur mais, pour Luigi, c'était somme toute logique. Il aurait dû s'y attendre. La religieuse avait-elle raison ? Il commençait à connaître Basilio ; il en doutait. Luigi ne se souvenait pas avoir été amoureux. Pourtant, il avait aimé sa femme. Et puis, la vie l'avait pris dans ses filets. Les poissons pris au piège, hissés sur le pont, avaient déjà oublié la mer infinie. Ils ne pensaient plus qu'à puiser un peu d'air dans le vent ennemi. Et ils mouraient. Luigi vivait, mais il avait oublié. Il ne s'en plaignait pas. Ne s'en réjouissait pas davantage. Il s'efforçait de ne pas y penser. Basilio éveillait en lui des picotements à l'âme, à la fois pénibles et doux.

De toute manière, il n'y avait rien à espérer. Basilio devait l'admettre. Luigi ne se sentait pas le courage de le lui répéter. Il avait peur. Pas seulement pour son avenir de vieux pêcheur solitaire, si Basilio ne renonçait pas à sa folie. Il avait peur aussi pour ce gamin auquel il s'était attaché plus que de raison, dans le silence grave de leurs expéditions quotidiennes. En cet instant de débâcle, il réalisait qu'il l'avait admiré pour ce bûcher magnifique ; sinon, pourquoi aurait-il passé la nuit, dans le secret, comme un voleur, à disperser dans la mer les cendres brûlantes, à cacher dans un sac, confié le lendemain à l'onde discrète et complice, les reliques osseuses du vieux Filippo ? Personne n'en savait rien et, de cela aussi, Luigi préférait ne pas se souvenir. Comme de cette expédition désastreuse à Bari. On n'avait plus rien trouvé sur la plage, à l'aube ; ils n'avaient rien trouvé à Bari. Son rôle serait-il de faire le vide ? Ces idées étaient trop compliquées pour Luigi.

Il profita d'une halte de Gustavio pour prendre Basilio à part. Il surmonta l'inquiétude que lui inspiraient le visage blanc, le regard absent et les traits tirés de l'adolescent.

– Que vas-tu faire, gamin ?

Il dut répéter la question.

– Je ne sais pas, finit par répondre Basilio dans un murmure.

Luigi laissa retomber son bras.

– Basilio… Tu ne peux pas…

Le jeune homme se redressa, comme s'il réalisait subitement ce que son ami redoutait.

– Ne t'en fais pas… je ne comprends pas, c'est tout.

Luigi soupira et posa la main sur l'épaule de Basilio. Mais il ne dit plus rien.

Il fallut plusieurs jours à Basilio pour se confier à Valentina. Il avait d'abord décidé de n'en parler à personne. Il avait été fou, il avait déliré. Il s'était inventé des histoires. La vérité était qu'il avait blessé une fillette innocente et que celle-ci l'avait rejeté. Il ne méritait rien d'autre. Pas possible, ce que lui avait révélé la religieuse ? Et pourquoi ? Il ne connaissait rien aux êtres, il n'était qu'un gamin illettré, tout juste bon à pêcher ou à s'engager, comme l'avait suggéré Forza.

Mais pour s'en tenir à ce jugement, Basilio devait étouffer ses souvenirs. Les images de Lucia le guidant dans les bois, promenant ses doigts blancs sur son torse, son sourire, sa silhouette, sa voix de rêve qui chantait des histoires de fées. Alors, le timbre doux de la Mère supérieure se dévoilait, devenait rauque et fielleux. Ce qui n'était plus possible, c'était cette histoire, les cris de Lucia dans ses cauchemars. On avait dû lui mentir, berner l'enfant perdue.

– Je ne t'ai pas vu depuis ton retour de Bari, lui dit simplement Valentina lorsqu'il se laissa tomber sur la chaise.

Ce n'était pas un reproche. Une crainte, un regret. Un constat.

– Je sais, murmura-t-il.

– C'était beau, Bari ?

Basilio eut un haussement d'épaules. Puis, d'une voix blanche, il raconta tout. Raconta comme une histoire étrangère, entendue un soir sur le port, dont les acteurs étaient des inconnus. Sans cela, il le sentait, il n'aurait pas été en mesure de dépasser le troisième mot. Et grâce à quoi, au gré des paroles qui filaient, il ressentait une forme de soulagement ambigu, à la fois bienfaisant et déchirant, comme de trahir une souffrance confondue avec de la fidélité.

Valentina le laissa parler, ne l'interrompant que pour quelques points de détail, lorsque la voix de Basilio menaçait de faiblir. Quand il eut fini, ils se tinrent un long moment silencieux. Valentina se sentait triste ; Basilio avait-il jamais regardé les gens qui vivaient autour de lui ? D'où lui venait cette étrange indifférence ? Un homme, un enfant… Lucia, avec ses histoires, l'empêchait de grandir. Ce qui s'était vraiment passé dans cet orphelinat, Valentina était incapable de le deviner. Peut-être la religieuse avait-elle dit la vérité. Peut-être pas. Quelle différence ? Assis sur la chaise, les bras ballants, Basilio lui donnait envie de pleurer. Presque de rire. De le prendre contre elle. De le serrer, de le… Mais il ne bougeait pas, les yeux rivés sur la terre battue. Que comprenait-il, qu'imaginait-il ? Sous le soleil de ce pays, coincé entre forêt, cailloux et mer, les mots étaient rares, frêles, laborieux. Les gens d'ici préféraient les éviter ; ils traînaient dans leur sillage l'ombre de l'irréversible, qui ne convenait pas aux plages où la mer effaçait tout avec une telle élégance.

Elle s'avança vers lui et, maladroite, passa la main dans ses cheveux. Il frissonna, leva vers elle un regard… Quel regard ? Les mots, encore. Valentina eut peur. Peur de ce regard, du sien sur cet enfant, ce jeune homme, clair, pur, troublant. Amical, a… Elle ferma les yeux et recula d'un pas. Elle sentit la main de Basilio qui la retenait et elle se raidit.

– Excuse-moi, Valentina…

– De quoi ?

Ils ne bougeaient pas. Doigts d'homme serrés sur un bras de femme. La douceur de leurs peaux et le silence chaud qui les enrobait, les assouplissait. L'émoi d'une légère sueur. Il n'avait pas d'excuse à faire. Simplement ne pas se laisser enfermer dans le malheur. Vivre était déjà si lourd…

Sur le bateau, Basilio retrouva les gestes qui rassurèrent Luigi. Le patron pêcheur lui parut vieilli. Parfois, après avoir remonté les filets, alors qu'à l'horizon se dessinaient la côte et ses hautes falaises grises et vertes, dans les éclats du soleil qui jouaient sur les remous, Luigi s'interrompait, les épaules voussées, le regard liquide et trouble, et sa carcasse, dans ce bref répit, disait la lassitude de la mer, de ce plancher mouvant, de ces efforts pour extirper la vie des flots, et la soif du repos sur le sable, à l'ombre de sa maison, si petite fût-elle. Basilio songeait qu'il avait charge de cet homme, comme il l'avait de sa mère. Comme il l'avait promis à Lucia, et n'avait pu l'assumer.

Il se souvenait de leur maigre conversation dans le restaurant de Bari. S'était-il jamais demandé pourquoi Francesco était parti ? Mais n'était-ce pas logique, de partir d'ici ? Autant que d'y rester. Dans les deux cas, un pari et une soumission. Ce que l'on a ou ce que l'on pourrait gagner. Ce qui n'était pas normal, c'était de demeurer entre les deux, sur la plage, les yeux sur la ligne des vagues et les pieds dans le sable, le cœur en marée incertaine. Lucia n'envisageait pas de vivre ailleurs qu'ici, elle avait fait jurer à Basilio de ne jamais partir. Pas sans elle. Et elle n'était plus là.

Ses moments libres, Basilio les consacrait à sa mère ou à Valentina. Avec la première, il avait laissé œuvrer le temps et le silence. Que croyait-elle, que pensait-elle ? Rien de plus, sans doute, que cette paix factice qui, à force de feindre, deviendrait aussi réelle que la pierre brûlante des falaises. Basilio l'aidait dans ses tâches. Elle s'était mise à tresser des paniers qu'elle vendait à Gustavio, lequel était de mèche avec un collègue qui approvisionnait les marchés des environs. Elle était mal payée et Gustavio était sûrement celui à qui l'opération profitait le plus, mais Basilio et Luigi n'avaient pas d'autre solution à proposer.

Assis sur le seuil, entre ombre et lumière, il observait les doigts noueux de sa mère qui s'affairaient, précis et indifférents. Il l'imitait, maladroit, serrant le panier à naître entre ses jambes nues. Parfois, une femme passait, presque toujours une vieille, et elle s'arrêtait un instant pour bavarder avec Annunziata qui répondait sans interrompre sa tâche. C'était l'avantage des mains sur les pieds : elles pouvaient s'agiter sans contraindre au déplacement. Les femmes parlaient, un décès, une naissance, un drame, une insignifiance, et c'était comme si Basilio n'était pas là ; invisible comme l'étaient tous ces gens pour lui. Sur tous les visages, il mettait un nom, mais rien de plus, sinon parfois une anecdote, dont il n'était pas sûr de la juste attribution. Pas la moindre intimité. Pour l'un, le souvenir de la veillée funèbre de son père ; pour l'autre, une expression lors du bûcher ou la venue des carabiniers. Rien de précis, rien qui pût se traduire en termes de sympathie ou d'hostilité. C'était pire avec les filles et les garçons de sa génération. Combien étaient-ils ? Quelques apprentis pêcheurs sur les autres bateaux, deux ou trois artisans. Des paysans qui se cassaient le dos dans les champs caillouteux, à soigner les oliviers. Des filles pressées de mettre au monde ceux qui prendraient la relève de cette corvée de vivre. Suis-je vraiment né ici, parmi ces gens ? se demandait-il parfois. Cependant, il restait parmi ces murs, dans un village qui se vidait, lente hémorragie de la pauvreté, indolore, qui plongeait le pays mourant dans une torpeur léthargique. Et le souvenir des paroles de Forza couvrait cette agonie d'une rumeur inquiétante.

De loin en loin, la passante évoquait un mariage. C'était comme le fugace mensonge d'une rémission dans la maison du moribond. Le regard de la bavarde s'attardait alors sur la nuque du jeune homme qui feignait de n'avoir rien entendu, surtout pas le soupir prolongé de sa mère. Le mariage… Basilio essuyait la sueur qui coulait sur son torse, se souvenait des doigts de Lucia sur sa peau. Si seulement…

Quel âge avait Valentina ? Pas trente ans, avait fini par calculer Basilio. Il se souvenait lui avoir demandé de l'épouser et rougissait encore à cette idée. Il ne se marierait plus. Il l'avait été. Des liens que rien ne pourrait délier. Pour une fois, Rosario aurait été d'accord.

Sauf que Rosario n'aurait pas reconnu cette première union. Et qu'il considérait toujours Basilio comme un ennemi. Un ennemi vaincu mais insoumis, fier, arrogant, qui ne mettait pas les pieds à l'église, qui le toisait avec mépris lorsqu'ils se croisaient. Le curé avait-il eu vent de sa démarche auprès de l'orphelinat et de la défaite qu'il y avait subie ? Basilio n'en savait rien et, si c'était le cas, Rosario avait jugé opportun de ne pas en faire état. Ce qui était plutôt un argument en faveur de son ignorance, car aurait-il résisté au plaisir de l'humilier ?

Plusieurs mois passèrent durant lesquels rien ne se passa, sinon le temps. Une existence telle une morne préparation au trépas. Certains soirs, Basilio avait l'impression d'être aussi vieux que Luigi, qui ne l'était pas tellement – il avait fêté ses quarante ans avec ses amis. Il lui arrivait de partager avec Valentina ou Luigi une bouteille de vin lourd et puissant. Dans l'espoir de se désennuyer, il se glissa, l'un ou l'autre dimanche, dans le fond de l'église, la messe commencée, pour chercher dans les propos de Rosario de quoi enflammer son âme ; en vain. Des menaces de damnation qui plissaient le front de vieilles dont les fautes ne devaient pas peser plus lourd, au regard des épreuves de leur vie, que l'hostie consacrée avalée les yeux clos, l'échine courbée devant celui qui avait l'audace de se présenter comme leur juge. Des appels à la rigueur, à la vertu, qui avaient autant de sens qu'un sermon aux cactus pour leur reprocher la sécheresse. Se pouvait-il que ce petit homme eût été si nuisible ? Basilio demeurait dans l'ombre, prenait garde que personne ne le vît. C'était surtout les femmes qui venaient prier. Sa mère, moins fréquemment depuis l'épisode des carabiniers. Il lui arrivait de passer une semaine. « Pourquoi cherches-tu à le provoquer ? » demandait Valentina qui l'avait surpris alors qu'elle se promenait, ayant décidé, elle, de ne plus jamais mettre les pieds à l'église. Mais Basilio ne voulait pas provoquer Rosario ; il espérait plutôt l'inverse, que la médiocrité et la hargne du prêtre lui fouettassent les sangs. Rien. « Méfie-toi de lui », répétait Valentina en posant une main sur l'épaule de

Basilio. Sa main tremblait un peu. Comme la peau du jeune homme.

Sans doute Basilio n'avait-il pas été aussi discret qu'il le pensait.

– Basilio !

Il traversait la place. Il rentrait d'une balade en forêt. À cela, il n'avait pas renoncé, l'unique endroit où il retrouvait le souvenir d'une fillette qu'il avait aimée, mal sans doute, et qui ne l'aimait plus, assurément. Rosario sortait de son église et, après avoir cligné des yeux sous le soleil, avait aperçu Basilio. Il marchait à présent vers lui, qui hésitait ; il avait ralenti le pas, mais ne s'était pas arrêté. Le prêtre finit par le rejoindre et, comme Basilio poursuivait sa descente vers le bas du village, Rosario lui emboîta le pas.

– On m'a dit que, de temps à autre, tu te glissais dans l'église, à l'heure de la messe…

Basilio ne répondit rien.

– Tu…

Le prêtre hésitait. Il y avait des nuances étranges dans sa voix ; un peu de jubilation, un peu d'appréhension. De la sincérité ? Basilio refusait d'y croire.

– Tu ne dois pas te cacher. L'église est la maison de tous… Si tu veux…

Basilio devina les mots du pardon, de l'aveu, de l'humiliation, cette forme raffinée de l'humilité qu'on impose aux faibles. Il sentit son pouls s'accélérer. Il s'arrêta brusquement et fit face au prêtre qui pâlit d'abord, puis rosit.

– Qu'avez-vous raconté à Lucia ?

Rosario pâlit, ouvrit la bouche mais resta muet.

– Vous et ces nonnettes ; qu'avez-vous inventé ?

– Je ne comprends pas…

Le visage du prêtre s'était tendu. Dans son regard, Basilio percevait la hargne qui remontait, et une émotion trouble qu'il ne comprenait pas. S'il avait été sincère en abordant Basilio, Rosario regrettait déjà ce geste.

– Laissez-moi tranquille, Rosario.

Le ton montait. Il s'était approché du prêtre qui avait reculé d'un pas. Il s'énerva. Sa religion puait la mort, elle ne servait qu'à rendre les gens malheureux, alors que Lucia avait le pouvoir de tout rendre beau et léger. Ses yeux se brouillaient, un peu à cause des larmes qui jaillissaient, malgré lui comme les paroles, mais plus encore pour cette vision qui venait se superposer à la silhouette noire et grimaçante de Rosario, le corps frêle et clair de Lucia qui jouait dans la lumière, nu et tendre comme jamais Basilio ne l'avait contemplé. À cause de Rosario, il ne le verrait plus et la pure religion que Lucia inventait de ses lèvres et de ses mains était détruite, anéantie. De cela, Basilio portait sa part de responsabilité ; mais du revirement de Lucia, Rosario était seul coupable.

Basilio continuait de crier mais ne percevait plus ce qu'il disait. Le rictus effrayé de Rosario l'enlaidissait, l'image de Lucia se troublait, s'éloignait, elle ne tournait pas la tête vers lui malgré ses cris. Basilio devinait des ombres autour d'eux, quelques villageois que l'esclandre avait attirés. Une main s'abattit sur son épaule. Son verbe trébucha. Luigi le tira en arrière.

– Arrête, Basilio…

Essoufflé, le jeune homme se tut et regarda autour de lui. Un cercle s'était formé, des visages de spectateurs guettant le scandale et qui, pour la plupart, ne prenaient pas encore parti, avides seulement de cette animation imprévue. Ils semblaient reprocher à Luigi d'être intervenu, mais le pêcheur ne se souciait pas d'eux. Rosario eut un ricanement suivi d'un hoquet qui trahissait sa peur et son soulagement.

– Tu es un fou ! s'écria-t-il d'une voix aiguë. Et cette gamine l'était plus encore ! Elle, j'ai pu la sauver, mais toi… toi !

Il n'acheva pas. Basilio s'était libéré et avançait vers lui, menaçant. Le prêtre, dans un rire mal assuré, tourna les talons et s'en alla vers l'église. Basilio ne bougea pas, envahi par une terrible lassitude. Déçue, la petite foule se dispersa en maugréant, plutôt hostile désormais à Basilio, mais davantage pour son renoncement que pour son agression.

Basilio ne put expliquer à Luigi, pas plus qu'à Valentina, pourquoi il s'en était pris de la sorte à Rosario. Bien sûr, par son interpellation, Rosario l'avait en quelque sorte provoqué. C'était lui qui, le premier, avait rompu l'armistice. Mais le reste… Pourquoi ? Certains témoins répandaient déjà la rumeur que Basilio avait menacé le religieux. C'était possible ; Basilio ne se souvenait pas de ce qu'il avait dit. Les mots l'avaient dépassé. Comme si une voix, un être supérieur avait pris le contrôle de sa bouche pour parler à travers lui. Et il s'était soumis à ce verbe tout puissant, à la vérité douloureuse qu'il dévoilait : la magie perdue de Lucia.

Cet incident marquait une rupture. La mort d'une illusion à laquelle tant Basilio que Luigi et Valentina avaient feint de croire. L'illusion de l'oubli, d'une vie qui aurait repris comme si de rien n'était. Mais justement, n'était que le rien. Rosario, gardien de l'ordre immuable, avait révélé le désordre irréversible qui dévastait l'âme de Basilio. Il n'avait pas oublié Lucia, n'acceptait pas l'idée de son reniement. Ne pardonnerait jamais à Rosario.

– Basilio…

Il était assis sur une chaise, chez Valentina. Elle se tenait debout derrière lui. Elle avait posé les bras autour du cou du garçon, les deux mains à plat sur sa poitrine. Il sentait dans sa nuque les cheveux de la jeune femme mais il ne bougeait pas.

– Basilio… Que vas-tu faire ?

Il ne répondait pas. Il l'ignorait. Pas continuer ainsi, c'était sûr ; mais quoi ? Il devina que Valentina pleurait doucement. Ses doigts tremblaient. Il les saisit, les caressa un moment ; puis, très lentement, se dégagea de son étreinte.

Ses nuits furent grises. Lucia apparaissait, vestale d'un rite sylvestre dont il méconnaissait les usages. Elle parlait, sa bouche fine s'ouvrait et se fermait, mais Basilio n'entendait ni ne comprenait rien. Parfois, elle souriait, comme auparavant, mais le plus souvent, elle semblait ne pas le voir, sourire aux anges de l'absence. Ou son visage devenait dur, comme Basilio ne l'avait jamais vu, et elle sifflait les mots blessants qu'avait rapportés la Mère supérieure.

Ses jours redevinrent confus. Sa mère, que les femmes du village avaient informée du scandale, n'osa rien lui dire. Pas de reproches, pas de questions, mais un regard lourd d'appréhension, celui du malade incrédule qui voit sa rémission tourner en récidive. Basilio fut à nouveau absent. Il passait ses heures libres dans les bois, rarement chez Valentina, et il évitait les tête-à-tête avec sa mère.

Cette fin de matinée, le bateau de Luigi se dirigeait vers le petit port. Le soleil s'écrasait sur le pont, sur la mer, sur le sable au loin. Basilio ruisselait. Luigi, à la barre, protégé par l'ombre d'une voile, s'épongeait. Ils n'avaient pas échangé dix mots depuis leur départ à l'aube. Tous les filets étaient remontés. Basilio n'avait plus rien à faire jusqu'à l'accostage. Quelques longues minutes de répit, d'un silence marin que ne troublaient même pas les gestes des deux hommes.

Basilio s'était assis sur le rebord, les yeux tournés vers la plage, au loin, dans le tremblement doré de la lumière. Il cligna des paupières, se redressa sans rien dire ; là, à l'endroit du bûcher, une silhouette. Il en était sûr. Luigi, qui l'observait, tourna lui aussi la tête vers la falaise un instant, puis revint sur la proue du bateau. Lui n'avait rien vu. Sans doute était-il ébloui par l'éclat du soleil sur l'eau. La plage et la falaise se confondaient pour lui dans un magma jaune, gris, vert. Des taches de couleurs, des à-plats brûlants.

Un mauvais souvenir sans doute. Mais Basilio était sûr de ses yeux, et son cœur aussi, qui battait plus fort, violent. Une silhouette blanche, diaphane, légère. Qui riait dans le vent, dansait autour d'un bûcher dispersé, dissipé. Elle, évidemment. Impossible, inespérée. Elle qui tournait pieds nus sur le sable chaud, qui valsait le pardon, l'oubli, qui revenait. Basilio s'était redressé et s'approcha de l'autre bord. Devait-il plonger, nager jusqu'à elle ?

– Hé ! Qu'est-ce qui te prend ? Tu veux nous faire chavirer ?

D'un coup brusque, Luigi redressa la barre. Basilio trébucha, faillit tomber. Quand il se redressa, la plage était déserte.

Elle l'était encore lorsque, essoufflé par sa course, Basilio y déboula, une fois débarqué le poisson dans une hâte qui avait achevé de mettre Luigi de mauvaise humeur. Il se laissa tomber à genoux dans le sable, les yeux brûlants de larmes impuissantes. Cette trace, était-elle de son pied ? Le vent s'était mis à souffler, balayait les preuves. Ou cherchait-il à ménager les illusions de Basilio ? Sans lui, la plage lisse aurait été un aveu de démence. Lucia n'était pas là. Plus là. Ne l'avait jamais été ? Jamais ; depuis cette nuit de fous, ce soir de feu.

Basilio avait déliré. Trompé par le soleil, par ses rêves, sa tristesse. Comment Lucia aurait-elle pu revenir ici ? Comment même l'aurait-elle voulu ? Basilio se baissa encore, tiré vers le sable par sa détresse. Impossible. Il ne pouvait pas continuer ainsi. Mais quoi ?

Lucia frémit. Le rouge-gorge aperçu le matin sur l'appui de fenêtre avait-il eu raison ? Elle hésitait. Aucun signe dépisté depuis son arrivée ici n'avait été juste. Les visites de Rosario l'avaient plongée dans un univers où la magie légère de la forêt et de la mer n'opérait plus. Un monde lourd, boueux, où elle respirait difficilement, où elle marchait en aveugle. Elle résistait, pourtant. Rosario ne s'approchait pas encore au point de la toucher, il se contentait de la regarder, et c'était déjà une torture, être vue par cet homme, filtrée par ses pensées ignobles. Il avait tout pouvoir sur elle, Lucia le savait, aucune aide à attendre des religieuses, soumises au vice de leur lâcheté. Mais elle ne pouvait pas céder, Lucia. Elle n'avait que ses poings minuscules, et son regard farouche, et la souplesse de son corps et de son âme pour résister. Et l'espoir de Basilio, l'amour pour Basilio, l'amour du jeune garçon dont elle cherchait une preuve dans les nuages, dans les cailloux, dans les feuillages. Elle rejetait les doutes, les idées horribles et ces rêves où Basilio en embrassait une autre, une de ces filles de San Nidro, ou pire, de cette ville ou d'une autre, Basilio parti, Basilio oublieux de sa promesse, de Lucia, ignorant l'amour de la jeune fille, guéri comme tous les hommes banals se guérissent sur le corps d'une autre. Basilio n'était pas un homme banal, il était différent, comme elle l'était. Un jour, ils se retrouveraient, et ce jour effacerait l'attente et ses douleurs, et le souvenir du visage grimaçant de Rosario.

Tout cela, et tout le reste, Lucia l'affrontait tête haute malgré les brimades, malgré l'hostilité de ses condisciples. Elle n'était pas là, inutile de frapper, personne ne viendrait ouvrir.

Et ce matin, il y avait eu un rouge-gorge devant la fenêtre, à l'heure où les enfants dormaient encore, où les religieuses s'affairaient à d'inutiles prières, les rares instants où Lucia était sereine, presque libre. L'oiseau était demeuré quelques secondes sur la pierre, tournant la tête en tous sens. Il avait fixé un instant le regard de Lucia, à travers le carreau. Elle était sûre qu'il l'avait aperçue. Que ses yeux minuscules et brillants lui avaient annoncé une bonne nouvelle. On ne brillait pas ainsi pour le malheur. Pas les oiseaux, sauf peut-être les corbeaux.

Et dans l'almanach de Lucia, un seul oracle importait, une seule nouvelle était attendue : Basilio. La venue de Basilio, ou une lettre, un signe de sa part. Il ne savait pas écrire, c'était vrai. Lui, alors. Rien que lui. Tout lui, là devant elle, les bras tendus, et les religieuses apeurées collées contre la paroi, incapables de résister au passage du chevalier intrépide venu délivrer sa princesse. Lui, qui la serrait contre sa poitrine, qui l'embrassait, qui lui murmurait à l'oreille que…

La voix de Basilio. Elle était certaine que c'était sa voix. L'oiseau n'avait pas menti. Ce n'était qu'un murmure, pourtant, étouffé par des kilomètres de murs épais et retors, mais il n'y avait aucun doute, et Lucia se mit à courir dans les couloirs, à pousser des portes, semant derrière elle une traînée de cris et d'indignation.

On finit par l'attraper. Une sœur à la poigne de fer la conduisit dans le local sombre et exigu où l'on avait coutume d'enfermer les enfants récalcitrants, et que Lucia connaissait trop bien. D'habitude, elle se terrait dans un coin, la tête entre les jambes, et se balançait d'avant en arrière en psalmodiant une chanson inventée qui lui parlait de mer et de soleil, de son pays, de son amour. Elle murmurait à peine, et peut-être même aucun son ne sortait de sa bouche, mais elle résistait ainsi le temps que durait la punition. Mais cette fois, il n'était pas question de se terrer, d'attendre, de chanter. Cette fois, elle était sûre que Basilio était là, à quelques pas d'elle, qu'il était venu pour la chercher. Alors, elle se mit à frapper sur la porte, à crier, crier son nom, Basilio, je suis là, Basilio viens, et sa peur et sa colère redoublaient ses forces, mais ses forces s'épuisaient sur l'épaisseur du panneau de bois. Il en avait vu et entendu d'autres, de ces colères, de ces rages, de ces protestations. Il les subissait avec résignation, ce n'était pas des poings d'enfants qui pouvaient le menacer. Cela finissait toujours par se calmer, la porte avait toujours le dernier mot. Même avec Lucia.

Quand on rouvrit le cachot, on la découvrit roulée en boule devant la porte, les mains en sang, le visage couvert du sel de ses larmes. On la conduisit dans le bureau de la mère supérieure.

– On m'apprend que vous avez encore été prise de folie ! Vous finirez à l'asile, ma pauvre enfant…

Lucia s'était redressée. La lumière du jour lui avait rendu un peu de forces, et de la vie. Et de l'espoir. Basilio était là, Basilio était venu. Ne penser à rien d'autre, ne pas écouter l'horrible femme.

– Qu'est-ce qui vous a prise, cette fois ?

– Basilio.

Le visage de la religieuse resta impavide.

– Basilio ? Qui est-ce ?

Elle le savait parfaitement. Ne pas dire qu'elle l'aimait. L'oreille de la religieuse souillerait ce beau mot. Elle ne devait rien savoir, juste dire à Lucia si un garçon nommé Basilio était venu ici pour la voir. S'il était encore là. Elle voulait le voir, le devait.

– Tais-toi, insolente !

La gifle avait volé avant que Lucia eût pu réaliser que la mère supérieure s'était levée et précipitée vers elle. Elle redressa aussitôt la tête, malgré la douleur. Qu'espérait-elle ? Qu'un de ces paysans aurait le courage de quitter son village pour venir jusqu'ici la chercher ? On la savait folle ; voilà qu'elle avait des visions ! Les pires, celles que Satan inspirait. Personne n'était venu pour elle, et jamais personne ne viendrait.

– Nous te gardons pour éviter que tu finisses à la rue, comme la plus misérable des créatures ! Et pour nous remercier, tu rêves au prince charmant !

Pour avoir osé accuser la supérieure de mensonge, Lucia reçut une seconde gifle. Il est des vérités qui méritent d'avoir la joue en feu.

Elle retrouva le cachot pendant deux jours complets. Elle ne tambourina plus sur la porte. Elle pleura un peu, dormit. Rêva. Le rouge-gorge était mort, tombé dans la cour. Aucun signe dans ce monde gris. Aucun espoir. Basilio n'était pas venu, ce n'était pas possible. Il ignorait où elle se trouvait, et comment aurait-il pu quitter San Nidro, venir jusqu'ici ?

Et puis la porte se rouvrit. Lucia n'avait aucune idée du temps qu'elle avait passé là. Elle se sentait morte. Elle l'était peut-être. Sûrement. Une main l'aida à se mettre debout, elle crut même percevoir des paroles de réconfort. Toutes les religieuses n'étaient pas des monstres. Ou bien avait-elle vraiment mauvaise mine ? Elle ne dit rien, ne répondit rien, se laissa guider. Entre ces mains, elle remettait tout, son esprit, son corps. Basilio n'était pas venu. S'il était venu, il était reparti sans elle. Ne l'avait pas cherchée dans le labyrinthe du pensionnat. Ne l'aimait pas. Comme ce garçon parti de San Nidro pour faire fortune, un démon était revenu, plus cruel encore, qui s'était fait reconnaître avant de disparaître à nouveau.

Un démon qui ne l'aimait pas.

– Ma chère petite…

Et cette voix, à présent que cette horrible certitude s'insinuait dans son esprit, Basilio ne l'aimait pas, cette voix, de celui qui était responsable de tout.

– On m'a dit que tu t'étais mise dans un état d'agitation extrême…

Elle sentit une main sur elle, une main qui glissait sur ses épaules, cherchait sa poitrine. Elle se rejeta en arrière et fit face, mais Rosario se rapprocha. Pourquoi était-elle si farouche ? Il ne cherchait que son bien… Il affichait son sourire d'ange pervers, une grimace qui aurait fait pleurer la Vierge et le Christ, effondrés d'avoir subi ce martyre pour en arriver là. Il prononça le doux nom de son Basilio et Lucia fut parcourue d'une douleur vive. Elle lui cria de se taire, elle ne voulait pas ce nom sur ces lèvres…

Le rictus s'élargit. Elle ne devait pas lui parler de la sorte, il ne venait pas de si loin pour subir de tels affronts… Surtout qu'il était en mesure de lui révéler certaines informations susceptibles de l'intéresser au plus haut point…

Lucia fut parcourue par un frisson de dégoût.

– Ton Basilio…

– Quoi ? lâcha-t-elle malgré elle.

Rosario prit un air contrit.

– Tu n'as pas trop chaud ? Le soleil est terrible aujourd'hui…

La nausée monta. Chaque fois, il parlait du soleil et de la chaleur. Chaque fois, il lui demandait de se mettre à l'aise, comme il disait, ce devait être tellement plus agréable, Dieu ne nous avait-il pas créés nus et insouciants ? Chaque fois, elle riait, se moquait, se braquait. Refusait. Et il repartait, honteux, déçu. N'insistait pas, mais revenait, quelques semaines plus tard, et quelle que fût la saison, parlait du trop beau temps.

Cette fois, il insista. Il faisait décidément très chaud, Basilio, torride, Basilio, insoutenable, Basilio… Des larmes se mêlèrent à la nausée. Lucia ferma les yeux, ses dents grincèrent. Elle devait rire, se moquer de lui, le renvoyer à sa honte. Elle devait…

Une main hésitante se posa sur son épaule, sur la fine lanière de sa robe. Elle sursauta. La main s'envola. Lucia n'ouvrit pas les yeux. Un soupir : quel dommage… Vraiment, il se demandait s'il aurait encore le courage de venir. Elle était tellement hostile. Si elle ne voulait pas de son aide, il ne pouvait la lui imposer. Et Basilio…

Il tenait une chance inespérée, unique. Il ne la lâcherait pas. Il savait qu'il allait triompher. Elle l'entendait déglutir bruyamment, elle devinait les traces de son émoi sur son faciès rubicond. Alors, en s'efforçant de ne pas trembler, elle saisit la bretelle de sa robe et la fit glisser.

Basilio était venu. Les religieuses lui avaient menti. Basilio était venu. Les religieuses avaient menti à tout le monde, et Rosario leur avait menti aussi, en promettant de ne pas les dénoncer, de confirmer cette méchante histoire pour le bien de Lucia, mieux valait qu'elle crût que Basilio l'avait oubliée. Mais Rosario n'avait cure du bien de Lucia, ni de trahir les nonnes, et si la vérité était un moyen d'obtenir ce qu'il espérait en vain depuis si longtemps, pour une fois, Rosario se mettrait du côté de la vérité, alléluia. Devant le corps nu de Lucia, le prêtre s'était étranglé, il était tombé à genoux, en adoration, c'était trop de bonheur, une félicité trop forte. Lucia l'avait compris au silence qui avait suivi son geste. Elle avait rouvert les yeux. Elle avait ramassé les forces que Rosario perdait, remonté sa robe. Elle l'avait dévisagé durement. Il était à sa merci et elle le haïssait pour cette raison plus que pour le reste, cet aveu de faiblesse ignoble pour ça, pour le plaisir pervers de voir une beauté qui ne lui était pas destinée, dont il n'était pas digne, qu'il devait voler…

Ce fut son tour de murmurer le nom de Basilio. Rosario répondit par la chaleur, et cette robe qui devait tellement la gêner. Elle répéta le prénom ; Rosario comprit le marché. D'une voix saccadée, apoplectique, il dévoila ce que la mère supérieure lui avait appris : la visite de Basilio, le mensonge des religieuses pour éloigner définitivement le garçon. Promit de parler à Basilio, même, si Lucia était gentille...

– Non.

Elle n'en avait pas dit davantage. Elle ne voulait pas que Basilio apprît lui aussi la vérité de la bouche de cette créature. C'était déjà assez dur qu'elle eût dû en passer par là. Non, Rosario ne devait rien dire à Basilio. Et non, elle ne serait plus gentille.

Rosario était reparti, gros de sa vision et de son larcin, avec l'espoir mauvais qu'il pourrait revenir, que Lucia céderait à nouveau, il avait trouvé la monnaie d'échange, il était le plus malin. Et Lucia avait adopté le profil le plus bas. Ne rien trahir, ne plus attirer l'attention de personne. Rosario, sûrement, dirait à la mère supérieure qu'elle s'améliorait, qu'elle devenait gentille, et la religieuse ferait mine de ne pas deviner ce que le mot signifiait. Lucia devait profiter de cette trêve pour réfléchir. Le rouge-gorge ne lui avait pas menti. Les signes revenaient, l'espoir aussi. Et Basilio l'aimait, Basilio l'aimait ! Rien d'autre ne comptait, ni les yeux de Rosario sur elle, ni l'horreur de cette prison. Il était venu, il avait osé quitter San Nidro et affronter la ville hostile, il avait retrouvé sa trace dans cet univers infini, il avait frappé à la porte, affronté les religieuses. Et on lui avait menti. On lui avait servi une horreur, une abomination, un sacrilège. Basilio ne pouvait pas l'avoir cru, c'était impossible. Non. C'était possible.

Elle-même n'avait-elle pas accepté le mensonge de la religieuse ? Basilio devait apprendre la vérité. Pas par Rosario ; par elle-même. Lucia devait s'échapper d'ici, retourner à San Nidro. Elle avait fait jurer à Basilio de ne jamais quitter leur pays ; à cause d'elle, il avait dû déjà trahir sa parole, pour la rechercher. C'était à elle d'obéir à sa promesse.

Mais il lui fallut des mois pour réussir. Des mois durant lesquels elle se força à être celle qu'elle n'était pas. Des mois durant lesquels elle subit les visites de Rosario, les brimades des filles et des religieuses. Le temps qu'il fallait pour qu'on ne pensât plus à elle. Pour qu'elle disparût, aux yeux des autres, dans le gris des murs et l'obscurité des couloirs. Pour qu'elle approfondît sa connaissance du labyrinthe dans lequel elle était enfermée. Les instants avec Rosario, elle les effaçait de sa mémoire dès qu'il était parti. Il ne la touchait pas, il n'osait pas. Elle fermait les yeux tandis qu'il écarquillait les siens. De sa bouche, sortaient en vagues nauséabondes des propos incohérents où se mêlaient la culpabilité et la faiblesse d'un homme qui se disait malheureux, la beauté diabolique de Lucia, la tentation que Dieu envoyait pour éprouver l'homme dans sa chair et les pénitences qu'il lui faudrait s'infliger ensuite, mais il ne pouvait résister, il savait déjà qu'il reviendrait, il était pitoyable sans doute, il battait sa coulpe, on devait avoir pitié de lui, et Lucia en premier, pitié pour le pauvre abbé incapable de résister à la beauté du diable, un jour il faudrait expier, elle comme lui, elle davantage que lui, et cette expiation serait sa délivrance, mais en attendant il ne voulait pas, il ne pouvait pas être délivré.

Elle rouvrait les yeux quand il les fermait, dans un gémissement pitoyable, une dernière plainte absurde et ignoble. Se rhabillait, disparaissait.

Il avait essayé de lui parler de Basilio, lors de son premier retour, croyant qu'il était nécessaire de brandir sa monnaie d'échange. Elle l'avait interrompu. Surtout qu'il ne parlât point de Basilio.

Il n'avait pas cherché à percer ce qu'elle avait compris, trop heureux de ce développement imprévu. Et évidemment, il n'avait pas parlé à Basilio, il n'en avait d'ailleurs jamais eu l'intention, cette gamine idiote aurait gobé tout ce qu'il aurait voulu lui raconter, incapable de vérifier.

Elle avait même servi la messe, lu des livres édifiants et pu répondre aux questions insidieuses de sœurs qui avaient du mal à croire en ce revirement. Se pouvait-il que Dieu, dans son infinie bonté, se soit attendri sur cette créature ? Les voies du ciel étaient mystérieuses et sa miséricorde infinie.

Le temps fut long. Le temps fut court. Elle ne le sentit pas courir sur sa peau, elle était déjà demain, plongée dans ce jour prochain où elle serait sur les chemins, en route vers San Nidro. Dans la bibliothèque, elle chercha des cartes de la région et construisit un itinéraire, un parchemin qu'elle jetterait à la mer sitôt arrivée chez elle, confiante que ce geste suffirait à effacer ses traces, et qui sait même toutes les routes qui menaient à San Nidro.

Mais avant l'itinéraire du dehors, elle devait trouver celui qui lui permettrait de sortir d'ici. Ce n'était pas le plus simple.

Ce fut Rosario qui lui offrit à son insu l'impulsion nécessaire pour partir. Jusqu'à présent, il s'était contenté de la regarder. Lucia pensait qu'il ne serait pas capable de faire un pas, d'avancer vers elle, de lever la main. Quand elle se déshabillait, paupières closes, elle le sentait, qui tremblait, à l'autre bout de la pièce. Elle était à même de mesurer la distance qui les séparait au centimètre près, rien qu'aux flux qui émanaient de lui, son désir fangeux, sa peur, sa culpabilité. Parfois il avançait de quelques centimètres, mais c'était sûrement inconscient, juste l'affaissement de son corps, un tremblement plus fort qui l'avait déséquilibré. Souvent il reculait et Lucia soupirait le plus discrètement possible pour ne pas offrir à sa poitrine un mouvement qui aurait ému le voyeur.

Mais ce jour-là, l'été flambait si fort que même les ombres protégées de l'orphelinat transpiraient. Ce jour-là, Rosario était arrivé et, comme d'habitude, avait demandé d'entendre en confession sa paroissienne. Comme d'habitude, on avait appelé Lucia, qui était en train de manger en compagnie silencieuse des autres pensionnaires, et qui avait dû interrompre aussitôt son repas sous les regards soupçonneux, envieux, peu lui importait, elle ne voyait personne. Elle savait ce qui l'attendait, elle n'avait pas faim, elle suivait la religieuse à qui revenait la charge de la livrer, et elle avançait d'un pas assuré de vestale, la tête haute.

Ce jour-là, comme d'habitude, il l'attendait dans la petite pièce où il faisait les cent pas et s'échauffait les sangs, mêlant imprécations vaines et délectations anticipées. Son visage ruisselait, ses joues vibraient. Elle détourna les yeux, tandis que la religieuse, feignant l'ignorance, refermait la porte sur eux. Aussitôt débuta la litanie du prêtre qui sans doute trouvait dans l'expression de ses regrets un moteur à son plaisir. Avant de fermer les paupières, Lucia aperçut une ombre qui se dessinait sur le mur, face à l'étroite ouverture qui, en haut, offrait la seule source de lumière de cette pièce. L'ombre d'un oiseau ? Elle le croyait, mais l'ombre avait déjà disparu, l'oiseau s'était déjà envolé, il ne lui restait qu'à apaiser le battement de son cœur, à poser la main sur son épaule pour défaire le nœud léger de sa robe.

Comme d'habitude, elle s'efforça de raviver les images et les sensations de San Nidro, la mer, la plage, la forêt, les grains de sable sous ses pieds, la peau de Basilio sous ses doigts, d'effacer sous le vent du souvenir et de l'espoir les bruits et les odeurs pesantes de cette pièce, mais quelque chose différait des autres fois, et Lucia perdit le fil qui la reliait à San Nidro, Rosario avait bougé, il avançait vers elle. Était-ce la chaleur qui lui donnait ce courage ? Était-ce la longueur du temps, l'usure des perceptions ? Lucia était nue depuis quelques secondes, collée contre le mur, impuissante, tendue, tandis que l'ennemi se glissait plus qu'il ne marchait vers elle, se coulait, pareil à une limace, et elle n'osait pas bouger, pas même se baisser vers le sol pour ramasser sa robe, pas même ouvrir les paupières pour l'arrêter d'un regard, pas même crier, appeler au secours, il n'était pas pensable que des religieuses laissassent se commettre une telle horreur... Mais si, c'était pensable, puisque c'était ce qui arrivait, elles ne pouvaient pas ignorer ce qui se passait ici et sans doute même croyaient-elles que depuis longtemps Rosario avait, et qu'elle...

Elle perçut d'abord son souffle rauque, son haleine puissante qui racontait le naufrage d'un homme malade, mal nourri, qui avait bu pour se donner du courage. Il était à un mètre d'elle, cinquante centimètres. Elle était tétanisée, le mur de pierre lui écorchait la peau du dos, elle en éprouvait les aspérités sur ses fesses et si elle l'avait pu, elle se serait écorchée sur cette râpe minérale pour dissuader Rosario d'aller plus loin, on ne caressait pas une peau sanguinolente, mais elle ne bougeait pas, transie malgré la chaleur, morte. Quarante centimètres. Trente. Un frôlement autour de son sein, un doigt qui se pressait, tremblant... Penser à la mer, à San Nidro, au beau visage de Basilio. Survivre. Glisser son âme dans les parenthèses du souvenir, du rêve, de l'espoir. Ne pas la laisser être souillée par ce doigt du réel, doigt de Dieu, doigt odieux. Ne pas...

Il y eut un râle. Le doigt disparut, le sein de Lucia battit violemment et respira, sauvé. Lucia se laissa glisser sur le sol, sans rouvrir les yeux, elle se blottit, les bras autour des genoux, elle sentait sous ses cuisses l'étoffe apaisante de sa robe mais elle ne bougerait plus tant qu'il serait là, près d'elle. Elle le devinait qui cherchait son souffle, un peu de dignité pour affronter les couloirs déserts, quant à l'œil divin, il le retrouverait dans sa tombe, il n'avait pas le cran d'y songer à présent. Un frou-frou de soutane, la porte qui grinçait. Il n'avait pas eu la force ou la lâcheté d'une parole, il avait fui.

Enfin.

Lucia attendit un long moment ainsi, immobile et nue. Que se passerait-il si une religieuse, inquiète de ne pas la voir arriver après le départ de Rosario, ouvrait la porte à cet instant ? Pourraient-elles encore feindre d'ignorer, ces gardiennes complices ? Mais personne ne viendrait, Lucia le savait. Rosario avait dû les avertir, la petite était très ébranlée par sa confession, elle expiait et priait, surtout ne la dérangez pas. Peut-être même n'avait-il pas eu besoin de dire quoi que ce soit.

Lucia attendit donc longtemps. Qu'allait-il se passer ? Rosario reviendrait. Il avait franchi une étape ; cette fois, il n'avait pas eu le courage d'aller plus loin, de dépasser l'effleurement. La prochaine fois, ou la suivante, il oserait. Lucia fit taire le grondement de dégoût en elle. Cela ne servirait à rien. Mais une chose était sûre : elle devait partir tout de suite. Rosario avait déclenché son internement ; il venait de lui donner le signal de sa libération.

Profiter de ce moment vide où tous faisaient mine de ne pas savoir qu'elle existait. Elle n'avait aucune affaire, juste une robe, mais qu'importe.

Devant les évidences, on pouvait s'interroger : pourquoi ne l'avoir pas fait plus tôt ? Mais Lucia savait qu'il fallait se méfier des évidences. Elle s'était depuis son exil fiée au temps. Il y avait eu le temps de l'attente, de l'épreuve. Et désormais un autre temps était advenu, celui de la délivrance, du retour à San Nidro. À Basilio.

Tant qu'elle avait été dans Bari, elle s'était attendue à chaque instant à ce qu'une main s'abattît sur son épaule pour la ramener à l'orphelinat. Mais personne ne se souciait davantage d'elle à l'extérieur que dans l'enceinte gardée par les religieuses. Elle n'était qu'une gamine insignifiante, qu'un curé pouvait déshabiller là, d'autres hommes ici, une proie, une friandise. Pour l'heure, dans la chaleur torride du jour, elle n'était qu'une jeune fille en route pour une destination qui n'intéressait personne, les rues étaient désertes et le soleil lui faisait mal, il y avait si longtemps qu'elle n'avait pu s'y exposer, et il l'encourageait aussi, il retrouvait une amie, la petite prêtresse des bois et des falaises de San Nidro, il la guidait, écartait les obstacles, aplanissait les sentiers.

Elle n'avait pas emporté les plans longuement préparés, mais elle les connaissait par cœur. Surtout, elle se fiait à son cœur, complice du soleil. La route de San Nidro s'ouvrait devant elle. Elle quitta sans encombre Bari la tumultueuse et arriva dans la campagne à la nuit tombante. Dormit dans un champ, repartit à l'aube.

Elle ne compta pas les jours et les nuits. Pendant sa marche, elle n'était que marche ; pendant ses nuits, qu'attente et rêve. Si son regard s'égarait, s'était pour chercher des signes. Où serait Basilio quand elle arriverait ? Que ferait-il, que dirait-il ? Il serait à la pêche, annonça un vol de mouette. Il la prendrait dans ses bras très tendrement, confia une fleur égarée, et lui murmurerait dans l'oreille qu'il l'avait attendue, qu'il avait rêvé d'elle. Et les gens du village s'effaceraient, suggéra un champ fauché, et Rosario de honte se jetterait du haut de la falaise après avoir publiquement confessé ses crimes.

Enfin, elle arriva aux abords de la forêt qui protégeait San Nidro du monde. Elle n'avait croisé personne, ou ne s'en était pas aperçue. La nuit allait tomber. Traverser la forêt dans l'obscurité était périlleux, mais ce ne fut pas ce qui l'arrêta ; soudain, alors qu'elle était proche du but, les signes lui faisaient défaut. Demain, à l'aube, elle saurait ce qu'elle devait faire, de quelle manière elle devait arriver.

Elle dormit paisiblement. À son réveil, elle s'étira et attendit un long moment avant d'ouvrir les paupières. Elle sursauta : la première chose qu'elle vit furent deux branches, sur le sol, tissées en croix. Non... Elle secoua la tête et la tourna en tous sens pour effacer cette vision. Mais ce fut pour apercevoir la carcasse d'un oiseau dévoré par quelque renard. Le cœur de Lucia battit fort, comme le jour où... Fallait-il vraiment qu'elle commençât par là ? Oui. Commencer par achever ce qui devait l'être. Revenir vierge de cette histoire horrible. Passer d'abord chez Rosario. Et s'il lui faisait mal, s'il s'emparait d'elle pour la ramener de force à Bari ? Il n'oserait pas. Il n'en aurait pas la force. Elle crierait, des gens viendraient. Elle dirait à tous ce qu'il avait fait. Les gens du village ne pardonneraient pas ça, même s'ils ne l'aimaient pas, elle, même s'ils avaient dû être soulagés, eux aussi, par son départ. Et Basilio serait là, il la défendrait. Pour l'heure, Basilio devait monter dans le bateau, faire cap vers le large. Pêcheur, mon Basilio, pourquoi pas, si c'est pour être heureux ensemble ?

Elle ne croisa personne encore jusqu'à la cure. C'était idiot, pourquoi perdait-elle son temps avec cet individu ? Sa punition viendrait en temps voulu, bientôt, le plus urgent n'était-il pas de se précipiter dans les bras de Basilio ? Mais Basilio n'était pas là, elle avait aperçu les voiles au loin, il ne rentrerait pas avant plusieurs heures et elle ne voulait plus attendre.

Une porte donnait sur l'arrière de la maison. Elle n'était pas fermée. Lucia avait frappé, mais aucune réponse n'était venue. Elle poussa le battant. Une odeur de solitude et de sécheresse l'accueillit, qui faillit la faire fuir. Mais elle rentra, cependant, résolue. Résolue à quoi ? Elle n'en savait rien.

Du regard, elle parcourut la pièce. Ainsi, c'était ici que vivait cet homme... Une tablc dc bois sur laquelle étaient posés une assiette sale, un couteau de cuisine, une tasse vide. Un intérieur banal, du genre auquel elle s'était habituée durant ces mois passés au pensionnat. Ces mois... Combien ? Elle ne voulait pas le savoir. Le temps avait été suspendu, il allait reprendre son cours bientôt, dès qu'elle sentirait sous ses doigts la peau de Basilio, dès que son regard serait rivé au sien. Là, elle était encore en prison. C'était pour cela sans doute qu'elle avait décidé de passer d'abord chez Rosario. Pour se libérer définitivement. Finir par où cela avait commencé. Recommencer par où cela finirait. Cela... quoi ? Elle eut une petite moue contrariée.

La tête lui tournait un peu. Depuis deux jours, elle n'avait mangé que des fruits des bois. C'était bien aussi, d'arriver vide, neuve, avide.

Un vieux fauteuil faisait face au foyer. Elle laissa sa main courir sur le tissu usé mais résista à l'envie de s'y asseoir. Pourtant, une étrange émotion affaiblissait ses jambes. Elle se glissa sur le sol, ferma les yeux pour calmer le tournis. À cet instant, elle perçut le frottement d'une porte et une langue de jour qui venait lui lécher les pieds. Un cri de stupeur. Elle se redressa ; Rosario se tenait devant elle, bouche ouverte, pâle, plus incrédule que si la Vierge en personne lui était apparue.

Pourquoi était-elle passée par la cure ? Elle n'en savait plus rien. Les signes. Les signes ? Lesquels ? Elle n'aurait pas dû, sans doute. Mais elle était là, et lui aussi. Elle se redressa lentement. Elle n'était plus à l'orphelinat, elle ne baisserait pas les paupières, ni sa robe, elle ne le laisserait pas approcher. Et lui la dévorait des yeux, éberlué, ses lèvres remuaient sur des paroles plus décousues encore qu'à Bari, un délire qui montait comme la marée, il s'inventait des histoires, et même une victoire, si elle était venue chez lui n'était-ce pas parce que… Rien ne changeait, à Bari ou ici la folie avait englouti cet homme, une folie malsaine, et Lucia comprit que les nuits de Rosario étaient pleines des images volées dans la petite pièce sombre de l'institution, qu'elles le poussaient à revenir et qu'il cédait quand il n'en pouvait plus de se contenter de son imagination. En cet instant béni, cette seconde maudite, le rêve le rejoignait, elle était là, chez lui, offerte assurément sinon pourquoi serait-elle venue, nue bientôt, il la voulait, la suppliait, ricanait, entre terreur et extase, si quelqu'un venait à rentrer ce serait le drame mais personne n'oserait pousser la porte sans frapper, et lui non plus ne voulait pas la frapper, elle allait lui obéir, comme à Bari n'est-ce pas ? Et les larmes envahirent la vision de Lucia, la mer montait pour la noyer, pourquoi était-elle passée par ici, pourquoi n'avait-elle pas attendu sur le sable le retour du bateau, plutôt que de subir cet abordage, le vieux prêtre soumis à ses démons qui tanguait vers elle, mêlant son doux prénom au fiel de sa salive, nue, nue, implorait-il, et elle, la tête emportée dans un ouragan, elle, trahie par sa main, sa main qui reprenait le chemin coutumier de l'épaule, faisait glisser la bretelle.

Elle n'était pas revenue pour ça.

Elle voulait renaître. Pas mourir.

– Lucia… Mon ange, mon démon…

Sa main sur elle ; un mot, un signe de trop. Elle poussa un cri sourd et se jeta en avant, mains tendues. Elle le heurta. Il tomba lourdement, la tête en arrière qui fit vibrer la pierre de la cheminée lorsqu'elle s'y fracassa.

Silence. Plus rien ne bougeait, sinon le halètement de la jeune fille. Rosario, inerte. Du sang le nimbait de l'auréole du criminel. Sur la table de cuisine, Lucia revit le couteau. Des étoiles tourbillonnaient devant son regard. Basilio… Revenir. Renaître. Le vide.

Elle ne sut jamais comment elle se retrouva dans les bras de Valentina. Sur ses mains, du sang. Valentina l'avait accueillie d'un cri, dans le matin désert encore. L'avait couchée dans son lit, lui avait servi un bol de lait chaud. Avait attendu qu'elle se calmât, puis qu'elle lui confiât, dans un murmure à peine audible, ce qu'elle avait cru comprendre, ce dont elle pensait se souvenir. Les mois à l'orphelinat, les visites de Rosario, ce qu'il… Pendant cette pénible confession, le visage de Valentina était demeuré tendu, douloureux, et puis il fut envahi par une vague que Lucia ne put identifier, elle avait eu trop peur, trop mal, une vague de colère, de haine, de peur, impossible de démêler cet écheveau. Puis Valentina s'était ressaisie et avait posé la main sur le front brûlant de Lucia.

– Tu as de la fièvre, tu dois te reposer. Je vais aller voir ce qui s'est passé chez Rosario. Surtout ne bouge pas. Promis ?

Lucia était trop épuisée pour ne pas promettre.

– Lucia, réveille-toi…

Elle s'était endormie brutalement à peine Valentina s'était-elle éloignée du lit. Elle ouvrit des yeux stupéfaits, sans reconnaître tout de suite où elle était. Chez Valentina, qui s'était assise à son chevet et la secouait doucement par l'épaule. Avant, elle était allée chez Rosario. Sa chute, le sang, le trou noir. Et puis Valentina qui avait dit qu'elle se rendait chez Rosario pour…

D'une voix froide et qui tremblait un peu, Valentina lui expliqua ce qu'elle avait trouvé : le corps du prêtre baignant dans le sang. La gorge tranchée par un couteau, qui était resté là, par terre. Valentina la dévisageait avec un mélange de stupeur et d'appréhension, d'admiration aussi peut-être, de respect, ou d'horreur, plutôt d'horreur, ce serait logique, Lucia ne comprenait pas, elle ne se souvenait pas d'avoir pris ce couteau, d'avoir… Elle frissonna et son ventre se souleva, mais il était vide, elle ne pouvait rien rendre, rien annuler non plus, ce qui était commis était commis, Valentina le savait, elle pouvait comprendre. Lucia revoyait le couteau sur la table, elle l'avait aperçu dès son entrée, un signe sans doute, un signe auquel elle n'avait pas prêté attention, et pourtant n'était-ce pas pour cette raison qu'elle était passée d'abord chez Rosario ? Une vengeance. Rosario aurait toujours été un obstacle, une menace. Mais l'égorger ? Elle ne se souvenait de rien. Le sang sur ses mains… Peut-être. Valentina la dévorait des yeux comme si elle était un monstre, une déesse.

Lucia se mit sur le dos et sentit des larmes couler sur ses joues. Valentina continuait à parler, d'une voix sourde et précipitée. Rosario méritait sans doute cette mort, c'était un porc, et justice était faite, mais une justice que la Justice n'accepterait pas, pour elle, la criminelle était Lucia, pas le prêtre, personne ne la croirait. Elle devait fuir au plus vite, sans attendre, sans voir personne. Personne. Valentina hésita. Lucia se tourna vers le mur pour cacher les sanglots qui menaçaient. Personne. Pas même Basilio. Surtout pas lui. Il avait eu des ennuis, il ne fallait pas maintenant qu'il prît des risques. Pour Lucia comme pour lui. S'ils voulaient que le futur existât pour eux, bientôt…

Lucia ne disait rien. Elle serrait les dents et les poings. Pourquoi était-elle passée chez Rosario ? Qu'avait-elle cherché ? Ce qu'elle avait voulu lui échappait. Pouvait-elle retrouver à présent Basilio, avec du sang sur les mains ? Avec un cadavre entre eux ? C'était impossible. Elle n'aurait rien voulu d'autre, pourtant. Mais c'était trop tard, il y avait ce corps, cette gorge tranchée qu'elle imaginait à défaut de s'en souvenir, ni même de la sensation éprouvée par sa main lorsque la lame s'était posée sur la peau, s'était enfoncée, pouvait-on oublier cela ? Sa main, sans doute, et tout son corps devaient s'en souvenir. Un jour elle reprendrait un couteau entre les doigts et elle saurait. Un jour, surtout, elle serrerait Basilio dans ses bras. Mais dans longtemps. L'attente n'était pas terminée. Non pas par prudence, comme le murmurait Valentina d'une voix empressée. Lucia ne se souciait pas d'être prudente et elle savait que Basilio n'en aurait pas eu davantage cure. Mais si le couteau avait été un signe, le cadavre de Rosario en était un autre, plus impérieux encore.

Elle partirait. Sans voir Basilio. Pas parce que Valentina le lui demandait, la suppliait, pour se sauver, elle et lui. Elle n'avait pas peur, et Basilio non plus, elle en était sûre. Elle partirait pour laisser le temps, à nouveau, laver ce qui devait l'être. Ce crime qu'elle n'avait pas voulu mais qu'elle avait commis. Mais elle lui laisserait un message. Une trace. Un appel.

Elle s'endormit.

Lorsqu'elle se réveilla, l'obscurité était complète. Valentina avait refermé la porte qui séparait la chambre minuscule de l'autre pièce que comptait sa demeure. Lucia eut un moment de panique. L'image de Rosario la hantait ; l'avait-elle rêvé, l'avait-elle vu devant elle, étendu avec ce sourire sanglant à la gorge ? Mais elle se souvint. La fièvre l'avait quittée, elle se sentait calme à présent, résolue. Elle aurait voulu ne jamais quitter ce village, mais voilà, elle avait été contrainte de le quitter et la ville l'avait souillée plus durablement qu'elle l'avait pensé. Elle était revenue, mais ce n'était pas à elle de revenir. Basilio était allé à Bari pour la rechercher, mais il était trop tôt, il ne l'avait pas trouvée.

Le sommeil lui avait apporté la décision qu'elle attendait : elle repartirait dès que possible, sans se montrer. Elle laisserait un message à Basilio, elle lui donnerait rendez-vous. Ailleurs. Dans cette ville qu'elle détestait d'avance, mais qui serait le lieu de leur victoire. Là où jadis on avait brûlé Giordano Bruno, au pied de cette statue dont leur avait parlé Filippo lorsqu'il leur racontait ses histoires d'hérétiques. Rome…

C'était tout ce qu'elle connaissait de cette ville qui ne lui fît pas peur.

Elle tendit l'oreille. Derrière la cloison, deux voix bourdonnaient. Elle ressentit un coup dans la poitrine et serra la main sur ses petits seins. Sa détermination, un instant, vacilla. Là, derrière cette porte, Valentina parlait à un homme. Basilio. Il était là, à deux pas d'elle. Il suffirait qu'elle se levât, qu'elle ouvrît, qu'elle… Mais Rosario se dressa devant elle, avec son mauvais sourire, l'écume à ses lèvres, le sang à sa gorge. Si Valentina ne voulait pas qu'ils se retrouvassent, c'était un signe supplémentaire. Elle devait être forte, rester ferme. À Rome. Elle laisserait un message à Basilio, elle le confierait à Valentina en lui demandant d'attendre quinze jours, ou un mois avant de le répéter à Basilio. Mot pour mot, fidèlement. Elle serait à Rome à ce moment. Elle l'attendrait, tous les soirs, au pied de la statue. Tous les soirs, à la tombée du jour. Elle prendrait le chemin de cet exil et il la suivrait, la rejoindrait. Alors, le meurtre serait lavé, et leurs âmes aussi, et ils pourraient revenir au paradis, et ne plus jamais le quitter, libres et heureux, enfin.

Elle se fourra la tête dans l'oreiller pour ne plus entendre, pour étouffer aussi le chant grave de sa détresse.

– Je n'aurais jamais cru que je devrais un jour remettre les pieds dans ce trou du diable !

Sur le quai, flanqué de deux carabiniers, Forza attendait le bateau de Luigi. Basilio avait à peine été surpris. Luigi, par contre, avait maugréé, inquiet. Une petite troupe s'était agglomérée dans le dos des forces de l'ordre et, aux visages tendus, les deux pêcheurs eurent la confirmation que quelque chose de grave s'était produit, qui avait rendu nécessaire le retour au pays du commissaire. Lequel n'en semblait pas heureux.

Basilio sauta sur les planches. Aussitôt, un gendarme s'avança vers lui, mais Forza l'arrêta.

– Laisse. Il va nous suivre sans faire d'histoire. Pas vrai, gamin ?

Basilio soutint son regard, campé solidement devant l'épais fonctionnaire, vêtu d'un simple short élimé alors que les étrangers ruisselaient sous leur uniforme.

– Vous suivre ? Pourquoi ? demanda Luigi qui était venu se poster à côté de Basilio.

Forza balaya la question de la main et n'accorda pas un coup d'œil à Luigi. Il paraissait agacé par l'intervention de l'aîné, par ces gens qui se pressaient dans son dos, par la bêtise des deux hommes qui l'accompagnaient. Basilio eut le sentiment que Forza aurait aimé qu'ils fussent seuls, tous les deux.

– Je viens, répondit-il tranquillement.

Derrière Forza, il aperçut le visage angoissé de Valentina, ses lèvres qui formaient des mots que Basilio ne déchiffrait pas.

Encadrés par les carabiniers, ils remontèrent vers le village. D'un geste péremptoire, Forza avait écarté Luigi : Basilio n'aurait pas besoin de lui. Comme lors de sa première visite, Forza dirigea le groupe vers la cure. Mais Rosario n'était plus là pour les guider et les villageois se tenaient à l'écart, graves et silencieux. Derrière eux, à une distance respectueuse, un groupe les suivait : Luigi devant, Valentina et quelques autres que Basilio s'étonna de trouver là. Forza faisait de larges mouvements des mains autour de son visage pour écarter des insectes et marmonnait, mais Basilio songea qu'il aurait surtout voulu chasser ces gueux qui l'obligeaient à s'égarer dans cette impasse du monde.

Un autre gendarme gardait la porte. Était-ce à propos de Lucia ? S'il avait obtempéré sans discuter, c'était uniquement pour cette raison : Forza ne pouvait revenir que pour Lucia. Et il avait peur, car l'hypothèse d'un malheur était la plus vraisemblable.

L'homme en faction salua Forza et fit un pas de côté pour les laisser passer.

La pièce était sombre ; Basilio mit quelques instants pour s'habituer à la pénombre et pour distinguer la forme étendue par terre : Rosario, dans une flaque noirâtre. Basilio eut un mouvement de recul lorsqu'il réalisa ce qu'il avait sous les yeux, et buta contre l'épais commissaire.

– C'est une bigote qui l'a trouvé, dit froidement Forza. Elle l'attendait pour la messe, ou une confession, je ne sais plus.

Basilio comprit aussitôt pourquoi Forza était venu le chercher.

– Ce n'est pas moi.

– Je sais, répondit Forza, toujours aussi placide.

Basilio le regarda avec étonnement.

– Je sais, répéta Forza en s'avançant vers lui. J'ai déjà effectué quelques vérifications. Tu es parti en mer à l'aube ; à huit heures, plusieurs personnes ont vu Rosario sortir de chez lui pour aller sonner la cloche. Et puis, on l'a retrouvé là. Comme tu étais en mer, ce ne peut pas être toi l'assassin. Même si cette mort te fait plaisir.

Qui alors ? Forza l'ignorait. Une chance qu'il eût pu arriver si vite. Il était en tournée d'inspection dans la région. Une femme du village avait téléphoné, un appel anonyme. On l'avait averti. Rien n'échappait à la police du Duce. Même s'il était trop tôt pour identifier l'assassin. Forza avait cependant déjà établi que celui-ci n'était pas un costaud et que Rosario avait dû le laisser entrer sans méfiance. Le coup qui l'avait assommé était violent, la colère transformait parfois des gringalets en géants. Mais pas durablement. Après, ils s'effondraient. L'égorgement avait été brouillon. Pas facile d'égorger un homme ; la peau, les tendons, la trachée, c'était dur. Il fallait une bonne lame et un fameux coup de main. Basilio n'en savait rien. Il n'avait jamais tué un homme. Forza approuva ; il se contentait de les brûler, pas vrai ?

Silence. Forza ne le lâchait pas des yeux, ironique, attentif aux moindres oscillations du visage de Basilio. La pièce, pourtant, était sombre. Le commissaire ne semblait absolument pas se préoccuper du mort. Basilio s'efforçait de ne pas broncher.

– Si vous savez que ce n'est pas moi, pourquoi m'arrêter ?

Forza saisit le dossier d'une chaise, la retourna pour faire face au jeune homme et se laissa tomber lourdement sur le siège.

– Je sais que ce n'est pas toi, mais je ne sais pas qui est le meurtrier. Et une bonne partie du village est convaincue que c'est toi. On m'a rapporté que tu avais eu une altercation avec le curé et que tu l'as menacé de mort.

– Je ne l'ai pas menacé.

Qu'est-ce que cela voulait dire, menacer ? Tout le monde menaçait un jour quelqu'un. Tout le monde ne devenait pas pour autant criminel. Mais cette fois, contrairement au bûcher, Forza était certain qu'il ne manquerait pas de témoins. Et il avait un cadavre, un vrai, en chair et en os.

Basilio se trompait-il en pensant que le commissaire lui témoignait de la sympathie ? Il y avait peut-être des bourreaux qui conduisaient leur victime à la mort avec beaucoup de sollicitude. Basilio ne pouvait que répéter qu'il n'avait pas tué le curé ; il choisit de se taire.

– Qu'est-ce que ça te fait de le voir là, étendu ?

Du doigt, il désigna le corps. Basilio lui jeta un bref coup d'œil et songea que jamais Rosario n'était demeuré calme aussi longtemps en sa présence.

– Rien, répondit-il à voix basse.

– Rien ? Impossible ! Tu devais le haïr, non ? C'est à cause de lui que ta copine a été emmenée… Moi, à ta place, je lui aurais fait la peau. Bien sûr, après, je ne serais pas resté à attendre l'arrivée des carabiniers…

Pas de la sympathie. À moins qu'il n'en existât une variété teintée de cruauté. Basilio ne connaissait pas assez les hommes pour savoir si un tel mélange était possible. Mais il ne voulait pas que Forza parlât de Lucia.

– Je ne m'occupais plus de Rosario.

– Mais tu t'es disputé avec lui, non ?

– Il m'a provoqué.

Forza se redressa et émit un grognement. Il alla se camper devant le cadavre et appuya la pointe de sa bottine contre ses côtes. On allait l'embarquer, celui-là, pour une autopsie. Qui n'apprendrait rien. Le coupable était sûrement un rôdeur, non ? Basilio ne croyait pas à cette hypothèse. Des rôdeurs, il n'y en avait jamais eu à San Nidro, pour la bonne raison qu'il n'y avait rien à chaparder ici. Pas même chez Rosario. Et le village, cerné par la mer d'un côté, la forêt de l'autre, n'était pas un lieu de passage. Un cul-de-sac où l'on ne pouvait tomber par hasard. Mais qui ? Forza ne s'y intéressait pas. Il aurait volontiers enterré le dossier avec le curé.

– À ta place, gamin, je ne resterais pas ici. Je ne te conseille pas de prendre la fuite, non ; ce serait un aveu. Et le plus idiot de tous, puisque tu avouerais le crime d'un autre.

Mais il fallait partir. Avec les soupçons, la vie au village allait devenir impossible. Et un procès serait calamiteux, même si Basilio en sortait innocenté. Le jeune homme se sentit soudain très las. Sans demander l'autorisation, il s'assit sur la chaise que Forza avait abandonnée. Partir… Ce mal qui le tourmentait depuis sa dispute avec Rosario trouvait dans ce conseil une justification et une solution. Mais partir, cela voulait dire abandonner Luigi, Valentina, sa mère. Quant à Lucia… La mort de Rosario était un signe. Bien sûr, il avait menti à Forza en affirmant ne rien ressentir devant ce cadavre. D'abord, il y avait eu une joie mauvaise. Mauvaise et délicieuse. Puissante. Le signe d'une justice, d'un Dieu de colère qui punissait les lâches, les fourbes, qui se préoccupaient d'un garçon comme lui, pêcheur illettré qui n'avait pas hésité à incinérer la dépouille d'un ami. Ou simplement la marque qu'il ne pouvait demeurer ici, que Lucia l'attendait, que…

– Et chez les nonnettes ?

Basilio sursauta. Forza savait-il qu'il était en train de penser à Lucia ? Ce souvenir était douloureux. Lucia ne l'attendait pas. S'il partait, ce serait pour…

À contrecœur, Basilio résuma sa visite. Pendant qu'il parlait, il lui sembla un bref instant que les yeux de Forza s'écarquillaient. Mais le commissaire se contenta d'un bref « Ah… » quand Basilio eut fini. Le garçon se releva, envahi par une excitation qu'il contrôlait mal.

– Quoi ? demanda-t-il impulsivement.

Le carabinier, qui avait assisté à la discussion dans la plus complète passivité, parut se réveiller et fit un pas vers Basilio, la main sur la crosse de son arme. Forza le calma d'un geste.

– Tu l'as vue ? répondit-il.

Le cœur de Basilio battait violemment.

– Pourquoi ? Vous savez quelque chose ?

Forza alluma un de ses cigares. Il ne pensait définitivement plus au mort.

– Rien. Tu ne penses tout de même pas que j'ai du temps à perdre ! D'ailleurs, tu as sûrement raison : c'est la vérité.

– Je n'ai pas dit ça !

Le visage de Forza se chiffonna. Il prit Basilio par les épaules et le poussa sur la chaise. Il le trouvait sympathique, mais pas la peine de le fatiguer avec des histoires d'amour. On avait autre chose à faire que de s'attendrir. Il était un homme, non ? Et elle, qu'était-elle ? Une fillette, un bébé. Une lubie qui l'avait prise quand il était gosse, pour tromper l'ennui d'un village pourri. Des filles, il y en avait des milliers d'autres. Pas ici, sans doute. Ici, il finirait par crever. Forza n'était venu que deux fois à San Nidro, mais ça lui avait suffi. Les rats quittaient le navire. Il n'y avait plus que des vieux, des femmes et des débiles. Et Basilio n'était pas débile. Il était jeune. Les filles, ça lui faisait envie, non ? Impensable de se contenter d'un souvenir, d'une rêverie de gosse ! L'Italie était lancée dans une aventure, elle avait besoin de jeunes gars comme lui. Ce meurtre, c'était sa chance. Un cadeau du ciel. Personne ne le regretterait, Rosario, sinon quelques vieilles bigotes convaincues qu'il avait gagné son paradis et s'apprêtait à les accueillir avec fanfare angélique ! Il n'y avait rien à attendre ici, Lucia avait disparu, elle était perdue pour lui.

Il attendit quelques secondes pour poursuivre, mesurant l'effet de son discours sur l'adolescent. S'il le voulait, il l'emmenait à Bari, l'incorporait dans la milice... Basilio deviendrait un homme, un vrai. Un héros. Avec Forza comme guide... Il ne resterait pas commissaire, le Duce lui confiait d'autres missions. Il avait besoin de gaillards comme Basilio, déterminés. Il avait de la volonté, mais il l'employait à des idioties. Il avait besoin d'être canalisé. Et pour les filles, pas d'inquiétude ; il en aurait par dizaines.

Le ton de Forza s'était métamorphosé. Il paraissait rajeuni, subitement enflammé, un peu effrayant, grossier aussi, mais Basilio se sentait entraîné. On pouvait avoir besoin de gars comme lui ? Forza mordait sur son cigare dans un curieux sourire, tira longuement dessus. Basilio regardait le bout incandescent, fasciné. Partir...

Forza sortit un mouchoir de sa poche et s'épongea le front.

– Je ne vais pas traîner. On va l'emmener avant qu'il pue trop.

Il fit signe au carabinier qui appela son collègue. À deux, ils portèrent le corps de Rosario sur une civière et ils l'emportèrent, après l'avoir recouvert d'un drap blanc, réquisitionné dans les armoires du prêtre.

– Toi aussi, je t'emmène. Avant que tu te laisses à nouveau engourdir. Je sais, on ne dirait pas comme ça, mais l'air de la mer, dans les rues des petits villages, c'est souvent malsain.

Basilio se raidit.

– Si je pars avec vous, les gens croiront vraiment que je suis coupable.

– Ils le croient déjà.

– Pas tous.

– Ceux-là penseront que je suis un salaud. Ça m'est égal, j'ai l'habitude. Mais si tu ne viens pas tout de suite, tu devras fournir des explications pour ton départ.

– J'en trouverai.

Forza soupira. Sa verve était retombée, il paraissait déçu.

– Comme tu veux. De toute manière, il faudra que je revienne. Ne serait-ce qu'une ou deux fois. On va interroger les gens, mener notre enquête. Si tu ne m'as pas rejoint à Bari, il sera toujours temps de t'embarquer.

Pendant toute la confrontation avec Forza, à côté du cadavre de Rosario, il n'avait une fois encore pensé qu'à lui. Les habitants de San Nidro le regardaient passer avec méfiance. On murmurait, on s'étonnait de le voir là, libre. Il s'emporta : ils savaient bien qu'il n'avait pas tué Rosario, il était en mer avec Luigi ! Une femme s'avança : ça ne prouvait rien. Des preuves ? Pour Filippo déjà, on n'en avait pas trouvé. Et pourtant, c'était Basilio qui avait allumé le bûcher. D'autres se joignirent à l'accusatrice. Rosario était un brave homme, et Basilio l'avait tué. Pitié pour la mère de Basilio, la pauvre, quelle honte !

Basilio resta muet, écœuré. Plus sûrement que Forza, cette scène achevait de le convaincre. Il partait. Même s'il avait promis à Lucia de rester ; Lucia était partie, elle l'avait rejeté. Il promettrait à Luigi de revenir. Ce serait peut-être vrai.

Le pêcheur fit mine de le croire, mais Basilio s'en voulut devant son air désespéré. Il se souvint de ses paroles à Bari ; ceux qui partaient de San Nidro ne revenaient pas. Jamais. Même pas pour se faire enterrer. Basilio essaya de le persuader de l'inverse, mais il aurait fallu qu'il en fût lui-même convaincu. Une seule chose était assurée : Luigi se retrouverait seul sur son bateau et il ne voulait engager personne d'autre. De toute manière, les rares jeunes qui restaient à San Nidro avaient du travail et finiraient eux aussi par partir. Il pourrait toujours faire équipe avec les deux autres pêcheurs. Il énonçait ces faits et ces possibilités d'une voix blanche, lointaine. Basilio s'en voulait. Là encore, il ne pensait qu'à lui. Mais Luigi se redressa : de toute manière, rester serait infernal. Basilio eut envie de le serrer dans ses bras. Et l'envie d'être déjà très loin.

Il ne sut dire si sa mère accueillait la nouvelle de son départ avec résignation ou soulagement. Le croyait-elle aussi coupable ? Elle hésitait ; il détestait le prêtre. Au point de vouloir le tuer ? Elle souffla, un petit cri sans mot pour dire que oui, que non, tout était possible et ce qui était, était.

Oui, honnêtement, Basilio avait pu souhaiter la mort de Rosario, pour se venger, pour vivre plus léger. Mais il ne l'avait pas fait. Forza n'était pas loin de considérer cela comme une lâcheté. Une faiblesse. Basilio n'en savait rien. Filippo n'était plus là pour éclairer ses pensées. Lucia non plus, la lumière magique soufflée par les religieuses. « Tu l'as crue ? » avait demandé Forza. Oui, Basilio l'avait crue et était rentré à San Nidro. Oui, Basilio avait voulu la mort de Rosario et ne l'avait pas tué. Et à présent, seule cette Italie fasciste qu'il ne connaissait pas, qui lui inspirait de la méfiance, voire de la répugnance, lui tendait les bras. Sa mère, depuis longtemps, le regardait avec la crainte qu'éveille un chien soupçonné de retourner à l'état sauvage. Pour Luigi, ce serait des mois difficiles. Mais il s'habituerait. Peut-être Basilio reviendrait-il, quand les choses se seraient calmées. Ou ne reviendrait pas. Que ressentait le marin ? Basilio ne savait décidément rien. Rien sur les êtres, rien sur la vie, rien sur la mort. Rien sur l'amour. Il n'était qu'une bourrique, songea-t-il sans amertume, dont l'unique fait de gloire avait été d'allumer un bûcher.

Mais Valentina…

– Pourquoi ?

Elle se tenait devant lui, nouant et dénouant ses mains sans relâche. Il ne s'était pas attendu à une telle émotion. Rien. Il ne savait absolument rien. Plus bête qu'une bête, laquelle, du moins, devine l'affection de son maître. Une sale bête qui refusait tout maître, et pourtant incapable de se gouverner seule. Qui partait dans une drôle de guerre parce qu'un commissaire le lui conseillait. Et qui restait figée, désemparée devant la détresse de Valentina.

– Ce n'est pas toi qui as tué Rosario !

Elle ne doutait pas, comme si l'innocence était une évidence que nulle réalité n'aurait pu remettre en cause. Elle s'approcha de Basilio et s'agenouilla devant lui. Son regard était menacé de pluie comme l'horizon marin à l'annonce d'une tempête. Elle prit les mains de Basilio entre les siennes. Il sentit son souffle se faire rauque, laborieux.

– Je sais. Mais les gens…

– Les gens ! Tu ne t'es jamais soucié d'eux !

Valentina ressemblait aux pauvres madones des églises, à celle de la chapelle abandonnée où Lucia avait parlé de sa mère. Il allait expliquer à Valentina… Il ne dit rien, incapable, submergé par l'émotion de son amie. Elle triturait ses doigts à lui faire mal, il ne savait pas comment réagir.

– Basilio, tu ne sais pas…

Sur quels mots, quel aveu échouait-elle ? Basilio sentait une fièvre inconnue monter en lui, désagréable, somptueuse, inquiétante. Sans y penser, il dégagea sa main droite et caressa la joue de Valentina, qui vibra douloureusement, qui ferma les yeux sur les larmes jaillies. Elle appuya son visage contre la paume de Basilio. La gorge du garçon était de bois, il avait mal à la tête, au ventre, au bras.

– Si tu savais… chuchota-t-elle.

Ses doigts étaient trempés. Ils bougeaient à peine.

Il ne savait pas. Il ne pouvait pas deviner que, dans la pièce voisine, Lucia dormait. Ou ne dormait pas. Valentina tremblait et n'aurait pu dire pourquoi elle tremblait le plus. Pour la main de Basilio sur sa joue, pour le risque d'une porte qui s'ouvre et Lucia qui paraît, lumineuse, pour le mensonge qu'elle montait envers Basilio, qui ne pouvait soupçonner la présence, si proche, de celle qu'il attendait et qu'il n'attendait plus, qui le désespérait. Si elle réussissait, Valentina, si Lucia repartait sans voir Basilio, si Basilio ne savait jamais qu'elle était venue, si elle pouvait garder caché le nom du meurtrier de Rosario qui avait tellement mérité sa mort, alors Valentina voulait croire que le reste aussi viendrait, malgré l'annonce que Basilio venait de lui faire, malgré la perspective de ce départ pour l'inconnu, pour ces milices dont le nom seul la faisait frémir. Si Lucia demain repartait, invisible comme elle était venue, alors ce ne serait plus qu'un mauvais souvenir, elle aurait sauvé Basilio de cette folie, folie d'enfant peut-être mais folie meurtrière aussi, elle l'aurait sauvé et aurait une chance de le gagner, de le garder.

Basilio ne dormit pas cette nuit. Couché dans son lit, il revit Valentina, sa douleur, ses paroles avortées. Son visage. Avait-il déjà remarqué combien il était beau, ce visage de larmes, doux sous sa paume, paupières closes, agitées par une vague lancinante ? Et le mouvement de son corps, imperceptible, comme ces épaves échouées auxquelles on ne prêtait plus attention et qu'un travail infime des flots ramenait au large, ce corps qui avait jailli au bout du silence, s'était redressé vers lui, ces lèvres qui s'étaient tendues, s'étaient amarrées aux siennes, chaudes, douces, salées. Basilio, qui avait étouffé et s'était tendu puis laissé aller, s'était abandonné à son corps, à celui de Valentina. Leurs mains qui s'étaient échappées, qui avaient glissé sur l'autre, caressé, dévoilé, si peu, une épaule, le sommet d'un sein, et puis les sanglots, Valentina qui s'était effondrée et lui qui n'avait su que faire, comme au pied d'un blessé grave, honteux, confus, gorgé d'un désir qui l'effrayait, qu'il ne comprenait ni ne maîtrisait. Valentina, qui s'était calmée, s'était remise debout, s'était rajustée. Puis qui lui avait caressé la joue comme à un enfant, sans un mot, avec un sourire triste. Ses lèvres qui avaient bougé, « il ne faut pas ». « Reviens. » Elle lui avait dit : « Reviens. » Pourquoi ? Parce que, sans le savoir, il était déjà parti. Pour lui signifier qu'elle acceptait, finalement, son départ, à condition qu'il revînt ? Basilio était déjà revenu de Bari ; là, il lui fallait revenir à lui, lentement. À Valentina ? Poursuivre ce dialogue interrompu. Regret et soulagement.

Il songea au visage perdu de Lucia, et la nuit n'en finit pas.

L'aube le trouva sur la plage. Le sable était froid sous ses pieds. À l'horizon, les nuages jouaient aux rideaux sur la scène du monde. Baroques, lourds, marbrés de couleurs de fêtes et de funérailles. Basilio tourna sur lui pour embrasser son misérable pays une dernière fois. Les falaises, monstres assoupis, coiffées d'une forêt épaisse qui se refusait aux hommes. Le royaume perdu de Lucia. Le village, les masures blanches serrées les unes contre les autres sur le chemin en pente, qui regardaient, indifférentes, passer le temps, les êtres et les couleurs du ciel. Le clocher endormi qu'une autre main bientôt ferait sonner, en mémoire vite effacée de Rosario. Et devant la mer, les bateaux de pêche assoupis, les filets dérisoires et meurtriers. Tout cela, qui n'était rien aux yeux d'hommes comme Forza, tout cela que Basilio avait toujours connu, et qu'il allait quitter.

Sans réfléchir, il se déshabilla et avança vers l'eau. Une autre caresse, un autre frisson. Il s'enfonça vers le jour qui se levait et étirait ses bras d'or sur l'horizon.

Il ne vit pas la frêle silhouette d'une jeune fille échappée de chez Valentina quand tout le monde dormait encore, filant à travers les bois qui la regardèrent passer avec un soupir de branches et de feuilles. Il ne sut pas qu'avant de partir elle avait confié un message à Valentina, que la femme avait dû répéter trois fois, jusqu'à ce que Lucia fût certaine qu'elle le connaissait par cœur, où elle lui disait qu'elle l'attendait à Rome, au pied de la statue de Giordano Bruno, tous les soirs, et qu'il fallait cette nouvelle épreuve pour laver leur passé et retrouver l'avenir, gagner à jamais le paradis.

Les chaussures de l'orphelinat expirèrent en arrivant à Rome. Pour Lucia, ce fut un signe encore, mais les signes commençaient à l'effrayer et elle jeta les ruines dans le Tibre avant de franchir la porte de l'enfer. Elle avait mis trois semaines pour traverser la moitié de l'Italie et elle songeait que, sans ses recherches dans les livres de la bibliothèque, elle n'aurait peut-être jamais pu quitter la forêt du Gargano. Elle ne savait pas si elle devait s'en réjouir. Et elle se maudissait d'avoir tant traîné, si Valentina n'avait attendu que quinze jours pour transmettre le message, Basilio pouvait déjà être venu, et déjà être reparti déçu, trahi. Non, ce n'était pas possible. Bien sûr, lui se déplacerait plus vite, mais il ne pourrait sans doute pas partir du jour au lendemain, il lui faudrait arranger des choses, se mettre d'accord avec Luigi, et puis, il y penserait, lui, que Lucia aurait perdu du temps en route, que c'était à lui d'attendre maintenant à l'ombre de la statue. D'ailleurs, elle ne savait pas où elle se trouvait, cette statue. Si Filippo s'était trompé, si elle avait mal compris, si son souvenir était erroné ? Si on l'avait détruite ? S'il y en avait plusieurs ?

Non, non, non. Il n'y avait qu'une statue, qu'un Bruno, qu'un Rosario, qu'un cadavre sur la route de leur amour, qu'un dernier obstacle. Qu'une paire de chaussures usées dans l'eau d'un fleuve gris. Lucia fut heureuse de se retrouver pieds nus, même si les routes qui menaient à Rome n'étaient pas aussi douces que le sable et la terre de San Nidro. Heureuse d'abandonner un lien avec ce passé horrible qu'elle aurait aussi voulu lancer dans le Tibre, avant de pouvoir y jeter bientôt le Tibre lui-même et tout Rome. Il ne lui restait de Bari que sa robe, méconnaissable. Elle en trouverait une autre, elle savait que dans les villes il fallait être vêtue et de toute manière il n'était plus question qu'elle se dénudât devant personne, personne à l'exception de Basilio, quand il serait là, enfin, quand il lui prendrait la main et lui dirait qu'ils rentraient chez eux.

Sur la rive du Tibre, elle hésita. Petit à petit, elle s'était accoutumée à la cohue des routes, aux voitures, aux camions. Mais ce qui s'annonçait derrière les murs était pire, elle le devinait au vrombissement constant qui l'entourait, aux klaxons brutaux et stridents, et elle cherchait à deviner les rues et leur animation, la foule, les embouteillages, l'énervement. Et puis, il y aurait aussi ces hommes qui l'avaient effrayée plus que tout, avec leur uniforme sombre. Mais elle devait poursuivre sa route, il n'était pas question de s'arrêter, aucune statue de Giordano Bruno ne poussait dans les environs et Basilio ne la retrouverait jamais ici.

Durant son périple, elle n'avait adressé la parole à presque personne. Parfois, seulement, le soir, elle s'approchait d'une ferme, d'une femme, demandait sa route et si possible un peu de lait ou de pain. Toujours on l'avait prise en pitié. Elle se méfiait des hommes et, d'instinct, les femmes croisées l'avaient protégée. Ce n'était rien, criaient-elles à leur mari qui venait aux nouvelles, qu'il s'occupe de ses affaires. Un coin dans la paille, dans une chambre parfois, du saucisson, des conseils. Lucia prenait, remerciait et ne disait presque rien, sinon qu'elle devait se rendre à Rome au plus vite. À son départ, les femmes l'embrassaient, à Rome prie pour moi, et se signaient tandis que Lucia s'enfuyait sans préciser que non, à Rome elle ne prierait pas, qu'elle n'était pas une pèlerine pénitente mais une criminelle sans autre regret qu'un amour retardé.

Dans la ville, elle se doutait qu'elle ne trouverait pas de ferme. Mais il y aurait toujours des femmes et parmi elles l'une ou l'autre qui lui donnerait de quoi manger et se diriger. De quoi changer de robe aussi, avec un peu de chance. Et de chaussures, parce que les premiers pas sur la pierre et le béton furent douloureux.

Elle se laissa happer par la cité. En fermant les yeux, avec une sensation de vertige, de tournis. Mais impossible de garder les yeux fermés trop longtemps, elle aurait été renversée mille fois, tuée, écrasée, et elle n'était pas venue mourir à Rome, mais revivre. Attendre et revivre.

Les femmes d'ici étaient différentes, mais sans doute était-ce dû au fait qu'elles étaient plus nombreuses. Les premières la repoussèrent d'un simple regard ; c'était sur une place énorme, au centre de laquelle il y avait une fontaine extravagante avec des colonnes pointues et des éléphants, et tout autour des voitures et des voitures en un manège infernal. Au-dessus de la place – mais comment y accédait-on ? –, des arbres, des pins parasols : une forêt dans la ville ! Mais Lucia songea qu'on n'aurait pas installé la statue de Giordano Bruno dans un bois. Devant elle, de l'autre côté de la place – il lui faudrait de toute manière trouver le moyen de traverser cette mer de métal et de fureur –, deux rues plongeaient dans la ville, qui avalaient et recrachaient un flux continu de voitures et de piétons. Elle opta pour celle de gauche.

En chemin, elle finit par trouver une brave femme qui l'accueillit pour la nuit. Son appartement était sombre, il sentait mauvais, mais Lucia ne dit rien. Qu'aurait-elle dit ? Heureusement, à l'orphelinat, elle avait appris par les livres cet italien des gens du Nord, des gens éduqués, si différent de la langue de San Nidro. La femme s'appelait Gina, elle vivait seule. Elle avait toujours vécu à Rome et elle non plus n'aimait pas les uniformes – mais elle avait accompagné cette confidence d'une grimace et d'un doigt posé sur la bouche, il ne fallait pas parler de cela. Gina lui offrit des pâtes nappées d'une couche épaisse de fromage et de crème, et un verre de vin acide. Cela faisait des jours que Lucia n'avait plus autant mangé, ni si bien. Et le vin… En avait-elle bu avec Basilio le jour où Filippo était mort ? Elle ne se souvenait plus, mais il lui semblait que oui. Elle voulait que ce fût ainsi, et le vin lui rendit courage.

Gina avait promis de la conduire à la statue, qu'elle connaissait et qui s'élevait sur une place, Campo dei

Fiori. Un champ de fleurs au milieu de la ville… Bien sûr, Bruno ne pouvait pas être ailleurs ! Elle n'avait rien dit à Gina, mais toute la nuit, elle avait rêvé à cette étendue verte parsemée de fleurs, enfin des couleurs pour égayer cette ville horrible, toute grise et brune. À l'aube, elle était debout, mais Gina dormait encore. Elle attendit, guettant les bruits. La ville s'était à peine calmée durant la nuit, Lucia n'avait presque pas dormi, nourrissant son rêve pour tromper sa peur. À présent, la rumeur enflait à nouveau, elle devinait les gens qui passaient dans la rue, au bas de la fenêtre, des pas pressés, des interpellations, quelques rires, des cris. Elle n'aimait pas ce bruit, cette agitation. Elle se souvenait des paroles à la messe, chez les sœurs. Expier. Une religion qu'elle n'avait jamais comprise. Le Christ sur sa croix était une injure à la foi lumineuse de Lucia, sa croyance dans la forêt, dans le vent, dans les mille formes de vie. Mais, depuis son premier exil, elle devait faire semblant. Et à force de faire semblant, sans doute s'était-elle un peu laissé contaminer. Son départ à Rome, n'était-ce pas dans la logique des religieuses ? Elle expiait. Quoi ? La mort d'un homme, même si elle ne se souvenait pas de l'avoir tué. Simplement, peut-être, le désir qu'elle avait pu ressentir de le tuer. De le voir mort. Cela oui, elle l'avait éprouvé. Elle avait détesté éprouver cela, mais elle avait voulu voir Rosario mort. Et elle l'avait détesté encore plus, lui, à cause de qui elle avait de telles pensées.

Enfin Gina s'éveilla. Elle fit du café, offrit du pain. L'eau sortait d'un robinet, comme à l'orphelinat. Gina ne parla presque pas, le matin ne semblait pas lui convenir. Lucia avait peur de la contrarier, alors elle se taisait, les mains posées sur ses genoux, comme elle avait appris à le faire.

– On dirait une nonnette ! avait fini par rire Gina. D'où tu sors, ma pauvrette ? Allez, oublie ces manières, elles ne te serviront à rien ici…

Elle avait ouvert une armoire et sorti une robe, puis une autre. Des chaussures aussi. Elle avait donné le tout avec un mouvement du corps qui refusait les remerciements, c'était pitié de la laisser comme ça à moitié nue, les hommes d'ici n'en feraient qu'une bouchée, il fallait se méfier. Lucia prit les vêtements avec joie, sans se faire prier, et n'insista pas pour remercier. Oui, elle ferait attention, elle avait l'habitude. Non, personne ne l'attendait, mais ce n'était pas grave, elle attendait quelqu'un. Des confidences qu'elles avaient évitées la veille. Leurs oreilles, durant la nuit, s'étaient habituées aux sonorités particulières de l'autre. Il était temps de se quitter, Gina n'était pas du genre à s'attacher trop longtemps.

Les seules fleurs du campo étaient celles que vendaient les fleuristes du marché, de malheureuses fleurs coupées, qui attendaient dans des seaux qu'on vînt les prendre pour prolonger leur agonie dans des vases. Lucia n'osa pas exprimer sa déception, elle devinait que Gina aurait ri d'elle. C'était évident, sans doute ; les arbres des villes ne tissaient pas de forêt, et les places fleuries n'étaient pas des champs. Heureusement pour Lucia, il y avait la statue. Combien de fois ne se l'était-elle pas imaginée ! Et elle était là, devant elle, sombre, ténébreuse et cependant accueillante, car elle l'avait reconnue, Lucia en était sûre, et n'avait-elle pas un peu de la silhouette de Filippo à la fin de sa vie, voûté, songeur, résigné et vainqueur malgré la défaite annoncée de la mort ?

Lucia était demeurée quelques instants en contemplation puis elle s'était souvenue de son guide et était revenue en arrière pour la remercier. La remercier pour tout, pour rien, pour ce peu d'humanité au seuil de la ville inhumaine.

– Tu es sûre que quelqu'un va venir ici pour toi ? demanda la Romaine, émue malgré elle. Moi, je ne viens presque jamais par ici… mais tu sais où me trouver.

– Ne t'en fais pas. Je vais attendre.

Ce qu'elle ferait pendant cette attente, Lucia n'en savait rien. Ou du moins ne se posait-elle pas la question. Attendre, cela voulait dire vivre. Avait-elle fait autre chose depuis si longtemps ? Depuis toujours. Ne plus attendre, cela signifierait pour elle mourir ou renaître. Partir pour une nouvelle vie ou sombrer dans le néant. Car elle ne croyait pas en d'autres paradis. Il n'y en avait qu'un, à San Nidro, avec un homme. Un seul paradis pour elle, comme un seul paradis pour chacun.

Elle remercia donc Gina ; tout irait bien pour elle, il ne fallait pas s'en faire. Elle avait compris que Gina n'était pas le genre de femme à persister dans la philanthropie. Un luxe qu'elle ne pouvait pas se permettre trop longtemps.

Quand elle fut seule au milieu de cette petite foule indifférente, Lucia tourna sur elle, souriante, et revint au pied de la statue. Bonjour, Giordano. Elle ne l'imaginait pas comme ça, et en même temps, c'était lui, évidemment, ce ne pouvait être que lui. Là, fier et noir sur une place de fleurs sans fleurs, une place où quelques siècles plus tôt des Rosario l'avaient condamné à brûler vif. Les bourreaux étaient morts, à jamais, et Bruno était vif, toujours, ardent, il réconfortait la petite Lucia perdue dans cette ville hostile qui combattait les esprits libres. La jeune fille entama une ronde autour du socle imposant. Des marchands la regardèrent en riant. Un gros moustachu lui tendit une pomme, alors qu'elle passait à deux pas de lui. Un homme qui posait un geste amical… cela ne se refusait pas. Lucia prit la pomme et remercia dans son patois, et l'homme éclata d'un rire merveilleux, repris en chœur par les chalands et les négociants.

C'est ainsi que Lucia, devenue vagabonde, s'installa dans le quartier du campo dei Fiori. Elle ne s'en éloignait jamais, et de Rome refusa de connaître davantage. Le fleuve n'était pas loin ; ce fut la frontière de son pays. Le lacis des ruelles avoisinantes fut une forêt curieuse dont elle choisit de s'accommoder le temps qu'il faudrait. La peur se dissipa. Les marchands la prirent en sympathie, un chat mignon parmi d'autres, dont on respectait la liberté un peu sauvage. Les hommes comme les femmes. Certains s'inquiétaient pour elle et lui proposaient de l'héberger. On évoquait des dangers, des horreurs, des maisons sombres où les femmes… Lucia effaçait tout d'un geste des bras et d'un rire léger. Non. Tout cela était fini, elle avait payé pour ça, maintenant elle n'était que dans l'attente, son amour allait venir, ici sous la statue de Giordano Bruno. Et elle repartirait avec lui au paradis de San Nidro. Elle le leur dit, avec ses mots simples dans sa langue un peu rude qu'ils ne comprenaient sans doute pas très bien, ce qui offrait à son discours un voile mystérieux supplémentaire. Son prénom, elle l'avait tu. Quand il jaillirait sur cette place, ce serait parce que Basilio serait là, émerveillé, bras tendus, qu'il l'appellerait, et tous les marchands de la place, tous les clients se tourneraient vers eux et pousseraient des cris de joie, les acclameraient avant de les laisser partir enfin vers leur bonheur mérité, leur paradis qui les attendait pour déployer ses arcs-en-ciel, une larme sur la joue du poissonnier, et sur celle du maraîcher, c'est qu'elle leur manquerait, la petite du Sud, mine de rien, ils s'y étaient attachés…

Mais pour l'heure, Basilio n'était pas là. Soir après soir, Lucia revenait au pied de la statue et s'asseyait. Tous avaient compris qu'il y avait là un rituel, dont elle ne dévoilerait rien, mais qu'il ne fallait pas perturber. Quelques jours à peine après son arrivée, sans qu'aucun mot n'ait été prononcé, une sorte de garde s'était mise en place autour de Lucia. Chacun veillait, du coin de l'œil, à ce que personne ne vînt la déranger. On faisait comprendre aux touristes qu'elle n'était ni à vendre, ni à photographier. Aux carabiniers, qu'elle était une fleur de la place et qu'elle ne faisait de mal à personne. Aux miliciens, s'il le fallait, on ferait valoir qu'une puce pareille ne pouvait en rien faire de l'ombre au grand Duce, lequel avait pour le peuple et les femmes italiennes des tendresses connues de tous, n'est-ce pas ? Mais on avait remarqué que, lorsque des uniformes fascistes apparaissaient, Lucia disparaissait. On n'avait pas posé de questions, même ceux qui, parmi les négociants, approuvaient le nouveau régime, alors tout frais tout beau tout neuf, fort de ses deux premières années au nouveau calendrier édicté par le Duce, du passé faisons table rase. Si Lucia fuyait les fascistes, ce ne pouvait pas être par opposition idéologique, un oiseau de son espèce n'entendait rien à ces questions, l'affaire était jugée. Elle avait peur des uniformes comme il arrivait aux enfants, et il ne fallait pas que le régime comptât sur elle pour embrasser des idées qu'une tête aussi simple ne pouvait comprendre.

Où dormait-elle ? Nul ne le savait précisément. Quand le temps était clément, dans des ruines, avec les chats, ou le long du fleuve. Toujours à l'abri des rondes policières, protégée dans son sommeil par l'un ou l'autre carabinier ému par son charme sauvage. Tous les hommes n'étaient pas des brutes. Dès l'aube, elle était là, sur la place. On lui offrait des fruits, des légumes, du pain. Elle buvait l'eau des fontaines. Parfois un verre de vin lorsqu'un marchand fêtait une bonne affaire, un mariage, un marché, un héritage. Elle trinquait alors mais ne parlait pas, ou si peu, des paroles de soleil, décousues comme une sieste au bord de la mer, un après-midi d'août. L'un ou l'autre jeune gars avait essayé de l'approcher de plus près, elle était mignonne, et si pas pour la vie, une nuit ou quelques jours… elle s'était écartée, attentive à ne pas blesser peut-être, mais avec un regard de proie qui décontenançait, et puis qui attendrissait. Et le chasseur devenait protecteur, si bien qu'il ne fallut pas trois mois pour que toute tentative du genre fût désamorcée avant même que le joli cœur eût pu se mettre en frais.

Comme dans le pensionnat de Bari, Lucia refusa de compter les jours, et même les heures. La clé du temps était dans les mains de Basilio.

Basilio fit avec Luigi une dernière pêche particulièrement bonne, comme si la mer voulait à sa manière consoler le pêcheur de la perte de son acolyte. Mais les deux marins n'échangèrent pas un mot. Le regard de Basilio chercha à accrocher celui de son aîné, mais ce dernier se défilait. L'horizon semblait subitement l'intéresser, ou quelque imperfection du plancher. À plusieurs reprises, Basilio l'entendit tousser et renifler. Il avait été convenu que Basilio partirait avec Gustavio, qui le déposerait à Bari. Le jeune homme était resté discret sur ce qu'il entendait faire une fois dans la grande ville. Il n'était d'ailleurs pas déterminé encore, tandis qu'il regardait la côte avancer – pour la dernière fois ! Ces mots lui faisaient mal, il ne parvenait pas à imaginer qu'ils disaient la vérité, qu'il allait partir, pour de bon ou de mauvais, sans autre raison que cette poussée du vide et la main ignoble du cadavre d'un homme qui ne pouvait même pas savourer ce triomphe, à moins d'admettre que ces histoires de paradis fussent vraies. Mais à cela, Basilio ne pouvait se résoudre. Le paradis, il était ici, il l'avait été du moins, quand il pouvait sentir au creux de la sienne la petite main de Lucia. Désormais, il ne lui servirait à rien d'attendre ; le meurtre de Rosario lui soufflait à l'oreille qu'il ne pourrait trouver ici que la mort. La mort et la suspicion, les mots méchants sortis de la bouche de ces gens qui le connaissaient depuis toujours et que cela n'empêcherait pas de le juger, de chercher à le faire trébucher chaque jour, pour lui faire regretter d'avoir rêvé à une autre vie, légère et heureuse, dans ce pays sec où le chagrin était rivé aux pierres et où le bonheur fondait au soleil, s'évaporait aussi sûrement qu'une goutte de pluie.

Pourtant, peu avant d'accoster, Luigi s'était tourné vers lui.

– Écoute, gamin…

Il se racla la gorge, frotta ses yeux pour justifier qu'ils étaient un peu trop rouges.

– J'ignore si tu sais exactement ce que tu pars chercher. Peut-être juste le calme. Peu importe. Cherche. Trouve ce que tu peux. Mais…

Il toussa et s'activa un instant sur un filet qui ne demandait rien.

– Mais reviens. Toi au moins, reviens.

Il n'y avait plus eu ni mots, ni gestes autres que ceux du métier. Sur le quai, ils avaient achevé leur besogne comme si de rien n'était. Personne n'était venu, ni Valentina, ni Annunziata. Basilio avait préparé un bagage léger qui contenait quelques vêtements, un saucisson et un quignon de pain pour la route. Il avait laissé à sa mère la quasi-totalité de ses économies, n'emportant qu'un peu d'argent pour payer le trajet et les premiers jours à Bari s'il ne parvenait pas à trouver tout de suite Forza.

Au moment du départ, Basilio avait eu une hésitation et s'était tourné vers Luigi. Mais celui-ci avait fui son regard et était parti vers le village, le dos creusé. Et Basilio avait pris place à côté du négociant qui s'impatientait.

Pour éviter la conversation autant que les images, il ferma les yeux durant tout le trajet et feignit de dormir, jusqu'à ce qu'il s'endormît pour de bon. Cela acheva de mettre Gustavio de mauvaise humeur, car il aurait aimé profiter de ce passager pour, une fois encore, pérorer et bavasser. À l'arrivée, Basilio, qui s'était réveillé quelques kilomètres avant Bari mais avait gardé la position du sommeil, surveillant entre ses paupières entrouvertes l'évolution sinistre du paysage, s'étira bruyamment et s'élança hors de la cabine. Il donna à Gustavio le montant qui avait été convenu. Cette fois, il n'était pas question qu'il l'aidât à décharger, et le négociant ne fut pas mécontent de voir disparaître ce mauvais compagnon de route.

La ville moderne n'impressionnait plus Basilio. Du moins le voulait-il. Il marcha droit et retrouva son chemin jusqu'au commissariat, sans un regard pour les affiches qui parsemaient le chemin et qui affichaient les exploits du Duce et vantaient la force de la nouvelle Italie fasciste. Il gravit les marches sans plus rien demander au policier en faction et s'adressa directement au planton.

– Dis à Forza que Basilio Broca l'attend.

Ce n'était plus le même que le jour où Basilio était venu avec Luigi, et il fut peut-être impressionné par le ton du jeune visiteur ; il se leva sans dire un mot et disparut par la même porte.

Trois minutes plus tard, Basilio se retrouvait devant Forza. Il n'y croyait plus, l'officier fasciste, et pour tout dire, il n'y pensait plus. Mais la vue du jeune garçon lui causa un étrange frisson, dont il ne put déterminer s'il était ou non agréable. Un hasard ? Dans trois jours, il prenait en main la section de Bari de la toute nouvelle milice créée par Mussolini quelques semaines plus tôt.

– Bienvenu, *camarata* ! dit-il avec un curieux rictus.

Sans tarder, Forza le conduisit dans un autre bâtiment, distant de quelques centaines de mètres. Tandis qu'ils marchaient, silencieux, le commissaire lorgnait vers le garçon qui avait quitté sa campagne. Il l'avait fait… C'était bien. Bien ou mal. Trop tard, peut-être. Pas pour Basilio. S'en souciait-il, de Basilio ? Non. Pas vraiment. Vrai, le gamin l'avait impressionné, avec son bûcher. Un geste révolutionnaire. Et Forza ne pouvait pas s'empêcher de croire qu'il était pour quelque chose dans le meurtre de ce Rosario. Aucune envie de le poursuivre, cependant. Le curé méritait sans doute de crever, ce n'était sûrement pas Forza qui s'opposerait à cette manière de faire justice, même si ce n'était pas tout à fait dans le projet d'ordre du Duce. Du temps des *squadri*, avant l'accession au pouvoir, Mussolini avait-il agi autrement ? Non. De toute manière, tout le monde s'en foutait, du curé de San Nidro. Pas de famille pour le pleurer, pas de frère pour réclamer une enquête, pour agiter les couloirs de la hiérarchie.

Donc, ce gamin était venu… Une chance peut-être, pour Basilio, pour Forza. Ou une malchance. Forza avait joué. Basilio présent, il devait continuer une vilaine partie qui ne durait que parce que la vie était indifférente. Si Basilio n'était pas venu, Forza ne serait jamais allé le chercher. Basilio avait cru le contraire, ou s'était décidé pour une autre raison. Bonne ou mauvaise. Chance ou malchance. C'était au moins déjà une victoire pour Forza, dans sa guerre contre ces villages maudits où l'horizon se pliait aux lois des toits.

Il le conduisit dans les bureaux de la toute nouvelle Milice Volontaire pour la Sécurité Nationale. Milicien et volontaire, Basilio le serait, même s'il n'avait aucune idée de ce qu'était la sécurité nationale. Il apprendrait. Et d'ailleurs, où était-il écrit qu'il fallait savoir ce que l'on faisait pour faire un bon milicien ? Forza l'aurait sous la main, comme un jouet, ou une arme dont on ignore encore l'usage et l'efficacité. Dès ce jour, Basilio serait enrôlé. Et s'il était venu uniquement à cause de cette histoire d'amour ? Forza réprima un rire mêlé de dégoût. Il lui ferait passer l'envie de s'amouracher de gamines. De gamines et d'autres. La milice lui apprendrait au moins ça. Se méfier des femmes, les apprivoiser, mais ne jamais oublier qu'elles étaient des animaux à moitié sauvages, et totalement imprévisibles. Incompréhensibles.

Les portes s'ouvrirent sur leur passage. On reconnaissait Forza, on le saluait. Basilio n'était pas impressionné, et Forza se demandait s'il allait aussi l'admirer pour ça, ou le détester. De toute manière,

Basilio apprendrait à le respecter comme tous les autres miliciens. Pas de favoritisme.

– Tu me laisses parler, d'accord ? dit-il d'un ton autoritaire juste avant de pousser la porte d'un bureau sur lequel une pancarte annonçait un service d'inscription des volontaires. Il est temps que tu commences une nouvelle vie. Et pour ça, il faut rompre…

Basilio n'avait aucune envie de parler. Forza pouvait faire ce qu'il voulait. Il était résolu à ne pas davantage se demander ce qu'il faisait là, il avait compris qu'il n'y avait ici aucune place pour les regrets. Il ne broncha pas lorsque Forza dicta au fonctionnaire en uniforme noir un nom et une adresse qui n'étaient pas les siens. Oublié Basilio Broca. Rayé de la carte, San Nidro. Pourquoi ces changements ? Basilio l'ignorait et cela ne l'intéressait pas. À tout prendre, c'était mieux. Ce qui allait lui arriver désormais, dans cette milice, ne le concernerait pas vraiment, mais un autre, qui lui ressemblait vaguement, venu d'une ville et d'une famille qu'il était libre d'imaginer. Lorsqu'il dut signer, il fut embarrassé.

– Tu ne sais pas écrire, hein ? constata Forza.

Basilio opina, et détourna la tête pour ne pas subir le sourire moqueur du milicien qui remplissait les documents.

– Peu importe, trancha Forza. Ça aussi, nous te l'apprendrons. Il faut que tous les fascistes sachent lire, ne serait-ce que les textes du Duce ! Tu commences dès demain…

Qu'allait-il commencer ? Apprendre à lire, pourquoi pas. Lucia savait lire. Mais quelle importance, puisqu'elle l'avait quitté à jamais ? Apprendre à se battre, à porter un uniforme, à défiler. À tuer, peut-être ? À faire régner l'ordre, en tout cas. Un ordre que n'aimaient ni Luigi ni Valentina, et lui non plus sans doute, sûrement, mais lui n'était pas là, c'était un autre – quel nom avait choisi Forza ? – qui s'en acquitterait.

LES PIERRES

– Basilio ?

Forza l'avait encore présenté à quelques sous-officiers qui s'occupaient de la formation, puis il avait pris congé un peu brusquement, promettant de le revoir bientôt. Basilio l'avait à peine salué. La tête lui tournait légèrement, l'air frais lui manquait, il n'aimait pas les odeurs du bâtiment qui lui rappelaient celles de l'orphelinat. Il n'aimait rien, en fait, ici, mais il n'était pas venu pour aimer. Au contraire. Et il n'était pas là non plus pour pleurer. Alors, il avait suivi Forza, et puis un milicien qui l'avait conduit à travers les couloirs, et Basilio avait à peine écouté le gars qui parlait sans arrêt, de tout peut-être, de rien sûrement. Premier passage, une sorte de magasin où on lui avait donné un uniforme, des sous-vêtements, des chaussures ; pour les armes, lui dit-on, on verrait plus tard, lors du premier entraînement. Ensuite, tour du locataire, les salles de cours et de sport, le réfectoire, les douches, la cour. Et enfin, le dortoir, le genre de lieu que Basilio n'avait jamais imaginé, une longue pièce remplie de lits et d'armoires en métal, le tout dans un ordre impressionnant, couvertures pliées. Son lit était le dernier, près de la porte des latrines et des douches, c'était normal, il était nouveau, avait expliqué son guide, dans quelques semaines il pourrait changer sans doute, fallait pas s'en faire, et puis il ne devait pas se laisser impressionner, les vieux essayaient toujours avec les nouveaux. Basilio hochait la tête, indifférent. Son armoire, son lit. Sur lequel il s'assit lourdement une fois qu'il fut seul, dans cet uniforme qui achevait de le rendre étranger à lui-même.

– Basilio ? C'est bien toi ?

Il n'avait pas entendu la porte s'ouvrir et il tourna la tête vivement. Un gaillard vêtu de noir, comme lui, se penchait et le dévisageait avec incrédulité. Basilio mit quelques secondes avant de le reconnaître : Francesco.

Pour l'un comme pour l'autre, cette rencontre les plongea d'abord dans l'embarras. Tous deux, pour des raisons différentes, ne voulaient pas que leur passé resurgît dans cette nouvelle vie, qu'elle fût le résultat d'un choix libre ou non. Sans savoir pourquoi, Basilio avait répondu à voix basse que, oui, c'était bien lui, mais qu'il ne fallait plus utiliser ce prénom. Il dut réfléchir pour se souvenir du nom que Forza lui avait attribué.

– Giancarlo Brusco.

Francesco avait eu une grimace étonnée, qui tourna en sourire. Ces simples mots l'avaient un peu réconforté ; l'un et l'autre avaient un secret, quelque chose à cacher. Si l'entente avec Basilio ne se faisait pas, il pourrait toujours faire pression grâce à ça. Et le premier marché fut conclu : pas un mot sur Basilio, pas un mot sur Luigi.

Ils se serrèrent la main, en hésitant, pour sceller ce pacte un peu absurde.

Les premiers jours, Francesco resta un peu distant. Lorsque les autres miliciens étaient arrivés, Basilio s'était présenté, et on l'avait accueilli avec une indifférence plus ou moins cordiale suivant les caractères. Puis, les activités s'étaient enchaînées dans leur lourde mécanique. Cours, entraînements, inspections, corvées. Francesco l'observait de loin, Basilio en faisait de même, mais ils ne se parlaient presque pas. Basilio nota que son compatriote plissait les paupières lorsque Forza apparaissait et manifestait envers lui une familiarité singulière, comme s'il avait voulu distinguer Basilio et signaler à tous les miliciens que celui-là était sous sa coupe, sous sa garde, peut-être sous sa protection. D'ailleurs, à partir de cet instant, une réserve certaine se manifesta de la part des autres miliciens, pas vraiment hostile, pas vraiment déférente. Basilio avait été marqué, et il fallait encore découvrir si c'était pour le meilleur ou pour le pire, favori ou victime sacrificielle.

Après une semaine durant laquelle Basilio chercha à s'adapter à cette existence, ils eurent une permission, le droit de sortir en ville et de ne rentrer qu'à l'aube, s'ils le voulaient. La nouvelle désarma Basilio ; il était prêt à tout accepter, mais devoir gérer cette liberté, même aussi brève, lui paraissait à présent une tâche impossible, plus difficile que les apprentissages auxquels il était soumis depuis sept jours, de la lecture au maniement des armes.

Il se retrouva sur son lit, décontenancé, tandis que ses camarades de chambre s'apprêtaient dans des cris joyeux, s'aspergeaient d'eau de toilette et comptaient par avance les conquêtes qu'ils ne manqueraient pas de faire. Ceux qui n'étaient pas beaux comptaient sur leur solde pour se procurer de l'amour, et les autres emploieraient la leur à saouler tout le monde. Personne, cependant, ne se préoccupait de Basilio. La salle se vida petit à petit. Dormir. Basilio songeait à se coucher et dormir. N'était-il pas épuisé ? Oui, non. Dormir lui éviterait de penser. Il n'avait pas besoin d'alcool pour s'abrutir, il avait gardé un sens assez naturel de la protection.

– Tu ne sors pas ?

Francesco avait attendu que tous les autres fussent partis pour s'approcher. Il ne s'était pas changé ; comptait-il également demeurer dans le dortoir ? Basilio hocha la tête négativement et prétexta la fatigue. Mais Francesco insista : il connaissait un restaurant sympathique où ils seraient tranquilles. C'était lui qui invitait.

Ils marchèrent longtemps dans les rues animées. Basilio ne reconnaissait pas les lieux, il se laissait guider. Francesco marchait d'un pas décidé mais ne parlait pas. On sentait qu'il méditait, qu'il pesait les mots. Il avait pris l'initiative d'inviter Basilio ; il aurait pu le laisser seul dans son dortoir, ou se coucher et dire bonne nuit. Mais le plus dur restait à faire.

Ils entrèrent dans la vieille ville et, à travers un lacis étroit, atteignirent une auberge misérable où étaient attablés quelques ouvriers. Basilio ressentit une violente émotion ; c'était dans un endroit pareil, peut-être même celui-là précisément, qu'il avait mangé avec Luigi. À présent, il était avec le fils de Luigi, et il avait compris que Lucia ne voulait pas qu'il la retrouvât. Quand Francesco, qui l'avait vu pâlir, lui demanda si tout allait bien, il secoua la tête et répondit que oui, il avait juste faim. Ils s'assirent et, d'autorité, Francesco composa le menu.

Dès le premier verre vidé, Francesco abattit sa carte : il se demandait pourquoi Forza s'intéressait à Basilio. En posant sa question, il avait traité l'officier d'ordure. Ordure… Sans doute. Basilio n'avait jamais été aussi loin dans son jugement, mais il ne se faisait pas d'illusions sur la sympathie que lui témoignait Forza. Et c'était normal que Francesco s'en étonnât ; il était parti déjà lorsque Forza était venu à San Nidro. Alors, d'une voix rêche que l'alcool adoucit à peine, il raconta ce qui s'était passé, à mots comptés, étroits, qui prenaient garde de ne pas s'égarer du côté des sentiments.

Francesco écouta attentivement et ne fit pas de commentaire sur Lucia. Mais son opinion négative sur Forza parut s'en trouver renforcée. Toutefois, tout cela n'était pas une raison suffisante pour venir se jeter dans la gueule de la milice : sur ce point, il était formel. Il ne comprenait pas, et Basilio n'avait pas vraiment d'explication à lui proposer. Lucia l'avait rejeté, Rosario était mort assassiné, on le soupçonnait du meurtre, Forza l'avait invité… Ça se tenait, admit Francesco, mais c'était quand même bizarre. Et inutile. Basilio ne chercha pas à lui expliquer que, sans Lucia, tout était inutile ; il devinait que ce genre de raisonnement paraîtrait ridicule au jeune garçon. Il se tut, vida son verre et plongea sur l'assiette qu'on venait de leur apporter.

– Et toi ? dit-il pour détourner la conversation.

Francesco soupira, but, se força à un petit rire.

– Oh, moi…

Lui, ce n'était pas glorieux. Son histoire, il ne la confia pas entièrement le premier soir ; mais à dater de ce jour, il décida de considérer Basilio comme un ami, un protégé même, lui qui se liait peu avec les autres et seulement, ainsi que Basilio l'avait découvert, pour asseoir son autorité et son indépendance. On le craignait, Francesco, et il s'en réjouissait. Basilio ne comprenait pas pourquoi on le craignait ; il ne l'avait jamais vu faire preuve de violence, physique ou verbale. Il n'était pas musclé, il avait encore grossi depuis son départ de San Nidro. Il devait y avoir d'autres raisons. Des raisons qui tenaient à son histoire, justement. Et son histoire devait être lourde, pour qu'il renouât avec le seul qui pouvait lui rappeler un passé fui. Celui qui, de surcroît, lui avait permis de fuir.

Il s'était souvenu de leur discussion sur la plage. Les rêves de Francesco, son envie de vivre plus libre, mieux, loin. Tant pis si son père en avait souffert. La liberté, ça faisait mal, surtout pour ceux qui restaient derrière les barreaux. Il était parti, sûr de conquérir le monde. La vie. Une autre vie que cette longue agonie qu'offrait San Nidro, et pour ça au moins, Basilio devait se réjouir de ne plus y être, même s'il aurait mille fois mieux fait de ne jamais venir se perdre dans cette milice. Parce que la milice, Francesco connaissait. Depuis ses origines, avant la création de 1923, quand les chemises noires n'étaient que des squadristes encadrés par de petits condottieres orgueilleux et violents qui les emmenaient faire le coup de force contre les communistes et tout ce qui, de près ou de loin, pouvait être soupçonné de faire obstacle à la prodigieuse marche en avant du fascisme.

Il n'y pensait pas, en quittant San Nidro. À dire vrai, il n'avait jamais entendu parler des faisceaux de combats. La politique, c'était un mot qu'il ignorait, une marée qui n'atteignait pas les rivages de San Nidro. Mais il avait eu des ennuis, quelques jours à peine après être parti. Des ennuis sur lesquels il n'avait pas envie de s'attarder. Il avait dû choisir : les escadrons noirs ou le retour à San Nidro, entre deux gendarmes, le temps d'embrasser son père et de retourner en prison. C'était comme ça, la vie, Basilio devait commencer à le comprendre ; on faisait des projets, des rêves, on peignait le ciel en bleu et on marchait le nez aux étoiles, et puis on se prenait les pieds dans les trous de la route et la chute était brutale. La route, c'était la vie, au cas où Basilio n'aurait pas compris l'image. Il avait compris. Les trous, il connaissait. La chute aussi.

Une fois la chemise noire enfilée, c'était une peau qui ne te quittait pas. Il avait fait des choses dont il ne voulait pas parler. Basilio devait le croire sur parole. D'ailleurs, il était trop pur encore, il n'aurait pas supporté. Et Francesco avait eu un rire faussé en disant ça, on sentait qu'il regrettait cette pureté, même si c'était une de ces naïvetés dont il fallait se moquer quand on était un bon fasciste. Un jour, Basilio comprendrait. Pas parce que Francesco lui raconterait ; parce qu'il en commettrait, des horreurs, les siennes, celles qui n'appartiendraient qu'à lui, qui viendraient le hanter la nuit, s'il avait un peu de conscience, celles qui lui feraient renoncer à jamais à ses rêves de gosse avec sa gamine un peu folle, ou tout à fait, cela n'aurait plus aucune importance, Basilio serait avalé tout cru par une vie comme l'éclat de rire d'un de ces diables qu'on voyait sur les murs des églises, dans le jugement dernier. Basilio l'écoutait sans le suivre tout à fait, avec une sorte d'ivresse triste. Il n'allait pas dans les églises, le jugement dernier était un mot de Rosario, un mot qu'il refusait. Il savait où était l'enfer, et où le paradis, mais il ne chercha pas à convaincre Francesco. Et il tut sa certitude que rien ne pourrait à ce point le dévoyer qu'il en oublierait Lucia et son regard de fée, même s'il savait que Lucia l'avait renié et qu'il ne la verrait plus.

Mais était-il possible que Francesco ne pensât plus du tout à son père ? Il évitait soigneusement le sujet. À l'une ou l'autre reprise, cependant, il posa une question en apparence anodine à Basilio, qui permit à celui-ci de lui donner quelques nouvelles. Basilio n'avait aucune intention de faire la morale à son nouvel ami ; n'avait-il pas lui aussi abandonné Luigi ? Et Francesco, quand il répétait à Basilio qu'il aurait mieux fait de ne jamais venir à Bari et de s'engager dans la milice, ne voulait-il pas dire qu'il aurait dû rester pour prendre soin de son père ? Peut-être. Peut-être pas.

Il se passa une année durant laquelle la plupart des gens qui l'entouraient crurent que Basilio était devenu un parfait milicien. Il avait appris à lire, laborieusement, suivait les cours sans sourciller et ne manquait pas d'adresse au maniement des armes. L'habitude de la pêche lui avait offert des muscles, de l'adresse et de la résistance. Il ne se faisait pas remarquer, obéissait. Francesco le suivait de près, et Forza n'était jamais loin. Cela lui faisait une double protection qui éloignait les autres et le préservait des tracasseries qui visaient les nouvelles recrues et les gars qui ne venaient pas de la ville. Mais Basilio le remarquait à peine ; il avait toujours vécu à l'écart, et s'il n'avait jamais pu se lier avec les gens de son village natal, il n'allait pas commencer avec des inconnus.

Basilio, toutefois, ne faisait pas de zèle. Francesco s'en réjouissait et l'encourageait discrètement dans cette voie. Si Basilio n'avait pas pu éviter de tomber dans le piège de la milice, au moins qu'il résistât le plus longtemps au gouffre dans lequel lui-même avait englouti son âme.

Forza, par contre, s'assombrissait. Il avait pris ses fonctions dans la caserne et suivait de près l'évolution du jeune garçon. Souvent, il se demandait pourquoi il s'intéressait à lui. Allumer un bûcher… et si c'était le seul acte héroïque que ce gamin serait jamais capable de poser ? Les opérations de routine auxquelles la section de Basilio était confrontée ne permettaient pas à Forza de se faire une idée juste de ce que sa recrue avait vraiment dans le ventre. Pire encore, il le soupçonnait de garder dans la tête le fantôme de cette fillette. Basilio n'en parlait pourtant jamais. C'était peut-être simplement, de la part de Forza, une façon de projeter sur lui son histoire… Une histoire qu'il ne voulait pas remuer, enterrée, mais que pourtant la présence de Basilio ranimait. C'était pour ça sans doute, plus que pour le bûcher, qu'il l'avait attiré ici. C'était ridicule. Il ferait mieux de le renvoyer dans son trou perdu. Mais ce n'était pas possible non plus, Forza le savait. On était seul, définitivement. Ne jamais compter sur les autres. Que faire de lui ? Forza parfois regrettait. Mais les regrets n'étaient pas inscrits dans la panoplie du parfait fasciste. De l'avant, résolument. Il s'était mis Basilio dans les jambes, ou sur les bras ; il finirait par trouver l'usage qu'il pouvait en faire. Ne pas se laisser aller au moindre sentimentalisme. Pas de mémoire, pas d'autre projet que celui dicté par le Duce. Forza pouvait au moins essayer d'y croire.

On leur annonça une autre permission, plus longue. Trois jours de liberté, pour retourner dans leur famille s'ils le voulaient. La plupart y comptaient bien, aller parader dans leur quartier, leur village, arborer leur uniforme, pérorer devant les filles en faisant valoir des opérations glorieuses auxquelles ils n'avaient pas pris part – mais qui pourrait les contredire ? Ils étaient la fleur du nouveau régime, l'ordre était leur affaire et les sceptiques devaient se méfier. Forza avait demandé à Basilio ce qu'il envisageait ; pas retourner à San Nidro, quand même ? Basilio n'y avait pas songé. Pourtant, cela aurait fait plaisir à Luigi, à Valentina. À sa mère, c'était moins sûr. Mais il était gêné pour Francesco. Il sentait que le jeune homme était inquiet, il craignait que, malgré sa promesse, Basilio parlât de lui à Luigi. Et puis, il hésitait. Il n'avait pas envie de revoir le village, ses amis. Une peur sourde, mal définie. Alors, il répondit à Forza qu'il resterait à Bari, avec un camarade qui n'avait pas de famille. Forza n'insista pas, satisfait. Ou déçu, il ne savait pas.

Francesco le fut également. Satisfait et déçu. Sans le dire à Basilio, il lui arrivait de songer à son père. La panoplie du parfait fasciste, il ne s'en souciait pas. C'était son orgueil seul qui lui refusait les regrets, mais ils étaient là, tapis dans l'ombre. C'était idiot. Son père ne lui pardonnerait pas, et il n'avait rien à en espérer. Par contre, il voulait montrer quelque chose à Basilio, qui ne manquerait pas de l'intéresser, mais dont il ne fallait parler à personne, surtout pas à Forza.

Intrigué malgré lui, Basilio attendit que tous les gars de leur unité fussent partis. Une seule chose pouvait l'intéresser, et il était peu probable que Francesco pût lui apprendre quoi que ce soit sur Lucia. L'autre, cependant, refusa de donner la moindre explication tant qu'ils ne seraient pas en route. Il exigea de Basilio qu'il mît des vêtements civils, pas question d'aller là où il voulait l'emmener avec cet uniforme.

Ils se glissèrent discrètement hors de la caserne et marchèrent jusqu'à un arrêt de bus. Sans explication, Francesco fit monter Basilio dans un véhicule dont il n'eut pas le temps de lire la destination – et il était peu probable que cette indication lui eût été utile, car il ne connaissait rien à la région. Ils s'assirent dans le fond. Francesco avait en bandoulière un gros sac de toile. Il paraissait nerveux, il regardait par la vitre comme s'il redoutait que quelqu'un les surprît. Mais Basilio n'osa pas le questionner.

Lorsque le car démarra, Francesco poussa un soupir de soulagement mais persista dans son mutisme. Basilio attendit encore d'avoir quitté le centre pour l'interroger sur leur destination, mais Francesco répondit sèchement qu'il verrait bien et que ce n'était pas important d'en savoir davantage pour l'instant. Il se cala contre la vitre, sans doute à la recherche des mots dont il aurait besoin bientôt pour le récit qu'il avait décidé de faire à Basilio.

Le bus les abandonna sur une route déserte. Devant eux, un chemin de terre s'enfonçait dans la campagne sèche et silencieuse. Deux *trulli* abandonnés s'effritaient, entourés de mauvaises herbes brûlées par le soleil. Des tournesols inclinaient leur tête lumineuse, confirmant l'oracle d'une journée torride. Basilio regarda autour de lui ; ce n'était sûrement pas pour voir ces champs que Francesco l'avait emmené ici. De fait, le jeune homme lui fit signe de le suivre, tandis qu'il s'engageait sur le chemin poussiéreux. Il était impossible de deviner où menait ce sentier qui se perdait au sommet d'une petite colline.

Ils marchèrent sans un mot pendant plus d'une heure. Francesco suait abondamment. Basilio avait toujours aimé le soleil, la chaleur. Cette excursion, pour l'heure, lui faisait du bien ; il renouait avec les éléments qui avaient toujours été les siens, enfin il quittait cette ville horrible, ses bruits, sa saleté. Il ne songeait plus à ce que Francesco voulait lui montrer, il profitait de l'instant. Pour un peu, il pouvait se croire à San Nidro, dans les champs voisins. Manquait la forêt. La mer. Et Lucia. Tandis qu'il marchait, il ferma les yeux un instant, laissa pendre sa main dans le vide pour y puiser la sensation d'une petite paume confiante lovée dans la sienne, la main d'une enfant, d'une absente. Un léger picotement, un battement de cœur plus rapide. Lucia… Francesco cogna un gros caillou du pied ; Basilio rouvrit les yeux et ramena la main dans sa poche.

Enfin apparurent à l'horizon les silhouettes trapues de maisons. Un ensemble d'habitations, un hameau planté au sommet d'une petite élévation, au milieu d'une immensité de champs et de plantations. Basilio perçut enfin le silence. Pas un bruit humain ou animal. Et il remarqua alors ce qui pourtant était visible depuis le début de leur marche : toutes les cultures étaient à l'abandon, pas la moindre bête dans les prairies. Ils déambulaient dans un pays dévasté, délaissé par ses habitants pour quelque raison impérieuse, une sorte de terre d'apocalypse. Même les animaux sauvages, y compris les oiseaux, semblaient avoir déserté la région. Le malaise gagna Basilio ; rien n'était plus étranger à ce qu'il aimait que cette nature morte, même Bari la détestée lui semblait plus agréable.

– Où est-on ? grogna-t-il, mais Francesco ne parut même pas l'entendre.

C'était bien dans ce hameau dévasté que l'emmenait Francesco. Depuis plusieurs jours, il ruminait ce projet : conduire Basilio là, dans cette ruelle en terre autour de laquelle se distribuaient quelques ruines. Un village fantôme. Une ferme avait été brûlée et il n'en restait que des pans de murs, signe que personne n'avait été en mesure d'éteindre l'incendie. Le visage de Francesco était grave, pâle. Si Basilio n'avait pas su d'où il venait, de San Nidro comme lui, il aurait pu croire à un pèlerinage sur les lieux d'un drame personnel. Son guide s'était immobilisé au milieu de ce qui avait dû être une place, le centre de ce hameau, et tournait lentement sur lui, comme s'il guettait le retour des ombres familières, une poule, un chat, un chien, un enfant, une vieille. Basilio restait immobile, incapable de poser la moindre question ou d'imaginer ce qui avait pu se passer ici et qui justifiait leur voyage. Il essayait de déchiffrer sur le visage tendu de Francesco l'histoire qu'il avait sûrement eu l'intention de lui raconter, en le faisant venir, mais qui ne parvenait pas à franchir le seuil de ses lèvres. Des lèvres serrées, presque blanches, des mâchoires crispées, des tempes qui vibraient et sur lesquelles la sueur coulait sans vergogne. Était-il possible que Francesco retînt des larmes ? Une rage, une détresse ? Il luttait, vacillait, hésitait.

Il faisait horriblement chaud. Une véritable fournaise sous le soleil de midi. Les murs des maisons ne faisaient pas d'ombre sur la place. Francesco allait-il demeurer ainsi longtemps, sans donner la moindre explication ? Enfin, il entrouvrit la bouche et un filet de voix chuintante en sortit. Mais ce ne furent d'abord que des sons incohérents, à moins que l'ouïe de Basilio n'eût été altérée par le fléau invisible qui avait ravagé le hameau. Puis, il se tut à nouveau, à bout de forces.

Alors, Basilio s'avança, le prit par le bras et l'entraîna d'autorité vers un muret où un petit chêne-liège offrait un tapis d'ombre. Francesco se laissa faire et s'affaissa sur la pierre, avant de se prendre le visage entre les mains. Basilio prit place à côté de lui et attendit. Pour l'heure, Francesco pleurait peut-être, c'était difficile à dire, Basilio n'avait jamais vu un homme pleurer, cette respiration pouvait ne pas être celle des larmes.

La respiration de Francesco se calma lentement. Enfin, il releva la tête vers Basilio et fit une grimace qui voulait ressembler à un sourire – mais sans succès.

– Tu vois, dit-il d'une voix sourde, hésitante... Ça, c'est Forza.

Puis, dans un souffle, à peine audible.

– Et moi...

Basilio eut de la peine à comprendre. Les explications de Francesco furent des éclats de pierre, de la poussière dans le vent brûlant. Quelques éléments apparurent d'abord : Forza avait ordonné la destruction de ce village et de ses habitants du temps des escadrons fascistes. Pourquoi ? Et Francesco ? Un squadriste, probablement, si Basilio se fondait sur les confidences de son compagnon. Alors, il avait aussi du sang sur les mains, au moins la poussière des maisons détruites et de la course des habitants en fuite sur le chemin de terre, s'il y avait eu des survivants. C'était possible. Il l'avait assez dit, que cette milice était un ramassis d'assassins. Que Forza était une ordure. Mais pourquoi emmener Basilio ici ?

Les mots de Francesco s'épuisèrent rapidement. Il se retrouva silencieux, la gorge sèche. Alors, du sac, il sortit une bouteille de vin, un saucisson et du pain. À l'ombre, sans un mot, ils partagèrent ce repas, comme si rien ne s'était passé. Mais les idées de Basilio se bousculaient. Il cherchait à imaginer Forza au milieu de cette rue, la panique autour de lui, le feu, les armes. Le rire de Forza, forcément il avait dû rire. Mais le reste… Basilio n'avait jamais vu tuer quelqu'un, ni détruire quoi que ce soit. Il avait vu des morts, oui : son père, Filippo – des cadavres paisibles, naturels. Rosario aussi, baignant dans son sang. Mais il y avait encore quelque chose de calme, dans la cure de San Nidro, un drame privé, intime. Et Forza l'avait dit : Basilio avait ressenti un certain plaisir, au moins une satisfaction malsaine. Pas de fureur, pas le déferlement de violence que laissaient deviner les ruines de ce hameau.

Le vin délia enfin la langue de Francesco. Une langue maladroite et pâteuse, mais qui parvint quand même à raconter ce qui s'était passé ici, quelques années auparavant, quand Francesco, dans sa chemise noire sur laquelle le sang faisait des taches plus sombres encore, avait accompagné les camarades, sous la houlette de Forza, dans l'expédition punitive qui avait détruit ce hameau. Forza avait parlé de repaire de serpents, de communistes prêts à tout. On craignait des armes, des explosifs. Une bataille rangée. Il n'y avait eu que des paysans apeurés, des femmes et des enfants qui hurlaient ; mais l'excitation était là, les squadristes avaient vu les dangereux communistes qu'on leur avait promis, et de toute manière, quelle importance ? Ils avaient l'autorisation de détruire et de tuer, personne ne leur demanderait des comptes, ils étaient des dieux tout-puissants, des petits dieux sans doute, des larves divines à côté de Forza, mais des dieux quand même. Des rires, il y en avait eu beaucoup, mêlés aux cris, aux hurlements, aux explosions. Des armes : aucune, à part celles des fascistes. Pas même un vieux fusil de chasse, pas même une fourche. Un peu décevantes, ces proies qui ne s'étaient pas défendues. Ces femmes que certains avaient violées sans que leurs maris intervinssent. Francesco comme les autres, il n'allait pas essayer de faire croire à Basilio qu'il s'était comporté en saint. Il n'en avait pas eu l'idée, et s'il l'avait eue, cette idée, il compterait sans doute parmi les victimes de ce hameau, les squadristes n'acceptaient pas qu'un des leurs eût des états d'âme. Il ne savait plus s'il avait tué, ou simplement frappé. Violé, non, il en était sûr. L'occasion ne s'était pas présentée, il n'y avait pas tellement de femmes, et d'ailleurs la furie n'avait pas duré longtemps, moins d'une heure, incendie compris. Le temps de se sentir repu, ivre. Un peu nauséeux. Et Forza ?

Francesco se tut un instant et vida le fond de la bouteille à même le goulot. Il parcourut du regard le village endormi et eut un petit rire acide et malsain.

Forza. Même le plus borné des camarades avait vite compris qu'il n'y avait aucun communiste ici. Leur chef avait d'autres motivations pour mener cette expédition, et personne ne s'en souciait ; il leur avait offert un festin, on n'allait pas chicaner. Mais ce qu'il avait fait durant les opérations, peu s'en étaient rendu compte. Francesco l'avait aperçu et l'avait suivi, de loin. Forza s'était dirigé directement vers une maison. Celle dont il avait ensuite ordonné l'incendie. Là, sur le seuil, une femme l'attendait, bras sur la poitrine, fière. Belle, s'était dit Francesco, trop belle pour un si petit village. Et c'était idiot comme pensée, pourquoi les hameaux n'auraient-ils pas de belles femmes ? Forza et elle se connaissaient, c'était évident. Très bien. Trop bien. Elle l'avait injurié, provoqué. Autour d'eux, la tuerie avait débuté. Elle s'était jetée sur lui, elle avait crié encore mais Francesco n'avait pas entendu ce qu'elle disait, il avait été happé par le tourbillon de la danse macabre. Juste le temps d'apercevoir derrière la femme la silhouette d'un gamin de sept ou huit ans, terrifié, accroché aux jupes de celle qui devait être sa mère.

Plus tard, quand les squadristes eurent fini leur besogne, que les derniers villageois furent étendus sans vie au milieu du chemin, Francesco était repassé par la maison. Forza attendait sur le seuil, en fumant un cigare. Son œil était injecté, sa main tremblait légèrement. Il transpirait. À l'intérieur, Francesco avait aperçu deux corps. Il avait compris qu'il valait mieux ne pas approcher et il s'était éloigné prudemment.

Puis, Forza avait commandé : le feu à la maison et, à la sortie du village, une fosse pour les cadavres. Les quelques bêtes seraient emportées, un butin, la promesse d'un festin moins terrible, d'un carnage plus nourricier. Francesco avait creusé avec les autres, puis traîné les corps, tandis qu'une petite équipe s'occupait de ramasser le plus de bois possible dans les maisons pour l'entasser dans la cible désignée par Forza. Les cadavres de la femme et du gamin ne furent pas portés dans la fosse, et le feu charria une odeur âcre de chair brûlée.

Francesco se tut. La tête de Basilio tournait. Rien autour de lui n'avait changé, mais plus rien ne ressemblait à ce qu'il croyait voir. Le vide des lieux venait de se remplir d'ombres, le silence portait les échos des clameurs éteintes. Sur le seuil calciné, il crut voir la silhouette de Forza. Mais non, il n'y avait rien, rien d'autre que son imagination frappée par le récit que venait de faire Francesco. Qui étaient cette femme et cet enfant ? Francesco n'en savait rien. Sûrement la femme et l'enfant de Forza. Ou d'un autre. Quelle importance ? Ils étaient morts et Forza était bien vivant, toujours plus puissant. Toujours capable de mener des hommes au meurtre. Des hommes ; Basilio.

Le campo dei Fiori avait sa petite fée. Et comme la ville avait sa part de saleté et d'aveuglement, personne ne voyait que cette fée était triste et, jour après jour, peinait à sauvegarder l'éclat de ses iris, sa part de légèreté et d'espoir. Les marchands s'étaient habitués à elle, ils la guettaient tous les matins, qui surgissait du mystère de sa nuit. Elle les saluait parfois d'un sourire, sinon ils se contentaient de la valse nostalgique qu'elle entamait à travers les étals. Elle cueillait une pomme, une carotte, un bout de pain comme si ces nourritures poussaient là à son attention, libres et gratuites comme elles l'étaient dans les bois de San Nidro, et personne ne s'en offusquait. Au contraire : la marchande de pommes se faisait une fierté de voir Lucia préférer ses fruits à ceux de la voisine, et le boulanger aurait été malheureux de la voir mordre dans un pain qu'il n'aurait pas pétri. Ce qu'elle leur prenait n'était rien, et ce qu'elle leur offrait, un bien qu'ils n'auraient pu évaluer, sinon un jour pour en mesurer la perte.

Lucia passait parmi eux sans retenir vraiment leur visage, et moins encore leur nom. Elle ne parlait presque pas, du moins jamais dans le but d'avoir une conversation avec l'un ou l'autre. Elle se racontait des histoires, sans doute, et il arrivait que des bribes soient perçues par ceux qui l'entouraient. Ils l'écoutaient en souriant, émus, amusés, puis tentaient de reconstituer un passé dont ils ignoraient tout, recoupaient avec des éléments récoltés auparavant, et toujours en arrivaient à se chamailler, parce que rien ne concordait. Certains disaient que la petite était folle, mais c'était un gros mot, un mot lourd de menaces, même dit sans méchanceté, les fous n'étaient pas bienvenus dans les régimes forts et Mussolini ne les aimait pas plus que les autres dictateurs. Alors, quand l'un des marchands prononçait ce mot, les autres sifflaient, haussaient les sourcils, vite on effaçait l'injure, Lucia n'était pas folle, c'était une fée, un elfe, quelque chose comme ça, un lambeau d'enfance, un flambeau que la vie n'éteignait pas, par quel miracle nul ne le savait. Le miracle de ses soliloques probablement, la nourriture qu'ils lui offraient.

Elle savait que ces gens étaient gentils. Qu'ils lui voulaient du bien. C'était grâce à la statue de Giordano Bruno qui l'avait prise sous sa protection. Pour combien de temps ? Le temps qu'il faudrait à Basilio pour venir la retrouver. Elle ne comptait pas les jours, Lucia. Elle avait noté qu'un hiver était passé, durant lequel elle avait eu froid, très froid, malgré les vêtements épais qu'on lui avait offerts, froid parce qu'elle avait refusé les abris qu'on lui proposait, elle ne rentrerait jamais plus dans un palais, ni même une maison, un porche lui suffisait, elle voulait préserver sa liberté, la possibilité de partir à la moindre menace, et plus personne ne pourrait l'enfermer pour l'avoir sous la main, à sa merci, pour se rassasier des images de son corps. Elle avait usé beaucoup de forces, durant cet hiver, pour ne pas perdre le fil de son rêve, de son attente. Jamais elle n'avait eu aussi froid. Pour se réchauffer, elle passait des heures roulée en boule à raviver le souvenir du brasier, celui de ses amis, Filippo et Basilio, Basilio qu'elle attendait, et pour l'absence duquel elle inventait d'autres histoires, les routes bloquées par le froid et cette chose blanche, qu'elle n'avait jamais vue dans les Pouilles et qui était tombée ici, à Rome, la neige, à la fois merveilleuse et horrible, mouillée, glacée, un de ces pièges inventés par les papes, une de ces puretés mortelles qui vous endormaient et vous conduisaient au trépas, dans les faux paradis. Elle avait entendu des histoires, car elle n'était pas aussi sourde à leurs bavardages que le croyaient les marchands, et celle d'une neige en plein été, perçue comme un miracle, à l'endroit de laquelle on avait érigé une de ces énormes églises dont regorgeait la ville, un de ces temples de la mort que Lucia fuyait. Alors, non, elle n'aimait pas la neige, elle ne comprenait pas les enfants qu'elle avait vus jouer dedans avec des cris de ravissement, ils étaient fous, mais inutile pour Lucia d'essayer de les mettre en garde, les enfants avaient envers elle, depuis l'orphelinat, des cruautés que les adultes du marché réprouvaient, sans pouvoir les empêcher.

Mais la neige avait fondu et aucune nouvelle église n'avait été érigée pour narguer Lucia. Le printemps était revenu et le campo avait retrouvé ses fleurs, et

Lucia un peu de son sourire. Mais Basilio n'était toujours pas là. Pourquoi ne venait-il pas ? Elle n'avait pas de réponse à cette question et personne, évidemment, ne pouvait lui en fournir. Quand l'absence de Basilio lui pesait trop, resurgissait le souvenir de Rosario, son regard brillant de convoitise à Bari, l'horreur de son doigt sur le sein de Lucia, ses yeux écarquillés lorsqu'il l'avait découverte chez lui, dans la cure de San Nidro et puis après, le trou noir et sanglant, Lucia ne savait plus ce qui s'était passé, la chute, le corps affalé, le sang, le couteau avant sur la table, après dans sa main ? Elle ne se souvenait pas des détails, Valentina lui avait dit ce qui s'était passé mais Valentina n'avait pas assisté au drame, elle avait découvert le cadavre de Rosario, sa gorge tranchée, et Lucia avait les mains couvertes de sang en arrivant chez Valentina, et c'était pour ça qu'elle avait fui San Nidro, qu'elle n'avait pas revu Basilio, pas ouvert la porte alors qu'elle l'entendait parler à Valentina dans la pièce voisine, pour ça qu'elle était ici à Rome, qu'elle attendait Basilio à qui Valentina avait dû transmettre le message, mais alors pourquoi n'était-il pas accouru, pourquoi ne l'avait-il pas retrouvée au pied de la statue de Giordano Bruno où elle l'attendait tous les soirs et dont le jour elle ne s'éloignait jamais, pourquoi avait-il laissé passer de si longs mois ? Trouvait-il que son crime était si grand ? L'avait-il prise en horreur ? Quand de telles pensées l'envahissaient, Lucia cessait d'être une fée et les marchands la regardaient passer avec inquiétude. Ils tendaient un fruit plus rouge, plus sucré, une friandise, mais Lucia passait sans les voir. Elle descendait les rues vers le fleuve, insensible aux regards, aux moqueries, attentive seulement à éviter les chemises noires. Rien ne l'effrayait davantage. C'était la mort en chair et en os, une menace permanente, l'enfer incarné. Une cohorte de démons. Elle les observait, de ces coins d'ombre où elle se réfugiait. Au bord du fleuve, elle les avait vus souvent conduire d'innocentes victimes qu'elles tabassaient à mort, jusqu'à ce que le pantin désarticulé cessât de réagir aux coups. Alors, les chemises noires riaient et jetaient leur jouet cassé dans le fleuve, et le corps s'en allait, personne ne s'en inquiétait, les poissons s'en occupaient, gavés, adorateurs de ce régime qui les nourrissait avec tant de zèle.

Au bord du fleuve, elle s'efforçait d'oublier les cadavres qu'elle avait vus y être jetés, elle cherchait sur les remous des échos de sa mer, là-bas. Des barques passaient, qui ne ressemblaient pas à celle de Luigi et de Basilio. Les pêcheurs tiraient de l'eau des poissons gris et ternes, aucun n'avait les éclats et la lumière et le goût de sel de ceux que lui offrait Basilio à son retour. Jamais à Rome elle n'avait mangé de poisson, cela aussi elle le réservait pour Basilio, pour le jour où Basilio apparaîtrait sur la place et lancerait dans le ciel romain le cri de victoire de son prénom, Lucia ! Alors seulement il y aurait pour eux du poisson, du soleil et du bonheur… Mais Basilio n'était pas là et le fleuve n'avait aucune réponse à proposer, le Tibre n'était pas la mer, elle était sa mort, Lucia ne pouvait pas compter sur son aide, un chien domestique n'aide pas les loups.

Les chemises noires étaient une autre explication à l'absence de Basilio. Rassurante et terrifiante à la fois. Son absence ne signifiait plus qu'il ne l'aimait pas, qu'il la jugeait. Mais qu'il était arrêté, mort peut-être. Avec effroi, Lucia songeait qu'un jour, elle verrait glisser sur la surface indifférente du fleuve un corps qui aurait le visage de Basilio. Alors, elle n'aurait qu'à la suivre, jamais elle ne pourrait demeurer sur la rive tandis que son amour glissait vers le néant, qu'il rejoignait la mer à jamais, pas sans elle, elle plongerait et s'accrocherait à lui jusqu'à ce que l'eau remplaçât l'air, et le froid la vie.

Elle avait appris à connaître mieux la ville et avait élargi son cercle autorisé. Au printemps, elle avait trouvé le chemin de ces arbres aperçus d'en bas le jour de son arrivée et elle avait découvert ce qu'elle ne savait pas n'être qu'un parc, une étrange forêt aux arbres trop bien rangés, qui s'écartaient pour laisser circuler des chemins de terre et de graviers sur lesquels des promeneurs déambulaient avec insouciance, où couraient des enfants et pédalaient des cyclistes. Des grottes, de-ci de-là, ajoutaient au ridicule de la ville et à la nostalgie de Lucia. Tout était faux ici, sa forêt lui manquait, ses grottes rudes de pierre blanche, l'écheveau de branches que l'on devait apprivoiser pour pouvoir y aller librement. Basilio, mon Basilio, où es-tu ? Les pins hautains de la villa Borghese ne répondaient pas. Le rire d'une chemise noire faisait sursauter Lucia. Basilio, mon Basilio, viens chasser ces monstres, viens m'en délivrer… et préserve-toi d'eux, surtout ne les laisse pas t'attraper, ils ne pourraient te faire que du mal… Tu es un ange, mon Basilio, et eux des diables.

Le temps glissait sur Lucia. Elle ne s'en rendait pas compte, mais il écorchait son âme plus que le regard de Rosario n'avait flétri son corps. Sa magie la préservait, mais elle la conduisait de plus en plus souvent aux lisières d'une détresse mélancolique où, si Basilio ne venait pas, elle finirait par sombrer. Les marchands du campo ne connaissaient pas l'existence de Basilio, et rien des secrets de Lucia ; mais cela, ils l'avaient senti et ils s'en attristaient, impuissants et résignés. La beauté était éphémère, et seul son souvenir égayait la débâcle du temps.

À leur retour d'expédition, Francesco était resté sombre durant plusieurs jours, comme s'il regrettait d'avoir montré le village à Basilio. Ou comme si ce pèlerinage avait ravivé des blessures qu'il essayait d'oublier, ou qu'il croyait guéries. Basilio n'avait pas cherché à élucider ce point. Que ressentait-il ? C'était confus. D'abord, la première idée qui lui était venue à l'esprit : ce hameau aurait pu être San Nidro. Sur San Nidro aussi, Forza pourrait lancer sa meute. Une meute à laquelle Basilio appartiendrait. Francesco lui avait dit que les temps avaient changé, que la milice n'était pas les escadrons d'hier et que les ennemis qui justifiaient l'action des seconds avaient disparu. Mais il avait dit aussi que cette justification n'était qu'un mensonge, un masque. Forza n'en avait pas besoin, ou il en trouverait une autre. La femme sur le seuil de la maison brûlée, c'était sa mère, ou Valentina. L'enfant dans son dos, Lucia, ou lui-même, Basilio. Il avait cherché à imaginer son village réduit en cendres, les maisons abandonnées, les portes arrachées, les fenêtres brisées. L'endroit où les tueurs auraient creusé la fosse commune pour ensevelir leurs victimes. Il avait pensé que les gens de San Nidro auraient une chance par rapport à ceux du hameau sans nom : ils pourraient plonger du haut de la falaise pour échapper à cette mort-là, choisir celle de la mer et des rochers. Ce n'était pas un grand avantage et cela ne changeait rien à cette image, Basilio en chemise noire dans les rues de San Nidro, frappant, brisant, tuant.

Puis, il avait pensé que son bûcher était une des raisons pour lesquelles Forza s'était intéressé à lui. N'avait-il pas qualifié ce qui, aux yeux de Basilio, n'était que la réalisation d'une promesse faite à un ami, d'acte révolutionnaire et fasciste ? Il découvrait à présent que, derrière le bûcher funéraire de Filippo, Forza avait vu celui qu'il avait allumé pour réduire en cendres ses victimes. Dans la foulée, il lui avait attribué le meurtre de Rosario. Que représentait pour un tel homme l'assassinat d'un prêtre, sinon un acte héroïque ? En d'autres mots – mais Basilio, plus que jamais, peinait sur le chemin des mots –, il avait vu en lui un assassin, un fou comme lui. Et cette pensée, même floue, même confinée dans les limbes de la conscience, était insupportable. Rien de cela n'avait de sens. Il ne savait pas pourquoi Forza avait commis cette barbarie, et Francesco non plus ; il avait obéi aux ordres de Forza et Basilio s'était à son tour laissé embrigader. Et Basilio songeait à Lucia qui voyait des signes partout… comment aurait-elle décrypté ceux-là ? Sans doute n'aurait-elle pas accepté de les regarder, de telles annonces étaient trop funestes, trop absurdes pour la féerie qu'elle orchestrait du bout des doigts.

Mais que pouvait-il faire ? Forza était là, tous les jours. Sans cesse un œil sur lui. Basilio se doutait, à certaines remarques, que le maître n'était pas heureux du disciple. Basilio n'adhérait qu'en surface aux leçons d'idéologie, et il serait toujours plus habile avec un filet qu'avec un fusil en main. Était-ce ce que Francesco avait voulu lui faire comprendre : sa présence ici était une erreur ? Basilio, en tout cas, en était désormais convaincu, tout comme il l'était de l'impossibilité de fuir. Il se sentait coincé, pris au piège. Un piège qu'il avait ouvert tout seul, sans doute. Sans Lucia, il n'avait plus su que faire, où aller. Plus rien n'avait d'importance. Mais ce qu'il avait découvert dans ce hameau…

S'il avait espéré pouvoir s'échapper, une rencontre avec Forza dissipa cette illusion, quelques jours après leur retour de permission.

L'homme avait l'œil rougi et le teint cireux. Visiblement, il dormait mal et peu. Sa voix était hésitante, lui qui avait coutume de hurler sur ses hommes et de fouetter ses interlocuteurs d'un verbe acéré. Il avait fait venir Basilio dans son bureau ; les rideaux étaient tirés, une odeur lourde de tabac et de sueur régnait dans la pièce. Forza était affalé sur le dossier de son fauteuil, le regard absent. Quand Basilio entra, il se redressa à peine sur un « Ah ! » ambigu. Il fit signe au milicien d'avancer jusqu'au bureau. Puis, il l'interrogea, d'une voix grave – menaçante ? Il voulait savoir ce qui se passait. À quoi Basilio pensait. S'il se rendait compte de la chance qu'on lui offrait, et de son ingratitude. Un mollasson. Un traître. Le fascisme ne pouvait pas tolérer de telles attitudes. L'uniforme qu'il portait exigeait un autre comportement. De la dignité, de la force. De la volonté. Il fallait être impitoyable, et surtout pas sentimental. Intégré dans le groupe. Que croyait-il ? Que l'État allait continuer à le prendre en charge dans ces conditions ? À part Francesco, il n'avait pas d'ami. Encore heureux que ce fût Francesco : une bonne recrue, un vrai fasciste, de la première heure.

Forza soupira, passa la main sur ses yeux. Le moteur de sa faconde semblait fatigué lui aussi ; un crescendo chaotique, las, vite retombé. Il manquait de conviction, on avait l'impression qu'il s'en prenait à Basilio dans le seul but de retrouver un peu d'énergie personnelle. Répugnant, pensa Basilio. Il l'imaginait sur le seuil de la maison, devant cette femme qui l'affrontait, le moment où il avait sorti son arme, où il avait tiré. Basilio ne pouvait pas rester. Et partir ?

Alors, d'une voix hésitante, il essaya. S'il n'était pas digne d'être un bon fasciste, et si son éducation était de l'argent gaspillé, il comprenait bien, même s'il était désolé, le mieux ce serait sans doute qu'il retournât dans son village… Il s'embrouilla, laissa sa phrase en suspens. Forza s'était lentement relevé, il avait posé les mains à plat sur le bureau, son menton avait vibré, son regard avait retrouvé son éclat.

– Jamais !

Il avait hurlé. L'instant d'après, il était debout, face à Basilio terrorisé, jamais, il entendait, jamais il ne le laisserait retourner dans ce village perdu, il avait une dette envers le pays, envers Mussolini en personne, envers lui, Forza, et il devrait payer cette dette, il deviendrait un bon milicien, qu'il le veuille ou non, il n'avait pas le choix, qu'il se mette ça dans le crâne, sa vie ne lui appartenait plus et il était temps qu'il comprenne la chance que Forza lui offrait, sa patience avait des limites, lesquelles étaient proches... Basilio avait reculé de quelques pas mais Forza continuait à le presser, le suivant dans sa débâcle. Qu'avait-il en tête, pour oser faire une telle proposition ? Il pensait toujours à sa gamine, à la petite folle qu'on avait été trop bon de livrer aux sœurs ? C'était à elle qu'il pensait ? Il espérait qu'elle serait au village, à l'attendre sagement, assise devant le feu ? Il poussait Basilio du doigt, bientôt il buterait contre le mur, et il reculait encore, incapable de répondre, incapable de résister à ce flot de colère. Lucia ! C'était comme ça qu'elle s'appelait, non ? Et ce prénom entre ces lèvres, c'était un poing qui s'abattait sur le visage de Basilio, qui encaissait sans pouvoir réagir, acculé, tétanisé. Lucia ! La sainte, la fée ! Il avait espéré, Forza, que Basilio comprendrait tout seul, on ne pouvait pas se fier aux femmes, encore moins à celles qui se déguisaient en ange. C'était ça qu'il lui avait offert, Forza, une nouvelle vie et une nouvelle vision du monde et des êtres. Et il en était toujours à sa romance idiote ! Prêt à tout lâcher pour courir se réfugier dans son village !

– Tu ne la retrouveras jamais, ta Lucia !

Et il éclata d'un rire mauvais, poussa une dernière fois Basilio qui heurta la paroi, avant de faire volte-face et de revenir s'asseoir à son bureau.

Basilio haletait. Forza était fou. Et lui aussi. L'officier semblait avoir recouvré son calme, celui du chef froid et impitoyable, et Basilio devinait qu'il allait lancer l'estocade, qu'il allait le clouer au mur, l'achever. Jamais, reprit-il d'une voix sourde et menaçante. Basilio comprenait-il ce que le mot signifiait ? Jamais. Pas parce que Lucia était dans une prison, couvent ou autre, dont elle ne pourrait jamais sortir et où lui ne pourrait jamais entrer. Non. Forza s'était renseigné. Il n'avait rien dit à Basilio pour ne pas lui faire de peine, mais puisqu'il n'avait pas tourné la page, puisqu'il était resté braqué sur cette romance puérile, Forza allait lui ouvrir les yeux de force. Le cœur de Basilio battait à tout rompre, ce n'était pas pour ça qu'il voulait rentrer à San Nidro, il savait qu'il ne devait plus attendre Lucia, que celle-ci l'avait abandonné, l'avait rejeté, s'il voulait fuir la milice et Bari c'était à cause de Forza, de ce que Forza avait commis dans ce hameau sans nom, de ce que Forza ferait de lui s'il restait…

Mais Forza se tut brusquement, à bout de souffle, soudain pâle, la mâchoire crispée. Il allait parler de Lucia, révéler quelque chose, et à présent il se tenait immobile et muet, et Basilio aussi, incapable de réagir, de le prendre par le col, de le sommer de parler, parce qu'il n'avait pas envie de l'entendre, de toute manière, que pouvait-il lui apprendre, ce fou, cet assassin, de quel droit prononçait-il le nom de Lucia ? Et pourtant, Basilio était piqué, Forza savait quelque chose, et lui ne savait que ce que la mère supérieure lui avait dit, à cause de quoi il avait perdu espoir, quitté San Nidro.

– Quoi ?

Ce fut tout ce qu'il parvint à dire, gorge nouée, après que de longues secondes se furent écoulées sans qu'aucun des deux ne bougeât. Forza eut un rictus mauvais.

– Rien. Va-t'en.

Basilio eut un instant d'immobilité supplémentaire qui parut à Forza une façon d'insister, ce qui déclencha un assaut d'insultes. Basilio s'en fut.

Pour Francesco, Forza était devenu totalement fou. L'affaire du hameau lui était lentement montée à la tête, ou autre chose, une folie plus profonde, plus ancienne, cause de tout. Que pouvait-il savoir sur Lucia ? Elle ne l'intéressait pas. Il n'avait pas perdu son temps avec elle, même pour Basilio. Pourquoi il s'intéressait à lui, c'était déjà un mystère que Francesco renonçait à percer. Basilio avait suggéré que c'était sans doute à cause du bûcher, Forza avait aussi brûlé des corps. C'était absurde, pour Francesco, donc plausible. Quelle importance ? Sur Lucia, il avait lâché n'importe quoi pour provoquer Basilio, il voulait le garder sous sa coupe, tout était bon. Et s'il n'avait rien dévoilé, finalement, c'est qu'il n'avait rien à dire, il avait inventé cette histoire, mais il n'en avait que l'amorce. Mais Basilio devait partir, conclut Francesco. Lui pas, c'était foutu, et d'ailleurs, où serait-il allé ? Basilio faillit lui dire que son père l'attendait, mais il n'en était pas si sûr. Luigi n'avait-il pas fait son deuil de son fils ? Celui qu'il attendait, n'était-ce pas Basilio ? Ou plus personne, déçu de tout.

Impossible toutefois de partir tant que Forza serait là. Francesco arrivait à cette conclusion parce qu'il avait compris que, si Basilio désertait, ce serait pour rentrer à San Nidro. Pas pour errer dans le pays, voire tenter de le quitter. Forza n'aurait qu'à envoyer deux hommes le chercher, et peut-être détruire le village au passage, personne n'y trouverait rien à redire, San Nidro n'existait pas pour la glorieuse Italie fasciste.

Ils décidèrent d'attendre l'occasion. Si elle se présentait. Francesco s'en voulait d'avoir montré le village détruit ; après tout, le régime fasciste entrait dans une période de stabilité, non ? Un embourgeoisement. Plus d'ennemis intérieurs, sinon quelques irréductibles communistes qu'on envoyait en exil dans le Sud. Forza avait des projets dans la hiérarchie, il visait Rome, disait-on. Un jour, il partirait, il oublierait Basilio comme un enfant abandonne un jouet usé. Il y aurait d'autres chefs, sans doute, mais pas des fous. Ou des fous d'une autre sorte, qui n'en auraient pas après Basilio. Qui se contenteraient d'un milicien sans zèle criminel. Basilio pouvait trouver un poste dans un bureau. Tranquille. On ne tuait personne en rangeant des dossiers. Pas directement, en tout cas. Ce qui se passait au-delà des papiers ne regardait pas celui qui les rangeait.

Tandis que Francesco déroulait son analyse de l'avenir et du régime, Basilio le regardait, éberlué. Il ne comprenait rien à cette logique. Jamais il ne pourrait s'y faire. Il était un garçon fruste sans doute, indigne de Mussolini, tant pis pour lui, Basilio ou Benito, mais son bonheur était dans la vue des vagues, dans la main de Lucia. Autant dire que son bonheur était mort. Pouvait-il ressusciter ? Il n'était pas si sûr que Francesco avait raison à propos des confidences que Forza avait été sur le point de lui faire. Il y avait quelque chose. Il avait cru trop facilement ce que lui avait servi la mère supérieure. Il était à Bari. Pourquoi ne retournait-il pas à l'orphelinat, fort du prestige de son uniforme, sommer la religieuse de lui dire la vérité ? Le problème : il ne se souvenait pas de l'adresse ; si Forza l'apprenait, il serait furieux ; la sœur ne changerait certainement pas de version, et que ferait-il alors ? La frapper ? La tuer ?

Jamais Basilio ne s'était senti aussi impuissant. Il avait cru que renoncer lui apporterait la paix. Mais quand le paradis était perdu, l'enfer était partout.

Francesco avait rappelé les rêves romains de Forza, convaincu que ce serait la fin de leurs problèmes, en tout cas ceux de Basilio. Aussi, ce fut très excité qu'il accosta Basilio en ce matin de septembre : Forza avait, semblait-il, eu des nouvelles et devait monter à Rome. Mais ce n'était pas tout : il avait donné l'ordre à Francesco de lui servir de chauffeur, et il tenait à ce que Basilio l'accompagnât.

Rome ! Basilio fut terrifié. Il détestait déjà Bari, mais Bari n'était pas trop loin de San Nidro, il aurait pu retrouver son chemin. Rome, c'était en terre ennemie, le pape, celui dont Rosario tirait son ignoble autorité... Francesco se moqua de lui : ce n'était qu'une ville, autrement plus amusante que Bari. Des restaurants, des bars, des filles. Basilio n'avait aucune raison de s'inquiéter : Forza n'avait sûrement pas demandé une audience au Vatican ! Et puis, c'était la réalisation de leur rêve : Forza nommé à Rome, ils seraient libres !

Oui mais... Oui mais alors, pourquoi Forza voulait-il qu'ils vinssent avec lui ? Avait-il besoin d'un chauffeur ? Il y en avait d'autres. De garde du corps ? Qui aurait pu s'en prendre à lui ? Francesco n'avait pas de réponse à ces questions. Il haussa les épaules : de toute manière, c'était un ordre. Il aurait été ridicule de lui désobéir à présent qu'il était sur le point de disparaître. Un dernier effort, une dernière bouchée d'un plat amer, et puis le dessert d'une vie tranquille et routinière : c'était ainsi qu'il voyait les choses, et Basilio l'énervait à toujours s'inquiéter.

Basilio n'osa plus partager son trouble avec son camarade. Francesco avait sans doute raison, mais il appréhendait ce voyage. À cause de Rome, de Forza. Pourtant, il n'avait pas le choix.

Au moment de monter dans la voiture, Forza apparut dans la cour de la caserne. Il avait l'air d'excellente humeur, ce qui confirmait l'analyse de Francesco : sa promotion devait être acquise. Il salua les miliciens d'un ton joyeux, comme s'il avait totalement oublié les motifs de grief qu'il nourrissait à l'encontre de Basilio. Il prit place à l'arrière, tandis que les deux garçons grimpaient à l'avant.

– Vous allez voir ce que c'est, un triomphe ! lança-t-il lorsque la voiture démarra.

Puis, pendant les kilomètres qui suivirent, il pérora sur la grandeur du régime, et sa sagesse aussi, car on allait lui accorder des responsabilités importantes à Rome, Mussolini n'avait pas oublié les services que Forza avait rendus au parti du temps où il n'était pas encore au pouvoir. Basilio se demanda si le sac du hameau faisait partie de ces services, ou si, à cette occasion, Forza s'était servi du fascisme pour sa propre cause. De toute manière, ni Mussolini ni aucun autre dirigeant du parti n'aurait trouvé à y redire. Forza avait été très clair devant lui : désormais, les sentimentaux et les faibles seraient balayés.

Ils eurent droit au catalogue des prodiges réalisés par le Duce, illustrations à l'appui : industries, autoroutes, chemins de fer… La modernité ! Le futur à portée de main, façonné par une nouvelle race d'hommes ! Francesco et Basilio écoutaient sans réagir. De temps en temps, lorsqu'il avait vérifié dans le miroir que Forza ne les regardait pas, Francesco lançait un clin d'œil ironique à Basilio, comme pour lui dire que leur passager était complètement fou, ou ivre, et qu'il ne fallait surtout pas le contrarier.

À midi, Forza ordonna un arrêt dans une auberge où il commanda un repas royal pour trois. Francesco ne se fit pas prier et engouffra son plat. Basilio par contre toucha à peine à ses plats, malgré les moqueries de Forza qui entrecoupèrent la suite de son panégyrique à la gloire du fascisme, de Mussolini et de lui-même. Après quelques verres de vin, il dévoila l'objectif de leur périple : quelqu'un de haut placé – il taisait son nom, de toute manière aucune chance pour que les deux miliciens le connussent – l'avait convoqué pour une affaire urgente et confidentielle. Urgente et confidentielle ! Cela ne pouvait pas signifier autre chose qu'une promotion. Une promotion à Rome. Bientôt, il pourrait quitter à tout jamais ces Pouilles misérables ! Il moqua San Nidro et Basilio s'efforça de ne pas réagir. Visiblement, Forza ignorait que Francesco provenait du même village, et ce dernier n'avait aucune envie de le faire valoir. Quitter les Pouilles ! Rome ! Ils allaient voir, les deux miliciens, ce que c'était... Après, si Forza était bon, peut-être les prendrait-il avec lui. Peut-être, il avait dit, que le succès ne leur monte pas à la tête, il fallait voir s'ils en étaient dignes... Francesco, sans doute, mais lui, Basilio... Il laissa le jeune milicien accroché aux points de suspension, sur lesquels il jugea qu'il était temps de faire glisser un digestif puissant.

Ils reprirent la route et Forza ne fut pas long à s'endormir. Francesco, que l'alcool grisait, roulait vite et sec. Rome... Pourquoi pas ? Lui en tirerait profit, mais Basilio... Celui-ci ne répondit pas. La conversation était difficile, de toute manière ; ils chuchotaient, pour que Forza ne pût les entendre, et le moteur faisait du bruit, d'autant que la fenêtre était grande ouverte. Rome ! Une promotion de Forza pouvait signifier pour lui la liberté, au moins le début, le point de départ, sauf si ce fou persistait dans ce projet de l'emmener avec lui dans la capitale. À Rome, il en était sûr, il mourrait. C'était sans doute des mots, mais les mots parfois disaient la vérité, ou ils la créaient, Basilio ne savait pas très bien dans quel ordre les choses se passaient. Il eut envie de pleurer mais se contenta de tourner la tête vers le paysage, dans le vent qui lui coupa le souffle et lui offrit une bonne raison pour laisser les larmes ruisseler sur son visage. De toute manière, Francesco ne verrait rien. Il conduisait et tapotait le volant au rythme d'une chanson fredonnée que Basilio n'entendait pas.

L'arrivée sur Rome fut plus horrible encore que sur Bari. Le paysage, pourtant, ne manquait pas de charme. De longues routes bordées d'arbres, des champs labourés, des bâtisses propres, solides, des collines riantes, mais aussi des industries neuves, affairées, des autoroutes chargées, des trains fumants, toute cette coutellerie industrieuse dressée vers le ciel qui enveloppait l'air et les arrivants. Basilio aperçut des ruines qui dormaient le long d'une allée droite bordée de cyprès, des fragments d'aqueduc qui cherchaient à donner la réplique à des chaussées neuves où filaient les voitures. Rome… le cœur de Basilio battait fort, il guettait le monstre urbain qu'il imaginait plus gigantesque, plus démentiel que tout ce qu'il avait pu voir à Bari.

Ils longèrent un fleuve gris. Basilio guettait, mais la ville redoutée restait cachée.

– Rome ! s'exclama soudain Francesco en désignant un mur de briques en piteux état.

Ils passèrent sous une porte et poursuivirent sur une avenue bordée d'immeubles sales et ternes. C'était donc cela, Rome ? Basilio n'en revenait pas. Une ville pas plus grande que Bari, à première vue, une sorte de gros bourg mal grandi… Devait-il en être déçu ou soulagé ?

Forza s'était réveillé. Sa faconde semblait en veille, remplacée par une sourde nervosité. D'une voix sèche, il guida Francesco à travers les rues. Basilio avait la nausée. Francesco jouait du klaxon et du frein, il s'amusait beaucoup, et Forza l'encourageait à s'imposer comme s'il était normal que tout Rome s'écartât pour le laisser passer.

Le spectacle évolua. Les immeubles de la périphérie laissèrent la place à des palais, les avenues s'élargirent, s'ornèrent de statues, se lovèrent autour de fontaines extravagantes. Souvent, la voiture devait s'arrêter à cause du trafic. Basilio percevait alors la rumeur de la ville et de ses habitants, son agitation rieuse et nerveuse. Des odeurs multiples se bousculaient, les fleurs d'un marché, les pins des parcs, les cuisines, les moteurs ; un flot incessant de visages, de grimaces, de sons, d'apostrophes. Basilio ferma les yeux et tâcha de maîtriser sa respiration.

Enfin, ils s'arrêtèrent sur une place, en face d'un palais sombre et imposant. Un milicien en faction s'empressa de descendre pour ouvrir la portière de Forza, tandis que les deux compères sortaient à leur tour. On prit les bagages et ils s'installèrent, Francesco et Basilio dans une petite chambre du dernier étage, Forza dans un appartement plus spacieux du premier.

Forza leur avait donné quartier libre jusqu'au lendemain matin. Francesco voulut sortir mais Basilio n'en avait aucune envie. Il dormait profondément lorsque son compagnon rentra, médiocrement satisfait d'une soirée solitaire dans une ville où, malgré ses airs bravaches, il n'était qu'un provincial ignorant.

À huit heures, ils accompagnèrent Forza à son rendez-vous dans un palais récent, construit sur la via Vittorio Veneto. Forza se contenta de ponctuer leur trajet de « Regarde ! » lancés à l'adresse de Basilio, qui hochait la tête pour ne pas devoir parler. Il regardait, et il détestait ce qu'il voyait – mais cela, il n'était pas question de le dire.

La ruche du régime fasciste bourdonnait entre les murs de marbre. Des miliciens volaient en tous sens, des militaires s'activaient, des officiers, des fonctionnaires se croisaient en échangeant le salut romain, les jambes s'activaient, frénétiques, sous les portraits gigantesques du Duce omniprésent. Forza avait glissé qu'il ne serait pas étonné de *le* rencontrer lors de ce séjour, grâce qui lui serait réservée, les deux miliciens ne devaient pas y compter, il ne fallait pas exagérer, c'était déjà une chance insigne de pouvoir l'accompagner. Il marchait dans les couloirs le torse fier et bombé, le ventre rentré autant que faire se pouvait, la jambe raide, le menton pointé vers l'horizon de sa gloire irrésistible. Si Basilio n'avait pas eu aussi peur, il en aurait ri ; où était le commissaire cynique débarquant sur la plage de San Nidro, le chef de Bari aux yeux rougis par l'ennui et, sans doute, l'alcool ? Francesco, lui, ne ratait rien de la métamorphose du matamore. Il affichait un petit sourire cruel que Forza ne voyait pas, souligné par un regard dégoûté. Les pitreries de Forza et du régime ne l'amusaient pas, il n'était pas dupe. Il haïssait ces gens et leur système, mais il s'était résolu à en profiter autant que possible. Ce n'était peut-être pas aussi clair, dans son esprit, mais c'était la conclusion logique de son cheminement, de ses échecs, de la défaite de ses rêves trop vagues pour résister longtemps à la réalité qu'il avait rencontrée en quittant San Nidro. Une conclusion qui le protégeait des remords, qui tenait à distance les images surgies dans ses rêves, une plage paisible, un homme, son père, taciturne mais protecteur, des maisons pauvres mais silencieuses où personne n'aurait voulu assassiner personne.

Et puis, il s'était pris de pitié pour Basilio ; dans la mesure du possible, il voulait lui éviter de plonger dans ce gouffre. Il était trop naïf et trop simple, trop bête peut-être, pour pouvoir jamais tirer profit de cette situation. Et trop fragile pour ne pas être brisé par cette logique du meurtre et du pouvoir sans mesure.

Enfin, ils arrivèrent devant la porte d'un bureau, une porte haute de trois mètres au moins, gardée par deux miliciens figés. Forza s'annonça, attendit en piétinant, puis disparut derrière les battants sans un regard pour ses hommes. Lesquels patientèrent à leur tour sans piétiner, las, silencieux, indifférents aux camarades qui gardaient le seuil d'un si haut personnage.

On n'entendait rien de ce qui se passait dans le bureau. Depuis son arrivée à Rome, Basilio ne se sentait pas bien. Il détestait ces lieux, cette attente, la rumeur de cette ville, ces miliciens de marbre. Détestait aussi ce qui allait sortir de cette rencontre. Voulait rentrer, au moins à Bari. Fuir. Ne plus être là. Mourir ? Non, pas mourir. Il n'était pas mort en arrivant à Rome. Lucia n'aurait pas accepté qu'il mourût. Lucia… Il savait qu'il ne devait plus y penser, qu'elle… mais Forza avait dit quelque chose, ou plutôt n'avait rien dit, avait laissé deviner, sous-entendre… Francesco, régulièrement, lui lançait un petit coup de coude dans les côtes pour le sortir de sa mélancolie. Alors, Basilio se redressait, disait que ça allait, qu'il avait chaud, qu'il était fatigué, et Francesco faisait semblant de le croire.

Les deux garçons étaient tous deux appuyés à la tablette d'une fenêtre qui donnait sur la route où l'agitation des voitures et des piétons semblait atténuée par la distance, lorsque la porte du bureau s'ouvrit. Ils se retournèrent et virent Forza, pâle, les dents serrées, qui passait devant eux sans s'arrêter et s'engouffrait à pas pressés dans le couloir. Ils se mirent à courir derrière lui.

Non, ça n'avait pas été. Pas du tout. Rien à voir avec ce que Forza attendait, avec ce que ses rêves construisaient depuis des mois, des années, et plus encore, depuis qu'il avait reçu cette convocation. Une honte, un scandale. Incompréhensible. Un de ces planqués romains qui s'était permis de lui faire la leçon. De lui expliquer comment il devait gérer sa brigade, comment il devait contribuer à sortir le Sud de son retard dont il semblait le trouver personnellement responsable. Et Forza, obligé de l'écouter sans réagir… Il rageait, et plus encore d'être face à ces deux miliciens, des ploucs, des subalternes, des moins-que-rien qui pouvaient savourer sa défaite, son humiliation. Il se redressa. Non, il n'était pas défait ! C'était un malentendu, ce sous-fifre qui l'avait reçu n'avait pas compris, un contretemps, il allait actionner ses réseaux, appeler ses amis, rencontrer leurs amis. Il n'était pas venu à Rome pour la roche Tarpéienne mais pour le Capitole !

Francesco fut sommé d'aller chercher la voiture au plus vite. Ils avaient du monde à visiter avant midi, on allait voir ce qu'on allait voir. Basilio, sans ordre précis, resta collé au pas de Forza.

Et commença une tournée absurde et épuisante à travers la ville, de ministère en bureau, de bureau en appartement, d'appartement en restaurant, de restaurant en ministère. Les deux miliciens attendaient chaque fois dans la voiture et guettaient, sur le visage de leur supérieur, l'avancement ou l'effondrement de ses espoirs. Ce fut mouvementé et contrasté. Chaque rendez-vous s'annonçait décisif ; il s'avérait n'être qu'une étape, la bande du billard sur laquelle Forza rebondissait et repartait vers un autre sésame. Évident. Il aurait dû y penser. Celui-là… Francesco s'amusait : il expliqua à Basilio qu'à son avis, les pontes romains se jouaient de Forza et se le renvoyaient comme une balle crevée. Il ne savait pas pourquoi, et peu lui importait. Leur César de province n'était qu'un minable, et il crachait par terre parce que, minable ou pas, il les tenait à sa merci. Il l'avait conduit, lui, à devenir un criminel. Et l'attitude des fascistes à l'égard de Forza n'était certainement pas la sanction de cette razzia, juste une variation sur le thème de l'imprévisibilité de ce régime, de son goût pour l'arbitraire ; d'autres que Forza, bien au-dessus de lui, avaient endossé le rôle de Dieu. Basilio n'y comprenait rien, à ce jeu ridicule dont Forza faisait peut-être les frais, mais moins que lui demain si Forza était défait. Il aurait été content que Forza remplaçât même Mussolini si cela pouvait lui assurer qu'il l'oublierait, qu'il le laisserait aller. Mais le Duce était la dernière personne que Forza pourrait rencontrer ce jour-là, même si son nom était brandi à chaque sortie d'un rendez-vous infructueux.

Il y eut enfin, vers quatorze heures, un huis qui demeura clos. Personne. « Ils » avaient dû finir par se lasser de se renvoyer Forza, ou bien n'y avait-il plus de participants pour ce jeu cruel. Forza était devant la porte d'une belle demeure, dans une rue voisine de la place d'Espagne. L'homme qui vivait là, il ne l'avait qu'aperçu, quelques années plus tôt, dans une réunion. Il ne se souvenait certainement pas de Forza. Ou peut-être bien. Sa fonction, au ministère, ne permettait pas d'espérer grand-chose de cette rencontre. Tout au plus la possibilité d'une introduction auprès de quelqu'un de plus… De plus quoi ? On se moquait de lui. Dans son dos, il devinait les regards des miliciens assis dans la voiture, et il rageait. Cette porte allait s'ouvrir, elle le devait. Justice devait être faite. Mais personne ne venait ouvrir. Il appuya pour la troisième fois sur la sonnette. Il lui semblait entendre Francesco et Basilio rire de lui. Ne pas se retourner. Une quatrième tentative. Au point où il en était, il ne pouvait que passer du ridicule de l'attente vaine à celui du récipiendaire éconduit. Mais il n'allait pas sonner une cinquième fois, ni rester là jusqu'à la tombée de la nuit, jusqu'au lendemain. Il était sûr, pourtant, que l'on était là : le préfet qu'il venait de rencontrer avait téléphoné devant lui et reçu confirmation qu'on l'attendait à cette adresse. Il n'avait pas rêvé. Il vérifia l'adresse : il ne s'était pas trompé. Le préfet avait-il parlé dans le vide ? Sans correspondant ? Tout était possible. Ces gens étaient des traîtres. Des imposteurs. Qui, parmi eux, avait autant œuvré pour le succès du parti ? Avait pris autant de risques ? S'était autant sali les mains pour ces messieurs de Rome ? Il sentait gronder en lui la colère du provincial méprisé, après avoir cru être reconnu, admis, récompensé. Après avoir joué ce rôle auprès de ces deux ahuris. Pourquoi s'était-il embarrassé de leur présence ? Pourquoi avait-il choisi de s'occuper de Basilio ? Peut-être avait-ce été évident, un jour. Jadis. Quand Forza pensait qu'il lui fallait poser un acte pour se débarrasser de son passé, avant de plonger dans un avenir triomphant. Diluer sa faute. Mais à quoi bon ? L'avenir glorieux était coincé derrière cette porte muette, murée. Son passé se moquait de lui, à travers ces deux enfants de son pays. Eux, pourtant, ne l'avaient pas trahi. Francesco était une bonne recrue et Basilio… Pouvait-il encore lui reprocher à présent de ne pas faire du zèle quand il voyait l'ingratitude du parti ? Forza ressentit une terrible fatigue tomber sur lui. Il ne savait plus que penser, que dire. Que faire.

Dans son dos, le moteur ronronnait comme la promesse de la chaleur d'un domicile. Un foyer… Forza ricana. Le feu au foyer, le bûcher… Ce qu'il avait fui, ce qu'il avait détruit resterait-il le seul lieu pour l'accueillir ? C'était grotesque.

Grotesque !

Il se retourna, résolu, et marcha vers la voiture.

– Allons manger, gronda-t-il en prenant place.

Il n'y avait plus de protocole, plus de préséances, plus de rodomontades. Forza les conduisit dans une trattoria populaire où l'on ne risquait pas de rencontrer des dignitaires du régime. D'autorité – la seule peut-être qui lui restât –, Forza commanda de la charcuterie et des pâtes, sans oublier deux bouteilles de vin. Devant les deux miliciens muets et embarrassés, il en vida une demie en quelques gorgées, puis il reposa son verre avec un soupir exaspéré et sonore. On servit la charcuterie et Forza se mit à manger sans leur prêter attention. Il semblait mâcher autant le jambon que ses récriminations. Francesco s'était mis en œuvre de son côté, vin et viande, il n'allait pas pleurer sur les déboires de ce fou. Basilio, lui, ne touchait à rien et attendait, mal à l'aise, que cela prît fin.

Soudain, après avoir reposé sa fourchette, Forza l'apostropha. Pourquoi ne mangeait-il pas ? Qu'il en profite ! C'était le parti qui payerait cette addition, il leur devait bien ça, non ? Et d'autorité, il remplit le verre de Basilio qui s'efforça de le vider d'un trait, à l'image de son Amphitryon. Lequel poursuivit son geste en déposant dans l'assiette de Basilio plusieurs tranches de jambon.

Alors, Forza reprit sa litanie de plaintes. Énuméra les services qu'il avait rendus, stigmatisa l'ingratitude du régime. Le mépris des fascistes romains pour la province, mépris que Forza lui-même partageait, lui qui ne rêvait que de la quitter, cette province, pour venir s'établir à Rome ! Basilio ne l'écoutait pas, par dégoût, Francesco pas davantage, par lassitude et ironie. Il était ridicule, plus provincial que jamais. Il pouvait crever, ce serait une chance pour tout le monde.

La tête de Basilio se mit à tourner. Que faisait-il ici ? Il songeait à San Nidro, à Lucia. À Luigi et Valentina aussi, à sa mère. Il avait été fou. Que Lucia l'eût renié ne justifiait pas qu'il vînt se jeter dans la milice. En même temps, cela excusait tout, puisque plus rien ne semblait justifié. Il devait fuir ce monde absurde, cette ville abominable, ce fanfaron qui avait perdu la prestance arborée lors de sa première venue à San Nidro, et même lorsque Basilio s'était enrôlé à Bari, Forza n'était plus qu'un pantin bouffi, un chien éconduit pleurant dans les jambes de ses maîtres indifférents. Mais Basilio ne fuyait pas. Si pitoyable qu'il fût, Forza le maintenait encore sous sa coupe. Il le poursuivrait jusqu'à San Nidro – et si ce n'était pas pour retourner à San Nidro, pourquoi déserter ? Et puis, il y avait ces paroles avortées ; Forza savait quelque chose sur Lucia, et Basilio voulait savoir de quoi il s'agissait.

Après la charcuterie, il y eut trois plats de pâtes. Forza engouffrait et buvait plus encore. Son délire prenait des allures vindicatives. Cet après-midi, il irait trouver d'autres responsables, il essayerait même de voir Mussolini en personne. Il convaincrait. Il réduirait au silence ceux qui avaient voulu l'humilier. Francesco mangeait et buvait presque autant que lui et se taisait. Basilio priait pour que tout cela prît fin.

Enfin, deux heures plus tard, Forza se releva, chancelant. Il partit se soulager dans les toilettes et revint, rouge et suant. Il paya le patron, lui laissa l'obole d'un éloge pâteux, puis fit signe à ses miliciens.

Il n'était pas en état de voir qui que ce fût, et il eut encore assez de lucidité pour s'en rendre compte, bien qu'il ne l'eût pas admis devant les deux hommes. Francesco voulut chercher la voiture, malgré son état d'ébriété, mais Forza l'en retint. Il faisait beau, une petite marche leur ferait du bien. Il irait jusqu'au palais de Venise, avec un peu de chance ils verraient le Duce, *Italiane, Italiani !*, haranguer la foule massée au pied de son balcon. Derrière, il y avait le Forum, les reliques de la puissance impériale que Mussolini entendait relever, et ce ne serait possible qu'avec des hommes de la trempe de Forza, pas ces incapables qui passaient leur temps à ourdir d'ignobles complots et à saborder les véritables serviteurs du régime !

Ils parcoururent à pied les rues encombrées de la capitale. Devant marchait Forza, le torse bombé, qui toisait les passants et semblait leur reprocher de ne pas s'incliner devant lui. Tout le monde les ignorait, quand on ne leur décochait pas des regards moqueurs. Au bord d'une fontaine, sur une place allongée, il apostropha une statue d'homme qui se protégeait d'une chute d'eau. Basilio n'entendit pas sa diatribe. Quelques passants se retournèrent et rirent. Francesco se tenait à l'écart.

Ils repartirent. Sur une place encombrée, Forza leur désigna un balcon désert. Mussolini ne le saluerait pas aujourd'hui… Restait le Forum qu'ils arpentèrent lourdement, tandis que Forza calmait sa faconde et se réservait l'exclusivité de propos de plus en plus confus. Il dégrisait, pourtant, et l'alcool ne l'avait jamais empêché de raisonner. Mais derrière l'ivresse, un sentiment terrible l'étreignait, qui pouvait se résumer à quelques mots : tout ça pour rien. Il s'était trompé sur toute la ligne, ou il avait été trompé. Tout aurait-il pu être différent ? Il n'en savait rien. À quoi bon y songer ? Il était trop tard. Les deux miliciens le suivaient, quelques mètres en arrière, mais il ne prêtait plus guère attention à eux. Ce serait pareil pour eux, mais comme ils n'avaient aucune ambition, aucun moyen, aucun pouvoir, ce serait sûrement moins douloureux. Moins cruel. Francesco était un auxiliaire sans scrupule, presque sans conscience. Il s'adapterait toujours. Quant à Basilio… jamais il n'aurait dû s'intéresser à ce gamin. C'était perdu d'avance. Avec ses histoires d'amour impossible et ridicule ! Une petite sauvageonne qui s'amusait à ensorceler les benêts…

Ils sortirent du Forum, firent le tour du Colisée. Un instant, Forza rêva de lions affamés réduisant en charpies les insolents qui l'avaient éconduit ce matin. À quoi bon ? Ces Romains avaient eu raison, Forza était fini. Avait-il jamais commencé ? Une sombre mélancolie le gagnait tandis que l'après-midi s'épuisait au même rythme que son ébriété. Il s'arrêta et tourna la tête vers ses suiveurs. Basilio semblait inquiet. À quoi songeait-il ? À cette gamine, sans doute. Forza s'était trompé sur toute la ligne. Jamais Basilio ne serait un milicien digne de ce nom. Et ce n'était pas la pire de ses erreurs. Presque un amusement. Le reste… Il frissonna. Des souvenirs de campagne, un visage de femme, d'enfant… La chaleur d'un feu, l'épouvante d'un brasier…

Il se remit en route.

Le soir allait tomber. Il menait toujours sa petite troupe. À présent, il était tout à fait dégrisé. Conscient aussi de s'être comporté comme un abruti. Un clown triste et ridicule. Si le régime ne lui donnait pas de poste plus important, il ne devait s'en prendre qu'à lui-même : pourquoi confierait-on de telles responsabilités à quelqu'un qui n'était pas capable de se contrôler devant des subalternes ? Des miliciens ignares. Il n'aurait jamais dû les emmener avec lui. Et certainement pas se donner en spectacle… Mais il y avait tellement cru, à cette promotion ! Être enfin quitte des Pouilles, de leur misère, des souvenirs… Non. Il faudrait tout reprendre à zéro, courtiser à nouveau, solliciter. Et cela, Forza n'était pas sûr d'en avoir encore l'énergie, la patience.

Il n'aurait vu personne cet après-midi. Encore une nuit à Rome, et puis ils reprendraient la route de Bari. S'enterrer à Bari. Boire le soleil pesant des Pouilles comme un poison lent. Couver les gens d'un œil méprisant. La nausée monta. Il fallait trouver à boire.

Il avait marché sans but. Il connaissait assez Rome pour ne pas s'y perdre. Il jeta un regard autour de lui ; ils étaient passés devant l'église du Gesù, puis celle de Sant'Andrea della Valle. Ils revenaient vers la Piazza Navona, mais Forza n'avait pas envie d'aller par là. Il prit sur la gauche. Sur le campo dei Fiori, il dénicherait un petit bar accueillant.

Le soleil déclinait lorsqu'ils arrivèrent sur la place. Basilio et Francesco suivaient toujours Forza, d'un pas traînant, désabusé. Des lambeaux rosés dans le ciel au-dessus des bâtiments, devant eux, rappelaient que Rome était la plus baroque des villes – mais Basilio n'en savait rien, il n'aimait pas ce qu'il voyait, et même il ne voyait plus rien, il attendait que tout cela prît fin, cette comédie pitoyable, et il aspirait à rentrer à Bari. Il se sentait ridicule, sur cette place pleine de gens, de marchands, avec son uniforme noir, il n'était qu'un imposteur et c'était peut-être sa seule fierté, d'être un mauvais milicien, un incapable, aussi peu fasciste que possible. Mais pour les gens qui le croisaient, cela ne changeait rien, ils ne voyaient que l'uniforme et ils n'y prêtaient aucune attention, il y en avait tant ici, c'était la loi, la nouvelle loi, le nouvel ordre, celui que défendaient des gens comme Forza, capable de réduire un village en cendres puis de venir quémander comme un chien un os à ronger, un pouvoir un peu plus grand, le droit de tuer plus de monde, d'en faire souffrir davantage… Si Lucia le voyait à présent, sûr qu'elle le détesterait ! Sûr qu'elle serait confortée dans sa volonté de ne plus le revoir, jamais…

Ils étaient arrivés devant une grande statue, un homme sombre au visage couvert par une cagoule de moine, les mains croisées sur un livre appuyé contre son ventre. Forza s'arrêta un bref instant, à la recherche de l'établissement qui conviendrait le mieux pour se désaltérer. Basilio se retrouva face à l'épitaphe, gravée en lettres d'or sur une plaque de bronze sombre, et ne put s'empêcher de déchiffrer, péniblement – ç'aurait été la seule chose que le fascisme lui aurait apportée, apprendre à lire, et il se demandait s'il fallait s'en féliciter, il ne pouvait plus désormais s'empêcher de lire ce qui, jusqu'alors, n'était à ses yeux qu'une succession de traits insignifiants.

A BRUNO
IL SECOLO DA LUI DIVINATO,
QUI
DOVE IL ROGO ARSE

Qu'est-ce que cela voulait dire ? Déchiffrer les lettres ne suffisait pas toujours pour comprendre ce qui était inscrit. Mais deux lignes frappèrent Basilio : la première et la dernière. Bruno, et le bûcher. Le nom lui rappelait quelque chose, les histoires de Filippo, mais c'était surtout le mot de « bûcher » qui avait ravivé sa mémoire.

Une main s'aplatit sur ses épaules. Il sursauta et se retourna : c'était Forza.

– Qu'est-ce que tu fabriques ?

Le chef releva la tête vers la statue et lut l'épitaphe. Il eut une grimace, et Basilio fut certain que c'était à cause du même mot. C'était à cause d'un bûcher que leurs chemins s'étaient croisés. Pour le pire et pour le pire. À cause d'un autre bûcher que Forza, sans doute, était devenu ce qu'il était : un monstre pitoyable, un petit bourreau rejeté par ses maîtres. Forza fit un commentaire qui se voulait ironique sur le dominicain puis il donna un nouveau coup de coude dans le dos de Basilio, ils n'allaient pas rester des heures devant la statue d'un condamné.

Mais Basilio ne bougea pas. Il n'avait pas entendu la boutade de Forza, il ne se souciait plus de Bruno, ni de Forza, ni de rien. Là, à une cinquantaine de mètres de lui, une jeune fille le regardait, la bouche ouverte, horrifiée. Une jeune fille dans une robe misérable qui marchait vers la statue comme pour un rendez-vous, et qui soudain s'était arrêtée, pétrifiée, en les apercevant.

– Lucia !

Il avait hurlé au moment où elle s'était détournée, où elle s'était mise à courir, à s'éloigner, à fuir. Lucia, là, à quelques pas de lui, et qui s'échappait, qui l'avait vu, il en était sûr, qui l'avait reconnu, et qui pourtant avait tourné les talons comme à la vue d'un monstre… Elle était loin déjà lorsqu'il s'élança, bousculant sur son passage les badauds et les chalands. Il y eut des cris, une agitation dans les rangs des marchands que Basilio ne comprit pas, il ne voyait rien d'autre que la silhouette menue qui s'échappait, rapide et agile comme jadis dans les bois de San Nidro, une fée virevoltante et lui un âne, qui se prenait les jambes dans les paniers, qui butait sur les gens, qui se laissait distancer, qui ne vit pas le bâton glissé discrètement par un maraîcher soucieux de protéger leur petite fée, et la chute, la chute lamentable et douloureuse sur le pavé chaud et gras, la chute, le nez dans les feuilles de salade, au milieu des rires et des sarcasmes, le temps de se relever, de frotter ses yeux pour enlever la brume soudaine qui s'y était déposée, de sueur, de larme et d'eau sale, le temps de se redresser, de regarder, plus rien, la foule refermée, des gens devant lui déguisés en simples marchands mais déterminés à barrer sa route, sans que Basilio pût deviner pourquoi ils s'interposaient ainsi, pourquoi ils ne le laissaient pas poursuivre celle qu'il n'aurait jamais dû abandonner, celle à qui il avait promis de ne jamais quitter San Nidro. Celle qui l'avait rejeté, et qui venait de le lui confirmer par le geste, par la fuite.

Forza était hilare et furieux. Furieux qu'un de ses hommes se fût donné ainsi en spectacle, ridiculisé devant les Romains, comme s'ils n'avaient pas assez de sujets de moquerie à l'adresse des Italiens du Sud, comme s'ils ne les traitaient pas déjà de bons à rien, d'Arabes, de fainéants, de paysans. La chute de Basilio au milieu de ces étals avait éclaboussé les ruines de sa fierté. Forza aurait dû l'abattre sur place, pour l'exemple, pour montrer qu'on ne se moquait pas de l'ordre fasciste, qu'on ne ridiculisait pas Forza en place publique. Mais on ne pouvait pas exécuter sans procès un milicien sur un marché romain, il fallait que l'ordre régnât, ou du moins de la discrétion. Et tout Rome s'était ligué pour ridiculiser Forza.

C'était plus facile de réduire en cendres un hameau apulien que d'abattre un crétin à Rome. Car Basilio était un crétin, définitivement. Forza s'était laissé avoir par ce bûcher, par ce côté rebelle, solitaire. Un abruti. Un gamin englué dans une histoire d'amour grotesque, un pêcheur inculte tombé dans la plus romantique des aventures. Toute sa frustration, toute son humiliation allait retomber sur lui. Qu'il servît au moins à ça.

Alors, Forza n'avait pas tiré son arme, ne l'avait pas pointée sur la tempe de Basilio ; mais quand Francesco l'eût relevé, il s'était approché et l'avait agoni d'injures et de sarcasmes. Il lui avait promis des sanctions, l'enfermement dans un asile s'il continuait à poursuivre les jeunes filles innocentes en les prenant pour des fantômes. Basilio n'avait pas réagi, livide et tremblant, et Francesco non plus, qui gardait les poings et les mâchoires serrés. Difficile de savoir ce qu'il pensait, celui-là. Quelle importance ? Ce n'était qu'un milicien, trop bête pour jamais monter en grade.

Le plus urgent, sur cette place, était de sauver la face. Forza cria. Militaire, général. La foule des badauds se dispersa et fit mine de ne pas les regarder. Ils avaient compris qu'ils ne devaient pas se frotter à lui. Même les plus bravaches redoutaient les miliciens. Partir d'ici. Plus question de s'arrêter dans un bar local pour se désaltérer – et, pour cette raison aussi, Forza était furieux contre Basilio. Une dernière menace et puis un geste autoritaire du menton pour leur donner l'ordre de le suivre.

Francesco soutenait Basilio, mais celui-ci se dégagea doucement. Francesco maugréait : qu'est-ce qui l'avait pris ? Il le savait, pourtant. Il avait entendu le cri de Basilio, il avait vu la silhouette se détourner et s'enfuir. Pas assez pour confirmer ou non qu'il s'agissait bien de Lucia. Il s'en souvenait mal, d'ailleurs, et la dernière fois qu'il l'avait vue, elle était encore une gamine. Celle qui venait de s'enfuir n'avait pas l'air très vieille, menue, fluette, un joli brin de fille sans doute, mais quelle importance ? Elle les avait fuis comme la peste, et elle n'avait pas tort, ils étaient bien une sorte de peste. En tout cas, Forza. Et celui-ci avait désormais une raison pour rejeter sur eux sa hargne, sa déception, ses défaites. Ils allaient en baver. Ici, à Rome, et plus encore demain à Bari. Demain et après-demain.

Basilio, lui, les suivait comme un automate. Qu'avait-il vu ? Il ne savait pas. Lucia. Un fantôme. Une quelconque gamine de Rome. Il y avait eu l'ivresse du repas, la longue marche derrière Forza, la statue de Bruno, les souvenirs… et Lucia, là, devant lui. Au moment où il pensait à elle. Preuve qu'il avait rêvé, que ce n'était pas possible. Ou preuve que la magie de sa petite fée opérait encore, qu'il avait suffi qu'il pensât à elle, devant cette statue, pour qu'elle apparût. Preuve surtout que la religieuse de Bari avait raison : Lucia ne voulait plus de lui, elle le rejetait.

Forza les ramena vers la Piazza Navona. Là, la foule était suffisante pour que personne ne prêtât attention à eux. Il s'attabla à une terrasse et fit signe aux miliciens de rester debout, à quelques pas. Il n'allait pas leur offrir à boire ! Il avait déjà été trop bon à leur égard. Il commanda un demi-litre de rouge. Francesco avait soif, lui aussi. Il observait d'un œil mauvais leur chef qui savoura lentement le vin qu'un serveur accort versa dans son verre, mais Forza ne les regardait pas. Il ruminait. Son passé, ses échecs, son présent, son avenir. S'il incarnait l'Italie nouvelle, il ne donnait pas cher du projet fasciste ; et s'il ne l'incarnait pas, que faisait-il ici ? À moins que ce ne fussent ces messieurs romains qui en étaient l'essence. Alors, Forza ne jouait plus. On avait changé les règles, ou l'on avait menti depuis le début.

Le vin nouveau raviva l'ivresse amère du déjeuner. Les pensées du satrape s'embrouillaient derechef. Une rage sourde monta avec l'alcool. Il commanda à manger, des pâtes et de la viande. Pour se calmer. Reprit du vin. Il ne se calma pas. Les deux miliciens attendaient toujours, impassibles comme des bovins. Il les détestait. Ils n'auraient pas une miette. Rien. Ils attendraient encore, à le regarder festoyer ! Une autre bouteille. À la santé du Duce qu'entourait une bande de minables, à la santé de cette gamine que l'autre imbécile n'avait pas fini de pleurer, à la santé de toutes celles qui sans cesse mentaient aux hommes, que savaient-elles faire d'autre, c'était leur respiration, le mensonge !

La nuit était tombée. À la terrasse, Forza bâfrait. Francesco était mort de faim et de soif, mais il avait compris que Forza avait envie de les humilier en leur imposant ce spectacle, cette faim et cette soif. Basilio ne pensait plus. Si Forza avait eu l'intention de le blesser, c'était en vain. Plus rien ne le touchait. Son esprit courait encore sur cette place, à la recherche de la silhouette entr'aperçue. Il n'avait rien à faire ici. Il devait retourner là, chercher Lucia. L'obliger à le regarder en face, à lui dire que oui, vraiment, elle lui en voulait, qu'elle ne voulait plus le voir, jamais, qu'elle l'autorisait, de la sorte, à mourir, à disparaître à son tour, à Basilio ne savait quoi encore. Il aurait dû partir pour le campo dei Fiori mais il ne bougeait pas, rivé à l'ombre de Forza comme une chèvre à son piquet.

La place s'était illuminée. Des lampions aux terrasses, sur les façades, une foule animée, insouciante, romaine, internationale. La fête habituelle. Francesco rageait. Il aurait voulu lâcher là Forza, saisir la main d'une de ces jeunes filles qui passaient, désinvoltes et rieuses, belles, libres, l'emmener dans un bistrot, une trattoria, lui parler des voyages dont il avait rêvé et dont lui seul savait l'échec. Il aurait voulu s'enivrer avec n'importe laquelle de ces passantes, même pas trop jolie, effacer les années vécues depuis son départ de San Nidro, gommer aussi Forza. Il s'en voulait plus encore de n'avoir pas le courage. Le courage de prendre Basilio par le bras, de l'emmener dans le quartier du campo pour y chercher celle qu'il avait aperçue, en avoir le cœur net, et puis le reconduire chez lui, dans le Sud, à San Nidro, qu'il reprît sa place auprès de Luigi, sur la barque, avec ou sans Lucia, et que Francesco ensuite repartît à zéro, car il n'était pas question pour lui de revenir à San Nidro, il se l'était juré, pas même mort, et tant pis si, en y songeant, il ressentait un pincement désagréable du côté du cœur. De toute manière, pas la peine de réfléchir si loin, il appartenait à cette place, à Forza, à Rome, au fascisme.

Une main dans son dos faillit le faire tomber ; Forza avait achevé ses agapes et, après avoir réglé l'addition, s'était relevé. Son visage était un mélange curieux d'ivresse, de satisfaction et de colère. Un taureau furieux, songea Francesco. Il avait sorti de sa poche un cigare qu'il alluma tranquillement. Puis, sans un mot, il fit signe aux deux garçons de le suivre.

Ils s'éloignèrent des ruelles encombrées. Forza semblait tirer dans son dos deux chiens craintifs, échine baissée par peur des coups d'un maître imprévisible. Il s'était mis à parler haut, dévidant les flots d'insultes et de frustrations qui avaient longuement mûri durant son repas solitaire.

Comment arrivèrent-ils au bord du Tibre, Forza ne s'en rendit pas compte. Il avait marché au hasard, et il réalisait à présent qu'il avait cherché à s'éloigner de la foule, peut-être aussi à rejoindre le seul élément qui pouvait lui rappeler Bari : l'eau. Décidément, il s'enfonçait dans le grotesque ; non seulement, il n'avait aucune envie de raviver le souvenir de Bari, mais en plus, rien ne ressemblait moins à l'immensité marine que ce fleuve lourd aux berges sales. Il s'arrêta au bord de l'eau et sentit un léger tournis. L'obscurité était complète, il devinait le fleuve plus qu'il ne le voyait. Parfois, une écume grisâtre régurgitait quelques lueurs stellaires. Forza se tourna vers les miliciens. Ils devaient être affamés. Assoiffés. Tant mieux. Il ne parvenait pas à discerner les traits des deux garçons. Le fleuve, dans son dos, grondait. Forza sentit la sueur qui glissait sur son front, ses paupières, son nez.

Depuis leur arrivée au bord du Tibre, il avait interrompu sa litanie et était resté silencieux. Les autres, épuisés, l'avaient suivi encore, même si Francesco se demandait sans relâche pourquoi il n'avait pas le courage de fuir, pourquoi cette couardise, malgré sa colère et sa rancune, face à cet assassin.

Lentement, la logorrhée de Forza reprit, si basse au départ qu'on l'aurait confondue avec le grondement du fleuve. Pourquoi en revenait-il aux femmes ? Dans les méandres de sa rage, de cette folie avinée qu'il avait laissée grandir tout l'après-midi, il n'aurait pu le dire. Pourtant, c'était évident ; il revenait à la source de tout. De tous ses maux. De toute son histoire. Basilio était un triple idiot de rester attaché à une femme. Il le lui avait dit. Répété. Tout ça pour aboutir à cette scène ridicule sur le campo dei Fiori ! Les femmes étaient menteuses, toutes, par profession. Par nature. Par essence. Par vocation ! Mentir, tromper, berner, duper. Il le savait !

Francesco frissonna. Il devinait vers quel souvenir le délire de Forza allait le conduire. Il ne voulait rien entendre et, en même temps, il n'attendait rien d'autre. Les aveux de Forza, l'explication, s'il en existait une, pour ce massacre. Ce qui s'était passé avec cette femme, et l'enfant dans son dos, avant la razzia sur le hameau. Et le jour de la razzia, au moment où ils s'étaient retrouvés face à face. Elle était belle. Francesco se rappelait la beauté de son visage, malgré la colère, la fureur. La peur aussi, peut-être. Sans doute. Une femme pareille avait-elle peur devant son meurtrier ? Pas sûr. Du genre à provoquer. Du genre à lui balancer que le gamin, derrière elle, n'était pas de lui, il l'avait bien deviné, elle l'avait trompé, avec tellement d'hommes que, désolé, pas possible d'identifier le père ; de lui sortir que oui, décidément, il était le plus grand cocu du pays, même si dans le secret de son cœur elle savait que non, jamais elle ne l'avait trompé, et que oui, ce gamin était de lui, mais ça, jamais elle ne l'avouerait, même si à cause de ça il allait les tuer, elle et lui. Était-ce ainsi que cela s'était passé, dans ce hameau maudit ? Pourquoi ces idées à présent, là au bord du Tibre, tandis que Forza éructait des injures à l'encontre de Basilio, qu'il se moquait de lui, de son amour puéril ? Ce que pensait Francesco, le tirait-il des propos décousus de Forza ou n'était-ce que le fruit de sa fatigue, de sa colère, de sa frustration ? Ou la lente décantation de ces images saisies tandis que lui-même servait la mort dans ce hameau perdu ?

Forza parlait, mais que disait-il ? Le visage de Basilio, Francesco ne le distinguait pas dans l'obscurité, mais il lui semblait sentir la nervosité qui émanait de son camarade, une nervosité toute de tremblement, qui se contenait, qui ne parvenait pas à sortir du corps sec de ce marin échoué dans la boue fasciste. Soudain, tandis que Francesco ne pouvait plus démêler ses pensées des paroles stridentes de Forza, il y eut comme un éclair et, bien que tout demeurât sombre, Francesco eut l'impression de voir un jet blanc. Puis un bruit mat, un cri, les paroles de Forza éteintes dans ce cri, un autre bruit, une chute, lourde, très lourde, la terre qui tremblait. Et ensuite, le silence, le souffle court de Basilio, le fleuve qui offrait un chant de victoire et de catastrophe, un hymne d'apocalypse.

Que s'était-il passé ? Francesco s'approcha à pas lents et buta sur un corps. Il appela Basilio, qui lui répondit d'une voix rauque mais ne bougea pas.

C'était donc bien Forza qui était étendu par terre. Mais dans quel état ? Francesco posa prudemment la main sur la poitrine de son chef ; elle se soulevait régulièrement. Il n'était pas mort. Le milicien sortit une allumette de sa poche et la craqua. En protégeant la flamme fragile, il parcourut le corps inconscient. Sa main tremblait malgré lui, il était pris par une crainte et une impatience fiévreuse, un espoir vénéneux. Il dut rallumer une seconde allumette pour le visage et il poussa un petit cri : en tombant – sans doute, provoqué par Forza, Basilio avait-il fini par s'énerver et avait poussé le chef, qui avait trébuché –, l'homme avait heurté une pierre. Du sang coulait sur le sol.

– Il est mort ? demanda Basilio d'une voix à peine perceptible.

Mort ? Ce serait trop beau… Francesco fut parcouru par un mauvais frisson, une exaltation funeste. Mort ! L'occasion était belle, trop belle pour la laisser passer. De toute manière, si Forza n'était pas blessé à mort, s'il revenait à lui, leur sort à tous les deux était soldé. Ils n'avaient pas le choix. Basilio ne le savait pas, il n'était pas capable même de l'imaginer, mais Francesco comprit et sut ce qu'il fallait faire. Froidement, calmement. Froidement, en tout cas ; pour le calme, il faudrait accepter la main qui tremblait, le souffle précipité, la sueur acide, l'adrénaline qui agitait le cœur.

L'arme de Forza. Forza était un assassin, il ne fallait pas penser à autre chose, un assassin, un fou. Un homme qui, s'il retrouvait ses esprits, serait une menace pour leur vie. Francesco revit l'image de la femme sur le seuil de sa maison, l'ombre de l'enfant dans son dos. Bâtard. Salope. Cocu. Il entoura le canon de sa veste et le colla contre la tempe de Forza. Il ferma les yeux. Il avait déjà tiré, tué sans doute, mais jamais de si près. Jamais. Images du village, du brasier qui s'élevait au-dessus de la maison, qui mangeait les poutres et les corps, et l'odeur épouvantable de la chair brûlée, celle de la femme, celle de l'enfant. Il appuya sur la détente. Le Tibre parut gronder plus fort pour couvrir ce que l'étoffe avait malgré tout laissé échapper de la détonation.

Dans le noir, Basilio s'était précipité près de Francesco.

– Qu'est-ce que tu fais ? balbutia-t-il, affolé.

Francesco se redressa. Le sang battait à ses tempes, son souffle était court comme s'il avait traversé Rome en courant. Il l'avait fait. Forza avait payé. Il se pencha sur le corps, posa les doigts sur la gorge. Rien. Pas un frisson de vie. La tête ne devait pas être belle à voir, mais l'obscurité leur épargnait le spectacle. Ce qu'il faisait ? Justice. Libération. Il ne laissa pas Basilio se monter la tête.

– Donne-moi tes papiers.

Il dut répéter son ordre, car Basilio ne comprenait pas. C'était pourtant simple : il substitua le portefeuille de Basilio à celui de Forza, dans la poche du cadavre. Puis, il demanda à Basilio de l'aider ; ils saisirent le corps et le traînèrent jusqu'au fleuve. Une dernière poussée, un bruit sourd. C'était fini. Ils étaient libres. La femme était vengée.

Il ne fallait pas rester là. Il jeta l'arme et la veste trouée dans le fleuve puis, saisissant Basilio par le bras, il l'entraîna vers la voie, au-dessus du fleuve, déserte à cette heure tardive. Basilio se laissa guider. Enfin, ils arrivèrent dans des quartiers animés où l'éclairage ne faisait pas défaut. Francesco vérifia qu'ils étaient présentables, qu'aucune tache de sang ne les trahissait. Personne ne faisait attention à eux. Ils étaient toujours des miliciens, des hommes respectés, du moins redoutés. Il poussa son compagnon hagard dans un bar et commanda d'autorité deux grappas.

Il dut attendre que Basilio se calmât pour obtenir de lui une explication. Forza n'avait pas parlé du village, en tout cas, Basilio ne s'en souvenait pas. Les propos de l'homme avaient été décousus, incohérents. Violents, injurieux. Il avait parlé de Lucia. Il avait dit à Basilio qu'il s'était renseigné, contrairement à ce qu'il lui avait fait croire. Qu'il était allé à l'orphelinat après être retourné à San Nidro pour le meurtre de Rosario. Que la mère supérieure lui avait appris que Lucia s'était échappée. Envolée, la gamine ! Et Forza avait ri : Basilio comprenait-il combien il était ridicule d'espérer retrouver cette fille qui avait fui et qui n'avait jamais cherché à le revoir, bien qu'elle fût libre ? Elle ne comptait plus sur lui, il ne l'intéressait plus, elle devait sûrement… Et il avait eu des propos orduriers, ignobles, pour décrire à quoi, selon lui, Lucia consacrait désormais sa vie. Alors, Basilio avait craqué, il n'avait pas supporté ces mots, et il avait frappé Forza, avec toute la force d'une colère accumulée pendant des mois. Et il l'avait tué…

Il se mit à pleurer silencieusement. Francesco était gêné, ça ne se faisait pas, de pleurer comme ça sur la mort d'une ordure. Mais il n'y avait pas que cette mort, il le devinait, il y avait aussi et surtout les injures sur Lucia, et encore la silhouette aperçue, poursuivie, perdue. L'idée pernicieuse, mortelle, que Forza avait eu raison, que Lucia, si elle s'était libérée sans Basilio, l'avait bel et bien rejeté. Francesco n'en savait rien. Et Forza était mort.

Il commanda un second verre et obligea Basilio à le vider. Il fallait se calmer. Retrouver son sang-froid. Forza n'avait eu que ce qu'il méritait, et ce n'était pas Basilio qui l'avait tué, il n'était pas aussi costaud qu'il le croyait. Si un jour on repêchait son cadavre, on le prendrait pour le milicien Giancarlo Brusco, puisque c'était sous ce nom que Forza avait inscrit Basilio. Et Francesco songea que c'était peut-être le nom du gamin dans le dos de la femme, ou celui de l'homme dont elle s'était proclamée la maîtresse. Mais il ne dit rien à Basilio, pas la peine de l'embrouiller avec ces histoires, et de toute manière, Francesco n'en savait rien, il avait probablement déliré, personne ne pourrait plus jamais lui dire s'il avait tort ou raison. Pareil pour Lucia. Forza avait sans doute sorti n'importe quoi pour provoquer Basilio. Lequel était désormais pour la milice un homme mort, un soldat inconnu, donc un homme libre. Bien sûr, on s'apercevrait de la disparition de Forza. Francesco allait rentrer à Bari et raconter qu'il avait surpris Forza en train de se disputer violemment avec un autre milicien, le pauvre Giancarlo. Puis, il les avait perdus de vue dans la nuit romaine. Il les avait attendus là où ils logeaient, un jour, puis deux. Il irait déclarer leur disparition à Rome, puis à Bari. Même si on retrouvait le cadavre de Forza et que quelqu'un reconnaissait qu'il ne s'agissait pas de Giancarlo, Basilio ne risquait rien. Grâce à Forza et à cette idée idiote de l'enregistrer sous un faux nom. À quoi il avait pensé en agissant de la sorte, ils n'en sauraient jamais rien. De toute manière, cela n'avait plus aucune importance.

Il fallut l'aube pour que Basilio finît par accepter ce que lui disait Francesco. Il n'avait plus rien à faire dans la milice, il n'existait plus pour elle, il n'avait même jamais existé. Il pouvait rentrer à San Nidro. Il le devait. Francesco pas. Impossible. Il devait le couvrir, rendre crédible cette histoire invraisemblable. La milice, à Bari, le croirait, il en était sûr. Quant aux pontes romains que Forza avait sollicités, ils seraient soulagés d'apprendre la disparition de ce quémandeur importun. Si on retrouvait le cadavre et si, par malchance, on venait l'identifier correctement, on mettrait le meurtre sur le compte de ce Giancarlo dont plus personne ne retrouverait jamais la trace. Qui irait le chercher à San Nidro ? Si Basilio le préférait, il pouvait fuir l'Italie, se rendre en France, en Espagne, n'importe où, en Amérique même. Ce ne serait pas facile, mais Francesco pouvait essayer de lui organiser ça. Une proposition faite sans grand risque ; Francesco avait bien deviné que Basilio n'irait pas plus loin, qu'il retournerait aussi vite que possible dans son village. Non sans avoir juré à son ami que jamais il ne parlerait de lui à

Luigi. Et Francesco avait été heureux de toute cette dramaturgie inventée sur un coin de table, qui écartait la tentation brûlante de rentrer, lui aussi, de retrouver son père et de lui dire... Quoi ? Il n'y avait rien à dire.

Les signes du ciel étaient brouillés. Il y avait eu d'abord ce pigeon un peu ridicule avec sa patte amputée. Puis trois moineaux au bord de la fontaine aux tortues et une petite fille qui jouait à la marelle et qui tombait au moment d'arriver au paradis. Cette chute surtout avait inquiété Lucia. Pourquoi tombait-on en accédant au paradis ? Mais il y avait eu ensuite ce cri d'une femme amoureuse, jailli d'une fenêtre ouverte sur une ruelle étroite. Du bonheur qui pleuvait sur la tête de Lucia, du bonheur qui lui faisait penser à Basilio, au jour où Basilio serait là, sur la place, au jour où Basilio lancerait son nom à la face du monde, la prendrait dans ses bras pour l'embrasser, pour l'enlacer, et puis, pour la vie, la ferait crier comme cette inconnue dans les bras d'un inconnu.

Il y avait aussi de la joie dans les rues de cette Rome détestée, parce qu'il y avait des hommes et des femmes amoureux, capables de s'offrir mutuellement de la tendresse et du plaisir. Sans savoir que Lucia en recueillait les miettes et y trouvait la force de résister. De rester, de revenir tous les soirs sur le campo dei Fiori, au pied de la statue du supplicié par un siècle obscurantiste et honoré par un autre qu'il aurait prophétisé, *divinato*, un mot qui faisait sourire Lucia. Sourire et rêver. Elle aussi avait prophétisé son amour, depuis tant d'années, une certitude jaillie dans la clarté de l'enfance, de la mer et des bois de San Nidro. Ils avaient été séparés à deux reprises. Par le mensonge et par la mort. Mais ils devaient se retrouver, cela aussi était *divinato*.

Elle arriva sur le campo sans savoir à quel signe se vouer. De toute manière, cela faisait des mois qu'elle venait, avec ou sans signes, et qu'elle repartait bredouille, toujours un peu déçue, jamais abattue, elle ne devait pas attendre d'avoir quitté la place pour s'être convaincue que, le lendemain, elle aurait enfin la chance, le bonheur *divinato* et divin.

Pour prolonger l'espoir, et le plaisir trouble que suscitait en elle cette attente quotidienne, elle laissa son regard traîner sur les étals. Elle salua le maraîcher, la fleuriste, accepta un morceau de saucisson piquant, une pêche jaune. Elle sourit d'une grosse femme qui se plaignait de la chaleur, et au joueur de violon qui agaçait les oreilles et ne s'interrompait qu'en échange de quelques pièces, sans qu'il fût possible de déterminer précisément le prix de son silence.

Puis, enfin, quand un voile rosé au-dessus du palais Farnèse lui rappela qu'il était l'heure, elle se retourna et marcha vers Bruno le grave, figé dans sa bure de bronze, les mains serrées sur le livre des secrets du monde et des âmes, comme avait choisi de l'intituler

Lucia, le livre qu'elle lirait, par cœur, lorsque enfin Basilio poserait la tête contre sa poitrine, tous les soirs, après l'avoir aimée.

Par la fenêtre, Lucia avait entendu le chant d'une femme amoureuse. Et là, devant la statue, Basilio... Lucia s'arrêta un instant, pour goûter aux battements de son cœur affolé. Basilio !

Mais la petite fille était tombée en arrivant sur la case du paradis. Tout le sang de Lucia reflua, son visage devint blanc lorsqu'elle aperçut l'uniforme de son aimé, la chemise noire de celui qu'elle avait attendu, la même que celle de ces suppôts de la mort qu'elle fuyait sans cesse, depuis son arrivée. Ce n'était pas Basilio, ce n'était pas possible, pas lui. Elle se souvint de l'histoire de l'enfant de San Nidro parti faire fortune et revenu, l'histoire du démon, ce ne pouvait être que ça, un démon avait pris l'apparence de Basilio... Et derrière Basilio, cet autre uniforme, cet homme massif, lourd, qu'elle avait aussitôt reconnu, celui qui l'avait livrée aux religieuses, et donc à Rosario, et donc à cette salissure, à cette épreuve terrible qui l'avait conduite à subir, à tuer, à fuir, à s'éloigner de Basilio alors qu'il avait été là, à deux pas d'elle.

Une petite fille était tombée en jouant à la marelle, et Lucia tombait, elle tomberait toujours, la porte du paradis était verrouillée, condamnée, là devant elle un démon en uniforme noir, en costume d'assassin, au visage d'ange, là par quel hasard, quelle cruauté, là qui l'apercevait, qui criait son nom, une petite fille tombait en voulant sauter dans le paradis, et elle s'encourait, s'encourait à perdre vie dans les rues de Rome, ce n'était pas possible, elle s'était trompée, ce n'était pas Basilio, ce ne pouvait pas être lui, mais il avait crié son nom, elle l'avait entendu, elle avait reconnu sa voix, et ce nom tant attendu de ces lèvres avait été un couteau lancé dans sa poitrine, une lame dans son sein, et elle courait, blessée mortellement mais décidée à ne pas se laisser rattraper par le chasseur, par ce démon qui avait sûrement dévoré Basilio, jamais il ne se serait laissé dérober son image pour tromper Lucia, jamais il n'aurait librement endossé cet uniforme macabre, suivi celui-là qui l'avait conduite comme une vierge sacrifiée souillée par le regard de ce prêtre, cet autre démon lui aussi au pied de Bruno, qui avait posé sur l'épaule du fantôme de Basilio une main paternelle, autoritaire, possessive, jamais, jamais, plus jamais…

Elle avait couru longtemps, jusqu'à ce que ses poumons fussent au bord de l'embrasement. Jusqu'à ce que le jour fût englouti avec son âme dans la nuit la plus sombre. Elle s'était réfugiée dans un recoin malodorant où des rats mécontents s'étaient écartés devant son chagrin. Du temps avait coulé sur elle comme du plomb inutile. Plus rien ne pouvait l'atteindre, et elle n'attendrait plus rien. Elle s'était trompée, elle avait été vaincue. Elle avait tué Rosario, même si sa mémoire n'en gardait aucune trace, elle s'était retranchée du monde des heureux, et plus encore, elle avait livré Basilio aux mains des légions maléfiques. Coupable, deux fois coupable, trois fois coupable, mille fois. Éternellement.

Longtemps, elle demeura ainsi, prostrée, roulée sur sa détresse, les jambes serrées entre ses bras. La nuit, au-dessus d'elle, était parfaite. Parfois, les pas d'un homme l'effleuraient, sans jamais s'arrêter, personne ne devait la voir, ou alors elle inspirait la crainte, on s'éloignait en accélérant, quel mauvais sort ne pourrait-elle pas jeter au malheureux qui aurait l'idée malencontreuse de s'attarder, de lui proposer son aide ?

Puis, elle se redressa. Il ne servait à rien de prolonger l'attente, le mensonge. Il n'y aurait plus de signes, sinon celui qu'elle venait de déceler dans sa poitrine, le signe fatal que son ongle avait tracé sur sa gorge, la marque rouge sur le sommet de son sein qui n'aurait pas le temps de devenir cicatrice. Elle se mit en route vers le fleuve, l'île minuscule où l'on se rendait par un vieux pont en pierre sous lequel le Tibre roulait, presque fougueux, un vieux fauve qui, dans son sommeil, se souvenait d'avoir été un dangereux prédateur. Un ronflement d'eau dont les échos rêvés se prenaient pour des rugissements. Il n'y avait personne. Personne pour s'intéresser à elle, pour se demander ce que cette jeune fille faisait là, appuyée sur le parapet, au-dessus du vide, de l'eau, ce qu'elle avait dans la tête, pour quel malheur elle venait se confier à l'abîme, personne pour effacer de son âme l'image qui tournoyait sans relâche, Basilio en uniforme noir et Forza dans son dos, possesseur, deux démons, personne pour empêcher le vertige d'engloutir Lucia, la folie de la dévorer.

Depuis sa fuite, depuis la mort de Rosario, elle avait tendu le fil fragile de son espoir, tendu jusqu'à la limite du possible, le fil ténu de sa raison de vivre, et ce qu'elle venait de surprendre avait rompu le fil trop tendu, trop fragile, trop pur.

Lucia abandonna ses chaussures sur les pavés, grimpa sur le muret de pierre qui marquait la frontière entre le monde des pierres et celui des remous. Sous ses pieds, c'était dur, rêche, douloureux. Pourquoi avait-elle quitté l'humus des bois de San Nidro, la douceur du sable de ses plages ? Inutile de se poser la question. Effacer les noms, les souvenirs, les images. Ne plus penser qu'à la caresse de l'eau en contrebas. Bientôt, cesser de s'inquiéter, d'espérer, d'attendre. Elle ferma les yeux, respira profondément. Ce n'était pas difficile, désormais. L'effacement serait son seul paradis. Il en était de pires, de moins accessibles. Son esprit se tendait vers le vide, il essayait d'entraîner son corps. Mais celui-ci se raidissait, ses pieds nus s'accrochaient à la pierre. Lucia rouvrit les yeux. Là, dans l'eau, une masse sombre dérivait, qui s'accrocha un instant à des rochers. Un réverbère jetait une clarté fragile, suffisante pour que Lucia distinguât un corps, un visage. Elle poussa un cri terrifiant en reconnaissant l'homme, lui, qui avait posé la main sur l'épaule de Basilio, qui l'avait poussée dans les mains de Rosario, là, flottant sur l'eau noire du Tibre, et sa bouche tordue dans une horrible grimace, il était venu se moquer d'elle une dernière fois. Lucia détourna la tête et quand son regard revint sur le fleuve il n'y avait plus rien, plus rien qu'une écume qui bouillonnait petitement, Forza était passé, il l'avait appelée, une fois encore il lui montrait la voie, elle devait le suivre, elle n'avait pas le choix, pas plus aujourd'hui que jadis lorsqu'il l'avait conduite à la ville.

Lucia contint un sanglot de détresse et se penchait quand une main se posa sur son bras et l'attira en arrière, avec douceur et fermeté.

– Mademoiselle, que faites-vous ?

Un commerçant taciturne l'avait pris à bord et déposé à l'orée de la forêt au bout de laquelle il retrouverait San Nidro. Il n'avait pas cessé de pleuvoir et les deux voyageurs n'avaient pas échangé plus de trois mots.

Basilio attendit que la voiture eût disparu. Il s'était mis à trembler et voulait croire que c'était la pluie. Mais ce n'était pas ça. Comment pouvait-il être là, à nouveau, comme si rien n'avait changé, comme s'il n'avait pas passé des mois de sa vie à regarder autour de lui des hommes qui s'efforçaient à ressembler aux pires bêtes, des mois d'apnée qui le laissaient à présent sans souffle, échoué sur la berge de ce bois qui n'était pas un bois mais un lieu magique, ensorcelé. On était à la veille de l'année 1928, an VII de la nouvelle ère comme on le répétait à la milice. Cela ne signifiait rien pour Basilio. Depuis combien de temps connaissait-il Lucia, et depuis combien de temps l'avait-il perdue ? L'avait-elle rejeté ?

Pourquoi était-il parti ? Les souvenirs qui le suivaient dans son naufrage étaient gris et sales comme l'écume grasse des aubes d'hiver. La mort de Rosario, les baisers de Valentina. Le visage clos de sa mère, la résignation de Luigi. Des images sans soleil. 1928, VII, zéro.

La pluie redoublait. Devant, sous les frondaisons, elle serait moins sensible. Les arbres distillaient les averses. Basilio se laissa pousser par le vent et s'enfonça dans la forêt.

Sous ses pieds, un tapis souple et spongieux. Tout était parfaitement silencieux. À Bari et Rome, il avait été plongé dans le vacarme d'un monde qu'il ne soupçonnait pas avant de quitter San Nidro, un monde de fer, de moteurs, de cris. Agressif, violent. Hostile. Quelques minutes auparavant, il était assis dans une voiture qui puait l'huile, le froid, qui pétaradait. Longtemps après son départ, le bourdonnement du moteur avait continué à bousculer la sérénité de la forêt. Maintenant, c'était enfin le silence, pur, tissé de vent, de pas sur les feuilles mortes et les écorces, de gouttes qui glissaient des branches. Des mois que Basilio n'y avait plus goûté, à ce silence, au point de l'oublier. Mais il était le premier à l'accueillir, à lui souhaiter la bienvenue. Basilio n'aurait jamais dû partir, Lucia avait raison, évidemment. Mais alors, elle avait eu raison aussi de le fuir.

Soudain, un rayon de soleil s'inclina devant lui. Au-dessus des arbres, Basilio devina le ciel à nouveau bleu ; en dessous, sur la tête du milicien déserteur, les gouttes continuaient leur chute lourde, retenues par les branches, et se transformaient en éclats brillants. Basilio s'arrêta, ferma les yeux. Au loin, il ne s'était pas trompé, c'était le murmure de la mer. Une forte odeur d'iode, de sel et de pin lui tournait la tête, lui chavirait le cœur. Pourquoi es-tu parti ? Il sursauta, regarda en tous sens. Personne, sinon les ombres de la pluie et du soleil. Qui avait parlé ? Personne, sinon le bruissement de la forêt et l'écho de ses pensées. Mais là, dans le fourré, était-ce un animal tapi ? Basilio serra contre lui son pauvre bagage. Le temple avait conservé la mémoire de sa petite prêtresse aux pieds nus, vendue aux corbeaux noirs des villes mensongères, envolée vers des cieux inconnus. Lucia, si tu avais voulu… Basilio fit un pas vers le fourré mais s'interrompit. C'en était fini de l'espoir. À Rome, Lucia s'était enfuie devant lui. Il aurait dû rester ici. Mais si elle était à Rome, comment se seraient-ils retrouvés ? Lucia ne voulait pas le retrouver, Basilio devait l'admettre…

Devant lui, s'il parvenait à franchir la forêt, San Nidro, qui ne l'attendait pas.

Il se laissa guider par la main invisible de sa mémoire. Il contourna le village et, par l'affaissement de la falaise, gagna la plage. Ses jambes tremblaient, et ses mains, et son corps tout entier. Elle était là, intacte, ceinture ocre sur la robe bleue de la mer étale, indifférente et superbe. La vue de Basilio était brouillée. Dire qu'il était parti en pensant que, peut-être, il ne reviendrait jamais. Et il revenait en songeant, amer, qu'il n'aurait jamais dû partir. La dernière fois qu'il était venu sur cette plage, il s'était déshabillé, était entré nu dans l'eau froide. Et c'était comme s'il en sortait à l'instant, humide, frissonnant. Il fallait y replonger pour effacer cette errance, pour se purifier. Il n'avait pas encore tourné les yeux vers San Nidro, il n'osait pas, il les gardait rivés sur les vagues dolentes, les points grignotés d'azur des bateaux de pêche, le jeu des nuages dans le ciel. Fébrile, il entreprit de se débarrasser de ses oripeaux de milicien et se rua dans les vagues avec un hurlement de nouveau-né, confia ses larmes à l'écume. C'était une étreinte glaciale, puissante ; comment avait-il pu s'en passer si longtemps ? Il se laissa rouler dans les vagues, la mer pouvait l'emporter au large, le coincer contre le sable, il se laissait ballotter, bras en croix, jambes écartées, visage offert au ciel et aux eaux de toutes les sources. Se laver des absurdités de Forza et des autres qui rêvaient de grandeur, d'héroïsme, pour qui la violence était un sport joyeux, c'était fini tout cela, noyé, Basilio dans l'eau glacée se sentait enfin revivre, noyées aussi les images du corps de Forza, d'ailleurs l'avait-il seulement vu dans l'obscurité de la nuit, et celles de Francesco, qui était Francesco, un fantôme, ça n'existait pas les fantômes… Il se laissait flotter, il avait envie de rire, il avait froid, il allait mourir peut-être et quelle importance ? Il n'avait plus peur.

Son dos racla le sable, puis ses jambes. Les vagues l'avaient ramené au rivage. Il se laissa faire. Il était gelé, mais c'était une forme de chaleur après le froid mortel de Rome. Le soleil d'automne allait le sécher. Il savait que, bientôt, il pourrait se redresser, se retourner et faire face à son village, retrouver cette denture usée de pierres et de briques sur les mâchoires de la falaise, bientôt il serait prêt à affronter ceux-là, son passé qui l'attendait, patient, intact.

– Basilio !

Valentina avait crié. La silhouette qui venait de se profiler sur le seuil de sa maison était la plus improbable, mais aussi la seule qu'elle attendait depuis de longs mois. Un corps qui avait hanté ses nuits, qui avait brouillé ses jours. Un nom qu'elle n'avait pas osé prononcer, par crainte de rendre impossible la poursuite du temps.

Elle avait crié son nom et ils étaient restés là, immobiles, figés tous deux dans leur silence, leur histoire cachée, ignorant ce que pensait l'autre, pourquoi il était là, pourquoi elle avait crié.

– J'ai faim, avait-il fini par dire.

Il rentra, s'assit à la table, soudain épuisé par sa course, sa longue fuite. Il n'avait pas réfléchi longtemps. Il avait fait ce qu'il aurait dû faire depuis le premier jour : fuir. Rentrer à San Nidro, et peu importaient les conséquences. Et à présent, grâce au fantôme de Francesco, Basilio était mort pour l'État fasciste, plus mort que Forza dont le corps flottait vers la mer – pouvait-il venir s'échouer ici, sur la plage de San Nidro ?

Valentina lui servit un grand plat de pommes de terre et le regarda manger sans oser le questionner. Elle avait été effrayée par son regard vidé et avait compris qu'il avait dû marcher pendant plusieurs jours sans s'arrêter ni se reposer, qu'il fuyait quelque chose de terrifiant et que ce retour au pays n'était pas nécessairement la bonne nouvelle qu'elle espérait de tout son cœur.

Il fallut que l'assiette se vidât et que Luigi, appelé par Valentina, fût là pour que la parole de Basilio se déliât. Encore fut-elle elliptique : il se contenta de dire qu'il s'était trompé, que Forza l'avait dupé, que la milice n'était pas pour lui et qu'il revenait à San Nidro pour toujours. Luigi fronça les sourcils ; il était suffisamment informé pour savoir que les fascistes ne donnaient pas si facilement congé à leurs séides, et même s'il était soulagé de revoir Basilio, il découvrait ce qu'il avait fait durant cette absence et s'inquiétait des conséquences de ce qui, à ses yeux lucides, ne pouvait être qu'une désertion.

– Que vas-tu faire ? demanda-t-il lorsque Basilio se tut.

– Pêcher avec toi, si tu as toujours besoin de moi.

Luigi eut un grognement ; il avait continué à pêcher, seul la plupart du temps, incapable de trouver un aide qui lui convînt, et il songeait à tout abandonner. De ce point de vue, Basilio revenait à temps. Mais était-ce possible ? Il choisit de ne pas partager ses appréhensions et eut un sourire bourru pour signifier à Basilio que sa place à bord l'attendait.

Où Basilio allait-il s'installer ? Sa mère n'avait pas changé. Elle l'accueillit comme s'il n'était pas parti, et ne manifesta aucune émotion, sinon une forme de désagrément qu'un autre aurait pu interpréter comme une tendresse refoulée. Sans doute était-elle déçue ; son fils parti, elle pouvait l'imaginer tiré d'affaire, marié. Ou mort, et s'en estimer débarrassée. Son retour signifiait, pêle-mêle, l'échec de Basilio et la reprise des soucis de sa mère. Elle soupira et, sans un mot, alla dresser son lit.

– Si tu veux, tu peux…

Valentina n'acheva pas sa phrase. Basilio venait de lui raconter la manière dont sa mère l'avait accueilli et, sans réfléchir, elle avait été sur le point de lui proposer ce que ses rêves avaient échafaudé durant ces mois d'absence.

– Merci. Ça ira.

Qu'avait-il compris, qu'avait-il refusé ? Ils n'en parlèrent pas, et la vie fit semblant de reprendre comme si de rien n'était. Le lendemain de son retour, à l'aube, il était sur le pont, avec Luigi. Dans le village, on l'accueillit avec quelques paroles de bienvenue et beaucoup de silence. Luigi lui avait dit que plus personne ne le pensait coupable de la mort de Rosario. Le bourg se vidait, les plus jeunes étaient presque tous partis. Son retour était une bonne nouvelle, somme toute, même pour les vieilles bigotes qui ne l'aimaient pas mais qui redoutaient de n'avoir bientôt plus de poisson à manger. Gustavio ne venait plus depuis plusieurs mois, on ignorait s'il était mort ou retiré des affaires, ou si San Nidro, à ses yeux, ne méritait plus le détour. Basilio en fut soulagé ; les ponts étaient définitivement coupés. Et Luigi ne s'en plaignait pas ; les autres pêcheurs avaient rangé leurs filets, il était le dernier à partir en mer tous les matins. Il continuait pour les gens du village, plus la peine de vendre à Gustavio.

À plusieurs reprises, depuis qu'ils avaient quitté le port à l'aube, Basilio avait senti sur lui le regard de Luigi et avait deviné que le patron pêcheur voulait l'interroger, qu'il ne se satisfaisait pas de ses explications boiteuses. Mais ils avaient été absorbés par les gestes de la pêche, et Basilio avait ressenti avec un plaisir profond, qui l'étonna, le retour des habitudes. Ses membres n'avaient rien oublié. C'était eux qui étaient à la commande ; ses doigts faisaient les nœuds auxquels, pas une fois durant son absence, il n'avait songé, ses mains saisissaient les filets, ses bras les lançaient puis les tiraient, ses mains extirpaient les poissons brillants, ses doigts les caressaient avant de les trier. Luigi l'observait à la dérobée, souriant lorsqu'il le voyait opérer comme jadis, grave lorsque, levant la tête vers l'horizon, il s'interrogeait sur ce qui se cachait derrière tout ça. Mais il ne poserait pas de question, et Basilio ne dirait rien. Quelle importance, de toute façon ? Il était parti, il était revenu. C'était déjà miraculeux. Le temps filait comme un poisson trop agile pour être pris dans la nasse des hommes.

Pendant de longues semaines, Basilio se battit avec ses idées et ses souvenirs. La silhouette de Lucia sur cette place à Rome, la dispute avec Forza au bord du Tibre. La fuite, le coup. N'avait-il pas rêvé ? N'était-il pas toujours resté ici, à San Nidro, assoupi sur la plage, ressassant dans un mauvais songe des images du passé ? Lucia, Francesco, Forza… Désormais, il était seul, il était revenu à la vie. Ne plus rêver. Vivre ; même si cela semblait moins vivant que son rêve, ce serait moins douloureux. Ne pas nager à contresens, se laisser emporter. Comme le cadavre de Forza. Était-il mort seulement, le petit chef fasciste ?

Basilio était vivant. Il avait été repris par la beauté de son pays, qui était tout ce qu'il restait de son amour, une beauté qui était l'écho d'une fillette, d'une fée... avait-elle jamais existé ?

Ces pensées obscurcirent la vie de Basilio durant de nombreuses semaines. Lorsque le bateau mettait le cap vers la côte, il scrutait la plage et la falaise à la recherche d'une ombre. Quand il ne pêchait pas, il se réfugiait sous les frondaisons, en quête d'un écho, d'un rire enfantin. Il ne s'était pas rapproché de ses voisins et ne fréquentait toujours que Luigi et Valentina par goût, sa mère par obligation. Ils se parlaient peu, voire ne se parlaient pas. Il devinait que, bientôt, il irait dans les bois sans plus savoir ce qu'il y cherchait, et que du bateau il observerait la côte sans rien y voir d'autre que des rochers et des arbres. C'était cela qu'on appelait la vie, c'était cette vie qui l'appelait comme une sirène alourdie.

Une vie que, de près ou de loin, il partagerait avec Valentina. Laquelle souffrait silencieusement ; le retour de Basilio avait été un choc, pour elle. Espoir et souffrance. Elle s'était efforcée de ne plus l'attendre. De considérer l'avenir sous le sceau de son absence. Elle aurait une existence comme la plupart des femmes de San Nidro, terne et animale, avec quelques joies sur lesquelles on ne s'attardait pas, des peines que l'on ne comptait plus et qui tissaient la trame d'un destin. Mais Basilio était revenu. Il était à nouveau là, jeune encore, fort, beau, proche. Et si lointain. Il venait chez elle, s'asseyait à sa table, mangeait. Quelques mots sur la pêche, le ciel, la mer. Pas de confidence. Rien sur son passé à Bari. Elle tournait autour de lui, essayait quelques mots sur le présent, sur l'avenir, ne récoltait que son silence ; elle laissait traîner une main, un doigt, qui ne suscitait aucune réponse, aucun frisson. Et ses nuits semblaient plus solitaires que jamais.

Basilio ne parlait plus de Lucia. Valentina avait effacé les souvenirs de la fillette : son retour à San Nidro, Rosario, la demande de Lucia. Elle n'avait rien dit à Basilio, elle ne lui dirait rien. Il était parti, il était revenu. Valentina avait la sagesse sombre du malheur : on ne jouait pas avec une chance aussi improbable.

Pour Luigi, la parenthèse était refermée. Bien sûr, il aurait préféré qu'elle ne se fût pas ouverte, mais les regrets étaient des poissons trop petits pour être pêchés, et il fallait jouer avec les vagues telles qu'elles se faufilaient sous la coque. Pourtant, il savait que Basilio n'était pas entièrement revenu à San Nidro. Une part de lui, secrète, insondable, était demeurée coincée quelque part en route. Il se souvenait de son comportement après la disparition de Lucia ; il retrouvait à présent ces regards vides tournés vers la côte, ces distractions. Seules les maladresses avaient disparu : les bras et les mains de Basilio agissaient désormais en parfait automatisme, et le garçon travaillait sans plaisir ni déplaisir. Pensait-il encore à cette gamine ? C'était son droit. S'il l'avait retrouvée, il ne serait pas revenu. Ou avec elle. Ou alors déterminé à tourner la page. Ou alors… il n'en savait rien, Luigi. Les histoires d'amour, ce n'était pas son fort. Il était triste, simplement. Triste pour Basilio, bien sûr, mais aussi pour ceux qui l'entouraient. Lui, il ne se plaignait pas ; il avait le meilleur du garçon, sa force et son silence. Mais il y avait sa mère. Bien sûr, on ne pouvait pas dire qu'Annunziata fût aimable. Une vieille avec son écorce de vie, de sales habitudes. Mais c'était sa mère. Et puis, Valentina. Elle méritait autre chose que les regards absents de Basilio. Ce n'était pas Lucia, d'accord, mais Lucia n'était pas là. Valentina, elle, elle était là. Tous les jours. Tous les jours, elle le voyait, l'approchait. Basilio allait chez elle, mangeait chez elle. Se taisait. Et elle, contrainte au même silence. Luigi était malheureux pour elle ; une présence pareille, c'était pire que l'absence.

Alors, un jour, en rentrant au port, le pêcheur respira profondément et se força à parler : Valentina. Basilio le regarda, surpris. Quoi, Valentina ?

– Tu devrais…

Luigi rougit. C'était difficile. Que devait faire Basilio ? De quoi se mêlait-il ? Il prit une corde qu'il tritura avec application. Basilio le regardait toujours, surpris, attendant une suite qui ne viendrait pas. Luigi haussa les épaules et donna un ordre bourru pour clore la discussion.

Mais ces fragments de mots frappèrent Basilio. Des images resurgirent. La veille de son départ pour Bari. Le cri de Valentina quand il était revenu. Il ressentit une douleur dans la poitrine, comme le jour où il avait cru, à Rome… Dès qu'il fut libre, il remonta la falaise, passa derrière la maison de Lucia, abandonnée depuis des années et dans laquelle il n'avait jamais osé pénétrer, et s'engagea sous les futaies.

Il marcha jusqu'au crépuscule, insensible aux larmes qui coulaient sur ses joues. Il appela. Hurla. Murmura. Des oiseaux se turent, puis reprirent leur chant. Les insectes ne s'interrompirent même pas. Un écureuil le dévisagea avec des yeux ronds avant de s'envoler dans un arbre. Mais personne ne répondit. La forêt avait oublié. L'ombre qu'il avait cru surprendre, lorsqu'il l'avait traversée à son retour de Bari, s'était dissipée.

Depuis son retour, Basilio n'arrêtait pas de se réveiller. Ou de mourir. C'était pareil. Ici, et nulle part ailleurs. De toute son histoire avec Lucia, ne restait finalement que sa promesse : rester à San Nidro. Avec les gens qui y vivaient.

Alors, il rebroussa chemin, passa le seuil de Valentina et découvrit le regard d'une femme qui avait plus qu'une affection maternelle pour lui. Le regard d'une femme qui l'attendait et ne l'espérait plus. Il ne savait pas comment faire, alors il s'abandonna. Elle le prit, craintive, effrayée, sans bien comprendre, sans croire à sa chance – mais en était-ce une, cet homme amputé de son rêve et de sa raison de vivre qui s'offrait à elle pour qu'elle ne perdît pas les siens ?

La première nuit, ils ne se touchèrent pas, effrayés l'un de l'autre. Basilio ne connaissait rien à cela, elle avait enfoui au fond de sa chair le souvenir des nuits avec son mari. Basilio se réfugia dans le sommeil, tandis qu'elle gardait les yeux ouverts jusqu'à l'aube. Lorsque le soleil se leva et que Basilio partit rejoindre Luigi, elle eut un moment de doute terrible ; à quoi bon ? Ce n'était que de la pitié, elle méritait mieux. Ou moins. Elle avait menti, elle avait voulu ce qui arrivait, y compris ce désespoir qui lui offrait Basilio. Pitié, désespoir… des mots. Basilio : un corps, là, près d'elle, contre elle. Elle descendit sur la plage. Au loin, le point sombre du bateau où Luigi et Basilio s'affairaient. Valentina eut un soupir de grande marée, et ses yeux piquèrent. Elle avait ce qu'elle avait voulu. Comme une criminelle. Comme une maîtresse patiente. C'était ainsi ; elle s'était contentée de peu, un silence, un mensonge. Le reste, elle préférait l'oublier.

Les jours et les nuits enfantèrent des mois. Une vie. Valentina apprivoisa les absences de Basilio, Basilio apprivoisa la présence de Valentina. Elle l'aimait, et il n'avait rien à opposer à cela. Il aimait Lucia et Lucia s'était enfuie. Il apprit à vivre et à dormir avec elle, elle lui enseigna le langage des corps, mais il fut à peine plus doué pour cette langue que pour celle des mots. C'était agréable, très doux ; après, il s'endormait lourdement pour un sommeil sans interruption, serein. Il se passait parfois de longues semaines durant lesquelles ni l'un ni l'autre ne franchissait leur moitié de lit. Était-ce cela, vivre ? Il avait rêvé, et à présent se contentait de ce qui tombait dans ses filets.

Luigi ne fit aucun commentaire. Annunziata non plus. Il n'y eut pas de mariage, à quoi bon ? Rosario n'avait pas été remplacé, contrairement à ce qu'avait annoncé Forza ; un curé de la région venait, chaque dimanche, célébrer à contrecœur une messe dans une église de plus en plus vide.

À de rares moments, Valentina se laissait emporter par ce bonheur. Elle riait dans sa maison, préparait à manger en attendant le retour de Basilio. Cherchait des fleurs pour garnir leur logis. Elle passait même du temps avec Annunziata, malgré les remarques de la vieille sur son infertilité, comme si c'était le fait d'une impuissance de son fils, et que cette impuissance rejaillissait sur elle. Mais Basilio ne voulait pas d'enfant, il l'avait déclaré d'un ton ferme l'unique fois où Valentina avait osé envisager cette hypothèse, c'était impossible, hors de question, il ne voulait pas. Pourquoi ? Il n'avait donné aucune explication. Ce devait être évident, et Valentina avait peur de perdre ce qu'elle avait dans l'espoir d'obtenir quelque chose qu'elle n'était pas sûre de vouloir.

Le plus souvent, Valentina se contentait d'exister, refoulant les questions, les inquiétudes, les bourgeons de rêves nouveaux qui venaient proliférer sur sa chance. Basilio était un homme qui rentrait de la pêche, fatigué, qui parlait peu. Qui restait parfois des heures assis sur le pas de la porte, à saluer d'un hochement de tête les passants, à taquiner les chats. C'était ça aussi, la vie. Comme Luigi qui sortait son bateau tous les matins, n'importe qui dans le village qui vaquait à ses occupations et attendait le soir pour se reposer, la mort pour oublier.

Parfois, cependant, elle sentait une inquiétude lui mordre le ventre. Une inquiétude ou autre chose, elle ne savait pas, elle n'avait pas expérimenté une large gamme de sentiments, elle ne s'était jamais appesantie sur l'analyse de ceux qu'elle avait ressentis. Basilio disparaissait. Le plus souvent, il s'enfonçait dans la forêt, sans prévenir, et Valentina savait, du plus profond de ses entrailles, qu'elle ne devait pas le suivre, qu'il fallait le laisser seul si elle voulait qu'il revînt, et ce n'était pas sûr cependant, comme après la mort de Rosario il pouvait décider de disparaître, cette fois sans retour. Et tout le temps de cette absence, elle patientait, elle se rongeait à attendre, vaquant à des occupations plus insignifiantes encore que celles qui l'accaparaient ordinairement, ou bien c'était l'absence de Basilio qui lui faisait prendre conscience de cette vacuité, de cette inutilité radicale. Jusqu'à présent, il était toujours revenu, s'était assis à table comme s'il n'était pas parti, et il ne fallait pas poser de question, même si Basilio attendait qu'elle lui demandât ce qu'il faisait dans la forêt, elle n'en avait pas la force ; quelle qu'elle fût, la réponse aurait été qu'il y cherchait ce qu'elle ne pouvait lui donner.

Certaines de ces absences étaient pires encore, car Basilio, ces fois-là, ne quittait pas la maison ou le seuil. Il était là, Valentina pouvait prendre ses mains entre les siennes, les masser, lui caresser les cheveux. Il ne bougeait pas, ne réagissait pas, ne la voyait pas. Ne la sentait pas. Elle se tenait, douloureuse, devant cette croix d'inconscience, pleurant parfois, mais il ne voyait pas ses larmes, ne les essuyait pas d'un revers de main. Luigi, souvent, mettait un terme à ces séances insoutenables, il ouvrait une bouteille de vin et parlait de n'importe quoi, les anecdotes du village, d'autres qu'il inventait pour se composer un passé que personne ne contestait. Pour ne pas dire l'attente qu'il avait vécue, lui aussi, après le départ de Basilio, et celle qui le piquait encore, dans l'abandon de ses nuits, le souvenir de son fils dont il refusait d'admettre qu'il lui manquait.

Du monde qui les entourait, ils ne savaient plus rien. San Nidro s'était presque complètement vidé, ne restaient que ceux dont les pieds pesaient trop. La forêt s'était refermée sur eux dans leur dos, et la mer pardevant. Quand Basilio songeait à Rome, à Mussolini, à ce monde-là, il doutait. Le temps ne se comptait plus qu'en heures, lesquelles se répétaient dans un rituel immuable. La vie œuvrait en silence ; les corps vieillissaient, les âmes s'estompaient, l'esprit s'engourdissait. La mère de Basilio se courbait pour résister à l'âge – elle avait cessé de compter et nul ne s'en souciait vraiment. Il ne se passait rien, sinon le temps. Luigi peinait à la manœuvre, mais n'envisageait pas encore d'arrêter la pêche. Un autre jour, il se souvint de ce que Basilio avait fait pour Filippo. Lui, quand ce serait son tour, il préférerait rester en mer, comme un marin naufragé.

Étaient-ils heureux ? Basilio ne se posait plus la question et Valentina pensait l'être, parfois. Peut-être Basilio l'était-il, d'une manière qu'il ne percevait pas. Comme un âne qui soupire parce que le crépuscule tombe. Ces dernières années, depuis son retour, avaient filé si vite ; il ne faudrait plus attendre trop avant que ce fût fini. Il n'était pas vraiment malheureux ; simplement, parfois, pris par le vide et l'angoisse, qu'il allait boire dans les bois, sur les traces effacées de Lucia. Cela suffisait-il pour dire qu'il était heureux ?

Peut-être. Et puis, c'était l'imagination qui rendait malheureux. S'il avait été poisson, il aurait été heureux dans l'eau où il nageait, sans songer à des mers plus chaudes. Mais le poisson sur le pont du navire, à quoi pensait-il ?

LE VENT

Le docteur Pollini s'arrêta sur le seuil de la verrière, au bord de la pelouse. Quelques patients déambulaient à pas lents dans le parc. Au loin, on devinait le vide au fond duquel grouillaient le Trastevere et le Tibre, et un grondement sourd rappelait que Rome s'agitait dans ses creux et sur ses collines. Mais là, dans le sanctuaire de la clinique perchée sur le Janicule, ce n'était qu'un jeu de bruits lointains et d'images auquel Pollini s'efforçait de ne pas songer. Il n'aimait guère ce monde, même s'il lui fallait en tenir compte. Composer avec lui pour maintenir la clinique et sa paix. Et plus encore, pour pouvoir héberger certains patients que l'ordre fasciste aurait voulu rejeter dans des mouroirs ignobles. Certains patients…

La silhouette menue tournait autour du plus gros arbre du parc, un platane centenaire qui venait d'offrir l'ombre de ses feuilles nouvelles au printemps déjà chaud. Cela faisait quatre ans que le docteur Pollini l'avait cueillie sur le bord du Ponte Cestio, qu'il l'avait empêchée de… De quoi ? Se jeter ? Elle ne l'avait jamais avoué. Il en était sûr, pourtant, et de lui avoir sauvé la vie. Sûr aussi qu'elle ne lui en était pas reconnaissante. Qu'elle ne lui en voulait pas davantage. Ou plus, du moins. Ce qu'il savait d'elle tenait dans le contour frêle que le soleil étendait sur la pelouse ; un prénom deviné, et le souvenir de cette première rencontre.

Dans les premiers temps, Lucia était restée blottie dans la chambre que Pollini lui avait octroyée d'autorité dans la clinique où il exerçait. Elle s'était laissé manipuler, comme un pantin sans âme. Aucun traumatisme, sinon la maigreur des gens pauvres et confiés à la rue. Il y en avait d'autres, même si l'État fasciste prétendait le contraire. Elle ne parlait que dans son sommeil, des paroles incompréhensibles dans un patois du Sud étranger à tous ceux qui œuvraient là. Pendant la journée, elle n'ouvrait la bouche que pour avaler des portions minuscules. Ses yeux se posaient sur le docteur sans le voir.

Elle n'avait rien, d'un point de vue physiologique. En toute logique, Pollini aurait dû la confier à un hôpital psychiatrique. Il y en avait. Le médecin détestait ces lieux et se méfiait de ses confrères qui prétendaient guérir les âmes comme lui les corps. Il connaissait déjà la vanité de cette prétention : les corps échappaient toujours, tôt ou tard. Quant aux âmes… Si Pollini aimait cette colline du Janicule, c'était parce que Rome y était guérie de Saint-Pierre et du Vatican. Pour le salut des âmes, il n'y avait que l'amour, quand l'amour était là. Mais c'était une idée qu'il ne professait pas ouvertement. L'heure n'était pas à l'amour, ni à une autre religion que ce fascisme de plus en plus pesant auquel il était contraint de collaborer. D'aussi loin que possible pour le salut de son âme. D'assez près, cependant, pour le salut des corps dont il avait la charge. Il composait, et se détestait pour ça. Lucia, elle, ne composait avec rien ni personne.

Il avait usé de son statut et de son autorité pour imposer cette patiente insolite. L'infirmière en chef lui avait fait remarquer que sa place n'était pas ici : aucune maladie, sinon la tête. Il avait été sec. Avait ordonné. Elle avait obéi ; le docteur Pollini avait des amis influents, c'était un médecin reconnu, recherché. On murmurait que le Duce en personne faisait appel à lui. C'était faux, mais Pollini laissait murmurer. N'était-ce pas l'idéal ? Profiter, sans avoir à l'approcher, de la protection d'un patient qu'il aurait détesté soigner.

Les premières consultations de la journée allaient commencer dans trois minutes, mais Pollini ne se décidait pas à regagner son cabinet. Lucia tournait toujours autour de l'arbre, lente vestale d'un temple en ruine, que ses rêves seuls maintenaient debout. Il attendait qu'elle tournât les yeux vers lui et lui offrît un sourire. Rien d'autre, et ce serait déjà beaucoup. La plupart du temps, elle l'ignorait et continuait sa valse imperceptible. Tous les matins, Pollini passait par le jardin, sûr de l'y trouver ; presque tous les matins, il repartait travailler bredouille. La journée alors était morose, et la nuit était noire si sa visite vespérale était aussi infructueuse.

Un nuage passa devant le soleil. Lucia s'interrompit, leva la tête vers le ciel. Le nuage s'empressa de glisser et le soleil revint. Alors, elle remarqua Pollini et lui tendit le miracle de son sourire.

Il avait essayé de savoir qui elle était, d'où elle venait. Avait-elle une famille qui l'attendait ? Un mari, des parents ? Il s'était renseigné discrètement, pour ne pas attirer l'attention des autorités. Aucun avis de recherche ou de disparition. Un de ces êtres échappés du monde, ou noyés dans son indifférence. À ses questions, elle ne répondait pas. Comme si elle ne l'entendait pas, repliée sur elle, dans son balancement incessant. Une folle, murmuraient les infirmières quand elles pensaient que Pollini ne les entendait pas. Et lui aussi, à s'occuper d'elle. Avec ses relations et son talent, la fortune l'attendait. Il perdait son temps, et il perdrait davantage si on apprenait qu'il jouait au psychologue amateur avec une fille perdue. Amateur… Le mot laissait songeur, ou médisant. Mais Pollini imposait le silence. On ne pouvait rien lui reprocher. Jamais il n'était resté seul avec elle plus de quelques minutes. La porte était toujours ouverte. Ce qu'il ressentait pour elle était purement professionnel. Un cas intéressant. Il ne la touchait pas. Et nul ne savait qu'il pensait à elle en dehors de ses visites quotidiennes. Peu importaient les rumeurs sur sa vie privée, ses maîtresses supposées et réelles, son célibat acharné.

À dire vrai, il aurait été bien en peine d'expliquer pourquoi il se comportait ainsi avec Lucia. Son esprit rationnel se moquait de lui. C'était une pauvre fille. Jolie, sans doute, mais les jolies filles ne lui manquaient pas, qui avaient de la conversation, qui ne passaient pas leurs journées à se balancer dans un coin ou à tourner autour d'un arbre en murmurant aux oiseaux des paroles incompréhensibles. Car, lorsqu'après des mois de patience il avait obtenu qu'elle sortît de sa chambre pour aller dans le parc, ses espoirs n'avaient pas duré longtemps ; Lucia bougeait à nouveau, elle marchait, le regardait parfois, mais il était peu probable qu'elle lui accordât jamais autre chose. Giuliano, son ami d'enfance devenu psychiatre, avait été catégorique : cette jeune femme semblait bloquée sur un événement particulièrement traumatique. La technique du docteur Freud s'appliquait particulièrement aux femmes hystériques. N'était-ce pas un beau cas ? Si on réussissait à la faire parler, à remonter dans le temps, elle finirait par mettre le doigt sur cet événement. Un viol incestueux, probablement. Pollini n'avait pas poursuivi la discussion. D'instinct, il n'aimait pas la psychanalyse, et tant pis si la discipline comptait de plus en plus d'adeptes. C'était à ses yeux une manière ruineuse de s'inventer un passé pour expliquer le malheur de l'ennui. La pauvreté de Lucia la sauvait au moins de cette imposture-là.

Il avait transféré sa protégée dans un pavillon à l'écart de l'hôpital, au cœur du parc. On y logeait des patients en convalescence. Il lui attribua une chambre à l'étage, basse, qui auparavant servait aux infirmières de garde ; ainsi, personne ne lui reprocherait d'offrir à une sauvageonne indigente un service que seuls les plus riches pouvaient se permettre. Tout le monde avait feint de l'oublier, ce qui n'avait pas été difficile tellement Lucia était discrète. Diaphane. Douce aussi ;

si elle paraissait ne remarquer personne, elle avait des regards et des gestes apaisants.

Quand il en avait le temps, Pollini s'asseyait en face d'elle. Il lui parlait, sans savoir si elle le comprenait. Il lui posait des questions. Il avait fallu presque un an pour qu'elle lâchât son prénom. Et encore, rien ne prouvait que ce fût vrai. Lucia. Une lumière, un espoir sans suite, car ç'avait été le premier et le dernier aveu de la jeune fille. À désespérer le docteur Freud en personne.

Quand il lui semblait avoir réussi à capter son attention, il développait devant elle l'un ou l'autre des scénarios qu'il élaborait pour expliquer son état, pour combler ce qu'il ignorait. Si elle marquait de l'intérêt, c'était celui d'un enfant pour un conte captivant. Parfois, elle riait, mais le conteur ne pouvait deviner si c'était parce qu'il avait vu juste, ou parce qu'il s'était merveilleusement égaré.

Depuis un an, il réussissait à l'entraîner en dehors de la clinique et du parc. De courtes promenades qui, pour l'heure, ne s'éloignaient pas des sommets du Janicule, et pour autant qu'il choisît les moments où la foule désertait les lieux. Une fraîche soirée d'automne, ou la canicule d'un midi d'été depuis qu'il avait découvert que Lucia ne redoutait ni le soleil ni la chaleur. Rien que la foule. Elle le suivait, sans rien dire. Dans leur dos, une infirmière. Pollini exigeait cette présence. Une aide, en cas de problème. Un témoin, pour couper court aux rumeurs qui renaissaient sans cesse.

Il ne touchait pas la jeune fille, prenait soin de conserver une distance honorable.

Passeggiata del Gianicolo, elle tournoyait autour des bustes des héros nationaux, foulard noué autour du cou, vêtu d'une chemise dont la pierre effaçait le rouge. À eux aussi, Lucia glissait des paroles mystérieuses, sans s'offusquer de leur silence de marbre. Mais peut-être était-ce Pollini qui ne parvenait pas à entendre les réponses. Piazzale Garibaldi, lorsqu'elle s'était rassurée en voyant qu'il n'y avait pas trop de monde, elle semblait aimer s'adosser à la rambarde de pierre, au dessous de laquelle Rome se déployait comme un gros bourg endormi. La première fois, elle avait scruté le fleuve, en contrebas, avec un regard anxieux, comme si elle avait cherché à distinguer quelque chose à la surface, voire sous les eaux. Mais le Tibre était trop loin, on le distinguait à peine. Lucia avait détourné les yeux. À la dérobée, Pollini cherchait à déceler un point, dans le paysage, sur lequel elle aurait arrêté son attention, un point à partir duquel il aurait pu, ensuite, cibler ses recherches. Mais le regard de Lucia était passé sur la ville comme un vol d'oiseau migrateur ; rien ne pouvait la retenir ici. Rien, sinon la volonté d'un médecin têtu qui l'avait empêchée de prendre le premier courant pour la dissolution marine.

Elle laissait sa main traîner sur l'écorce des arbres, et ses yeux préféraient le ciel ou l'humus à l'horizon normal des humains. Pollini lui posait des questions anodines : avait-elle vu tel oiseau, tel enfant ? Entendu tel chant ? Le plus souvent, Lucia ne réagissait pas ; mais il savait qu'elle l'écoutait à la manière dont son silence, quand il s'interrompait au milieu d'une phrase, faisait tourner la tête de la jeune fille pour s'assurer qu'il était toujours là, dans son sillage.

Le soir, il regagnait l'appartement de célibataire qu'il occupait, dans le Trastevere, ce quartier populeux où il avait la possibilité d'échapper aux confrères, aux officiels, aux bourgeois et aux profiteurs du régime. Il lisait des articles des revues médicales auxquelles il était abonné mais, surtout, il tâchait de compléter les notes que, depuis 1928, il tenait sur sa protégée. Elles occupaient à présent un cahier complet, et Pollini se préparait à entamer le second, sans que les pages noircies lui eussent appris quoi que ce soit de définitif. Des centaines d'hypothèses, aucune certitude, pas même le nom de cette étrange inconnue qui était venue barrer la ligne droite de sa vie.

Ce jour-là, après l'offrande du sourire de Lucia, il s'était occupé avec son soin coutumier des patients qui l'attendaient. La femme d'un notable du Parti lui avait transmis les amitiés de son mari et des places pour un concert auquel assisterait le Duce. Il était aussi invité à la réception qui suivrait, en très petit comité, avait insisté la dame avec un sourire entendu. Il lui avait sauvé la vie, et son imbécile de mari était convaincu que c'était grâce à sa position, comme si Pollini ne soignait convenablement que les membres du Parti et laissait mourir les autres. Que diraient-ils, ces gens, s'ils apprenaient le temps et les soins que leur médecin consacrait à une fille comme Lucia ? Ils croiraient sans doute qu'elle était une servante d'un genre particulier, et particulièrement docile. Quand il y songeait, Pollini frissonnait de dégoût ; mais il n'y avait rien à faire contre ce genre de souillure et, à tout prendre, les vices que vous prêtait le diable étaient la meilleure protection contre ses maléfices.

Il y avait eu ensuite d'autres cas, plus ou moins sérieux. Pour chacun, Pollini avait eu, sinon le mot qu'il fallait, du moins le remède. N'était-ce pas ce que les gens attendaient de lui ? Sans doute pas seulement, mais il éprouvait de plus en plus de difficultés à s'intéresser aux personnes qui venaient s'asseoir devant lui, lourdes de leurs angoisses ou de leurs petits soucis, alors que cette jeune fille, cachée dans le pavillon de la clinique, résistait depuis quatre ans aux efforts qu'il déployait pour l'apprivoiser.

Il déjeuna rapidement d'un bout de saucisson et d'une tranche de pain, puis il retourna au pavillon. Il n'avait pas de rendez-vous avant dix-sept heures. Il faisait particulièrement chaud pour une journée de printemps, une promenade sous le vert tendre des feuilles nouvelles serait agréable, si Lucia se laissait convaincre de quitter l'enceinte protectrice de la clinique. Peut-être même iraient-ils cette fois sans le chaperon de l'infirmière. Après tout, n'était-ce pas à cause d'elle que Lucia demeurait muette ? En modifiant un élément secondaire de l'environnement coutumier, les défenses ne pouvaient-elles pas être brisées ?

Comme à chaque fois qu'il se préparait à retrouver Lucia, Pollini nourrissait des phrases dans sa tête. Des questions, des histoires, des exclamations. Aucune ne résistait à la présence de la jeune femme. À son sourire ou, le plus souvent, à son absence de sourire. À son regard perdu dans le vide, qui rappelait celui qu'elle avait eu sans discontinuité durant les premiers mois passés à la clinique, lorsqu'elle se balançait d'avant en arrière, conduite par une sourde mélopée aux paroles incompréhensibles. Sans doute avait-elle tout raconté, alors, mais dans une langue connue d'elle seule. Puisque Pollini n'avait pas été capable de la comprendre, elle avait résolu de tout effacer et de se taire.

Elle était assise, toute seule, au milieu d'un banc, sous le platane. Elle ne lisait pas, ne regardait rien, sinon les souvenirs mystérieux qu'elle conviait ou rejetait à sa guise. Lorsque Pollini fut devant elle, elle releva les yeux sans paraître le voir.

– Voulez-vous faire une promenade ?

C'était l'invitation rituelle, à laquelle Lucia répondait, au terme d'un temps de réflexion, par un mouvement du front qui, parfois, faisait battre un peu plus vite le cœur du médecin ou qui, le plus souvent, le renvoyait à la solitude de son cabinet.

Cette fois, la chance était avec lui ; elle fit un mouvement des lèvres qui pouvait ressembler à un sourire, et qui en tout cas marquait un accord. Puis elle se releva et, alors que le médecin se mettait en marche vers le portail en pierre qui marquait la sortie du parc, elle se plaça à ses côtés.

Jamais encore ils n'étaient sortis seuls. Pollini ressentait une émotion étrange, d'excitation et de peur mêlées. Il y avait un peu plus de monde que d'habitude, sans doute les Romains voulaient-ils aussi profiter de ce redoux, l'hiver n'était jamais une période agréable. Lucia cheminait sans paraître remarquer cette animation et Pollini s'interrogeait, non sans inquiétude, sur les effets que pourrait avoir cette promenade. Pour masquer son trouble et peut-être aussi la foule à Lucia, ou l'absence de l'infirmière dans leur dos, il parlait d'abondance, des propos anodins dont il aurait rougi même dans la plus mondaine des soirées, mais que Lucia ne semblait pas entendre.

Ils arrivèrent sans encombre sur la place Garibaldi. L'énorme monument aux héros malheureux de l'indépendance trônait avec indifférence au milieu de l'espace. Des voitures passaient autour sans s'arrêter. Un glacier avait installé son échoppe et Pollini entraîna Lucia dans cette direction ; une glace était un plaisir que la jeune femme acceptait parfois, rarement pour être honnête et jamais elle n'avait achevé le cornet qui avait fini par fondre et se répandre sur la main de la mangeuse distraite et le sol.

De derrière la voiture du marchand, surgit un petit groupe de miliciens en congé. Des jeunes gens au visage franc, rieurs, sûrs d'eux dans leur uniforme foncé. Pollini fronça les sourcils, il n'aimait pas ces gamins insolents à qui une chemise noire offrait l'illusion de la puissance et, pire encore, de l'impunité. Mais ils ne l'empêcheraient pas d'offrir une glace à Lucia, et il continua d'avancer vers le glacier.

Pendant un instant, distrait par les jeunes gens, il s'était détourné de Lucia. Quand il tourna la tête pour s'assurer qu'elle le suivait, il la découvrit, pétrifiée, le regard braqué sur les fascistes qui, par chance, ne l'avaient pas remarquée. Le médecin n'eut pas le temps de réagir ; elle poussa un cri et, tournant les talons, se mit à courir, courir vers l'autre bout de la place, tandis que les passants s'écartaient sur son passage avec des exclamations choquées ou amusées.

Pollini s'élança à sa poursuite. Dans son dos, les jeunes miliciens s'étaient mis à rire bruyamment, croyant sans doute à une dispute d'amoureux. Gêné par la foule, le médecin ne parvenait pas à rattraper la fugitive. Pourquoi avait-il eu cette idée stupide de se passer de l'infirmière ! La situation était ridicule, scabreuse, dangereuse. Et devant lui, Lucia filait, légère, déterminée, sans se retourner, elle courait sur l'asphalte, indifférente aux voitures qui klaxonnaient en la contournant, elle finirait par se faire renverser, mais elle quitta la route, s'élança sur la bande d'herbe où les bustes héroïques la regardèrent passer, à peine surpris qu'elle ne leur accordât pas la moindre attention. Puis elle disparut dans le talus qui dégringolait vers le Trastevere.

Pollini n'était pas entraîné à la course. Il se laissait distancer, lourd, maladroit. Lucia était agile comme un animal des bois, indifférente aux périls, affolée sans doute. Pourquoi cette crainte des miliciens ? C'était une clef, sûrement, mais laquelle ? Ce n'était pas le moment de bâtir des hypothèses, Pollini devait la ramener à l'abri de la clinique. Retomberait-elle dans le lourd mutisme des premiers mois ? Quelle idée désastreuse il avait eue ! Des larmes d'exaspération brouillaient sa vue. Il lui arrivait de la perdre de vue, tandis qu'autour de lui, les gens se perdaient en commentaires grivois.

Enfin, il fut seul dans un taillis. Seuls les bruits de la course de Lucia lui indiquaient la direction à suivre. Elle risquait de tomber, de se briser une jambe, ou le cou. Pollini ralentissait et rageait contre cette prudence du corps qu'imposaient la raison et la conscience, quand il aurait fallu, comme Lucia, ne songer à rien d'autre qu'à rejoindre la fugitive. Il allait la perdre, se répétait-il, et le sang battait dans ses tempes comme un tambour annonciateur de regrets.

Soudain, il trébucha et tomba de tout son long, tête en avant dans les feuilles. Une douleur vive éclata dans sa jambe et il poussa un cri. C'était trop tard… Il resta ainsi, immobile, le nez dans l'humus, pleurant de rage et d'impuissance. Mais un petit gémissement continu l'interrompit dans ses lamentations. Lentement, il se redressa et se retourna ; tapie contre un tronc, Lucia le regardait, proie terrifiée prête à la mort.

Il réussit à la ramener sans se faire remarquer. Les miliciens ne l'avaient pas suivi, plus personne n'avait fait attention à eux une fois qu'ils étaient sortis du champ de vision des témoins. Sa blessure était superficielle ; un pantalon déchiré, une écorchure au genou, rien de plus. Vite, il avait retrouvé ses esprits et béni la chance qui lui rendait Lucia sans dommage. Du moins en apparence ; le regard vide de la jeune femme justifiait toutes les craintes d'une rechute. Pour l'heure, l'urgence était de la mettre à l'abri dans sa chambre. À la différence des premières semaines, Pollini pouvait compter sur un environnement familier, quelques repères qui, en théorie, devraient aider la jeune femme à recouvrer son calme. En théorie…

En pratique, tout recommença comme quatre ans auparavant, du moins pendant quelques semaines. Blottie contre le mur de sa chambre, Lucia se balançait, monotone et désespérante. L'alimenter était un problème, lui parler un défi ; obtenir une réponse, ne serait-ce qu'un geste, une impossibilité. Pollini avait dû mettre au courant l'infirmière qui, d'habitude, les accompagnait. Elle avait eu la décence – mais sans doute n'était-ce que la crainte de mécontenter un supérieur – de ne faire aucun commentaire, pas même celui que sa présence aurait pu éviter le drame. Car rien n'était moins sûr. Aucune infirmière n'aurait empêché ces miliciens de surgir à cet instant et, à bien y réfléchir, c'était un miracle que jamais encore une telle rencontre n'avait eu lieu lors des sorties précédentes. Un miracle ou un dommage. L'infirmière se tut donc et, sans que Pollini eût à lui demander, se dévoua comme elle le put à la guérison de Lucia. Guérison était un grand mot ; la ramener simplement à l'état d'avant la sortie aurait déjà été un motif de satisfaction pour le médecin.

L'épisode nourrit chez lui bien des scénarios nouveaux. Sa protégée était-elle une opposante au régime ? Avait-elle vu son compagnon, son mari se faire arrêter, torturer par les miliciens ? Avait-elle subi, durant les années qui avaient précédé l'avènement de Mussolini, une razzia opérée par ces escadrons ignobles qui avaient préparé le triomphe de l'ordre noir auquel Pollini était aujourd'hui contraint de se soumettre – ou face auquel il n'avait pas le courage de se lever ? Pollini passait tout son temps libre dans la chambre de Lucia, à côté d'elle, songeur. Le saurait-il jamais ? Ce qui était sûr : il devait arrêter toute investigation sur sa protégée, s'il voulait continuer à la préserver. Était-elle en sécurité là, dans cette clinique que fréquentaient les privilégiés du régime ? Oui. Tant que Pollini était là, tant qu'il soignait les femmes des préfets, tant qu'on disait de lui que le Duce le courtisait comme médecin. Elle était dans l'œil du cyclone, préservée de la tempête qui se développait autour d'elle. Tout pouvait basculer. Les favoris des tyrans se retrouvaient, du jour au lendemain, dans la fosse aux lions. Et ce jour-là, leurs proches subissaient un sort identique. Mais Pollini ne pouvait rien d'autre…

C'était faux. Il aurait pu. Pu envoyer Lucia dans une institution reculée, en Vénétie, même en France, chez des confrères avec lesquels il avait des contacts pour ainsi dire amicaux, si tant était que ce mot eût le moindre sens entre collègues. Ou la confier à un couvent de religieuses retranchées de la furie du monde. Son anticléricalisme n'allait pas jusqu'à la haine des individus. Il soignait nombre d'ecclésiastiques et entretenait avec certains d'entre eux une cordialité et une complicité qui, sans aller jusqu'à l'amitié, dépassaient de loin les relations qui le liaient aux pontes fascistes. Mais il ne voulait pas envisager une telle solution. L'idée de voir Lucia s'éloigner le répugnait. Lui faisait mal au cœur.

Tout comme la crainte de ne plus jamais la voir sortir de son mutisme, de sa folie. L'aide d'un psychiatre aurait été utile, certainement. Mais Pollini n'en voulait pas. Pas tout de suite. D'abord essayer seul. Il se fixait des échéances, qu'il repoussait lorsqu'il les voyait approcher. Ou des objectifs si minimalistes ou si flous qu'un peu d'indulgence suffisait à les rencontrer. Si elle levait la tête lorsqu'il entrait dans sa chambre, il avait raison de poursuivre ses efforts... son menton n'avait-il pas légèrement bougé ? Si un rayon de soleil venait caresser le bout de ses pieds... pour autant que Pollini se fût assuré auparavant que le soleil brillait, c'était un risque qu'il pouvait prendre.

Il lui parlait, sans grand espoir de susciter une réponse. Parlait pour meubler le vide de son silence et de son regard. Que disait-il ? C'était sans importance. Que Rome était belle à la fin du printemps, quand le vert des arbres était tendre encore et que le Tibre jouait aux adolescents. Bientôt, le vert serait sombre, presque brun, et le Tibre réduit à un filet sénile. Que les amoureux se promenaient dans les rues en se tenant par la main, ou par la taille, et que cela aussi embellissait la ville. Il ne parlait pas des événements politiques, à peine de ceux qui ponctuaient la vie de la clinique. Parfois un mot sur l'un ou l'autre patient plus touchant. Une ombre entre vie et mort que Lucia pourrait rencontrer, si elle acceptait de quitter sa chambre pour retourner dans le parc. À propos du parc, le platane la regrettait. Il l'avait confié à Pollini. Lequel racontait des histoires invraisemblables à une jeune femme qui paraissait ne pas l'entendre, dans le seul but de la guérir d'un mal inconnu, et sans même savoir si Lucia n'était pas mieux dans sa folie, une forteresse par elle bâtie pour se protéger de tout, du monde, des gens, de l'histoire.

Souvent, il demeurait silencieux, à la regarder. Impuissant, cherchant à démêler les sentiments qu'il nourrissait envers elle. Elle était belle, mais ce n'était pas ça. D'ailleurs, était-elle belle ? Pas comme les femmes de son monde que l'on disait sublimes et que tous les hommes se devaient de courtiser, eussent-ils ou non une chance de les coucher dans leur lit. Quand il se retrouvait seul, il se moquait, impitoyable ; d'où lui venait cette passion adolescente pour une sainte inaccessible ? Pourquoi était-il si sûr de la pureté de Lucia ? La probabilité qu'elle fût une évadée d'un bordel du centre de Rome était grande. Un examen gynécologique… Pollini repoussait ces idées avec dégoût. Il refusait l'idée que la réalité pût souiller sa protégée.

Trois années passèrent encore. Pollini allait avoir quarante ans. Depuis quelque temps, on ne faisait plus de commentaire sur son célibat, et le sujet ne nourrissait même plus les ragots. Un nombre suffisant de femmes pouvaient témoigner de ses talents amoureux pour qu'on lui épargnât le soupçon de pédérastie, qui aurait ruiné son crédit. C'était un homme, il était libre. Il avait, de son côté, mis tant de soins à cacher Lucia que nul, en dehors de quelques infirmières dévouées, ne supposait l'attachement qu'il nourrissait pour cette étrange créature.

Si les tempes du médecin avaient légèrement grisonné, sans qu'il cherchât à masquer cette atteinte – les femmes ne manquaient pas qui trouvaient cela très séduisant –, le temps semblait dédaigner Lucia autant qu'elle ignorait le monde qui l'entourait. Les infirmières la traitaient comme une enfant prise d'absence et les patients, qui avaient pris l'habitude de la voir déambuler dans le parc, avaient pour elle l'indulgence émue que l'on a pour des adolescentes frappées par un mal mystérieux et réputé fatal.

Après de longues semaines durant lesquelles Lucia était restée cloîtrée dans son mutisme et son balancement, au moment où Pollini était sur le point de renoncer et, la mort dans l'âme, de la confier à un institut spécialisé, elle s'était réveillée. Un matin, le médecin avait trouvé sa chambre vide. Passé la première inquiétude, il l'avait aperçue dans le jardin, qui tournait autour du vieux platane. Les mots qu'elle murmurait étaient sans doute une supplique pour qu'il pardonnât son absence prolongée, bien que rien ne permît de penser que Lucia fût consciente de la durée. Peut-être, dans la rêverie mélancolique qu'était devenue sa vie, imaginait-elle que c'était l'arbre, le revenant. Difficile, quand deux êtres étaient séparés, de trancher celui qui avait été le plus absent ; celui qui était parti, celui qui n'avait pas cherché à le retrouver ? Pollini avait balayé ces idées. L'automne était revenu, Lucia avait laissé couler l'été sur les bâtiments surchauffés. Pour elle, les feuilles des arbres étaient passées, l'espace d'une nuit, du vert tendre au roux.

Elle paraissait avoir oublié l'incident de la place Garibaldi, mais Pollini ne se hasarda plus à sortir avec elle. Depuis, il lui semblait que Rome grouillait de miliciens et il les redoutait jusque dans l'enceinte du parc, dont il avait fait interdire l'accès à toute personne extérieure, sous prétexte qu'il ne fallait pas perturber la convalescence des patients. Les visiteurs devaient désormais se faire annoncer, et la rencontre avait lieu dans une salle intérieure, dans une partie du bâtiment où Lucia ne risquait pas de s'aventurer. Insensible à ces aménagements, la jeune femme avait repris son existence contemplative. Pollini était aux anges ; certes, il avait perdu quelques semaines, mais les dommages semblaient résorbés et qui savait si cela n'aurait pas, à terme, des effets bénéfiques ?

Les mois suivants le renforcèrent dans cet espoir ; Lucia s'était remise à parler, mais cette fois, il semblait évident qu'elle s'adressait à lui. Elle s'efforçait même de se faire comprendre. Un italien mêlé de dialecte, mais où il était possible de distinguer des mots, des phrases. Cela ne suffisait pas, cependant, pour déceler un sens à ses propos. C'était des bribes incohérentes qui évoquaient le soleil, la mer, la forêt, une mythologie intime et sauvage qui paraissait à Pollini, enfant romain jamais sorti de sa ville, des plus exotiques et des plus féeriques. Un recueil de fragments, des contes pour enfants perdus où les rois naissaient du soleil et les reines de la mer. Désormais, Pollini se taisait le plus souvent. Il jugeait son verbe lourd et maladroit, malgré la perfection de sa syntaxe et la cohérence de son propos. La vérité était dans la bouche de Lucia, et peu importait qu'elle fût inaccessible. C'était la beauté d'un chant, la porte ouverte aux rêveries infinies qui naissaient sur les éclats de nuits enchantées.

Quel homme pourrait se contenter de ces bribes enfantines ? Pollini le pouvait. Il le pouvait peut-être parce que ses sens étaient assouvis par d'autres femmes. Mais celles-là passaient, ils les remarquaient à peine, les confondaient, au risque de les froisser, ce dont il ne se souciait pas. Elles le traitaient de cruel, ce qui accroissait son prestige sans le toucher. Il n'avait pas à s'excuser des défauts qu'on lui inventait. On lui soupçonnait une maîtresse plus exigeante, secrète, magnifique ; chacune, à un moment ou l'autre, nourrissait l'espoir insensé d'être celle-là, avant de reporter ses soupçons sur telle femme aperçue dans un cocktail. Aucune n'aurait songé à aller voir dans une chambre sous le toit du pavillon ; une indigente demeurée, la vestale vierge d'un temple en ruine ne pouvait en aucun cas être celle qui dominait le cœur et les pensées de cet homme en vue.

Il le pouvait surtout parce que, et même si sa raison se moquait de lui, il était émerveillé. Ensorcelé. Pour un esprit scientifique, pour un adulte responsable, un médecin, c'était ridicule. Pollini le savait. Et que cela durât aggravait son cas. Il n'y pouvait rien. Et pourquoi s'en serait-il privé, lorsque cela n'altérait ni sa carrière professionnelle, ni sa vie sociale ? Il n'avait jamais envisagé le mariage ; ce n'était donc pas à cause de Lucia qu'il demeurait célibataire. Le temps qu'il lui consacrait, il ne le prenait pas sur ses consultations mais sur ses loisirs, ce qui ne pouvait nuire à personne. Certes, il y pensait beaucoup, mais pas continuellement. Quand il recevait des patients, il se concentrait sur leur cas et ne songeait pas à Lucia. Ou à peine, comme le décor d'un théâtre où l'on s'efforce de regarder l'acteur en espérant qu'il mettra enfin un terme à la monotonie du spectacle.

Il aimait des femmes. Il en déshabillait, se dénudait devant elles. Leur faisait l'amour, y trouvait du plaisir. Jamais, pourtant, il n'avait imaginé Lucia nue. Il aurait pu. L'imaginer et la voir. Elle était en son pouvoir, il était médecin. Il pouvait ordonner, les infirmières auraient été ses complices. Jusqu'à un certain point, sans doute, mais il aurait trouvé le moyen d'arriver à ses fins, et nul n'aurait osé s'y opposer. L'époque était au triomphe des chefs, des petits comme des grands, et les femmes fascistes étaient au service des hommes, pour leur plaisir, et de l'État, pour la démographie. Aucune idée ne lui répugnait davantage. C'était ridicule, pensait-il parfois. Après tout, c'était une femme, jeune. Seule, fragile. Justement. D'où lui venait ce sursaut de moralité ? Les femmes qu'il mettait dans son lit auraient hurlé de rire. Il aurait été incapable de répondre. Sans doute à cause du regard de Lucia, des ombres que son corps léger, presque transparent, dessinait sur la pelouse. Ce regard à la fois diaphane et ténébreux, qui lui donnait l'impression de le connaître depuis toujours, et mieux que quiconque, ou tout aussi bien de ne pas le voir, de passer à travers lui, indifférent, passager.

Il lui arrivait de partir pour un congrès, et même pour un voyage d'agrément, en 1932, au cours duquel il visita Paris et Londres. Un bref instant, il pensa emmener Lucia avec lui ; mais l'idée ne résista pas trente secondes. Il n'était tout de même pas amoureux d'elle ! Il lui annonça qu'il devait s'absenter pour quelques jours ; elle ne parut pas l'entendre. Il partit donc, et mit sur son caractère casanier le peu d'entrain qu'il mettait à s'installer dans le compartiment de première où il avait sa place réservée. Arrivé à Paris, il téléphona à la clinique ; l'infirmière lui confirma que tout allait bien. Elle n'eut pas besoin de préciser ; le tout incluait Lucia, voire ne désignait qu'elle. Il ne lui manquait pas, il pouvait prendre congé. Pourrait-il ne pas rentrer ? Non. Du moins voulut-il le croire. Personne d'autre que lui n'assurerait à Lucia cette existence protégée. Mais protégée de quoi ?

Elle ne manifesta pas plus de sentiments lorsqu'il revint. Il lui rapportait une boîte de chocolats qu'elle ouvrit en souriant, mais à laquelle elle ne toucha pas. Il lui raconta ce qu'il avait vu, décrivit les deux capitales avec force détails ; elle l'écouta comme s'il parlait d'un univers improbable et fantaisiste, rit beaucoup à la description de la tour Eiffel. À sa grande surprise, elle lui posa une question : y avait-il des arbres et la mer à Paris ? C'était la première fois qu'elle l'interrogeait. Mais elle ne parut pas entendre sa réponse négative, et cette ouverture ne se reproduisit plus.

La mer et des arbres. Combien de lieux répondaient à cette description ? Pas Paris, certes, ni Londres, ni Rome. Il essaya de l'interroger, de la conduire à un aveu, ne serait-ce qu'un indice, par des stratagèmes qu'il jugeait ingénieux jusqu'à ce qu'il eût constaté leur inanité. Elle ne se dévoilait pas davantage aux infirmières ou aux quelques patients qu'il lui arrivait d'approcher durant ses promenades. On avait fini par dire qu'elle était une lointaine nièce de Pollini, orpheline à la santé mentale fragile, et qu'il gardait près de lui. Les gens voulaient toujours trouver une explication aux choses qui rompaient avec leurs habitudes, et les histoires malheureuses étaient, pour cela, très efficaces. Pollini laissait dire.

Mais si le temps s'était figé pour Lucia, et si le monde était un nuage lointain qui n'assombrissait pas sa lumière, ni le monde ni le temps n'avaient interrompu leur marche. À quelques centaines de mètres du sanctuaire que Pollini avait offert à Lucia, Mussolini et ses ministres continuaient à œuvrer pour la grandeur de l'Italie nouvelle, et Pollini à soigner ceux-là qui, à l'un ou l'autre échelon, gouvernaient. Le docteur suivait les informations de loin, comme si l'indifférence de sa patiente préférée – mais qui était le plus patient des deux, et espérait-il vraiment la soigner ? – l'avait contaminé. Se croyait-il protégé par l'isolement de la clinique, l'étrange rêverie dans laquelle, depuis des années, Lucia l'avait entraîné ? Il lui était arrivé, en observant Lucia au pied du platane, de songer que le parc était une île perdue au milieu de la mer, et que les vagues seraient à jamais impuissantes contre elle.

Il ne vit pas venir la campagne d'Abyssinie. Pourtant, on ne parlait que de ça, dans les salons où il allait encore de temps à autre – et même si, avec le temps, il limitait de plus en plus les sorties dans le monde. L'Italie ne pouvait prétendre au titre de grande puissance sans colonies. Et elle estimait avoir des droits sur l'Abyssinie. Pollini trouvait cela absurde mais s'abstenait de manifester son désaccord. Depuis la fin du siècle précédent, l'Italie cherchait à étendre son empire africain, mêlant dans ce délire à la fois la jalousie face aux autres empires européens et la nostalgie de l'Empire romain conquérant. Mussolini allait réaliser ce rêve sanglant, à en croire la propagande et les bruits de salons. Le Négus allait payer son arrogance et le dernier pays indépendant d'Afrique allait tomber dans l'escarcelle des héritiers de César. Pollini se gardait d'évoquer ces sujets devant Lucia ; l'épisode des miliciens lui avait suffi comme avertissement, même si rien, depuis, n'était venu l'éclairer sur les causes réelles de cette peur.

S'il fut donc surpris, effaré même, lorsque lui parvint son ordre de mobilisation en tant que médecin, il songea, rétrospectivement, que certains signes auraient pu l'avertir. Bien sûr, il y avait eu la nervosité des gens autour de lui, la presse, les discours du Duce retransmis à la radio qu'il ne pouvait éteindre sous peine d'attirer l'attention. Toute cette tension devait éclater d'une manière ou d'une autre, mais justement, ç'aurait pu être autrement, sans l'impliquer – il ne pensait pas cela par lâcheté, simplement parce qu'il ne voyait pas quel courage il y avait à partir en guerre contre les Abyssiniens.

Mais ces signes-là n'étaient rien à côté de ceux qu'il aurait pu percevoir dans l'attitude de Lucia. Une tension nouvelle, une manière de regarder autour d'elle, en quête de quelque chose qu'il ne pouvait deviner. Des moments d'absence alors que, l'instant d'avant, elle écoutait une de ses histoires. Elle était assise, sage et immobile ; soudain, elle se levait et marchait jusqu'à un arbre, une branche, comme quelqu'un qui croit avoir reconnu un ami et se précipite vers un inconnu, interrompant son geste au dernier instant, conscient de sa méprise.

Alors, il ressentit une peur comme jamais encore il n'en avait connu. Ce n'était pas la peur de mourir ; en tant que médecin, il pouvait espérer être à l'abri du danger. Et puis, la guerre s'annonçait tellement inégale… Non, ce n'était pas cette inquiétude. Et à tout prendre, tenait-il tellement à la vie ? Sans doute pas. Sauf qu'il y avait ici, dans le pavillon de sa clinique, une jeune femme qui avait besoin de lui. Jeune ? Il n'avait jamais su son âge. Lorsqu'il l'avait découverte, en 1928, il avait pensé qu'elle ne devait pas avoir vingt ans. Pour la beauté du chiffre rond, il lui avait attribué 1910 comme année de naissance. Vingt-cinq ans. Peut-être cinq de plus. Besoin de lui ? Lucia n'avait besoin de personne. S'il n'avait pas été là, sur ce pont, sept ans auparavant, elle aurait disparu, personne ne l'aurait pleurée, puisque personne ne l'avait recherchée. Elle avait une manière de contempler le ciel qui confortait cette idée : le bonheur du néant, le bien-être de n'être plus. Sans angoisse, sereine. Mais lui… Lui s'était attaché à elle, imperceptiblement. Lui avait besoin d'elle. Pourquoi ? Il n'en savait rien. Que lui apportait-elle ? Rien, sinon, peut-être, l'essentiel. Qu'il ignorait, auquel il n'avait jamais voulu prêter attention, et qui, à présent que l'ordre lui était donné de quitter l'Italie pour participer à cette campagne impérialiste, lui apparaissait enfin.

C'était idiot. Il devait se ressaisir. Être un homme. Toute la rhétorique en vigueur. Vigueur ! Il n'en voulait pas. Il restait prostré derrière son bureau, la lettre de réquisition en main, il s'apitoyait sur lui. Lucia, c'était l'enfance, son enfance, celle dont il se souvenait à peine, qui avait passé si vite, parce qu'il avait dû assumer des responsabilités, être un homme, justement… Il n'avait qu'une envie : sortir dans le parc, la retrouver, la prendre par les épaules, aller se réfugier avec elle dans la petite chambre sous les toits et n'en plus jamais sortir…

Mais qu'est-ce qui lui prenait ? Il se leva, ouvrit un secrétaire dans lequel une bouteille de whisky attendait les occasions. Il s'en servit un grand verre qu'il vida d'un trait. Cela non plus ne lui ressemblait pas. Il en avait assez de se ressembler, peut-être. Il devait se reprendre. Admettre qu'il avait peur, tout simplement. Peur de l'aventure que représentait cette expédition. Peur, sans doute, d'être mêlé à des actes inhumains, barbares. De voir son rôle de médecin réduit à la réparation de cadavres en sursis, de machines à tuer. Cela, il pouvait le redouter. Mais il en était le premier responsable. Il n'avait jamais pris ses distances ; sa position en retrait n'était qu'une posture, une imposture. Il avait, d'une manière ou d'une autre, profité du régime ; il était juste qu'à cet instant, le régime lui fît payer l'addition. Il avait inconsciemment considéré Lucia comme un talisman, une amulette, un gri-gri qui préserverait sa pureté ; mais cette pureté n'était qu'un simulacre.

Il avait bu trois verres lorsque enfin il se décida à descendre dans le parc. Il annoncerait bravement à Lucia qu'il partait. Après tout, ne l'avait-il pas déjà fait pour aller s'amuser seul à Paris ? Même s'il ne s'y était guère amusé. Il partait plus loin, plus longtemps, mais qu'est-ce que cela changerait pour celle qui ne bougeait jamais de cet enclos, et pour qui le temps se résumait aux levers et aux couchers du soleil ?

Sa main avait caressé l'écorce du platane et elle avait poussé un léger cri. Une écharde s'était fichée dans sa paume. Toute petite, pointue, un trait brun foncé sur sa peau blanche. Dans sa peau. Délicatement, avec la pointe d'un ongle, elle enfonça un bout de l'intrus, le poussa vers l'extérieur jusqu'à ce qu'il sortît. Ne restait plus à présent qu'un trait blanc et rouge. C'était un signe, songea-t-elle. Depuis quand avait-elle recouvré la faculté de lire dans l'univers qui l'entourait ? Elle n'aurait pu le dire. Elle avait perdu le fil des jours, des semaines, du temps. Elle ne se souvenait de rien. Elle savait qu'elle était ici depuis longtemps, mais c'était un mot pour faire rire les nuages. Peu de repères. Des visages qui avaient fini par lui être familiers, à force de revenir, de se pencher vers elle. Quelques femmes aux visages cerclés de blanc, qui l'avaient effrayée d'abord, elles lui en rappelaient d'autres, mais qui ? Quand ? Une langue qu'elle n'avait pas tout de suite reconnue, puis qui était revenue, lentement. Et puis cet homme. Cet homme qui lui rendait visite tous les jours, matin et soir, parfois plus. Un visage bon, attentif. Elle avait fini par l'accepter. C'était ce visage qui lui avait appris qu'un long temps s'était écoulé ici, dans ce lieu étrange, cette nature minuscule cerclée de murs. L'apparition de cheveux gris. C'était un signe. Le premier qu'elle avait perçu. Les cheveux gris étaient la marque des vieilles personnes. Elle n'en avait pas, elle avait vérifié dans le miroir de sa petite chambre. Elle n'était pas concernée par cette histoire de temps, sans doute, elle attendait quelque chose, mais quoi, un jour tout recommencerait... Tout ? Tout quoi ? Tout. Rien. Elle ne se souvenait pas. Des ombres qui lui faisaient peur, parfois. De vilains rêves, qu'elle effaçait le matin en plongeant la tête dans un broc d'eau froide.

Une fois, pourtant, elle avait cru se souvenir. L'homme l'avait emmenée dehors. Cela arrivait de temps en temps. Plus depuis... Plus. Dehors, il y avait des gens, comme elle en avait vu jadis, mais où, mais quand, des gens et des voitures, une animation de fête, de marché, elle connaissait cela, c'était familier et étranger, un souvenir sans nom. Et là, dans cette rue, sur cette place, dans la chaleur du printemps – elle savait que c'était le printemps à la tendresse du vert sur les arbres –, là, soudain, elle avait vu des gens, des jeunes gens en uniforme. Des démons. La mémoire lui était revenue, elle en était sûre. Et la panique, une odeur de mort. Elle avait fui, et cela aussi, elle le savait, elle l'avait déjà fait, pour la même raison.

Et puis le trou noir, à nouveau. Et de la mémoire recouvrée, elle n'avait rien conservé que l'image des chemises noires et la certitude qu'elle s'était souvenue de ce qu'elle avait oublié encore. Un peu de cendres, mais de quel feu ?

Elle était sortie du gouffre. Avait retrouvé les mêmes visages. D'abord celui de l'homme qui venait la voir tous les jours. Qui lui racontait des histoires étranges qu'elle comprenait à peine, toujours cette drôle de langue qui venait puis repartait de sa mémoire, les mots ricochaient sans s'incruster en elle, mais c'était doux, c'était gentil. De cela, elle était sûre : cet homme était bon. Il y en avait, des hommes qui voyaient une femme sans penser à… À quoi, elle ne le savait pas, ne le savait plus, ne l'avait peut-être jamais su précisément ; mais c'était une idée qu'elle sentait juste. Nécessaire. Nécessaire, juste et inutile.

Avec lui, elle n'avait plus quitté l'enceinte de pierres et de briques. Plus été sur la rue pleine de gens et de voitures, sur la place d'où l'on voyait une multitude de petites maisons, d'églises, de rues où des points minuscules s'agitaient. Et la ligne grise d'un fleuve qui la faisait frissonner. Alors, elle détournait la tête, ce n'était rien, il suffisait de ne pas regarder, le fleuve était trop loin, il ne pouvait rien contre elle.

Ce n'était pas vrai qu'elle ne se souvenait de rien. Il y avait des certitudes. Quelqu'un devait venir la chercher pour la ramener dans un endroit où elle avait été heureuse et où elle le serait encore. Qui ? Où ? Un garçon très beau, très fort. Elle l'aimait. Il portait un nom de roi, mais elle avait oublié son nom. Il était nu, ou presque. Impossible de l'imaginer avec des vêtements comme les gens qui l'entouraient. L'endroit aussi était différent de tout ce qu'elle voyait. Pas de maison, sinon de toutes simples, sans étage. Pas de palais, pas de murailles. Pas de jardins avec des hommes pour ratisser, couper, tailler. Et la mer. Ça, elle en était certaine. La mer, immense, féerique, indispensable. La seule chose qui lui manquait terriblement, à la faire trembler comme si la mort se penchait vers elle pour l'embrasser.

L'écharde était un signe, mais de quoi ? Impossible à lire. Terrible : deviner un message devant soi et ne pas être à même de le déchiffrer. Connaître les lettres de l'alphabet mais pas le sens des mots. Depuis plusieurs jours, ce genre de signes se multipliait. Lucia ne comprenait pas. C'était comme un orage. Une promesse, une menace, comment savoir tant que la foudre n'était pas tombée ? Il y avait aussi eu ce chat au sommet du mur, gris, avec une tache blanche sur le bout du nez, et qui s'était enfui quand elle s'était approchée. Un autre signe. Orage, pluie, soleil. Bonheur, malheur. Lucia était-elle malheureuse ? Elle portait en elle, près du cœur, la cicatrice d'une peine terrible. Si terrible qu'elle ne parvenait pas à y penser. L'homme aux cheveux gris savait-il quelque chose à ce sujet ? Il ne lui avait rien dit. C'est que ce n'était pas utile. Pas intéressant. Le malheur, il fallait l'enterrer avec les corps qui ne servaient plus à aimer et à rire.

Lucia se retourna. Sur la pelouse, deux patientes se promenaient d'un pas imperceptible. Deux vieilles dames qui s'étaient rencontrées à la clinique, Lucia les avait entendues raconter cette affaire une dizaine de fois, dire qu'elles auraient pu mourir sans se connaître, et quel dommage n'est-ce pas, à présent elles ne se quittaient plus, ne se quitteraient plus, même lorsqu'elles sortiraient d'ici, et Lucia les plaignait, quelle tristesse de devoir abandonner cet endroit, on était si bien, l'endroit auquel Lucia aspirait, son paradis, devait ressembler à ceci, en plus sauvage, avec la mer, mais calme, coupé du monde, protégé. Les vieilles ralentissaient leur pas, Lucia en était sûre, pour retarder l'échéance, elles avaient toute une vie à rattraper, à raconter, et pour Lucia c'était merveilleux et fou, impossible, qu'est-ce que cela pouvait signifier pour elle qui avait tout oublié sauf cette certitude qu'elle avait oubliée, et cette autre, qu'un roi viendrait la chercher pour la ramener dans son pays où elle pourrait aller libre et insouciante. Quand elle était sûre que personne ne la voyait, elle ôtait ses chaussures pour sentir l'herbe sous ses pieds ; mais elle avait compris qu'ici, cela ne se faisait pas, personne ne marchait pieds nus, alors elle s'assurait que personne ne la regardait, pas même l'homme qui, elle le savait, venait souvent l'épier de loin, il croyait qu'elle ne le voyait pas, et pour rien au monde elle ne lui aurait dévoilé qu'elle n'était pas dupe. Ce regard sur elle, étrangement, lui faisait du mal et du bien. Du mal à cause de ce qui était enfoui dans les souvenirs morts, dans ce tas de cendres sales en elle qu'il ne fallait pas remuer. Du bien parce que cet homme n'avait rien à faire dans ces déchets, qu'il était d'une autre histoire, d'un autre monde et que – Lucia en était sûre, même si elle ne savait pas pourquoi –, à travers elle, à travers son regard sur elle, c'était lui qu'il cherchait.

Elle sursauta : il était là, sur le seuil, l'endroit où il apparaissait chaque fois. Et chaque fois attentif, souriant, qui guettait la réponse de Lucia à son regard. Il lui arrivait de ne pas lui répondre, elle ne voulait voir personne, ce n'était pas pour lui faire de la peine, même si elle avait compris qu'elle lui en faisait, simplement elle ne pouvait pas, son regard à cet instant était celui qui remuait les cendres. Mais à d'autres occasions, c'était la douceur, douceur cherchée et offerte, et alors Lucia l'accueillait, il fallait qu'elle lui renvoyât ce qu'il guettait sans savoir que c'était lui qu'il voulait voir. Mais le cœur de Lucia se serra ; ce matin, son regard n'était ni de cendre ni d'espoir. Elle ne lui avait jamais vu des yeux pareils, et elle sut tout de suite que c'était grave, terrifiant, pire que les cendres.

Elle se figea contre le platane. Normalement, avec une telle attitude, il n'approchait pas. Il soupirait, baissait la tête et repartait dans le bâtiment. Mais tout était différent aujourd'hui, il n'obéissait plus, l'homme s'avançait vers elle, et tout était inquiétant, son regard, son pas, la raideur de ses bras le long de son corps, la fermeté de ses jambes, quelque chose était changé en lui, quelque chose que Lucia ne comprenait pas mais qui lui faisait peur. Elle restait, cependant, tétanisée, et les cendres dans sa tête étaient chahutées, elles tournoyaient, des fantômes virevoltaient, des visages, des voix, des ombres. L'homme n'était plus qu'à quelques pas d'elle, tout proche, il était là, il s'accroupissait devant elle qui fermait les yeux, qui tremblait. Alors, elle entendit sa voix, et ce fut comme un vent doux et chaud, le tourbillon des cendres se calma, les fantômes reculèrent, Lucia rouvrit les paupières. Son visage, à deux pas du sien, triste, infiniment triste, et elle s'en voulut d'avoir eu peur de cette tristesse.

Il se mit à parler, lentement, en détachant bien les mots, il craignait sans doute qu'elle ne le comprît pas, et c'était vrai que cette langue n'était pas tout à fait celle de Lucia, mais elle s'y était accoutumée, quand, elle ne le savait plus, ni comment. Une langue moins rugueuse, plus chantante. Pour exprimer d'autres idées, d'autres sentiments.

Il évoqua un voyage. Il était déjà parti, elle s'en souvenait, dans une ville lointaine avec une tour en fer, elle en avait ri beaucoup, c'était absurde. Elle n'avait pas eu peur alors, quand il lui avait annoncé cette absence, elle n'avait pas compté les jours, ils étaient venus et s'en étaient allés, et l'homme était revenu avec ses histoires étranges et drôles. Mais cette fois, elle comprit qu'il ne s'agissait pas d'un voyage de cette sorte et qu'il ne ramènerait rien d'amusant de ce périple. Et qu'il avait peur d'y aller. Pas peur pour lui directement, pour ce qu'il allait devoir faire là-bas. Tout cela, il ne le dit pas, et Lucia d'ailleurs ne l'écoutait pas, elle le regardait, elle déchiffrait son visage, son regard, les plis de ses lèvres, l'écharde dans sa main, le chat sur le mur, la musique de sa voix, en dessous des mots.

En un éclair – l'orage annoncé éclatait –, elle revit tout. Une statue sur une place, un homme encapuchonné portant un livre appuyé contre son ventre, un homme sur un bûcher, les flammes, et un autre qui s'avançait vers elle, un autre qu'elle avait attendu, chéri, un autre qui disait sa vie, qui emplissait ses nuits, un autre pourtant, traître à ses rêves, traître à lui-même, vêtu de cet uniforme de mort, et dans son dos, un homme encore, gros, épais, énorme, celui-là qui était cause de tous les malheurs, celui-là qui l'avait arrachée au paradis, le démon, et devant, l'aimé ensorcelé qui criait son nom et elle qui mourait, qui s'enfuyait, qui cherchait le bûcher où dissoudre son désespoir, et l'homme enfin, l'homme qui était devant elle en cet instant, qui l'arrêtait à deux doigts du vide, qui la conduisait ici, dans ce sanctuaire, qui la ramenait à la vie et qui, à présent, venait lui annoncer que la mort revenait, et les démons, car c'était bien ça la prophétie derrière les mots anodins et faussement neutres, les démons noirs qui avaient dévoré Basilio, Basilio, Basilio, le nom ressuscité pour mourir à nouveau sur le bûcher, un bûcher, mille bûchers dressés autour d'elle pour la réduire en cendres, la petite sorcière…

L'infirmière referma la porte tout doucement et sourit à Pollini. Lucia était calmée, elle lui avait fait une injection, elle allait dormir maintenant. Pollini la remercia et la laissa s'éloigner.

Jamais il ne se serait attendu à une telle réaction… Après sept ans, il venait de réaliser qu'il ne connaissait vraiment rien de cette jeune femme qu'il appelait Lucia et qui, peut-être, portait un tout autre nom. Il lui avait annoncé qu'il devait partir, rien de plus, peut-être pour une durée un peu plus longue que ses précédents voyages, mais qu'il reviendrait. Elle l'avait dévisagée, les yeux écarquillés. Il aurait dû s'interrompre tout de suite. Il se souvenait à présent de ce regard halluciné ; c'était celui qu'elle avait eu lorsque les miliciens avaient surgi sur la place Garibaldi, devant le glacier. Qu'avait-elle compris ? Qu'avait-il dit à son insu ? Il avait mal réagi, il avait continué à parler, des paroles insignifiantes, sans deviner la panique qui montait en elle, et qui avait éclaté, sauvage, terrible, ses poings qui martelaient le vide, ses larmes, ses cris surtout, ces deux mots répétés, bûcher, Basilio, deux mots psalmodiés, fondus dans les hurlements. Et tous les patients en promenade soudain effarés, qui observaient la scène sans réagir, tandis que le médecin s'efforçait de la maîtriser, jamais il n'aurait soupçonné une telle force en elle, si frêle d'allure. L'infirmière était venue à la rescousse. À deux, ils avaient réussi à la maintenir, le temps que la crise s'estompât et que la fureur et la panique ne fussent plus qu'un bouillonnement de larmes brûlantes.

Ce qu'il avait prescrit allait la plonger dans un sommeil d'une vingtaine d'heures, mais comment en ressortirait-elle ? Pollini s'en voulait. Il n'avait pas été attentif, il n'avait pensé qu'à lui, à sa peur de partir en Abyssinie, à son dégoût pour ce régime contre lequel, pourtant, il n'osait rien, parce qu'il en profitait, peu sans doute comparé à d'autres, mais tout de même… Il ne savait presque rien de Lucia, mais une chose au moins était certaine : elle était en guerre contre les fascistes, pour une raison inconnue. Une guerre secrète, impitoyable, dont Pollini devait la préserver. Pour annoncer son départ, il n'avait pourtant pas prononcé de mots fatals. Pas de guerre, pas de campagne, pas de Duce. Elle avait dû comprendre, à son allure, à son regard, au timbre de sa voix. Cette fille était différente, elle captait des ondes qui échappaient au commun des mortels, et tant pis si c'était absurde d'avoir de telles idées quand on était médecin, anticlérical, athée, tant pis s'il succombait à des superstitions moyenâgeuses.

Allait-elle, au sortir de ce sommeil artificiel, replonger dans son mutisme ? Passerait-elle tout le temps de cette campagne abyssinienne à se balancer dans sa chambre ? Cette idée le rendait malade. Il fallait trouver une solution pour ne pas partir, pour retarder au moins cette incorporation. Il avait des relations, il ne s'en était jamais servi à son profit personnel. Il ferait jouer les dettes que tous ces gens avaient envers lui, même s'il savait que c'était périlleux, c'était des hommes à se sentir quittes d'une fortune après avoir remboursé une miette.

Il respira profondément ; inutile de paniquer. L'ordre de mobilisation lui laissait encore une dizaine de jours. Il verrait dans quel état se trouvait Lucia à son réveil. Peut-être aussi cet incident marquerait-il une avancée décisive dans son traitement. Son traitement… de quoi souffrait-elle ? Et pourquoi voulait-il la soigner ? Était-elle malheureuse ? Dix minutes auparavant, certainement ; ses cris, son regard, ses gestes étaient ceux du malheur. Mais avant… Quand elle butinait le soleil dans le parc, quand elle souriait aux oiseaux et commandait aux nuages ; qui pouvait dire qu'elle souffrait alors ? Les évangiles béatifiaient les simples d'esprit, mais Lucia n'était pas simple d'esprit, elle n'était pas folle, Pollini refusait de le croire. Elle était différente, elle vivait dans une autre réalité. Et il en avait besoin… Besoin de cette simplicité, de cette folie. Besoin de Lucia.

Parmi les mots qu'elle avait prononcés, l'un était mystérieux et l'autre douloureux. De quel bûcher parlait-elle ? Mystère. Qui était ce Basilio ? Une douleur désagréable dans le cœur de Pollini. Utiliserait-il ce savoir nouveau pour tenter de la faire parler, lorsqu'elle se réveillerait ? Pour autant qu'elle se souvînt...

Pendant quelques heures, il imagina qu'il l'emmenait loin de Rome, qu'il fuyait avec elle. Où ? Peu importait. Si possible hors d'Italie. Mais possible, ce ne le serait pas. Quelle vie pourrait-il lui offrir ? Hors d'ici, il n'était rien, ne pouvait rien. Ni pour elle, ni pour lui. Il était prisonnier de lui-même, de sa fonction, et tout ce qu'il avait bâti comme protection se révélait n'être que les barreaux derrière lesquels il s'était enfermé. C'était pour lui qu'il avait sauvé Lucia de la noyade. Elle ne lui avait rien demandé, elle ne l'en avait jamais remercié. L'amnésie qui la frappait était la négation du geste de Pollini. Un geste n'avait de sens que s'il était reconnu par ceux qu'il visait, pour les aider ou les meurtrir.

Elle dormait encore lorsque Pollini revint à la clinique. Il passa la voir dans sa chambre. Les rideaux étaient tirés pour protéger de la chaleur. Elle reposait, le visage lisse, enfantin, sans plus l'ombre de la moindre inquiétude. Pour qui se prenait-il ? Il n'avait aucun droit sur elle. Et surtout pas celui de la faire souffrir. La guérison sans doute serait pire que la folie dans laquelle Lucia s'était réfugiée. Une folie qui la préservait du monde et de ses bûchers. Et de ce Basilio. Une folie aussi qui la gardait intacte pour Pollini.

Il n'eut à cet instant qu'une envie : qu'elle se réveillât vierge de toute mémoire, et qu'il partît au plus vite en Abyssinie.

Ce fut à peu près ce qu'il advint. L'infirmière l'informa que Lucia avait rouvert les yeux. Les premiers instants, elle avait paru un peu désorientée. On lui avait servi un grand bol de café et du pain beurré. Elle avait mangé, puis était sortie dans le parc. L'infirmière avait cherché à lui parler, sans évoquer directement ce qui s'était passé ; Lucia n'avait d'abord pas semblé l'entendre, puis lui avait souri comme à l'accoutumée.

Après avoir hésité, Pollini se résolut à lui rendre visite. Il attendit sur le seuil qu'elle l'autorisât à approcher ; si la réponse était négative, il n'insisterait pas. Mais elle lui fit le signe des bons jours.

Il ne retrouva aucune trace de sa peur dans son regard. Il lui parla comme d'habitude, puis osa une question plus directe : se souvenait-elle d'un certain bûcher ? Elle le dévisagea avec un sourire candide : de quoi parlait-il ? Du feu que les infirmières allumaient dans la cheminée, durant l'hiver ? Le cœur du médecin s'emballa : et Basilio ? Ce nom lui disait-il quelque chose ? Elle eut un moment d'hésitation. S'agissait-il du vieux monsieur avec le bras en écharpe ? Il hocha la tête et n'insista pas, plein d'une déception joyeuse. Une dernière chose : il allait devoir s'absenter quelque temps. Elle eut un petit rire : encore la tour de fer ? Il s'efforça de rire aussi et ne la contredit pas.

Au moment de se relever, il aperçut une petite marque rouge et blanche dans le creux de sa main.

– Vous êtes-vous blessée ?

Elle contempla sa paume, fit une petite moue surprise. Elle ne savait pas. Ce n'était rien, sans doute.

Le curé qui assurait la messe dominicale avait cessé de venir : à la fin d'une célébration, il avait annoncé qu'il partait dans un couvent pour y finir ses vieux jours. L'évêché ne manquerait pas de désigner son successeur pour assurer le saint office à San Nidro.

Mais l'évêque, comme le reste de l'Italie, avait oublié San Nidro. Il y avait eu un moment de désarroi chez les femmes, et puis quelqu'un avait fait valoir que la messe, ils la connaissaient par cœur ; ils n'auraient qu'à se rendre dans l'église et faire les prières qu'ils voudraient. Mais l'eucharistie ? avait objecté une vieille. Ils n'étaient pas des saints, mais pas davantage des monstres. Avec la vie qu'ils menaient, auraient-ils pu commettre un péché plus gros que celui qu'un prêtre commettait parfois ? Ils n'auraient qu'à se donner la communion l'un à l'autre, pour ceux qui y tenaient vraiment.

Annunziata fut-elle choquée de cette pratique ? Elle n'en dit rien à son fils, ni à personne, pas même à Valentina qui n'allait plus à la messe depuis le jour du bûcher. Pour ce qui était des fautes commises par les curés, elle n'avait pas besoin d'être convaincue : la trahison de Rosario lui était restée en travers de l'âme et avait opéré son lent travail de sape. Elle avait continué à se rendre à l'office par habitude, puis par lassitude. Elle priait par cœur, pour tuer le temps. Mais le temps ne mourait pas ; il revenait, inexorable, identique, tout recommençait toujours, et tout n'était pas grand-chose. Il lui semblait avoir accédé à une forme d'éternité, mais une éternité morne, sans joie, sans peine non plus ; elle ne souffrait plus, son corps vieillissait sans se faire remarquer, elle ne parlait pas à son fils mais son fils était là, Valentina était une brave fille mais elle ne lui donnait pas de petit-enfant, de toute manière il n'y avait plus d'enfant à San Nidro et qu'en aurait-on fait, sinon leur dire de partir ? Mais lorsqu'avec le curé disparut la dernière amarre qui rattachait San Nidro au reste du monde, elle refusa de jouer la comédie. Elle n'avait plus besoin de ce rite qui ne lui avait jamais rien apporté, finalement. Aucun miracle, aucun soulagement autre que celui d'une distraction. S'asseoir sur un banc, au sommet du village, face à la mer, en était une autre, pas moins satisfaisante. Et dévider son chapelet de griefs ou de rumeurs dans l'oreille patiente de Valentina valait bien une confession ; le soulagement qu'elle ressentait ensuite était même plus vif, d'autant qu'elle avait souvent eu l'impression, lors de ses derniers passages dans le confessionnal, que, derrière la grille, le prêtre s'était endormi.

Luigi aussi se satisfaisait de cet abandon. Il était fatigué. Depuis quelques mois, se réveiller à l'aube lui pesait. Il sentait une douleur sourde dans la poitrine.

Peut-être aurait-il été préférable que San Nidro ne fût pas à ce point coupé du monde, ou alors que Luigi eût le courage d'en sortir, de marcher jusqu'au village voisin, de consulter un médecin. Mais il n'avait pas envie, et il n'avait rien dit à Basilio ou à Valentina. Il aurait pu aussi passer le relais à Basilio ; pour ce qu'il fallait fournir en poissons à la petite communauté de San Nidro, un homme suffisait à la tâche. Mais qu'aurait-il fait d'autre, à part mourir ?

Un matin, une douleur plus vive le réveilla. Son bras gauche était raide, un étau serrait sa poitrine. Il essaya de se lever, mais retomba sur son lit. Basilio, inquiet de ne pas le trouver sur le quai, vint aux nouvelles.

Ce n'était rien, juste un peu de fatigue. Pas la peine de s'alarmer. Il restait du poisson en suffisance, pas question de sortir seul en mer. Un peu de repos pour tous les deux. Pourquoi Basilio n'irait-il pas se promener sur la plage avec Valentina ?

Dans la pénombre de la petite pièce, il était difficile de discerner les traits du pêcheur. Basilio ne vit pas qu'il était livide et qu'il transpirait abondamment.

– Est-ce que tu pourrais reconstruire le trabucco ?

C'était une idée qu'il ruminait depuis quelques semaines. Cela faisait des années que les derniers restes du trabucco avaient disparu ; ceux que Basilio n'avait pas utilisés pour le bûcher de Filippo avaient été emportés par les tempêtes.

– Si tu me dis comment…

Basilio se sentait triste. Le temps n'était pas suspendu. Il filait, à San Nidro comme partout ailleurs. Luigi était devenu un vieil homme, qui préparait son départ. Au détour d'une conversation, en revenant de pêche, il lui avait désigné ce qu'il souhaitait comme sépulture : la mer. J'aurais été pêcheur et fossoyeur, songea Basilio, et il s'étonna de ne pas éprouver d'amertume à ce constat.

Depuis combien de temps n'étaient-ils plus descendus sur la plage, tous les deux ? Basilio n'était même pas sûr de l'avoir jamais fait. Il y venait souvent seul. Il se souvenait des danses insouciantes de Lucia, même si la gamine préférait la forêt. Il se souvenait de ses bains solitaires, où il essayait de se laver l'âme. Il se souvenait des reflets du bûcher sur l'écume. Les êtres avaient leur espace défini. Lucia, la forêt ; Luigi, le bateau et la mer ; Valentina, le village, sa longue rue tortueuse cernée de murs blancs, tapissée de soleil et d'ombre. Et lui, Basilio, la plage, le seuil, au point de rencontre de tous ces lieux, incapable de choisir.

Valentina accueillit l'invitation avec surprise. Elle voulut d'abord aller rendre visite à Luigi, s'assurer qu'il n'avait besoin de rien. Elle lui apporta une bouteille d'eau, un peu d'alcool et du pain. L'homme dormait ; elle n'osa pas le réveiller et déposa le tout à son chevet. Puis, ils gagnèrent la plage en silence et se mirent à marcher, main dans la main. Basilio se sentait étrange ; il tenait la main de Valentina dans la sienne mais gardait les yeux rivés sur le sable. Ce n'était pas la main fine et légère de Lucia, mais celle d'une femme mûre, travailleuse, douce malgré tout, mais forte, énergique. Une paume qui vibrait sous la pression des doigts de Basilio. Il percevait les pulsations du sang, plus vives que de coutume. Mais ils ne parlaient pas, ils marchaient sans but. Que fallait-il faire pour transformer le désœuvrement en bonheur ? Ne pas penser, sans doute. Mais Basilio en était incapable. La plage, une main dans la sienne, ce n'était pas ce qu'il vivait à l'instant, c'était un pont qui menait droit à son passé. Valentina était-elle consciente de ce qui se passait en lui ? Elle le dévisageait à la dérobée, Basilio sentait ses regards qui passaient sur son cou, sa nuque, mais elle ne disait rien. Songeait-elle qu'elle devait se contenter de ce qu'elle avait, que tout commentaire mettrait fin au jeu ?

Ils s'arrêtèrent. Ils avaient marché longtemps, vers le sud. Le soleil était au zénith, insolent. Ils s'assirent à l'ombre de la falaise, au bord d'une minuscule crique qui venait mouiller la roche. L'eau n'y était pas profonde, on aurait pu passer à pied. Basilio se laissa tomber sur le sable et s'étendit. Valentina vint se coucher à côté de lui. Elle se sentait démunie, fragile. S'était-elle déjà trouvée dans cette position, contre le corps de Basilio, ailleurs que dans l'obscurité de leur chambre ? Personne ne les verrait ici, sans doute, mais il lui semblait que son propre regard s'était élevé et les observait, ironique et cruel. Il ne la regardait pas, ne réagissait pas à ses doigts qui frôlaient sa poitrine nue. Il était toujours beau, aussi beau que lorsqu'elle avait compris, des années auparavant, que cet adolescent lui plaisait plus qu'elle n'aurait osé le dire, et qu'il lui échapperait, qu'il en aimait une autre, une fille de son âge, et qu'elle, Valentina, n'avait rien à espérer. Et puis, elle était là, allongée contre lui, et il était à elle, elle à lui, par quelle grâce ? Elle le savait, elle ne voulait pas y penser. Ç'aurait été conclure qu'il n'était à personne sinon à ses souvenirs, à ses regrets jamais exprimés. Que ce bonheur reposait sur… Valentina ferma les yeux pour cacher ses larmes. De toute façon, Basilio ne la regardait pas.

Pour penser à autre chose, elle demanda à Basilio ce qu'il ferait s'il arrivait quelque chose à Luigi. Basilio, sans ouvrir les yeux, lui répondit que le marin lui avait proposé de reconstruire le trabucco. C'était une bonne idée. Sortir seul en mer était dangereux, et pour le peu d'habitants à nourrir, le trabucco suffirait. D'autant que le bateau était en mauvais état et qu'on ne trouverait pas au village de quoi le réparer. Et avec le trabucco, n'importe qui pourrait apprendre à pêcher. Même s'il lui arrivait quelque chose.

Valentina frémit. Pourquoi penser au malheur ? Bien sûr, tôt ou tard… Mais Basilio était jeune. Peut-être le plus jeune de San Nidro. Il haussa les épaules et posa la main sur la poitrine de Valentina, qui frissonna. De toute manière, construire le trabucco, ce serait du travail, et puis ce serait l'affaire de tous. Comme la messe. Et il eut un petit rire.

Ils se turent. Il faisait chaud, et l'ombre était délicieuse. Le clapotis de l'eau, à deux pas de leurs pieds, était doux. La main de Basilio restait posée sur la poitrine de Valentina, presque immobile. Elle ferma les yeux. Elle attendait qu'il s'inclinât, qu'il vînt l'embrasser. C'était rare, ses lèvres posées sur les siennes, son corps sur le sien, dans le sien. Sans doute devrait-elle l'attirer à elle, l'enserrer dans ses bras, dans ses jambes. Elle leva la main lorsqu'elle sentit la pression des doigts de Basilio qui s'effaçait. Mais c'était trop tard ; elle rouvrit les yeux. Basilio s'était relevé. D'un geste, il ôta son short et se retrouva nu. Valentina se redressa ; qu'il était beau… La gorge nouée, elle le regarda qui marchait vers l'eau et s'éloignait lentement du rivage, sans se retourner vers elle. Il s'arrêta lorsque l'eau lui arriva au-dessus de la taille. Alors, Valentina, le cœur battant, se mit debout, se déshabilla et, d'un pas tremblant, le rejoignit. S'étaient-ils jamais retrouvés nus tous deux en pleine lumière ? Elle ne se posait la question que pour se laisser une illusion. La réponse était négative. Jamais. Dans la pénombre de la nuit seulement. Et les heures qu'elle avait passées, tandis qu'il dormait, à l'observer dans un rayon de lune, à le deviner, à le réinventer dans ses rêveries solitaires, pendant qu'il était en mer… Elle parvint à sa hauteur et se mit en face de lui. Il parut un moment surpris puis esquissa un sourire. Elle vit ses yeux se poser sur sa poitrine. Une poitrine de femme de quarante ans, pesante, mais qu'elle savait belle encore, puissante et inutilement généreuse. Elle saisit la main de Basilio et la posa sur son sein. Il se laissa faire. Elle murmura son prénom.

Il n'avait pas le cœur de lui faire de la peine. Elle était belle, aussi, flottant sur cette eau. Il se prêta à son jeu, l'attira contre lui, la serra fort contre son torse. Il sentit l'odeur de ses cheveux, celle de son chagrin, de sa peur, de son espoir. Leurs ventres s'étaient soudés. Il devinait ce qui allait venir. Et qui vint, doucement, sans un mot, dans l'eau indifférente. Il ferma les yeux pour ne pas voir le visage de Valentina qui vibrait sous les lames du plaisir, il n'aurait pu rester en elle, ce n'était pas ce visage qu'il voulait voir en cet instant, elle ne pouvait pas lui en vouloir, c'était impossible. Il n'en parlerait pas, ne dirait rien, mais pendant que Valentina allait et venait, attachée à lui par ses jambes nouées autour de sa taille, il cherchait un souvenir de fillette, de jeune fille aux seins menus sous une toile blanche.

Luigi se rétablit. Il rassembla le village et soumit son projet. Tous approuvèrent et l'on se mit à la tâche, sous la supervision du marin. Tant que les travaux durèrent, il retrouva la force de sortir en mer avec Basilio, tous les deux ou trois jours. Il ne dit à personne que, depuis son accident, il rêvait toutes les nuits de son fils. Qu'il revenait. Qu'il demandait pardon. Et Luigi, dans son sommeil, sentait des larmes couler sur ses joues. À son réveil, sa chambre était vide. Francesco n'était pas là, il ne reviendrait pas. Luigi allait mourir et il réalisait qu'il avait vécu si longtemps sans son fils, s'efforçant de ne pas y songer, de le rayer de ses pensées. Était-ce pour cette raison que Francesco n'était jamais revenu ? Rien ni personne jamais ne répondrait à cette question.

Luigi avait choisi de placer le trabucco sur la falaise, à hauteur d'une maison qui donnait sur le vide. La maison était vide depuis des années ; on brisa un mur pour permettre l'accès, et l'on se servit de la maçonnerie existante pour attacher les premières poutres. On trouva dans le village et sur le bateau de Luigi les pièces métalliques nécessaires pour les poulies et le mouvement des mâts. Lorsque tout fut achevé, Luigi, aidé de Basilio, remonta les filets de son bateau ; il n'en aurait plus besoin.

Ils se rassemblèrent tous sur la terrasse pour la première pêche. Luigi était à la manœuvre et tous l'observaient attentivement. Valentina les dénombra ; il n'était plus qu'une vingtaine. Annunziata était venue aussi. Elle se tenait avec un petit groupe de plus vieux qu'elle, à l'opposé de son fils. Mais l'atmosphère était plutôt joyeuse. Le bouilleur de cru avait offert deux bouteilles d'un alcool qu'il confectionnait avec quels ingrédients, nul ne le savait ; il n'y avait pas de vignes, à San Nidro, et plus de vin. Pendant que les filets attendaient les poissons, on avait allumé un feu. Des femmes avaient apporté des tomates, de la salade, des pommes de terre. Lorsque Luigi donna le signal de relever les filets et qu'on y surprit, en contrebas, des frétillements d'écailles, il y eut des acclamations et des rires. Une fois le poisson remonté, Luigi écarta les bras et réclama l'attention de tous. Solennellement, il nomma Basilio responsable du trabucco de San Nidro. Lui seul pourrait déléguer à un autre le soin de manœuvrer. Il pourrait réquisitionner le village pour toutes les réparations nécessaires. Un grognement collectif et allègre accueillit ce discours. Basilio rougit et resta en retrait. Faisait-il vraiment partie de cette communauté en voie de disparition, qui s'inventait des moyens de survivre ?

– Tu es responsable maintenant, lui glissa Luigi à l'oreille quelques instants plus tard, lorsque les femmes se furent emparées des poissons pour les préparer et les hommes rassemblés autour de la bouteille d'eau-de-vie.

Responsable ? Il sourit à la ruse de son ami. N'importe qui aurait pu le remplacer pour actionner les filets du trabucco.

Luigi mourut un mois après l'inauguration du trabucco. Il avait tiré son bateau sur le sable et n'y était plus remonté. Il passait ses journées assis sur la terrasse, à regarder la mer où il avait passé le plus beau de son temps. Basilio actionnait les filets, Luigi lui donnait parfois un conseil inutile, histoire de parler et de rappeler qu'il avait été le maître. Il n'y avait plus eu de repas en commun sur la terrasse ; désormais, chacun venait chercher le poisson lorsque Luigi lançait un long cri. En échange, on déposait des fruits, des légumes, un peu d'alcool qui aidait Luigi à supporter l'immobilité.

Les rêves de Francesco s'estompaient, depuis le matin où Luigi s'était moqué de lui-même : pourquoi imaginer encore son fils en jeune homme alors qu'il avait vieilli lui aussi ? Il devait avoir grossi encore. Alors, la silhouette s'était éloignée, elle n'avait plus franchi le seuil. Luigi en avait ressenti un soulagement amer. Il était temps que le temps cessât.

Ce fut Basilio qui le retrouva, mort, dans son lit. Les derniers jours, il lui avait paru plus silencieux encore que d'habitude, et surtout plus absent. Comme s'il avait voulu habituer Basilio à son départ. Ou lui-même. Il ne lui avait plus parlé de rien. Tout était sans importance désormais. Sa vie était passée, celle de Basilio ferait pareil.

Devant la dépouille de son ami, Basilio sentit un moment le sol vaciller sous ses pieds. Comme si le temps qui, jusqu'alors, était passé imperceptiblement, s'écroulait sur lui. Il songea au cadavre de Filippo étendu sur le tapis, devant le feu ; que s'était-il passé depuis ce jour ? Un énorme sanglot monta dans sa gorge, pareil à celui du jour où Filippo était venu le chercher au chevet de son père mort ; mais, cette fois, il resta coincé, dur, douloureux.

Le village se regroupa sur le seuil de la maison du marin. Basilio annonça d'une voix rauque que Luigi ne voulait pas être enterré, qu'il voulait confier son corps à la mer. Les visages devant lui étaient tendus. Il savait qu'ils se souvenaient tous du bûcher. À quoi Filippo avait-il consacré sa vie pour que le feu fût l'aboutissement normal de sa dépouille ? Personne n'en savait rien, Filippo était trop secret. Pour Luigi, c'était plus simple. De toute manière, il n'y avait plus de prêtre à San Nidro. Personne ne crierait au scandale, c'était une affaire qui ne regardait que le village.

Annunziata et Valentina firent la toilette du mort. On l'enveloppa dans un linceul et Basilio posa de lourdes pierres à ses pieds. Puis, il noua une corde épaisse tout autour du corps. Tout le temps que cela dura, il essaya de ne penser à rien. Valentina l'observait, inquiète. Entre eux, Annunziata trottinait, avec l'indifférence de celles qui songent que ce sera bientôt leur tour et qu'il faut être jeune pour pleurer.

Aidés par deux hommes, ils le sortirent et descendirent à pas lents le colimaçon de dalles qui menait au bas du village et à l'escalier raide qui tombait sur la plage. Le cœur de Basilio battait fort. Des images se bousculaient dans sa tête, une nuit d'orage, une civière, un corps, et dans son dos, une fillette vaillante qui portait avec lui un cadavre qu'elle avait refusé de toucher. Ses tempes lui faisaient mal. Sur la plage, il s'attendit à découvrir le bûcher ; mais il n'y avait que le bateau de Luigi posé sur le sable, qui les attendait. Les mains moites de Basilio tremblaient. Il sentait le corps de Luigi qui glissait. Il fit un effort, se redressa, agrippa ses doigts au tissu rugueux. Il sentit le bras raide, dur, froid comme celui de son père. Ses pieds glissaient sur les marches, la manœuvre était délicate. Le soleil n'expliquait pas à lui seul les gouttes qui ruisselaient sur son front et brouillaient sa vue. Les autres porteurs serraient les dents, ils ne se rendaient peut-être pas compte que la descente était périlleuse à cause du trouble qui s'était emparé de Basilio plus que par l'escarpement du chemin.

Ils firent une brève halte. Basilio respira profondément et retrouva un peu de calme. Ce qu'il fallait pour achever la descente, rejoindre la plage où les attendaient les villageois. Il avait aperçu la silhouette de sa mère. Pourquoi était-ce Luigi qui était mort et pas elle ? Il paraissait plus jeune qu'eux. Plus que Filippo, du moins dans le souvenir de Basilio. Mais il y avait eu chez les deux ce pli sur le front, cette façon de baisser les épaules. Avaient-ils décidé du moment de leur départ ? Basilio n'avait même pas choisi celui de son retour. Il avait été poussé dans le dos chaque fois qu'il s'était mis en mouvement. Quitter San Nidro, y revenir.

Ils arrivèrent sur le sable et marchèrent jusqu'au bateau. Là, ils posèrent le corps à la proue, puis poussèrent l'embarcation dans l'eau. Basilio monta à bord. Un autre voulut l'accompagner mais Basilio, d'un geste, fit comprendre qu'il voulait rester seul à bord, avec Luigi. Personne n'osa s'y opposer et Basilio ignora l'expression inquiète de Valentina.

Il monta la voile et s'éloigna vers le large, sans un regard pour la rive qui s'éloignait. Il laissa alors couler les larmes qui fermentaient en lui, mais elles furent rares, acides, autant de griffes sur ses joues, que le vent séchait. Il n'en voulait pas à Luigi de l'avoir abandonné ; il s'en voulait d'avoir laissé filer les années. De s'être soumis, d'avoir renoncé. De n'être devenu rien d'autre que ce qu'il était déjà. Lucia ne lui voulait pas un destin de pêcheur. Il n'était pas parti, la belle affaire ! Lucia était partie, par sa faute, et lui aussi. Et il était revenu, seul. Il ne l'avait pas retrouvée. Il avait cru Forza, il l'avait tué, ou tout comme, il n'était pas resté à Rome pour retrouver Lucia. Il était rentré à San Nidro, avait repris la pêche avec Luigi. Avait vécu avec Valentina, couché avec elle. Lui avait fait l'amour, mal, rarement, mais l'avait caressée, s'était dénudé. Et même dans la mer, quelques semaines auparavant. Il n'avait pas cessé de penser à Lucia, sans doute, mais à quoi sert une pensée pour ceux qui sont absents ? Il ne croyait pas que Lucia l'avait entendu. Et ses pensées lui avaient-elles seulement permis d'être fidèle ? Le visage de la jeune fille se brouillait, les contours devenaient indistincts. En arrivant sur le sable, le corps de Luigi dans ses mains, il avait cherché à se remémorer son regard ébahi et merveilleux lorsqu'elle avait découvert le bûcher. Lorsqu'elle s'était exclamée : « C'est magnifique, Basilio ! » Plus qu'une voix, presque un rire. Et le reste, magnifique ? Magnifique, cette vie qui faisait de lui, en ce jour, un capitaine de navire mortuaire ? Magnifique, peut-être, le sourire de Valentina, les quelques fois où elle avait pu croire que Basilio était heureux, et son visage quand il l'avait aimée dans l'eau. Était-ce tout, était-ce assez ? Cela effaçait-il ce qui n'avait pas été, à cause de cela ? Une longue plainte sortit de ses lèvres, à laquelle Luigi ne répondit rien. Il pouvait être heureux, désormais, le vieux marin ! Mais Basilio ? Il avait mal, comme s'il s'éveillait d'un trop long sommeil, avec aucune autre perspective que de se rendormir au plus vite, pour ne plus jamais rouvrir les paupières. Il devinait que, sur la plage, Valentina suivait des yeux le navire avec inquiétude. Pensait-elle qu'il ne reviendrait pas ? Qu'il s'engloutirait avec le cadavre ? Qu'il partirait pour l'horizon ? Basilio n'y pensait pas. Il savait ce qu'il voulait faire, Valentina ne devait pas s'inquiéter. Pas pour ça. Il reviendrait. Il continuerait à tenir une promesse qui n'avait plus de sens. Ne pas partir, c'était pour rester avec Lucia. Il avait promis de ne pas partir sans elle, et elle était partie. Il ne l'avait pas rejointe, parce qu'il avait cru la religieuse d'abord, Forza ensuite. Ses yeux.

Les larmes disparurent. Basilio avait la gorge et les paupières sèches. Il baissa la voile, jeta l'ancre. Il se retourna ; les silhouettes sur la plage étaient petites. Il évalua la distance. Entre eux et lui, dans cette zone, il n'y avait pas de courant. Dans un petit coffre sous le banc, il prit une hache. Il jeta un dernier coup d'œil sur le linceul puis, d'un geste précis, puissant, planta la lame à plusieurs reprises dans la coque. L'eau s'engouffra, froide, rapide. Basilio monta sur le rebord, à la poupe, et plongea.

– Nous n'avons plus besoin du bateau, expliqua-t-il, lorsqu'à bout de souffle il regagna le rivage où l'attendaient, entre peur et colère, les habitants de San Nidro.

L'embarcation était pourrie. Et elle appartenait à Luigi.

Basilio était trempé, épuisé. Le regard de sa mère était écarquillé, elle le dévisageait avec une horreur proche de celle qu'elle avait ressentie lors du bûcher. Pourquoi ce gamin devait-il toujours commettre un geste excessif, sacrilège ? Valentina, elle, était submergée par la peur et le soulagement. Elle avait suivi, sans relâche, la progression du corps, minuscule dans les vagues, convaincue, à chaque fois qu'il disparaissait, qu'il ne remonterait pas à la surface, qu'il n'atteindrait jamais la plage. Aucune barque pour partir à sa rescousse. Il était maître de son destin comme, elle le crut à cet instant, il l'avait toujours été, il lui avait donné de son amour mais il pouvait le lui reprendre n'importe quand, et elle n'avait d'autre choix que de subir, accepter, se résigner… N'avait-elle pas payé le prix pour cela ? Ou plutôt, cela, cette indécision, ce risque qui refaisait surface le jour des funérailles de Luigi, n'était-ce pas le prix qu'il lui fallait payer pour avoir obtenu l'amour de Basilio ? Amour ! Une présence, l'assouvissement d'un désir. Complicité ? Un silence paisible qu'elle refusait de profaner, par crainte de découvrir ce qu'il recouvrait vraiment. Et si Basilio n'était pas revenu…

Mais il était là, trempé, devant elle, épuisé. Il s'efforça de lui sourire et elle éclata d'un rire mêlé de sanglots, avant de se jeter dans ses bras. Il se laissa faire, tâcha de la consoler, maladroit, gêné par la petite foule qui les entourait. Puis, elle se ressaisit et se redressa.

– Je vais me changer, dit-il simplement. Je vous rejoindrai.

Valentina renifla. Les gens avaient décidé de se réunir après la cérémonie pour manger un poisson et boire un verre à la mémoire de Luigi, sur la terrasse du trabucco.

– Va, insista-t-il, comme elle restait immobile tandis que les autres s'éloignaient.

Elle lui prit la main un instant, tenta de sourire. Puis rejoignit le groupe.

Il avait cru qu'en Abyssinie, il ne penserait plus à elle. Qu'elle prendrait une juste proportion, celle d'une malade. Une malade qui n'avait pas sa place dans une clinique comme celle du docteur Pollini. La mémoire de Lucia était verrouillée, un coffre-fort dont plus rien ne sortirait, sinon ces quelques mots que Pollini n'aurait jamais dû entendre. Qu'il allait oublier à son tour.

Et une fois sur le terrain, les raisons d'oublier Lucia avaient été plus que nombreuses. La chaleur africaine, mais surtout l'inhumanité des combats. Les Abyssiniens, mal armés, des lances, des sagaies, des boucliers de bois, contre les Italiens, lourds, métalliques, courageusement lâches avec leurs chars, leurs mitrailleuses, leurs bombes, et même leurs gaz, sans vergogne, malgré l'interdiction unanime de la Société des Nations, Mussolini se mouchait avec les conventions internationales qu'il signait en riant. Des victimes ennemies, civiles et militaires, horribles, mutilées, auxquelles il était interdit de porter secours. Pollini savait que les Italiens bombardaient les hôpitaux éthiopiens, malgré les lois internationales. Qu'ils utilisaient des armes chimiques et des soldats libyens musulmans contre les populations chrétiennes. Et Pollini soignait les blessés italiens, parce qu'il n'avait pas le courage de leur refuser des soins, c'était son rôle de médecin, interdiction de porter un jugement sur la moralité du patient, seule comptait la vie en lui. N'était-ce pas pour cette raison qu'il avait arrêté Lucia dans son geste ?

Lucia. Il y revenait sans cesse. Impossible de faire autrement. Pour elle, il se demandait ce qu'il faisait là. Pour elle, il opérait des pauvres bougres sans chercher à savoir s'ils n'avaient pas sauvagement assassiné la veille une femme et ses enfants, un vieillard, un homme amoureux et plein de projets. Il avait cru qu'il ne penserait plus à elle, et jamais il n'y avait autant pensé.

Les opérations durèrent sept mois. Sous-équipés, les hommes du Négus résistaient farouchement. Mussolini rageait, cela n'allait pas assez vite. Tous les moyens étaient bons, les ordres aux généraux étaient clairs : il fallait exterminer l'ennemi. Et on extermina. Pollini n'y pouvait rien. Il se consolait petitement en arguant qu'il n'était pas soldat, qu'il ne tuait personne. Mais il se dégoûtait. À l'arrière, contrairement aux médecins de l'autre camp qui se faisaient bombarder, il ne risquait rien. Oserait-il reparaître devant Lucia ? Verrait-elle ce à quoi il aurait été mêlé, crierait-elle comme lorsqu'il était venu lui annoncer son départ ? Il évitait d'y penser. Mais toujours convoquait l'image de la jeune femme, la petite fée du parc de la clinique, qui l'attendait peut-être, ou ne l'attendait pas, qui serait là à son retour, là dans son absence merveilleuse. Quand il le pouvait, il prenait des nouvelles. Les liaisons téléphoniques étaient rares, mais l'infirmière, responsable de Lucia, lui écrivait régulièrement. Pas pour lui donner des nouvelles de la jeune femme, évidemment ; elle parlait de la clinique, des problèmes quotidiens. Et concluait toujours par une phrase sur Lucia, l'air de rien, comme un post-scriptum insignifiant. Pollini ne lisait rien d'autre. Un jour, elle glissa une photographie de Lucia, prise dans le parc, devant le platane. Sans commentaire. Pollini en eut les larmes aux yeux et glissa la photographie dans son portefeuille.

Lorsque Addis-Abeba tomba, Pollini écrivit à sa hiérarchie pour obtenir son rapatriement à Rome. Une lettre à l'une ou l'autre relations romaines accéléra la procédure ; on n'avait plus besoin de lui en Abyssinie, mais ses patients italiens n'avaient que trop souffert de son absence.

Sur le bateau qui le ramenait en Italie, il lut la presse et fut pris de nausées. Grandiloquent comme à son habitude, Mussolini glorifiait l'héroïsme du peuple italien, décidé à sauvegarder son honneur malgré les gesticulations des autres pays, il exaltait le sens du sacrifice, sa détermination. Désormais l'Italie avait un empire, et son roi héritait du titre d'empereur d'Éthiopie, usurpant le trône de la plus vieille dynastie au monde. Tout cela était terrifiant… Pollini l'avait vu à l'œuvre, ce peuple héroïque et plein d'honneur : une bande d'assassins sans scrupules, que seul un armement infiniment plus puissant avait déterminé et rendu victorieux. Il n'avait qu'une envie : rentrer à Rome, s'enfermer dans sa clinique, ne plus voir personne. Personne sinon Lucia.

Elle était assise au pied du platane, comme s'il l'avait quittée la veille. Était-il vrai qu'il était parti de longs mois ? Qu'il avait vu de telles horreurs dans la chaleur africaine ? Là, sur le seuil, il pensa que non. Rien n'avait changé, ce n'était qu'un mauvais rêve. Le sourire de Lucia, son corps frêle, le jeu de ses doigts dans les airs, ses regards vers le ciel ; telle était la réalité à laquelle il croyait. À laquelle, du moins, il voulait croire.

L'infirmière lui avait dit que Lucia avait passé ces derniers mois dans une grande sérénité. Elle avait repris son ballet innocent autour des arbres, mais elle avait approché certains patients. Elle venait s'asseoir près d'eux, dans le parc, et leur racontait des histoires. Tout le monde s'accordait pour la trouver charmante et incompréhensible. C'était des bribes de contes naïfs, qui parlaient de royaume perdu, de temple sylvestre, de noce marine. L'infirmière s'était efforcée de prendre des notes, de repérer les éléments qui reviendraient le plus souvent, mais cela tenait sur un feuillet et elle ne pensait pas que cela pourrait être utile au docteur. Il la remercia un peu sèchement, déçu qu'une autre eût recueilli ces informations, triste de n'avoir pas été là pour surprendre cette évolution. Mais peut-être était-ce justement à cause de son absence ?

À cette question, Lucia n'apporta aucune réponse. Elle l'accueillit avec sa simplicité coutumière, l'interrogea sur la tour de fer. Elle n'avait pas oublié cela. Tout le reste, cependant, était à nouveau effacé, et Pollini évita de raviver sa mémoire. Il lut et relut les notes de l'infirmière ; rien qu'il ne connaissait, qu'il n'avait déjà perçu dans le babillage de Lucia.

Il lui fallut plusieurs semaines pour reprendre une vie normale. Comment pouvait-on passer de la fournaise criminelle abyssinienne à la quiétude romaine ? Était-il possible d'effacer l'horreur, de retourner à ses habitudes comme si de rien n'était ? De s'accorder aux délires des dirigeants et du pays, gorgés d'orgueil et de sang, fiers de leurs monstruosités ? Pollini tentait de se trouver des raisons, une raison : il n'avait pris part à aucun crime. Les horreurs commises, il n'y avait même pas assisté. Elles lui avaient été rapportées. On avait pu exagérer. Et en temps de guerre, il n'était pas permis d'avoir des états d'âme. Il était italien, il se devait d'être patriote, solidaire de sa nation. Toute cette glose lui donnait la nausée. Mais quoi ? Devait-il se lever, dénoncer ? Il n'avait aucune chance. Il serait arrêté, exécuté sans doute, déporté certainement. Personne ne l'entendrait. À la Société des Nations, le Négus avait dénoncé les agissements de l'Italie, contraires aux lois universelles de la guerre. Personne ne l'avait écouté. Pollini avait lu les commentaires ironiques de la presse italienne ; dans le bras de fer international qui se jouait, le roi des rois ne comptait pas, ni qu'il s'agît de chrétiens en terre musulmane. Et la guerre en revenait, comme toujours, à ses règles fondamentales : le plus fort avait tous les droits. *Vae victis*. On ressuscitait l'Empire romain, mais seulement ce qui, dans l'empire, intéressait les nouveaux César. La conquête, la puissance, le délire victorieux. La civilisation n'était qu'un alibi pitoyable pour couvrir les fosses communes où l'on jetait les vaincus. Pollini avait lu les classiques, *La Guerre des Gaules*, il s'en était nourri adolescent. Et c'était cette prose merveilleuse qui justifiait aujourd'hui les horreurs du fascisme. Celle-là et d'autres ; tout faisait sang au moulin de la tyrannie.

Le délire fasciste, la folie de Lucia. L'impuissance de Pollini, celle des victimes, du Négus, de l'humanité réduite au règne du plus fort. Il suffisait à Pollini de se rappeler la scène de la place Garibaldi, l'apparition des chemises noires et la fuite de Lucia. Sa course dans les taillis mais surtout cette autre fuite, salvatrice sans doute, dans la folie. Une forme de démence, une forme de sagesse, la seule peut-être qui s'offrait à ceux qui refusaient de prendre part à cette autre folie. Celle du rêve contre celle du sang, de la faiblesse sereine contre celle du triomphe assassin. Un doux délire contre une folie furieuse.

Mais Pollini ne pouvait pas sombrer dans le délire. Ni dans l'héroïsme. Qu'adviendrait-il alors de Lucia ? Elle avait pu tenir sept mois en son absence. Personne ne l'avait inquiétée, elle faisait partie de la clinique désormais, les infirmières veillaient sur elle. Mais sans doute ne le faisaient-elles que pour plaire à leur patron. Même absent, il restait le responsable. Le chef. Toujours la logique du pouvoir et de la soumission. Seule Lucia, dans toute l'Italie peut-être, était libre. C'était du moins ce que pensait Pollini, dans le désordre de ses pensées, à son retour d'Abyssinie.

Il y avait une autre forme de fuite. Celle que, pour des raisons toujours inconnues, Lucia semblait avoir choisie, jusqu'à ce qu'intervînt un passant. À ce moment, sur le pont Cestio, elle savait ce qu'elle refusait, ce qu'elle rejetait, ce qu'elle voulait noyer avec elle. En la sauvant, Pollini l'avait précipitée dans un autre fleuve : celui de la folie. Avec ou sans lui, elle avait atteint à une forme de sérénité. Un équilibre fragile, puisque vivant ; la mort aurait offert la tranquillité des pierres, et leur indifférence.

S'il en avait préservé Lucia, moins qu'un autre Pollini avait le droit de s'engouffrer dans cette fuite-là.

Il resta donc à son poste et ne parla pas. Redevint le médecin recherché, auréolé, dans les milieux romains, d'une campagne éthiopienne assurément héroïque. Il n'eut pas besoin de raconter quoi que ce soit ; les légendes, au lendemain de la victoire, se tissaient toutes seules, un peu de la gloire du Duce rejaillissait sur tous les combattants italiens. En contrepoint de son imposture, il conservait, blottie dans le pavillon de convalescence de sa clinique, une jeune femme sans âge, sans nom, sans passé, sans raison, une fée étrange qui parlait aux malades comme aux oiseaux, une réincarnation d'un saint François sans Dieu, car jamais Lucia ne se rendait aux offices, jamais elle ne priait autrement qu'en tournant autour du platane ou en braquant les yeux sur les nuages et le soleil.

Et les mois passèrent, les années. La folie du monde gonfla, celle de Lucia demeura discrète, humble. Entre les deux, Pollini montait la garde lasse de la sentinelle d'un fort oublié par les assaillants, perdu désormais au milieu des lignes, ignoré. Méprisé. Il soignait les femmes et les hommes qui participaient à cette furie, qui avaient acclamé Adolf Hitler lorsqu'il était venu sceller l'alliance avec Mussolini et que les deux tyrans avaient paradé dans les rues de Rome comme des généraux d'empire, des Italiens et des Italiennes qui se massaient sous le balcon du palais de Venise pour applaudir aux discours emphatiques de celui qui conduisait son pays vers un avenir glorieux. Il se taisait, Pollini. Faisait son travail de médecin, sauver les corps et ignorer les âmes, se battre contre la maladie sans jamais songer qu'elle pouvait être un instrument de justice frappant les êtres les plus vils, les moins dignes de vivre, les plus dangereux. Tous les jours, il voyait défiler dans son cabinet des individus tremblant, qui se demandaient pourquoi le mal les avait choisis pour victimes, et qui attendaient du médecin qu'il les sauvât. Et il les sauvait, quand il en avait les moyens, sans plus chercher à savoir qui était en face de lui, ce n'était plus qu'un corps, un réseau d'organes, de nerfs, de veines. Tous les matins, tous les soirs, il passait par le parc ou le pavillon, il guettait Lucia qui ne changeait pas, qui glissait sur le temps avec l'insouciance et la grâce d'un patineur sur la glace. Tant qu'elle serait là, il résisterait, se disait-il parfois avec grandiloquence. Puis il riait de lui, doucement, pour ne pas pleurer.

Il y eut la guerre. Les armées italiennes en déroute, que leurs alliés allemands devaient épauler, faute de pouvoir compter sur elles. Le raidissement du régime. Sur le Janicule, le parc changeait de couleur au gré des saisons, et rien d'autre ne l'affectait. Pas même la nature des convalescents ; la clinique ne s'occupait que de civils, aucun uniforme n'était admis dans le pavillon. Lucia pouvait continuer à vivre sans vieillir, à chanter sans rien dévoiler de ses souvenirs. Les officiels du régime devinrent nerveux. Pollini ne les écoutait plus, il ne lisait plus la presse. Les rumeurs ne l'atteignaient qu'à peine. Tout allait à sa perte ? Tout était perdu depuis si longtemps... Il ne sortait presque plus, travaillait sans relâche. Il avait abandonné son appartement du Trastevere et s'était fait installer une chambre dans la clinique. On louait son dévouement, il maudissait son atermoiement. Parfois, durant ses insomnies, il rêvait de fuite, il construisait des plans. Toujours les mêmes : emmener Lucia loin, très loin. Recommencer à vivre, avec elle. Robinsons sur une île déserte. C'était grotesque. Il n'y avait plus d'île déserte. Quand l'aube arrivait, Pollini se répétait que cela finirait mal, il était vain d'espérer une autre issue. Bientôt. Mais dans ce désastre annoncé, une seule chose lui importait encore : sauver Lucia. Mais la sauver de quoi ? À cette question, depuis le premier jour, sur le pont Cestio, il n'avait pas de réponse.

Lucia était devenue un élément intangible de la clinique. Les nouvelles infirmières reprenaient l'héritage des anciennes et les patients racontaient aux nouveaux arrivants les contes charmants que leur dispensait cette étrange femme, qui semblait toujours si jeune, dont on ne savait pas l'âge, une adorable folle, une sorte de mascotte qui aidait à tuer le temps, à oublier ses petites douleurs, un rayon de soleil. Certains, en quittant la clinique, envoyaient des fleurs, des bonbons. Lucia distribuait les friandises autour d'elle mais n'aimait pas les fleurs, elle disait ne pas comprendre pourquoi on les coupait pour les faire mourir dans des vases. Il était vain de lui expliquer qu'une fleur ne vivait pas moins longtemps dans un vase que dans la terre ; on prévenait les sortants, n'envoyez pas de fleurs à Lucia, et l'on donnait à d'autres les bouquets qui, malgré ces précautions, arrivaient à l'accueil. Lucia ne coûtait que sa nourriture, et elle mangeait peu ; elle rendait service et ne causait aucun problème. De cela, au moins, Pollini pouvait être satisfait. Même s'il ignorait si la jeune femme – finirait-elle d'être jeune un jour ? – était heureuse.

Il put ignorer beaucoup de choses, y compris le débarquement des Alliés en Sicile et leur avancée dans le sud de l'Italie, mais pas les bombardements qui, le 19 juillet 1943, frappèrent Rome.

Il y avait eu le hurlement des sirènes, puis des explosions sourdes. Des explosions et des sirènes sans relâche pendant des heures. Lucia s'apprêtait à sortir dans le parc. C'était comme si les explosions avaient lieu dans sa tête, dans son ventre. Comme si elle était la cible des avions qui passaient dans le ciel et déversaient leur colère.

Elle resta un instant pétrifiée sur le bord du jardin. Le souffle court, les jambes frêles. Autour d'elle, les gens criaient, pointaient du doigt les colonnes de fumée, au loin, elle entendait des mots, des exclamations, san Lorenzo disait-on, elle ne savait pas ce que c'était, elle ne comprenait pas ce qui se passait, elle absorbait seulement les chocs terribles qui faisaient trembler le sol, qui couraient à travers la ville pour aboutir sous ses pieds, remonter dans ses jambes et venir bouillonner dans son ventre.

Personne ne faisait plus attention à elle. Les patients étaient rentrés dans les bâtiments, elle ne savait pas où. À un moment, elle eut la force d'avancer, à pas lents, vers le platane. Là, c'était là qu'elle devait se rendre, là qu'elle serait en sécurité, contre quoi elle n'en savait rien, sinon que ces explosions étaient mauvaises, les coups de poing d'un monstre sur la porte d'un sanctuaire, une menace terrible. Quand elle arriva près du tronc, elle se blottit sur le sol, contre l'écorce, se roula en boule, ferma les yeux et entonna un chant à peine audible. Tous les oiseaux s'étaient tus.

Elle resta ainsi pendant des heures. Le jardin s'était vidé. Au loin, les explosions s'étaient éteintes, il n'y avait plus que les sirènes et leur ballet, qui venaient lécher les murs de la clinique. Lucia ignorait tout de ce qui se passait dans les bâtiments, elle attendait que les petits rites du quotidien reprissent leur cours, la vieille dame au gros pull de laine rouge, malgré la chaleur, les infirmières et leur curieux tablier, et puis l'homme aux cheveux gris, avant ses cheveux étaient d'une autre couleur, mais ils s'étaient éclaircis, les plus foncés à présent étaient gris et les autres blancs, c'était joli, même si le visage de l'homme semblait triste parfois et fatigué, il allait venir, il venait toujours, il lui parlait ou ne parlait pas, il la regardait étrangement, toujours un regard doux, un regard qui lui faisait du bien sans qu'elle sût pourquoi, comme le chant des oiseaux lui faisait du bien, ils avaient repris leur sérénade lorsque les explosions s'étaient tues, et Lucia avait pris cela pour un signe bénéfique, il n'y en avait plus beaucoup, des signes, noirs ou ensoleillés, le monde ne lui parlait plus, ou elle ne savait plus lire. Elle attendit encore. La lumière déclina. Elle commença à trembler, pourtant il faisait chaud. Personne ne venait, pas même l'homme aux cheveux gris. Étaient-ils tous morts, tous partis ?

Ce n'était pas possible. Elle entendait la rumeur d'une agitation inaccoutumée, elle percevait des ombres derrière les fenêtres, des appels, des ordres, des sirènes. On allait venir. On ne venait pas. Alors, lorsque les ombres du platane grimpèrent sur le mur du pavillon, elle se releva, épousseta sa robe, et rentra.

Une infirmière parut surprise de la voir. Elle était affairée, il y avait des taches rouges sur son tablier. Elle prit Lucia par la main et la conduisit dans les cuisines, lui donna du pain et du fromage tout en parlant vite, Lucia devait retourner dans sa chambre, ne pas en bouger, voilà de quoi se nourrir, il fallait dormir, demain tout irait mieux, et Lucia ne comprenait pas pourquoi cette femme d'ordinaire si calme était à présent si nerveuse, pourquoi demain serait mieux qu'aujourd'hui, ni quand serait demain, et quelles étaient ces taches rouges sur son tablier, mais elle décida de ne pas poser de questions, elle ne savait pas comment elle aurait pu le faire, et elle monta dans sa chambre, tout en haut, mangea le pain, le fromage, s'étendit sur son lit et s'endormit. Après le sommeil, elle le savait, le soleil revenait, les mauvais rêves s'effaçaient.

Mais rien ne disparut le lendemain. Au contraire. Les explosions avaient repris de plus belle, des nuages malodorants, gris et noirs, envahissaient le ciel romain. Les sirènes hurlaient et les gens semblaient affolés. Plus personne ne prêtait attention à Lucia, pas une infirmière pour la conduire dans la cuisine, lui donner un bout de pain. Des gens étaient étendus sur des lits de fortune, qui geignaient, d'autres qui semblaient dormir mais d'un sommeil de pierre, des bandes blanches recouvraient des bras, des têtes, des jambes, blanches tachées de rouge, comme sur le tablier de l'infirmière le premier soir. Lucia errait, hagarde, entre les lits. Elle ne comprenait pas. Ces gens souffraient, ils étaient blessés, certains, à son passage, tendaient les bras, appelaient à l'aide, pour qui la prenaient-ils, elle ne savait que faire, des larmes coulaient sur ses joues.

Même le parc était envahi de civières. Il faisait chaud, terriblement chaud, l'odeur était épouvantable. Des hommes en blouse blanche maculée de sang passaient entre les lits, des infirmières aussi. Lucia glissait comme un spectre, elle cherchait des yeux l'homme aux cheveux gris, il devait être là, il allait arriver, il avait toujours été là, depuis, depuis si longtemps, Lucia ne se souvenait plus quand elle l'avait rencontré, ni où, ici sans doute, ou ailleurs, elle croyait se rappeler un parapet de pierre, le grondement de l'eau comme à présent celui des bombes.

Son regard fut attiré par un blessé. On l'avait étendu au pied du platane. Il ne bougeait pas, sa respiration était à peine perceptible. Son platane. Lucia s'avança prudemment, s'approcha, s'agenouilla devant la civière. C'était un enfant. Un garçon, une dizaine d'années, les cheveux noirs collés sur le front. Le front pâle, les yeux noirs, et cette béance rouge foncé près de l'épaule gauche, et l'abandon du corps. Lucia se pencha encore, sa bouche était à quelques centimètres du visage meurtri. Elle sentait le souffle brûlant du gamin, l'odeur de la souffrance, et les larmes qui coulaient sur ses joues glissaient sur celles du petit blessé. Ce n'est rien, ce n'est rien, chantonna-t-elle, et elle se mit à se balancer tout doucement, en tenant la main de, comment tu t'appelles, elle ne comprit pas, je t'appellerai Basilio, tu veux bien ? il faut résister, Basilio, ce n'est rien, quand tu iras mieux nous irons sur la plage, nous irons dans la mer et nous nagerons jusqu'au bout du monde, jusqu'au paradis, tu veux bien ? Le gamin ne répondait pas, il sombrait doucement, conduit par la voix chantante vers cet horizon que Lucia nommait sans crainte, était-elle une femme ou un ange ? Et dans sa douleur, il ne savait plus, il se laissait emporter, et la souffrance refluait comme une vague défaite, une autre vague montait, lente et chaleureuse, irrésistible, l'ange la conduisait, ce n'était rien, plus rien ne comptait que cette voix qui…

– Lucia ?

C'était sa voix qui l'avait attiré. Il la connaissait, il en était sûr. Elle venait de loin, de très loin, mais il n'y en avait pas deux pareilles. En claudiquant, à cause de sa blessure à la jambe, il s'était avancé dans le parc, vers cet arbre énorme qui offrait un peu d'ombre aux blessés plus mal en point que lui, étendus sur des civières de fortune. Après la voix, il aperçut la silhouette, son curieux balancement au-dessus d'un corps fluet, et là, il en fut sûr. C'était impossible, pourtant, incroyable au moins, il ne l'avait plus vue depuis plus de vingt ans, et c'était une fillette alors, une gamine, de l'âge du gamin étendu devant elle… Il l'avait à peine aperçue en 1928, campo dei Fiori, et encore, il n'avait jamais été sûr que c'était elle, il avait même insisté auprès de son compagnon pour lui faire accepter l'idée que ce n'était pas elle… Et il la retrouvait là, à quelques centaines de mètres du campo, dans cette clinique du Janicule où, sans les bombardements alliés, il n'aurait jamais mis les pieds.

Francesco se baissa.

– Lucia ?

C'était elle, pas de doute. Elle, à peine vieillie, avec sa voix de fée, de fille étrange tombée d'un autre monde, en train de bercer un gamin mutilé, un… Francesco se pencha encore pour s'en assurer, un cadavre, le pauvre gosse venait de passer, après tout, c'était une chance pour lui, l'Italie de demain serait monstrueuse, elle allait payer le prix fort pour sa folie, et Francesco s'étonnait d'être encore debout, vivant, après tout ce qu'il avait vu, tout ce qu'il avait fait, lui vivait et ce gamin était mort, et Lucia aussi vivait. C'était pour ça et pour rien d'autre qu'il avait été épargné, songea-t-il furtivement, puis il rejeta cette idée, c'était ridicule, grotesque, ignoble, on ne survit pas à l'effroyable pour savourer le gâchis, à quoi cela servait de retrouver Lucia à présent, quinze ans trop tard, quand Basilio l'avait tenue au bout de ses doigts et qu'elle avait filé ?

Elle avait levé vers lui ses beaux yeux tristes et le regardait à présent, craintive. Qui était cet homme ? Ce n'était pas celui aux cheveux gris qui venait la voir tous les jours, et il portait un uniforme, un uniforme déchiré, en lambeaux, mais un uniforme noir, taché, elle eut un mouvement de recul et la main de l'enfant glissa, retomba sur le sol à côté de la civière. Lourde, sans vie. Cet inconnu était arrivé, il l'avait appelée et l'enfant était mort, Basilio était mort, qui était Basilio, qui était cet homme, qui était-elle, que faisait-elle ici, qui étaient ces corps, cet uniforme sombre, Basilio… Elle ferma les yeux et poussa un long cri avant de s'effondrer.

Pollini était épuisé. Avec ses confrères, il avait soigné et opéré pendant quarante-huit heures sans interruption. Les bombardements avaient repris le lendemain, et le surlendemain. Le flot des blessés n'arrêtait pas, les morts laissaient la place aux mourants. Pourtant, quand l'infirmière était venue le chercher, murmurant à son oreille qu'il était arrivé quelque chose à Lucia, il avait abandonné la tasse de café qu'il s'apprêtait à boire, la première depuis vingt-quatre heures, et il l'avait suivie jusque dans la chambre de Lucia.

Elle reposait dans le lit, inerte. À son chevet, un drôle de gaillard, à la jambe bandée, dans un uniforme de milicien en piteux état. Pollini fut pris d'un haut-le-corps ; pendant toutes ces années, il avait su protéger Lucia de la vue des chemises noires et, alors qu'on était sur le point d'en être définitivement débarrassé, l'un d'entre eux surgissait…

L'inconnu avait capté son regard et semblait avoir compris. Il eut un petit sourire désabusé et entreprit d'ôter sa chemise. Le docteur ne devait pas s'inquiéter, c'était fini, cette maudite milice. Il était désolé si c'était ce qui avait causé le malaise de la petite, maintenant il comprenait mieux ce qui s'était passé… Le cœur de Pollini s'était mis à battre violemment, ses jambes se dérobèrent. Mais il se reprit.

– Venez, ne restons pas ici, dit-il au milicien, et il l'entraîna vers son cabinet.

Francesco avait terminé son récit. Pas grand-chose à dire, pour être franc, il s'était limité à l'essentiel, San Nidro, Basilio et son amour pour la gamine, une histoire d'adolescents, et puis Forza, l'enlèvement de Lucia et tout ce qui s'en était suivi, Basilio qui débarquait dans la milice sans que Francesco eût jamais bien compris pourquoi, jusqu'à ce voyage à Rome, en 1928, et la scène du campo dei Fiori. Il avait tu la mort de Forza, même si ça n'avait plus aucune importance, personne n'avait jamais douté de la version qu'il avait rapportée, on avait retrouvé le corps et enterré le milicien Giancarlo et jamais retrouvé Forza, et Francesco avait été muté à Florence, puis à Rome, où il était arrivé trois mois plus tôt.

Elle s'appelait donc bien Lucia. Basilio était son ami, son amoureux. Pollini se sentait ridicule. Floué. Non, il ne savait pas comment il se sentait. Il devait être heureux. Il ne l'était pas. Pour masquer son trouble, pour tenter de récupérer le contrôle, il posa quelques questions. Le bûcher ? Francesco n'était pas sûr, mais il croyait se souvenir d'une histoire comme ça, un vieux à San Nidro à qui Basilio avait promis un bûcher quand il serait mort, mais il n'était déjà plus au village quand cela s'était produit.

Pollini songea aux cahiers qu'il avait remplis, une dizaine en quinze ans, rien de plus que des mauvais romans construits sur quelques pièces disparates arrangées à sa guise. Et tous ces scénarios s'effondraient à présent, un inconnu, un fasciste venait de le renvoyer à son néant, il connaissait la vérité, lui, et la vérité se moquait de Pollini et de ses petits accommodements avec la réalité. Tout n'était pas clair, pourtant, mais les marges du possible s'étaient terriblement rétrécies, et dans sa chambre, Lucia avait replongé dans son cauchemar ; qui pouvait dire dans quel état elle en sortirait cette fois ?

– Ce Basilio… Où est-il ?

Francesco n'en savait rien. Après les incidents romains, Basilio était parti. Déserteur. Normalement, il devait être retourné à San Nidro, le bout du monde, même Mussolini n'aurait pas eu le cœur d'y déporter les prisonniers. Quelle importance ? La gamine était folle, pas vrai ?

Folle… Dans la bouche de cet homme, le mot était insupportable. Pollini se redressa, furieux – mais contre qui, contre quoi ? Non, elle n'était pas folle ! Et ce n'était pas un fasciste qui avait le droit de porter un tel jugement, après avoir répandu une telle démence sur le monde, après avoir été responsable de tellement d'horreurs, un fasciste n'avait pas le droit, la folie… Francesco s'était tassé sur sa chaise, il avait fermé les yeux pendant que le médecin déversait sa fureur sur lui, il avait revu le visage de son père et la colère du médecin semblait sortir des lèvres de Luigi, qu'était-il devenu son père il n'en savait rien, il avait effacé cette image, ce mauvais cauchemar qui polluait de plus en plus souvent ses nuits, puis il avait tendu les mains, ouvertes, paumes en avant, calmez-vous docteur, tout ça, il le savait, et mieux que quiconque, cette folie-là, il l'avait bue jusqu'à la lie et il était prêt à payer, mais il ne voulait pas de mal à Lucia, d'ailleurs c'était incroyable, ces retrouvailles, il en était bouleversé même s'il n'était pas du genre sensible…

Polllini se calma. Il était épuisé. Cette rencontre improbable n'aurait pas pu survenir à un pire moment. On ne choisissait pas. Dans la logique des fuites, on perdait le contrôle tôt ou tard, tout foutait le camp en tous sens.

Il n'y avait qu'une chose à faire. Il ne savait pas dans quel état Lucia se réveillerait, mais tout venait peut-être à son heure, avec quinze ans de retard. Il respira profondément et fixa Francesco droit dans les yeux.

LE SABLE

La route, de toute évidence, était à l'abandon depuis des lustres. Pollini s'épongea le front ; c'était de la folie. Il avait résisté à cette idée pendant tant d'années et il avait cédé, simplement parce qu'il avait pris sa retraite. Simplement ? Qu'est-ce qui était simple ou compliqué dans cette histoire ?

Il n'avait qu'une certitude : Basilio et Francesco avaient emprunté cette route en août 1943. Étaient-ils revenus ensuite, avec Lucia ? Pour répondre à cette question, Pollini n'avait que les histoires que, vingt ans durant, il s'était inventées, noircissant des dizaines de carnets pour le seul plaisir, doux-amer, d'imaginer Lucia heureuse. Des histoires bâties sur du vent, un grain de sable. Des perles pour parer l'ennui et le vide d'une vie qui avait filé.

Il avait abandonné sa Fiat quelques kilomètres plus haut, lorsqu'il était devenu évident que la route était totalement impraticable pour les voitures. Des arbres avaient poussé au milieu du passage, des trous, assez grands pour héberger une harde de sangliers, obligeaient le marcheur à de constants zigzags. Qu'allait-il trouver au bout de ce chemin forestier ? Il avait eu du mal à dénicher San Nidro, à tel point qu'il avait douté de sa mémoire et de ses notes. S'il s'était trompé dans la retranscription du nom, c'en était définitivement fini de ses espoirs. Jamais il ne saurait ce qu'étaient devenus Lucia et ce Basilio. Peut-être serait-ce mieux, après tout. Après rien, ce rien qu'avait été sa vie, surtout depuis ce jour d'août 1943.

D'après les renseignements qu'il avait pu glaner dans la région, plus personne n'était allé à San Nidro depuis des décennies. Impossible de dire si quelqu'un y vivait encore. Si oui, ce devait être en complète autarcie. D'après un confrère établi dans un village des environs, ce n'était pas impensable ; les gens d'ici se contentaient de peu. Avec la mer et un bout de jardin, il y avait de quoi parer à tous les besoins. À condition de ne pas tomber gravement malade. Mais, n'est-ce pas cher collègue, même avec la meilleure médecine à portée de la main, mieux valait éviter…

Cette forêt énorme et noire ne ressemblait guère à ce qu'il s'était imaginé : des étendues plantées d'oliviers, la mer, des petits villages clairs. Forêt la plus grande du pays, avait-il découvert en préparant son escapade. Jadis repaire de brigands. Aujourd'hui de Lucia ? Il revoyait la jeune femme dans le parc de la clinique, qui tournait autour du platane ; là, sous ces fûts énormes, il comprenait mieux son manège silencieux, ses gestes lents de vestale, ses incantations murmurées aux divinités invisibles. Dans la plupart des scénarios qu'il avait bâtis après, celui du retour aux sources était le plus fréquent. Mais il n'avait pas imaginé les lieux tels qu'ils se présentaient à ses yeux. Et il découvrait déjà que, quoi qu'il eût imaginé, il s'était trompé. Vraisemblablement.

Il était fatigué. Sa valise le gênait. Il devait avoir l'air particulièrement idiot ! Tant d'années sans jamais quitter sa clinique, sans le moindre exercice physique... Heureusement, il n'avait jamais été gourmand, sa ligne était celle d'un jeune homme de trente-cinq ans. Sa ligne, rien qu'elle. Sa tête était vieille, et ce qu'il y avait dedans. En avait-il jamais été autrement ? Il ferait mieux de rebrousser chemin. Retrouver sa voiture avant qu'on la lui volât – mais qui viendrait ici dérober une aussi insignifiante mécanique ? –, trouver un hôtel confortable dans la région. Transformer cette impossible expédition en villégiature luxueuse, la première depuis... depuis ce voyage à Paris, dans les années trente, qui avait tant fait rire Lucia. S'installer sur une terrasse, face à la mer, et y lire les carnets qui avaient occupé sa vie au point de se substituer à elle.

Annunziata s'était assoupie sur sa chaise, au soleil de la fin de journée, sur le pas de la porte. Un jour s'achevait, encore un. Sa vie persistait, vieille carne. Bientôt une nuit de plus, gagnée sur quoi ? Cela faisait longtemps que la vieillarde n'y pensait plus. Elle vivrait tant que son corps le voudrait ; c'était une divinité comme une autre, aussi mystérieuse dans ses desseins, mais qui disparaîtrait avec elle. Qui la mettrait en terre ? Valentina, si elle lui survivait. Tout était possible. Sinon, le soleil se chargerait d'elle. Aucune importance désormais.

Elle sursauta. Un bruit étrange venait de retentir dans le colimaçon du village, un pas qui ricochait sur les murs des maisons vides. Un pas qui n'était pas celui de Valentina. Valentina ne faisait pas de bruit en marchant, à peine un frottement, comme la respiration d'une pierre.

Dans son dos, une porte s'ouvrit. La seule du village à s'ouvrir encore, celle de sa maison, dans laquelle Valentina était venue s'installer quand... Longtemps. Très longtemps. Aucune importance. Valentina aussi avait entendu le bruit. Un pas, ça voulait dire quelqu'un. Quelqu'un à San Nidro. Un étranger, évidemment ; il n'y avait plus qu'elles deux à vivre ici depuis... Longtemps. Très, très longtemps. Toujours peut-être. Non, pas toujours. Malheureusement.

Malgré elle, malgré les années, malgré sa pauvre philosophie séchée au soleil et aux années, Annunziata ne put s'empêcher de sentir son cœur battre trop fort, ses vieux souvenirs se relever comme un chien arthritique. Ce n'était pas possible. Elle ne le voulait pas, ne le voulait plus. Quand il était reparti, après la visite de ce fils maudit de Luigi, elle l'avait damné, une fois encore, une dernière fois, que plus jamais il ne revînt, il était fou, désespérément fou, elle ne savait pas pourquoi le ciel lui imposait cette épreuve mais c'était ainsi, vivre ne servait à rien et aucun paradis ne rachèterait l'enfer de cette existence. Il était parti, elle avait pleuré, elle n'avait rien dit. Elle avait rêvé, elle seule était comptable de ses rêves, elle avait imaginé qu'il revenait, qu'il suppliait sa mère de lui pardonner, et elle avait joui du temps qu'elle mettait pour lui répondre, de cette suspension de sa clémence, mais non, il était parti, il ne se souciait pas de sa mère, il ne s'en était jamais soucié, ce gamin avait toujours été bizarre, c'était à cause de cette gamine, cette folle, fille d'un fou, tout le malheur venait de là, venait de lui, pitié, pourquoi la mort traînait-elle, pourquoi la vie exigeait-elle d'Annunziata qu'elle demeurât si longtemps dans ce champ désert à regarder les vagues et les heures et le temps, le soleil…

Valentina posa la main sur l'épaule de l'ancêtre. Annunziata sursauta et leva vers sa cadette un regard creux, incrédule. Les traits de Valentina étaient durs, elle serrait les mâchoires. Non, ce n'était pas lui. Plus possible. Trop longtemps. Un pas seul. Basilio ne serait pas revenu seul. Ou peut-être bien. Elle n'en savait rien. Il était parti alors qu'elle avait cru qu'il était à elle, enfin, pour toujours. Il pouvait revenir pour prouver qu'elle était à lui, depuis toujours.

Une silhouette se dessina d'abord sur le mur d'en face. Une ombre trop haute, un peu grotesque, chancelante. Fatiguée, épuisée. Abrutie de soleil. Basilio n'aurait pas marché comme ça, même si à cette heure il devait être vieux lui aussi, fragile. Le pas s'arrêta. Sans doute l'arrivant avait-il perçu une présence, d'autres ombres sur le pavé brillant de soleil. Puis, il se remit en route. L'affaire de dix mètres, tout au plus.

Et il fut là, devant eux. Un homme âgé, un homme d'une ville lointaine, propre, aux cheveux bien coupés, blancs. Un homme épuisé par la marche, par le soleil, par l'insolite d'un pays qui n'avait plus accueilli de visiteurs depuis plus de vingt ans. Un égaré qui portait une valise incongrue.

Depuis qu'il avait aperçu le village, en débouchant de la forêt, Pollini avait senti sa respiration devenir plus courte, son pouls plus vif. Il avait différé cet instant pendant deux décennies, mais à présent il y était, et cela ne ressemblait pas à ses rêves. Mais c'était magnifique aussi, ce village blanc enroulé sur sa spirale, coquille d'escargot clair lovée au sommet de sa falaise avec l'infinité de la mer au-delà, et la forêt dans le dos, hameau prisonnier entre eau et bois et libre, infiniment libre, ignoré des hommes, du monde, de la furie de l'Histoire. Rome était loin, Rome que Pollini n'avait presque jamais quittée, Rome qui lui semblait à cet instant le plus improbable des lieux.

Avant de descendre vers les maisons, il s'était arrêté. Ainsi, c'était ici qu'avait grandi Lucia… Ici qu'elle avait appris à parler aux arbres, aux nuages, aux oiseaux. Appris à regarder la vie avec cette distance étonnante qui avait tellement fasciné Pollini. Et ici aussi qu'avait vécu ce Basilio…

Il se sentait imposteur, comme il l'avait sans doute été toute sa vie. Intrus, un enfant qui, à force d'insister, peut rentrer dans une salle où se déroule un spectacle pour adultes, qu'il verra mais auquel il ne comprendra rien. Face à lui, improbables, deux femmes. Une vieille debout, les mains posées sur les épaules d'une très vieille, assise. Ni l'une ni l'autre n'était Lucia, Pollini en était sûr, même la plus jeune. Lucia ne pouvait pas avoir vieilli, elle semblait encore une enfant la dernière fois qu'il l'avait vue, et elle n'avait pas cet air sombre, menaçant, défait, sec comme la brique. Pas cette épaisseur maussade. Au moins, le village n'était pas désert. Deux habitantes, cela pouvait signifier d'autres. Et puis, une mémoire, le moyen de savoir. Pollini se crut un bref instant anthropologue, débarqué aux confins de l'ultime forêt inexplorée de la terre, découvrant la dernière tribu à n'avoir jamais rencontré un homme blanc. Mais cette idée le ramena aux jours sombres de l'Abyssinie et il la chassa.

Les deux femmes ne bougeaient pas. Deux statues, deux gardiennes d'un temple en ruine. Pollini déposa sa valise et s'épongea le front. Les lois de l'hospitalité n'avaient-elles pas cours ici ? Il avait soif, faim. Mais d'abord, se présenter. Son nom, son métier. Son ancien métier, puisqu'il était à la retraite. Il venait de Rome. Elles ne cillèrent pas, sauf lorsqu'il mentionna la ville. Croyaient-elles qu'il était envoyé par les services sanitaires d'un État enfin décidé à s'occuper des villages les plus retirés des Pouilles ? À quoi servirait une inspection médicale, quand ces femmes avaient vécu toute leur vie sans jamais voir un médecin ? À rien, sinon peut-être à leur découvrir un mal avec lequel elles avaient réussi à composer jusqu'à présent, et dont le traitement causerait leur perte. Pour la plus grande satisfaction des statisticiens.

Il resta un moment silencieux. Elles ne bougeaient pas. Comme s'il n'avait rien dit. Depuis combien de temps n'avaient-elles plus vu personne ? Et là, elles semblaient ne rien attendre d'autre que son départ. Pollini n'osait pas prononcer encore le nom de Lucia, ni celui de Basilio. Il avait peur. Peur d'apprendre, peur de savoir. Qu'ils étaient morts, qu'ils étaient là, qu'ils n'étaient jamais revenus. Pire : que sa mémoire s'était jouée de lui, qu'il s'était trompé de village. Basilio ? Jamais vu. Lucia ? Connais pas. Allez voir au village d'à côté, mais n'espérez pas trop : je crois qu'ils sont tous morts.

Il désigna sa valise, fit un geste qu'il espérait assez expressif : il avait faim, il avait soif, il voulait s'installer. L'aînée ouvrit une bouche sans dents. Un sourire, la menace d'un chien de garde impotent ? Des sons rauques sortirent de sa gorge, qui ressemblaient aussi peu que possible à un langage articulé. Mais l'autre parut comprendre : à regret, elle lâcha l'épaule de la vieille et se retourna pour disparaître dans l'ombre de la maison. Pollini se retrouva seul face à l'ancêtre qui reprit sa position de pierre usée. Il jeta un œil autour de lui ; la masure dans laquelle la femme avait disparu semblait la seule habitée. Les portes des autres étaient closes et avaient cette raideur empoussiérée des condamnations à perpétuité. Pollini tendit l'oreille ; il n'y avait que la rumeur de la mer et le léger souffle du vent. N'y avait-il vraiment que ces deux survivantes à San Nidro ?

La femme revint. Elle tenait un bol ébréché qui contenait de l'eau et un autre où gisaient trois boules sombres que Pollini identifia difficilement : des pommes de terre. Elle les lui tendit sans dire un mot et il les prit en remerciant. L'eau était tiède et fade, les tubercules farineux et insipides, mais faire bonne mine n'était-il pas la première règle à suivre pour tout explorateur ? Il n'aurait jamais dû venir. À présent, il se demandait comment il aurait la force de repartir. Il était tombé dans un piège qu'il était seul à avoir tendu. Il était épuisé, il voulait dormir. Après, ça irait mieux. Le sommeil était le meilleur remède. N'avait-il pas dormi pendant plus de vingt ans ? Il interrogea les femmes : où pouvait-il s'installer ? Il pouvait payer, s'il le fallait. Il sortit son portefeuille, exhiba des billets. Elles le contemplèrent sans réagir. Autant payer en verroteries, songea-t-il, énervé. Dormir, répéta-t-il. Se pouvait-il qu'elles ne comprissent pas l'italien ? Bien sûr, il aurait dû y penser. Les dialectes apuliens étaient aussi éloignés de l'italien de Dante que le roumain. Et il ne parlait pas roumain. Mais en articulant bien, lentement… Dor-mir. Il y avait les gestes aussi. Dormir. Fermer les yeux. Un appel au meurtre. La plus vieille, sur la chaise, ne bronchait pas. Sa bouche s'était entrouverte, les joues pendaient, parcheminées, flasques. La plus jeune le dévisageait, regard noir, inhospitalier. Elle regrettait le bol, l'eau, la pomme de terre. Dormir, maintenant. Et puis quoi ? Elle haussa les épaules et rentra sans un mot. La vieille tourna la tête vers le sommet du village, d'où était venu Pollini. L'invitait-elle à repartir ? Ses yeux se fermèrent, son menton tomba sur la poitrine. Un léger ronflement monta. Dormir.

Pollini soupira, reprit sa valise en main. Inutile de rentrer dans cette maison. Toutes étaient minuscules,

les deux femmes devaient en occuper tout l'espace. Et puis, il n'était pas bienvenu, à l'évidence. Il salua la dormeuse, la chaise et la porte, et poursuivit la descente.

La rue descendait-elle jusqu'à la plage ? L'été était chaud, brûlant. Au pire, il dormirait sur le sable. Il n'avait pas pensé à prendre même un drap. Ses pas résonnaient. Personne. Des masures vides, en ruine. La bonne affaire pour un investisseur, village de vacances, site exclusif… Pour Pollini, en attendant, quelque chose entre l'enfer et le paradis. Il poussa l'une ou l'autre porte ; l'odeur qui l'accueillit, et le nuage de poussière, le reconduisirent dehors.

La rue s'interrompait avant la plage. Après les dernières masures tassées les unes contre les autres, le chemin se poursuivait une bonne centaine de mètres pour déboucher sur une maison isolée, au bord de la falaise et de la forêt. Un bâtiment plus grand, indépendant. Pollini hésita. Il pouvait aussi remonter au sommet du village, sur cette petite place qu'il avait trouvée agréable, avec son église en ruine. Il devait y avoir une cure, laquelle serait plus spacieuse, sans doute, plus confortable… Mais il n'avait pas le courage. Il marcha jusqu'à la maison et poussa la porte.

Il y avait de la poussière, mais moins qu'ailleurs. Et pas cette odeur de temps ranci. Quelques meubles, sur lesquels on aurait osé s'asseoir et s'appuyer. Les fenêtres brisées laissaient passer un courant d'air ; il faisait doux, après la chaleur étouffante de l'extérieur. De son portefeuille, il sortit une vieille photographie où une éternelle jeune femme souriait. Il poussa un long soupir de soulagement et de résignation ; il s'installerait ici.

Pollini, le premier jour, avait dormi longtemps. Un sommeil pesant, sans rêve. Jamais il n'avait profité d'un calme aussi absolu, seule une tombe devait être plus paisible.

Puis, il était sorti. Avait refait le tour du village, sans apercevoir les deux vieilles. Il les avait entendues, cependant : des bruits qui sortaient de la masure, de chaises, de terre cuite. Partout ailleurs, le vide et le silence. L'église comme le reste. Au-dessus du portail, une niche où un reliquat de statue – une vierge ou un saint, c'était impossible à déterminer – se fossilisait sous les fientes des pigeons et des mouettes. L'intérieur était sans intérêt, sinon le charme des églises que Dieu même semblait avoir désertées.

La place, par contre, était belle. Une balustrade de pierre blanche, effondrée à plusieurs endroits, protégeait les imprudents d'une chute qui aurait été fatale. Cent mètres en contrebas, la mer et ses éclats d'écume sur les rochers. Pollini s'était reculé vivement ; il avait le vertige.

La plage était magnifique. Sable fin, quelques galets. Un long bras doré qui s'étendait de part et d'autre.

Au-dessus, accroché à la falaise, en dessous d'une maison, une structure en bois avec des poulies, des cordes et un filet antique qui pendait sur l'eau ; un trabucco, comme Pollini n'en avait vu que dans des livres ou des reportages télévisés. Il eut cependant confirmation que l'installation servait encore, le lendemain de son arrivée : la silhouette de la plus jeune des femmes surgit sur la passerelle et actionna le mécanisme. Avec des à-coups, le filet disparut dans l'eau. La femme s'assit, les mains croisées sur les genoux, et attendit. En contrebas, sur la plage, Pollini fit de même.

Cela dura longtemps, mais qu'avait-il d'autre à faire ? Boire le spectacle de la mer, surveiller l'ombre de la forêt qui surplombait la falaise. Se laisser griser par le vertige, le silence.

Enfin, elle se releva et, dans un grincement terrible, remonta le filet. Des écailles brillèrent dans le soleil. La pêcheuse se pencha dans le vide et adressa un signe à Pollini.

Avait-elle procédé à cette pêche pour nourrir leur hôte, ou était-ce une habitude ? Elle lui tendit un poisson superbe, qu'elle venait d'ouvrir et de nettoyer avec dextérité. Elle en gardait deux, pour elle et sa compagne. Les autres, elle les avait rejetés dans l'eau. Inutile de gaspiller quand on pouvait se payer le luxe de manger le plus frais des poissons.

Elle s'était aussitôt détournée, l'abandonnant avec son repas cru. Elle ne l'invitait pas à le suivre, il devait se débrouiller.

Il redescendit sur la plage, ramassa du bois. Par chance, il avait un briquet. Le feu prit rapidement.

Pollini n'était pas un campeur aguerri ; le poisson fut un peu trop cuit d'un côté, pas assez de l'autre, mais dans l'ensemble, il lui parut n'en avoir jamais mangé de meilleur. Manquait un verre de vin blanc pour avoir l'impression d'être au paradis.

Quand elle avait compris qu'il s'était installé dans la maison de Filippo, Valentina avait frémi. Qui était cet homme ? Il était impossible qu'il fût venu ici par hasard. Bien que… Les gens, en dehors de San Nidro, étaient peut-être assez fous pour s'égarer ici, volontairement ou non. Et ceux de San Nidro n'étaient pas moins fous. Elles surtout, qui gardaient un village où seul le bruit de leurs pas traçait la limite du cimetière.

Il était venu, il repartirait. Elle ne ferait rien pour le retenir. Même si cette apparition suscitait en elle des émotions contre lesquelles elle se croyait immunisée par les années. Pourquoi avait-elle survécu si longtemps ? Elle ne savait plus son âge. Si Annunziata vivait encore, c'est qu'elle, Valentina, n'était pas si vieille. Ce qui ne signifiait pas qu'elle n'avait pas vécu trop longtemps. Et ce n'était pas pour s'occuper de la mère de Basilio qu'elle s'accrochait à la vie. Les choses s'étaient faites insensiblement, sans y penser. Avant de se retrouver à deux, ils avaient été trois, cinq, dix, une petite vingtaine. Plus de naissance, plus d'autre départ que la mort. Il restait toujours assez de bras et de force pour conduire le corps au cimetière. Pour Annunziata, Valentina avait prévu autre chose. Mais elle pouvait lui survivre, la mort pouvait tomber sur la plus jeune sans crier gare. Une chute, une maladie soudaine. L'homme qui était arrivé, Valentina avait cru comprendre qu'il était docteur. Un de ces mots qu'on prononçait jadis avec respect, un mot du Nord, que le dialecte hésitait à accaparer.

Toutes ces années pour rien. Sans rien. Sans lui. Après avoir tout fait pour le garder. Si cet étranger n'était pas venu, Valentina aurait poursuivi ce long sommeil dans lequel elle avait plongé depuis... Depuis quand ? Douloureuse mémoire. Avant cet inconnu, il y avait eu une autre arrivée. Celui-là, on le connaissait, même si personne ne l'avait reconnu au prime abord. Personne, sauf Basilio. Encore une chose qu'il avait gardée pour lui, un souvenir de ces mois passés à Bari – et ailleurs, Valentina allait le découvrir bientôt – qu'il avait tu. Francesco, le fils de Luigi, qui avait abandonné son père, qui n'avait plus jamais donné signe de vie, alors qu'il n'était pas si loin, alors qu'il aurait pu revenir plus tôt, quand Luigi vivait encore. Mais pourquoi ? Cela n'aurait rien changé. Luigi aurait su que son fils n'était pas mort, oui, mais apprendre qu'il était parti pour ça, pour si peu...

De toute manière, cela n'avait pas d'importance. Luigi était mort, Francesco n'était pas revenu pour voir son père, ni même pour pleurer sur sa tombe. Il avait à peine écouté quand on lui avait appris la mort de son père, il n'avait pas semblé ému, plutôt soulagé. Il voulait voir Basilio.

Valentina avait pêché trois poissons et en avait donné un à l'homme. On ne laissait pas un inconnu avoir faim si on pouvait le nourrir. Quelle idée absurde de s'aventurer ici... C'était sans doute un fou, ou un fugitif. Un assassin, qui sait. Il n'avait pas l'air méchant.

Docteur, cela ne voulait pas dire qu'il n'était pas assassin. Bandit. Il y en avait toujours eu dans ces forêts, c'était ce qu'on racontait, en tout cas, quand Valentina était enfant. Elle n'en avait jamais vu. La seule qui allait dans la forêt, à part les braconniers, c'était la gamine, Lucia… Valentina secoua la tête. Elle s'était juré, pourtant, de ne plus jamais prononcer ce nom. De ne plus jamais y penser. Pourquoi cet homme s'était-il justement installé dans sa maison ? Un hasard. La cruauté du hasard. Ou la punition, après tant d'années. Valentina avait déserté l'église après la trahison de Rosario, mais cela ne voulait pas dire que Dieu, s'il existait, l'avait oubliée. Tout se payait, disaient les vieux. Annunziata devait en être convaincue. Elle devait aussi espérer un remboursement, parce qu'elle estimait avoir payé de trop, déjà.

Elle passa dans le jardin où elle faisait pousser les quelques légumes dont elles avaient besoin toutes les deux. Si cet homme prolongeait son séjour, cela poserait des problèmes. Un homme, en plus, ça mangeait plus que deux vieilles carnes. Il faudrait lui faire comprendre qu'il devait repartir. Et les oublier. Elle aussi tenterait de l'oublier. Et tout ce que sa venue ravivait.

Pollini avait aperçu le jardinet et ses légumes misérables. Pas si misérables. Des tomates, du romarin, du céleri, d'autres plantes. Ces femmes vivaient en autarcie, elles devaient veiller à récolter des graines chaque année. Pas de farine, pas de viande. Peut-être chassaitelle, ou posait-elle des collets pour des lapins. Mais le poisson devait suffire.

Il marcha beaucoup. Il essayait d'imaginer Lucia dans cette rue tortueuse, cette spirale de masures blanches, et il n'y arrivait pas. Quelque chose le menait à croire qu'elle n'avait jamais vraiment vécu *dans* le village, mais à côté. Il ne pouvait dissocier Lucia du platane, des arbres. Elle devait préférer la forêt. C'était ce qu'il avait toujours imaginé. Elle avait peur de la ville, elle ne devait pas aimer le village. Mais il n'en savait rien. Cliniquement, c'était une démente. Une folle. Il se répétait les mots comme on titille une plaie avec la pointe d'un couteau. Ils lui faisaient toujours aussi mal.

Il avait découvert le cimetière. Un enclos misérable, des tombes qui se fondaient dans la terre et la pierre. Quelques croix, quelques noms. Quelques monticules qui semblaient plus récents, mais qu'aucune inscription ne surmontait ; sans doute les derniers survivants de cette communauté en naufrage. Il avait fait un relevé complet : aucun Basilio, aucune Lucia. Cela ne voulait rien dire, trop de tombes étaient anonymes.

Il savait qu'il devrait interroger les vieilles. Mais il ne s'y résolvait pas. Dans quelle langue ? Et quelles questions ? Il attendait. Ils s'observaient, de loin. Lui qui marchait dans les ruelles, dans les bois, sur la plage ; elles qui restaient autour de leur maison, l'aînée plantée sur sa chaise, la cadette qui descendait au trabucco ou dans le potager. Pollini mesurait, pour la première fois de sa vie, la longueur du temps. Un ennui si épais qu'il semblait l'éternité. Mais lui, qu'avait-il fait d'autre, depuis 1943 ? Et même avant ? Il avait laissé filer le temps, il ne s'était rendu compte de rien. Ici, le sable coulait dans sa main, les heures coloraient le ciel. Ce n'était pas la vie, ce qui avait précédé non plus ; mais la mort pouvait ici faire son nid, s'installer calmement. Et la conscience aussi ressuscitait.

Une semaine passa, pour autant que Pollini n'eût pas perdu le fil. Ils n'avaient pas échangé deux mots. Pas même un. Un poisson tous les jours, quelques légumes. Elle ne l'avait jamais invité à manger avec elles. Elle faisait mine de l'ignorer. Il devinait qu'elle aurait voulu qu'il disparût. L'aînée, c'était différent : le remarquait-elle seulement ? Comprenait-elle qu'il était présent, et pas une résurgence du passé ? Un fantôme ?

Chaque matin, il se jurait de les questionner. Puis, le courage le fuyait. Il le fallait pourtant. Il était venu pour ça, et il avait la chance de trouver quelqu'un. Forcément, elles pourraient lui répondre. Elles ne pouvaient pas ne pas avoir connu Lucia. Et Basilio.

Ce Basilio, il l'avait à peine vu. Après la révélation de Francesco, Pollini avait hésité. Que devait-il faire de cette information ? Renvoyer le milicien en l'adjurant de ne pas perturber Lucia ? Ou profiter de cette chance pour la ressusciter ? En même temps, il avait aussitôt détesté cet homme, ce Basilio inconnu, et il avait deviné aussi, dans les propos rugueux et maladroits de Francesco, la force du lien qui avait uni les deux jeunes gens, Lucia et Basilio. Il s'était senti trahi.

Trahi et ridicule. Ridicule, comme il l'avait toujours été.

Alors, il avait demandé à Francesco de retourner dans leur village et, s'il s'y trouvait, d'avertir Basilio. De le ramener ici, coûte que coûte. Le milicien s'était récrié, il refusait de prendre ce risque, il n'avait aucune envie de retourner dans cet enfer… Pollini avait compris que le gaillard ne souhaitait pas revoir certaines personnes, il imagina des vengeances méridionales, mais cela ne l'intéressait pas. Il fallait que Francesco lui obéît. Alors, il promit de l'argent, beaucoup d'argent. Mais ne donna qu'une petite somme, suffisante pour les frais du voyage. Le reste au retour de mission. Avec ou sans Basilio, avait-il dû concéder, car il pouvait être mort, ou refuser de le suivre. Mais Pollini exigeait une preuve de son passage à San Nidro. Francesco avait hésité, puis, de mauvaise grâce, avait pris la route. Non sans avoir réclamé un saucisson complet, un pain et deux bouteilles de vin.

Les jours qui avaient suivi, Pollini n'avait pas eu le temps d'y songer. Les bombardements s'étaient poursuivis, les blessés défilaient sans discontinuer. Lucia avait été enfermée dans sa chambre, pour lui éviter la vue des corps et des uniformes. Elle était prostrée, lui rapportait l'infirmière, et mangeait à peine. Il n'avait pas eu le cœur de lui rendre visite. Et puis, Francesco était revenu.

Pourquoi, en voyant cet inconnu tourner dans le village, Valentina s'était-elle persuadée que, non, il n'était décidément pas possible qu'il fût là par hasard ? La police ? Elle ne craignait rien. Qui pourrait témoigner ? Mais qu'allait-il lui apprendre ? Le dernier qui était venu ici avait apporté la mort. Pire que la mort : l'absence. La rupture. Francesco avait prononcé le nom maudit de Lucia et les yeux de Basilio s'étaient ravivés. Valentina avait compris à l'instant que son regard était mort depuis son retour, depuis qu'il avait cédé à son amour, et qu'elle avait serré un agonisant dans ses bras. Au nom de Lucia, le feu avait repris dans les pupilles de Basilio. Le brasier de la vie, le bûcher qui consumait les illusions de Valentina. Ses illusions et ses mensonges. Avant lui, elle avait su. Su qu'il repartirait, quoi qu'elle pût opposer à cela. Quoi qu'il promît. Su aussi que rien ne serait moins sûr que son retour. Le peu qu'il avait donné, il le reprenait. Elle aurait ses souvenirs ; n'était-ce pas plus que ce qu'elle méritait ?

Elle lui avait préparé ses affaires. Quelques vêtements, du pain, un bout de saucisson. À l'époque, on trouvait encore cela dans le village. Elle en avait oublié le goût. Pas celui que le départ de Basilio avait déposé sur ses lèvres sèches. Il avait promis de revenir et elle avait feint de le croire. Quelle importance ? Francesco lui avait dit qu'il avait retrouvé Lucia, que celle-ci était folle, dans un asile, un docteur avait demandé qu'il vînt, mais rien ne disait que cela suffirait à la soigner, il ne devait pas se faire d'illusions, mais elle était toujours aussi mignonne, il avait donné des détails alors que Basilio ne lui avait posé aucune question, sans se gêner pour Valentina, il n'avait pas compris ce qu'il brisait, ce qui s'était passé durant son absence. Annunziata s'était enfermée chez elle. Basilio n'avait récolté que le bruit sourd de ses malédictions.

Une dernière fois, ils étaient descendus sur la plage. Le soleil se levait, la beauté du monde se moquait de la détresse de Valentina, elle saluait l'espoir qui renaissait chez Basilio. Il ne lui avait pas adressé plus de deux phrases depuis que Francesco lui avait annoncé que. Que Lucia n'était pas morte. Qu'elle était à Rome, oui. Qu'elle l'attendait, peut-être. Qu'ils s'étaient ratés une première fois, mais qu'à présent, elle ne bougerait plus, il était sûr de la retrouver. Puis, il avait embrassé Valentina, un baiser furtif, à la commissure des lèvres. Il avait ouvert la bouche, avait cherché des mots, ne les avait pas trouvés. S'était tu. Elle aussi.

Et les deux hommes étaient partis, sur une moto que Francesco avait dégotée Dieu sait où. Ou volée.

Pendant des mois, elle avait guetté les bruits du lointain. Il n'y avait eu que le grondement de la mer. Basilio lui avait confié la charge du trabucco ; elle manœuvrait tous les jours pour nourrir les villageois. Elle s'efforçait de ne pas penser. À ce qui se passait à Rome. À ce que Lucia pourrait dire à Basilio. Elle n'avait pas eu la force de lui avouer qu'elle savait. Savait que Lucia était là-bas, à Rome, qu'elle l'attendait au pied d'une statue – de qui, la statue, Valentina ne s'en souvenait plus. Elle avait voulu protéger Basilio. Elle avait voulu le garder pour elle. Une quinzaine d'années, avait-elle compté. Elle l'avait eu pour elle seule une quinzaine d'années. Pas tout à fait. Il lui avait fallu le temps de se décider, de se résoudre. D'abdiquer. Et que d'absences, durant cette période… Quinze ans qu'il aurait pu passer avec Lucia. Jeunes tous les deux. Peut-être pas. Elle était folle, Francesco l'avait dit, et folle déjà avant, depuis son enfance. Basilio aurait été malheureux. Pas sûr qu'il eût été heureux avec elle, cependant. Quant à elle…

Après une semaine, il s'était décidé. À l'aube, avant que la plus jeune sortît, il était reparti, avait refait la route jusqu'à sa voiture. Elle avait démarré sans protester.

Il était retourné à la première ville, avait trouvé les magasins qu'il fallait : un vélo, deux larges besaces accrochées au porte-bagages, et de la nourriture. Farine, saucissons, fromage, pain, un gros poulet, trois bouteilles de vin.

Le retour à la civilisation avait été plus difficile qu'il l'avait imaginé. Il n'avait pensé qu'à la surprise qu'il voulait faire aux deux femmes. Il s'était convaincu qu'il lui faudrait ça pour dévoiler la raison de sa venue, pour prononcer le nom sacré de Lucia, celui de Basilio. Ça : de la nourriture, du vin. Mais une fois dans les rues animées, il avait été tenté de tout laisser, de repartir vers Rome. Qu'espérait-il ? Basilio et Lucia n'étaient pas dans le village. Se cachaient-ils dans la forêt ? C'était idiot. Pourquoi seraient-ils venus là pour se cacher ? Depuis une semaine, il avait essayé d'adapter les scénarios qu'il avait développés durant toutes ces années. Pouvait-il exister une histoire de jalousie avec la plus jeune des femmes ? C'était absurde également. Dans de tels villages, aussi reculés, aussi… arriérés, il fallait oser le mot, on n'avait pas le temps de développer des sentiments aussi complexes. Pas le temps, pas le luxe. Qu'est-ce qu'il en savait ? Et lui, le Romain distingué, civilisé, éduqué, qu'avait-il ressenti comme sentiments au cours de sa vie déjà longue ? Moins sans doute que les pierres de San Nidro. Un fantasme salvateur sur une jeune fille perdue à l'esprit perturbé par des histoires qu'il n'avait jamais découvertes sinon à travers le récit plutôt incohérent de ce Francesco ; des maîtresses interchangeables pour agrémenter un célibat égoïste. Aurait-il pu, là, sur la place de cette bourgade des Pouilles, citer trois noms de femmes qu'il avait couchées dans son lit, à qui il avait sans doute murmuré des mots d'amour tout faits, d'amour vite fait mal fait, jamais pensé, jamais ressenti ? Trois noms associés à trois visages ? Il n'essaya pas, il connaissait d'avance le résultat. Pas trois, pas deux. L'une ou l'autre s'était accrochée, il y avait même celle qui avait eu le courage de le demander en mariage, elle, la femme, tremblante, émue, à la fin d'un repas, et Pollini n'avait pas su comment se sortir de cette impasse sans causer trop de peine, il avait été maladroit, brutal sans le vouloir, mais il s'était senti comme un animal pris dans un piège, n'écoutant que l'appel de l'instinct, du corps, s'échapper coûte que coûte.

Il avait hésité, donc. Mais il avait déjà acheté le vélo et la nourriture, qu'en ferait-il à Rome ? Le marchand l'avait aidé à accrocher la bicyclette à la voiture, il avait fourré les paquets sur les sièges arrière et il était reparti, sans se soucier des regards hilares qui l'accompagnaient.

Il laissa la Fiat au même endroit. Dans les besaces, il glissa ses achats, puis il vérifia les sangles et enfourcha son vélo.

Elle avait tout de suite su qu'il était parti. Elle n'avait rien entendu, pourtant ; mais le village avait recouvré une certaine qualité de silence. Elle se força de penser bon débarras, mais une pointe curieuse dans la poitrine la rendit plus maussade encore que d'habitude. La vieille dormait encore, elle ronflait légèrement. Combien de temps tiendrait-elle, acharnée à vivre ? Tous les matins, Valentina se posait la question qui, jusqu'au soir, restait sans réponse. Se poser la question était excessif : elle voyait Annunziata ouvrir les yeux et constatait que la vieille vivait encore. Elle aussi. Un jour, ce ne serait plus vrai, mais ce n'était pas l'heure.

Elles ne se parlaient pas, et certainement pas de ça. De rien, et pas du passé. Ou alors des choses très lointaines, très indifférentes. Les derniers à être restés avec eux. Les nécessités de la pêche, de la culture. Annunziata voulait une tomate, Valentina n'en avait pas cueilli et n'avait pas envie de marcher jusqu'au jardin. Des chamailleries pour ne pas oublier qu'elles étaient l'une et l'autre distinctes. Qu'elles ne s'étaient pas fondues dans une même chair indifférente et sans pensée.

Parfois, un soupir s'échappait de l'une ou de l'autre. Mécanique, nostalgique, mélancolique ? L'autre ne disait rien, ou bien soupirait à son tour. Une façon de se comprendre.

Depuis l'arrivée de l'inconnu, Valentina avait noté un changement chez Annunziata. La vieille se levait plus tôt, passait plus de temps sur la chaise, devant la porte. Elle avait retrouvé une certaine activité. Ce qui ne l'empêchait pas de ronchonner sur l'intrus. De quel droit, pourquoi, pour combien de temps. Est-ce que ça se faisait de débarquer chez les gens sans prévenir, de s'installer chez eux ? Il n'était pas chez elles. Dans le village, dans la maison de Filippo. Plus personne ne l'occupait depuis… Soupir. Le village ne leur appartenait pas. Annunziata sifflait. Pourquoi Valentina cherchait-elle toujours à la contrarier ? Soupirs encore, une complicité creuse construite sur la nécessité, une forme rustre de haine, qui aurait pu aussi bien être de l'amitié. Et à présent, il était parti, sans prévenir, sans dire au revoir. Jusque quand Valentina devrait-elle supporter ces hommes qui vont et viennent à leur guise, sans égard pour elle ? Son mari – elle s'en souvenait à peine –, Basilio. Basilio… Cet inconnu – venu, enfui – avait ravivé ce souvenir. Cette blessure. L'existence n'avait pas encouragé Valentina à entretenir sa mémoire, ses douleurs. Était-il vraiment venu, cet homme ? N'était-ce pas un tour de la solitude, de la folie ? Lucia était folle, avait décrété jadis Valentina, et pour cette raison elle avait tout fait pour que Basilio s'en détachât. Menti. Caché. Mais elle, n'était-elle pas folle également ? Personne ne pouvait passer par ici. Elle avait rêvé.

Mais alors, elles étaient folles toutes les deux. Quand Annunziata ouvrit les yeux et redressa péniblement sa carcasse, elle eut un froncement des sourcils, un plissement des narines pour humer l'air. Un grognement : où était-il ? Pas la peine de préciser, elle avait aussi vu l'étranger, et senti son départ. Valentina haussa les épaules et fit un geste des mains. Parti. Restaient le vent et le soleil.

Le visage renfrogné, Annunziata se mit debout et se dirigea vers le seuil. Parti ! Valentina, incrédule, la vit sortir et se mettre à descendre la rue. Depuis des mois, elle n'allait pas plus loin que le seuil ou, parfois, la place de l'église. Pas pour rentrer dans le lieu saint abandonné, mais pour s'asseoir sur la balustrade et regarder la mer. Valentina souffla puis la rejoignit.

La maison était vide, mais les affaires de l'homme étaient toujours là. Il avait mis de l'ordre, nettoyé. C'était la première fois que Valentina et Annunziata rentraient dans cette maison, peut-être de toute leur vie. Jamais Filippo ne les avait invitées, ni elle ni personne. Sauf Basilio. L'aînée eut une imprécation, un juron sans doute. Le cœur de Valentina battait trop fort. Basilio était-il venu ici, après son retour, à la recherche d'un souvenir, d'une trace ? Elle regardait autour d'elle, incapable de toucher à rien comme au seuil d'un temple interdit. Pas d'indice, rien d'autre que sa mauvaise imagination, celle qui l'avait torturée toutes ces années quand Valentina ne parvenait pas à la museler.

Annunziata était déjà ressortie. Pour elle, probablement, les choses étaient désormais entendues : cette maison était celle de l'étranger. Après tout, Filippo n'avait-il pas lui aussi surgi dans le village un beau jour, n'avait-il pas construit cette maison à l'écart ? C'était un enfant du pays, certes, mais il était parti longtemps. Et il était revenu, lui. À l'écart, comme pour dire qu'il avait rebroussé chemin, d'accord, mais qu'il ne rentrait pas en vaincu. Elle eut un glapissement sec : le nom de Valentina. Qui s'ébroua et, tête basse, quitta la maison.

La remontée vers la masure fut laborieuse, longue. Annunziata arriva épuisée et s'effondra sur sa chaise. Mais Valentina nota dans son regard une petite lueur. Du bonheur, aurait-elle juré si l'idée n'était pas complètement incongrue. Valentina était furieuse, du moins voulait-elle croire qu'elle l'était. Furieuse et intriguée. Furieuse d'être intriguée. Il ne restait qu'à attendre. Avaient-elles jamais fait autre chose ?

Au milieu de l'après-midi, il y eut un grincement curieux qui fit sursauter les deux femmes. Elles s'étaient toutes deux assoupies sur le seuil de leur maison. Qu'avaient-elles d'autre à faire ? Jusqu'à l'arrivée de l'étranger, leur existence était placée sous le joug de la nécessité ; depuis, elle était liée à cette présence inexpliquée – et s'il s'agissait d'un émissaire divin dépêché pour préparer les derniers humains au jour du grand jugement ?

Elles sursautèrent. Le grincement gagnait en puissance et se rapprochait. Soudain, une ombre déboula devant elles. Un crissement de pneu ; Pollini arrêta son vélo à deux pas de la porte. Il était essoufflé, transpirant d'abondance, mais semblait ravi. Sans attendre d'avoir retrouvé une respiration calme, il descendit de son engin, décrocha les besaces et les ouvrit sous le nez de Valentina et d'Annunziata.

Pour masquer son malaise, il se mit à parler, volubile, sans se soucier d'être compris. Ce qu'il sortait de son sac à trésor suffirait à se faire comprendre. Annunziata ouvrait des yeux ronds et gourmands, ses lèvres flasques tremblaient tandis qu'elles cherchaient à se souvenir à quoi ressemblait un sourire ; Valentina, méfiante, était agitée de sentiments contraires. Elle avait envie de renvoyer cet homme, de le presser de questions, de dévorer ce qu'il apportait, et surtout le vin, des années qu'elle n'en avait plus bu, et la dernière bouteille d'alcool du bouilleur de cru – il était mort sans transmettre ses secrets, en laissant un stock à ses yeux suffisant pour les quelques survivants, vous boirez cela en mémoire de moi –, l'ultime flacon d'ivresse et d'oubli avait été vidé des mois auparavant, en hiver – était-ce un ou deux, ou trois ans auparavant ? Valentina sentait encore le goût brûlant et âcre sur son palais et la pointe de sa langue, elle cherchait les échos du vin, plus ronds, plus doux, plus caressants… Et le poulet, gras, jaune, et le fromage… Ce n'était pas normal, pourquoi un inconnu leur offrait-il de tels cadeaux ? Mais il était leur hôte depuis une semaine, depuis une semaine elle le nourrissait, moins bien, certes, mais elle n'avait rien d'autre, elles se privaient pour lui, lui qui venait de la ville, qui avait de l'argent, qui pouvait acheter toutes ces choses, ça ne lui coûtait que son argent et comment l'avait-il gagné, Valentina n'en savait rien, il avait dit docteur mais peut-être était-ce voleur, il avait acheté cette nourriture et il revenait pour acheter les deux vieilles, ou le village, ou quoi d'autre ? Valentina ferma les yeux un instant, elle ne devait pas se laisser entraîner par cette vague, ivre avant d'avoir ouvert la bouteille, ce n'était rien, juste un étranger qui remerciait pour l'accueil.

Elle lui prit les victuailles sans un mot. Il parlait toujours mais elle ne l'écoutait pas, de toute manière elle ne comprenait rien à son charabia. Pollini abandonna ses munitions et se tut. Il regarda la femme s'engouffrer dans la maison. Entre ses mains, il avait remis son salut, ses espoirs. Il ne lui restait qu'à attendre. Il devait être quatre ou cinq heures de l'après-midi. Les vieilles mangeaient tôt, il le savait. Pourquoi traîner quand la nuit apportait les moments les plus agréables ? Ceux où l'on ne pensait à rien, pas même que l'on vivait, que l'on devrait se réveiller, recommencer. Tous les jours, arracher l'aube à la nuit ; tout le jour attendre le soir. Dans le fond, il leur ressemblait. Il se retourna pour masquer l'émotion qui lui montait subitement aux yeux. Annunziata avait laissé retomber sa tête rêveuse sur sa poitrine, elle dressait une table dans sa mémoire, et qui conviait-elle au festin ? Le soleil jouait sur les façades blanches, dans le ciel bleu. Il pensa à sa clinique du Janicule, qu'il n'avait pour ainsi dire plus quittée depuis 1943. La grisaille des jours d'hiver, le froid, la pluie romaine. Le bruit, l'agitation. Les rumeurs de la politique, des règlements de compte, des horreurs. Ici, depuis des siècles, une beauté immuable… Une pauvreté extrême, sans doute, mais le soleil, la mer, une pauvreté insouciante, qui ne se comparait pas, qui n'enviait pas. Qui ne suscitait aucune commisération. Qui n'était la punition ou la promesse de rien. Une forme de paradis, songea-t-il.

Un bruit dans la maison le fit sursauter. Valentina devait chercher une casserole, une poêle qui n'avait sans doute plus servi depuis des années. Il se morigéna. Romantisme de citadin, conclut-il. C'était troublant, ce que la pauvreté des autres, pour peu qu'elle se déroulât dans un cadre insolite, attirait les nantis.

Sans un mot, il descendit sur la plage.

Il avait ôté sa chemise et ses chaussures, s'était étendu sur le sable. Des vacances… Il avait attendu toutes ces années, avait imaginé mille histoires pour venir passer une semaine de vacances au bord de la mer, sur une plage déserte. La vie avait de ces ellipses pour se moquer des êtres… Il s'était endormi. Un cri rauque l'avait réveillé, et il avait au même moment senti les brûlures sur son ventre. Il se retourna ; en haut du chemin qui conduisait à la plage, Valentina le hélait. Il grimaça. Son torse était rouge et enfiler la chemise fut douloureux. Pourvu qu'il ne fît pas une insolation…

Valentina avait dressé une table sommaire sur la place de l'église, tout en haut du village. Sur la planche, les victuailles que Pollini avait apportées, au milieu desquelles trônait le poulet rôti. Le médecin songea que c'était ici, jadis, que se déroulaient les fêtes villageoises qui réunissaient toute la population. Il y avait là des fantômes qu'il ne pouvait qu'imaginer, et que les vieilles pouvaient nommer.

Annunziata était déjà assise devant une assiette et un verre. Le sourire esquissé à l'arrivée du vélo était désormais dérouillé, brillant de salive. Valentina était étrange… Pollini n'avait pas tout de suite remarqué qu'elle s'était changée, toujours une robe noire mais moins fripée, moins usée, presque belle, et ses cheveux aussi, noués en chignon, une broche en bois plantée dedans pour les tenir. Là, sur la place, dans les roses du crépuscule qui rebondissaient sur la façade de l'église, il la découvrit enfin, les poings posés sur ses hanches devant la table, artiste au vernissage de son grand œuvre, et il songea qu'elle était magnifique, absolument magnifique, et il le murmura, maladroit, c'est magnifique, c'est, pour ne pas la gêner, ne pas lui laisser croire qu'il se moquait d'elle, tout était magnifique, le festin, le village, la place, le coucher de soleil et ces deux vieilles qui se préparaient pour une étrange fête.

Il se ressaisit et, d'autorité, prit la bouteille de vin pour remplir trois verres. C'était à l'homme de servir à boire. Enfin, à Rome. Ici ? Il n'y avait plus de vin. Il l'avait apporté, il l'offrait. Il tendit un verre à chacune et leva le sien. Santé. Les mains d'Annunziata tremblaient. Elle porta le verre à ses lèvres frémissantes. Un peu de liquide glissa sur son menton, mais la première gorgée trouva son chemin dans sa bouche. Elle laissa sourdre un léger gémissement, ferma les yeux un long moment, le verre suspendu, le vin agité par cette tempête formidable qui soulevait le cœur de l'ancêtre. Puis, elle rouvrit les paupières et vida la coupe en quelques traits.

Valentina se contrôlait. Elle sentait le regard de l'homme posé sur elle, alors qu'Annunziata était tout entière à son plaisir inespéré. La première gorgée la fit frissonner. C'était amer, piquant. Délicieux. Douloureux. Elle revit Luigi qui apportait sa bouteille, Basilio qui la débouchait, la soirée qui s'écoulait, chaude, silencieuse, complice. Complice ? Entre Luigi et Basilio, oui, une complicité. Entre Luigi et elle aussi. Entre Basilio et elle ? Sans doute. Elle posa le verre sur la table et, d'un mouvement du menton, elle invita l'homme à s'asseoir. Il resservit Annunziata et prit place, en face des deux femmes.

– Pourquoi ?

Elle avait lâché le mot ruminé tout l'après-midi. Pourquoi faisait-il cela ? Pourquoi était-il venu ? Pourquoi les déranger à la fin de leur vie ? Des dizaines de pourquoi sans réponse. Un mot brut, compréhensible pour cet homme qui ne parlait pas la même langue qu'elles. Il s'y attendait. Il avait orchestré ce repas dans ce seul but. Son cœur battait fort toutefois lorsqu'il répondit.

– Lucia.

Puis, après une seconde de silence.

– Basilio.

Annunziata avait commencé à manger. Ses mâchoires sans dents mastiquaient bruyamment les minuscules lambeaux de poulet qu'elle avait déchiquetés dans son assiette avant de les porter en bouche. Elle n'avait pas entendu. Peut-être ces noms ne lui disaient-ils rien. Mais Valentina avait tremblé. C'était donc bien ça. Pollini comprit qu'elle s'en doutait, qu'elle le redoutait. Qui étaient ces femmes ? Des amies, une mère, une rivale ? Il songea à ce qu'il croyait savoir sur ces terribles rivalités de clan, dans le Sud sauvage. Alors, pour ne pas laisser le silence réduire à néant ce qu'il avait bâti, il vida son verre, le remplit et se mit à parler.

Il commença par lui. Lui, le médecin renommé, complice d'un régime qu'il n'avait pas aimé, mais dont il avait profité. L'arrivée de Lucia dans sa vie. D'une main tremblante, il sortit la photographie de son portefeuille et la tendit à Valentina. Il se tut pour observer l'expression de la femme. Un masque fragile, qui résistait à l'émotion qui la saisissait, là devant elle, Lucia, toujours aussi jeune, aussi belle, aussi folle, Valentina voyait la folie de la gamine et sa jeunesse, comment était-ce possible qu'elle n'eût pas vieilli, qu'elle fût toujours… Elle repoussa la photographie et détourna la tête sans rien dire. Pollini reprit son monologue. Les longues années durant lesquelles il avait guetté la guérison de Lucia. L'Abyssinie. La guerre. Les bombardements. Francesco. Son arrivée, ses histoires confuses sur Lucia et Basilio. Son départ pour San Nidro. Ce qu'il s'était passé ici, Pollini l'ignorait. Mais ils étaient revenus, tous les deux. C'était la panique à Rome. La débandade des fascistes, le retour des Allemands. Pollini travaillait seize heures par jour, vingt parfois. Francesco avait surgi, traînant derrière lui un gaillard sombre, embarrassé, un pauvre type, avait songé Pollini. Ils n'avaient pas échangé trois mots, deux regards. Il avait demandé à une infirmière de conduire l'arrivant dans la chambre de Lucia, il n'avait pas voulu assister aux retrouvailles, c'était au-dessus de ses forces mais il s'était excusé en invoquant la pudeur, la courtoisie, un *gentleman* comme disaient leurs nouveaux alliés. Un lâche, rien de plus. Francesco avait traîné avant de rejoindre son camarade, il voulait être payé, il avait réussi sa mission au-delà de ses espérances, non ? Ils avaient un arrangement, et le médecin n'avait pas intérêt à revenir sur sa parole, pendant qu'il parlait il tâtait sa poche où on devinait une arme. Pollini avait soupiré, ce type était un imbécile, un de ces milliers de petits crétins sans lesquels Mussolini n'aurait jamais réussi à prendre le contrôle du pays ; mais c'était encore une lâcheté, Mussolini avait eu autant besoin de Pollini que de Francesco. Il avait payé et était retourné travailler.

Plus tard, l'infirmière lui apprit qu'ils étaient partis tous les trois. Lucia avait suivi les deux hommes, elle avait le visage couvert de larmes, et Basilio aussi mais ils avaient l'air heureux, divinement heureux. Non, elle n'avait pas eu une parole pour le docteur, et les hommes non plus. Il n'appartenait pas à leur histoire, il n'y avait joué qu'un rôle secondaire, un rôle d'intermédiaire, l'heure n'était pas aux épanchements avec des inconnus, il y avait urgence, urgence à rattraper le temps perdu, urgence à fuir cette ville engloutie dans la plus folle des guerres. Pollini était épuisé, il n'avait pas réagi à la nouvelle et était allé dormir.

Oui, dormir. Longtemps, profondément. Comme un bébé. Il se resservit un verre de vin. Il s'apitoyait sur lui, c'était de mauvais goût. Annunziata ne l'écoutait pas, toute à son festin. Valentina avait les yeux braqués sur lui, elle mangeait lentement, mais son visage était un masque impénétrable. Quand il s'était réveillé, poursuivit-il, la vie avait repris. Comme si de rien n'était. La guerre s'était prolongée, Pollini était resté. Il avait espéré que Lucia reviendrait. C'était ridicule, elle l'avait sûrement déjà oublié. Elle avait retrouvé sa mémoire, sa vie. La trop longue parenthèse se refermait. Pollini avait ses cahiers, ses délires, son imagination pour meubler le temps. Qui était passé. Qui avait englouti sa lâcheté ; il n'aurait eu ni le courage merveilleux de Lucia, prête à mourir, prête à devenir folle, ni même la témérité assassine des fascistes déclarés. Il ne s'était pas marié, avait attendu sans plus savoir ce qu'il attendait. Le temps l'avait ravi. Il s'était réveillé une vingtaine d'années plus tard, à l'aube de sa retraite. De sa débâcle. Et il était venu ici, à San Nidro. Pour voir si Lucia et Basilio y étaient encore, ce qu'ils étaient devenus…

Il avait fini. Les plats, les assiettes, les bouteilles et les verres étaient vides. La nuit était tombée. Il faisait doux. Seule la lune les éclairait. Sur sa chaise, tassée sur son bonheur, Annunziata ronflait. Valentina ne bougeait pas. Pollini répéta sa question : qu'étaient devenus Lucia et Basilio ? Étaient-ils revenus à San Nidro ?

Valentina se releva. Sans un mot, elle posa la main sur l'épaule de la plus vieille, qui sursauta. Valentina grogna quelque chose, que Pollini ne comprit pas ; Annunziata se redressa péniblement puis suivit la cadette. Elles disparurent toutes deux sans prêter la moindre attention à leur Amphitryon.

Elle n'avait rien compris. L'homme avait parlé longtemps, d'une voix émue, larmoyante. Il l'avait un peu dégoûtée. Ça ne se faisait pas, pleurer sur soi devant des inconnus. Toute sa pudeur sauvage en avait été choquée. Mais elle n'avait rien dit. Elle l'avait laissé discourir. Bien sûr, elle avait deviné qu'il leur parlait de Lucia et de Basilio. Que c'était lui qui avait envoyé Francesco pour qu'il ramenât Basilio à Lucia, et que, pour une raison ou une autre, il avait recueilli la gamine. Ce qu'il en avait fait durant tant d'années, elle ne le comprenait pas. Est-ce qu'il l'avait aimée comme elle avait aimé Basilio ? Alors, comme elle, il avait été incapable de la garder. Mais il n'avait pas eu sa force, sa détermination. Citadin. Bonnes manières, sans doute, mais pas celles qu'il fallait. Et elle ? S'il ne s'en était pas mêlé, ce Romain, Basilio serait encore là, près d'elle. Vivant ou mort, enterré dans le cimetière. La faiblesse de cet homme était la cause de son malheur. Elle n'avait jamais été faible. Heureuse ? Comme une chapardeuse.

Annunziata s'était écroulée sur sa paillasse, comblée. Une fête comme elle n'en espérait plus. Le Romain aurait au moins permis cela, et Valentina ne savait pas si elle lui en était reconnaissante. Il repartirait. Peut-être, avec son vélo, leur ferait-il des provisions de vin, de nourriture, de saucisson. Mais elles s'épuiseraient. Il faudrait à nouveau apprendre à s'en passer. À moins que. À moins qu'il restât. À moins qu'il revînt régulièrement. Non. Valentina ne voulait plus le voir. Il avait ravivé sa peine, son drame, il n'apportait aucune réponse. Ou elle ne les avait pas comprises. Maudit italien, langue de barbares. Rien compris de ce qui s'était passé. Basilio à Rome, et après ? Après ? Rien. Comme s'il n'en savait rien, comme s'il voulait que Valentina lui apprît la fin de l'histoire. Quelle fin, quelle histoire ? La sienne était finie depuis le départ de Basilio. Le temps qui s'écoulait depuis était une illusion cruelle.

Cruelle comme cette photographie. Elle l'avait tout de suite reconnue. La gamine folle qui ensorcelait Basilio. Avec laquelle il passait tout son temps libre, enfant, adolescent. Elle ne disait rien, à l'époque ; de quel droit ? Elle avait été mariée, elle avait eu sa chance, Basilio n'était pas pour elle. Lucia vieillirait, Basilio deviendrait un homme. Il comprendrait, on n'épousait pas une folle, une sauvage, il fallait trouver sa place dans le monde des hommes, pas dans les contes des bois. Basilio n'était pas pour elle, pas encore, mais elle avait sa chance. Elle y croyait. Il comprendrait. Mais non ; il était resté attaché à cette gamine. Et plus encore lorsqu'il en avait été séparé. Et elle était là, imprimée sur un bout de carton, des années et des années après son départ, alors qu'elle aurait dû être une femme, marquée par les ans, par les grossesses, par les déceptions, mais non, toujours aussi fraîche, aussi insouciante, aussi différente. Indifférente. Elle s'était échappée de son orphelinat, elle était revenue à San Nidro. Et puis…

Quand ils s'étaient revus, à Rome, Lucia avait-elle demandé à Basilio pourquoi il n'était pas venu plus tôt, avait-il compris que Valentina lui avait menti, lui avait caché ce message dont elle était chargée dans le seul but de le garder, lui, de le garder pour elle ? Était-ce à cause de cela qu'ils n'étaient pas rentrés à San Nidro ?

Ils pouvaient vivre ailleurs, à l'heure qu'il était. N'importe où. Ils pouvaient être morts. N'importe où, n'importe quand. L'homme n'en avait rien dit, Valentina avait au moins compris qu'il se posait les mêmes questions, qu'il avait espéré les retrouver ici, qu'il comptait sur Valentina pour l'éclairer, ou sur le paysage, ou sur la chance. Mais c'était vain. Ils étaient frères, tous les deux, frères dans l'impuissance. Ils étaient ceux qui attendaient, qui parfois glanaient une graine de bonheur germée sur le malheur des autres, et qui la savouraient dans la honte, en cachette. Quelle ironie ! Ils étaient faits pour mourir ensemble…

Il avait mal dormi. Des rêves épuisants dont ne lui restait au réveil qu'une écume grise et inconsistante. Il avait passé la soirée à raconter son histoire, dans l'espoir insensé de recevoir la réponse à vingt ans de questions, et les deux vieilles avaient quitté la table sans un mot. Pas même un remerciement. Rien. Il avait vraiment été fou de venir ici, d'escompter un dénouement heureux de cette visite improbable. Avant la nuit prochaine, il serait reparti. Rome lui manquait subitement. Son coup de soleil le brûlait ; en ville, il trouverait une pommade.

Il y avait eu un bruit devant la porte. Sur la porte. Le temps qu'il se levât, il n'y avait plus personne. Que le soleil étendu sur le seuil comme un chat. Pollini s'étira. Il avait été idiot, mais l'endroit restait somptueux. Tout à l'heure, il irait faire ses adieux aux deux vieilles. Ou bien, une dernière fois, il se rendrait en ville pour leur chercher des provisions. Surtout du vin, il avait vu combien la plus vieille avait apprécié. Elle avait dû dormir comme une reine…

Pourquoi partir ? Rome ne lui avait rien apporté. Lucia n'y était jamais revenue. Ici non plus ? Il n'en savait rien. Valentina n'avait rien dit. Et puis, elle pouvait toujours arriver. Il resterait ici, dans cette maison, il ferait les courses au village voisin. Avec ce qu'il avait économisé et sa pension, il était richissime, dans ce pays qui n'avait presque rien à vendre. Il eut un petit rire, qui mourut lorsqu'il l'aperçut sur la plage : Valentina, occupée à tirer des branches, certaines énormes, sur un tas.

Elle l'accueillit avec un grognement. Puis, du menton, elle lui fait signe de la suivre. Ils marchèrent quelques dizaines de mètres sur la plage, jusqu'à une anfractuosité de la falaise que Pollini n'avait pas remarquée. Une sorte de grotte naturelle remplie de bois sec. Il contempla la scène, ébahi : il avait fallu des années pour entreposer ce bois, et dans quel but Valentina s'était-elle astreinte à cette tâche absurde ? Elle ne lui laissa pas le temps de s'interroger et ne lui fournit aucune explication ; déjà, elle saisissait une brassée de branches et, du regard, faisait comprendre à Pollini d'en faire autant.

Pendant des heures, ils poursuivirent leur étrange ballet. À plusieurs reprises, Pollini essaya de l'interroger : que faisaient-ils, pourquoi ? Valentina opposait un silence obstiné à ses requêtes. Si elle ne le comprenait même pas pour des questions aussi simples, il était idiot de croire qu'elle avait compris quoi que ce soit à son monologue de la veille ! Mais l'opération avait son sens, qui éveillait chez Pollini des souvenirs sensibles.

Les deux mots prononcés par Lucia. Francesco lui avait parlé d'un bûcher, dressé sur la plage pour un vieillard. Pollini essaya d'interroger Valentina sur son aînée, mais il ne savait même pas comment elle s'appelait, ni celle qui dirigeait la manœuvre d'ailleurs.

Enfin, la grotte fut vide et le tas élevé. Pollini était épuisé, ses mains étaient écorchées. Son coup de soleil avait rendu les opérations plus douloureuses encore. Et à présent ? Il jeta un œil vers la femme qui contemplait son œuvre avec une sorte de satisfaction sombre dans le regard.

– Viens.

Du moins, ce fut ce qu'il comprit. Ils remontèrent en silence vers le village, la maison des deux dernières habitantes de San Nidro. Pour la première fois, elle invita Pollini à y pénétrer. C'était sombre et frais, étonnamment propre pensa-t-il. Sur une paillasse, dans une pièce voisine, la vieille reposait, les mains sur la poitrine. Sur son visage, le même sourire d'enfant édenté devant un sapin de Noël. À la voir aussi sereine, Pollini songea qu'elle était morte dans son sommeil, dans ses rêves de festin et d'ivresse. À cause de lui, peut-être, mais grâce à lui, aussi.

Pendant qu'il demeurait, immobile, au chevet d'Annunziata, Valentina s'affairait. Elle sortit un grand drap et lui fit signe d'en saisir un côté. Ils l'étendirent à côté de la morte qu'ils firent rouler doucement. Un linceul. Pas moyen de construire un cercueil. Ce n'était pas nécessaire.

Descendre la défunte sur la plage fut difficile ; elle n'était pas lourde, mais le corps était encombrant, il pliait dans son linceul. Valentina, heureusement, était vigoureuse. Plus que Pollini sans doute. Elle marchait devant, à reculons, les yeux braqués sur Pollini qui n'osait pas avouer qu'il ne sentait plus ses bras, et douloureusement son ventre en feu contre lequel venait cogner le fardeau funèbre.

Mais le pire fut de hisser le corps sur le bûcher. La construction était précaire, branlante. Valentina dirigeait les opérations, mais Pollini devina qu'elle ne savait pas comment s'y prendre. Ce n'était pas une coutume locale, de brûler les morts. Elle avait décidé ce rituel uniquement pour la vieille. Qui était-elle ? Sa mère ? Celle de Lucia ou de Basilio ?

Voilà. La mère de Basilio était étendue sur le bûcher, comme autrefois le vieux Filippo. Valentina sentit des larmes lui monter aux yeux. Tant d'années... Elle avait entassé les branches sans savoir si elles serviraient pour Annunziata ou pour elle. Difficile d'imaginer la vieille construire le bûcher et y porter Valentina. Mais si elle avait senti sa dernière heure venir à temps, Valentina aurait conduit les opérations. Elle serait venue s'étendre elle-même sur le bois. Annunziata n'aurait eu qu'à allumer. C'était idiot. Espérait-elle faire de ce brasier un phare qui aurait traversé le temps et l'espace pour toucher Basilio, le faire rentrer au port ? Ou échouer, comme les pirates de jadis tendaient des pièges aux vaisseaux.

Le docteur l'avait aidée, malgré tout. Et grâce à lui, au moins, Annunziata était morte heureuse. Repue, une dernière fois. Ivre, sans doute. Une mort plus belle que sa vie. Le bonheur durait si peu.

Tout était prêt. Le Romain attendait, essoufflé. Elle alla chercher la torche qu'elle avait entreposée dans la grotte, l'alluma et bouta le feu aux tas de brindilles disposés à la base de l'édifice. Elle était certaine que Basilio avait procédé de la même manière. Elle ne l'avait pas vu, comme tous les gens du village elle était arrivée trop tard, quand les flammes étaient déjà en train de dévorer le bois et le corps, mais il n'y avait pas d'autres moyens, elle y avait longtemps réfléchi.

Le feu partit aussitôt, gigantesque, monstrueux. Les deux vivants reculèrent, chassés par la chaleur épouvantable. Presque une explosion. Pollini était à côté d'elle. Il regardait, halluciné, ce spectacle incroyable, et Valentina se souvenait des cris d'épouvante et d'indignation, de la colère de Rosario… Elle eut un petit rire désespéré. Rosario !

Elle se mit à parler, alors. Pollini se rapprocha pour l'écouter. Elle le sentait tendu, qui cherchait à l'entendre, à la comprendre, malgré le vacarme du brasier, la barrière de la langue, elle ne l'avait pas compris, la veille, à peine quelques mots épars, mais il était docteur, et c'était lui qui était venu. Elle raconta son histoire, brièvement, ce qu'elle pensait avoir compris, ce qu'elle avait vu. Ressenti, à mi-mot. À cause de cet homme, tous ces souvenirs ravivés par les flammes. Ces flammes qui consumaient cette femme avec laquelle elle avait vécu tant d'années sans jamais vraiment l'aimer, Annunziata lui avait toujours reproché de n'avoir pas su garder Basilio, et elle s'était occupée de la vieille pour l'amour qu'elle gardait à son fils, ou pour se punir, elle, Valentina, de ce qu'elle avait fait. De ce qu'elle avait brisé. Elle raconta le retour de Lucia au village, son arrivée, affolée, dans la maison de Valentina. Sa visite dans la cure. Rosario étendu sur le sol. Un souffle léger qui soulevait la poitrine du prêtre assommé. Le couteau sur la table. La décision de Valentina et ce sentiment confus, ivresse et dégoût, quand la lame avait percé la peau de Rosario.

Pollini l'entendait à peine. Le feu faisait un vacarme assourdissant et son dialecte ressemblait moins que jamais à de l'italien. Seuls quelques mots éclataient de-ci de-là, construisant et défaisant des fils et des histoires incohérentes. Elle parla d'une Annonciation, d'un rosaire. De crime. Elle semblait s'accuser. Pollini soupira. La religion était chevillée au corps des femmes, surtout dans ces régions reculées. Les gens se sentaient coupables de tout, pour excuser le sort de leur avoir pourri la vie.

En médecin, il estima le temps qui serait nécessaire à la combustion totale du corps. Le tas de cendres qu'il faudrait disperser. Le vent s'en chargerait. Et après ? Il avait mal au ventre, ses yeux piquaient. La chaleur était insupportable. Il se recula de quelques pas. Le jour déclinait déjà. Un voile d'ombre tombait de la falaise sur la plage. Au sommet, entre la forêt et le début du village, le soleil couchant s'amusait à colorer les pierres et les herbes sèches. Pollini discernait mal, la fumée et les larmes troublaient sa vue. Qu'était-ce, là, au sommet de l'escalier ? Deux silhouettes qui se tenaient par la main ? Sans doute le soleil et la lumière qui se jouaient de lui.

REMERCIEMENTS

Je tiens à remercier tout particulièrement :

Ma femme, Ingrid, et Karina Hocine, qui m'ont obligé à refuser la facilité et m'ont conduit sur la voie, sans balise, de ce roman ;

Monique Susskind, qui m'a fourni tellement de renseignements précieux que je n'ai, finalement, pas utilisés, le projet initial de ce roman ayant été considérablement modifié ;

Gilles Morin, excellent lecteur, qui m'a fait découvrir les Pouilles ;

Philippe Joannes, *last but not least*, qui me fait le cadeau de son amitié depuis si longtemps et qui a, lui aussi, contribué à l'élaboration de ce livre par ses relectures, ses remarques et sa confiance.

Vincent Engel
dans Le Livre de Poche

Les Absentes n° 30999

Dans la Toscane du XIXᵉ siècle, autour de Montechiarro, grandissent Gioacchino Bruchola et Domenico Della Rocca. Le premier va conduire sa famille à la ruine avant de vivre une vie d'aventures. Le second, abandonné par sa mère, demeure inconsolable et s'enferme dans ses songes.

Oubliez Adam Weinberger n° 30129

Enfant, Adam Weinberger rêve de changer le monde et de libérer ses proches du poids d'une tradition qu'il juge insupportable. Adolescent, il aime Esther, admire son oncle, et éprouve une grande tendresse pour sa mère. Jeune homme, il constate que le rêve et la fiction ne peuvent enrayer la destruction de ce monde et de ses habitants. Le récit d'une vie…

Requiem vénitien n° 30128

Alessandro Giacolli, musicien exilé à Berlin, envoie son disciple Jonathan à Venise, où se déroula sa jeunesse. Le jeune homme tente d'arracher à la ville des doges le secret de son vieux maître et se plonge dans les souvenirs du Risorgimento des années 1848-1849, pour retrouver les protagonistes d'un drame passé.

Retour à Montechiarro n° 15462

1855 : grâce au comte Della Rocca, Adriano Lungo va faire des études et devenir maître d'école. 1919 : Agnese, la petite-fille du comte, se voit contrainte, pour sauver la propriété familiale, d'épouser le riche et fasciste Salvatore Coniglio. 1978 : Laetitia, descendante de l'autre Laetitia, celle qui a désespéré, cent trente ans plus tôt, le comte Della Rocca, revient à Montechiarro.

Du même auteur :

ROMANS

Un jour ce sera l'aube, Paris, Les 400 coups, 2005 (rééd.).

Raphaël et Laetitia, Romansonge, Paris, Mille et une nuits, 2004 (rééd.).

La Vie oubliée, Québec, L'instant même, 1998 (sous le pseudonyme de Baptiste Morgan).

Oubliez Adam Weinberger, Paris, Fayard, 2000 (Prix des lycéens) (Le Livre de Poche, 2004).

Retour à Montechiarro, Paris, Fayard, 2001 (Prix Rossel des jeunes et Prix des Librairies) (Le Livre de Poche, 2003). Enregistrement audio, Autrement dit, 2009.

Mon voisin, c'est quelqu'un, Québec, L'instant même ; Paris, Fayard, 2002 (sous le pseudonyme de Baptiste Morgan) (coll. « Espace Nord », 2009).

Requiem vénitien, Paris, Fayard, 2003 (Le Livre de Poche, 2004).

Les Angéliques, Paris, Fayard, 2003 (Le Livre de Poche, 2006).

Le Don de la Mala-Lea, Bruxelles, Le Grand Miroir, 2006.

Les Absentes, Paris, Jean-Claude Lattès, 2006 (Le Livre de Poche, 2008).
Le Mariage de Dominique Hardenne, Paris, Jean-Claude Lattès, 2010.

Essais

Pourquoi parler d'Auschwitz ?, Bruxelles, Les Éperonniers, 1991.
L'Histoire de la critique littéraire du XIXe siècle, Ottignies, Academia, 1998.
Frédéric Tristan ou la Guérilla de la fiction, Le Rocher, 2000.
Fiction : l'impossible nécessité, Ohain, Asmodée Edern, 2005.

Recueils de nouvelles

Légendes en attente, Québec, L'instant même, 1993 (prix Wever).
La Vie malgré tout, Québec, L'instant même, 1994.
La guerre est quotidienne, Québec, L'instant même ; Ottignies, Quarum, 1999.
Opera Mundi, Bruxelles ; Luc Pire, 2009 (avec des photos d'Emmanuel Crooy).

Pour tous renseignements plus détaillés :
www.vincent-engel.com

Composition réalisée par IGS-CP

Achevé d'imprimer en août 2011, en Espagne sur Presse Offset par
Black Print CPI Iberica, S.L. – Sant Andreu de la Barca (Barcelone)
Dépôt légal 1re publication : septembre 2011
LIBRAIRIE GÉNÉRALE FRANÇAISE – 31, rue de Fleurus – 75278 Paris Cedex 06

31/3451/7